NORBERT HORST
Bitterer Zorn

Norbert Horst

Bitterer Zorn

Kriminalroman

GOLDMANN

Sollte diese Publikation Links auf Webseiten Dritter enthalten,
so übernehmen wir für deren Inhalte keine Haftung,
da wir uns diese nicht zu eigen machen, sondern lediglich auf
deren Stand zum Zeitpunkt der Erstveröffentlichung verweisen.

Dieses Buch ist auch als E-Book erhältlich.

Verlagsgruppe Random House FSC® N001967

1. Auflage
Originalausgabe Oktober 2019
Copyright © 2019 by Wilhelm Goldmann Verlag, München,
in der Verlagsgruppe Random House GmbH.
Neumarkter Str. 28, 81673 München
Dieses Werk wurde vermittelt durch die Literarische Agentur
Thomas Schlück GmbH, 30827 Garbsen.
Gestaltung des Umschlags: UNO Werbeagentur München
Umschlagfoto: FinePic®, München
Redaktion: Gerhard Seidl
BH · Herstellung: kw
Satz: Uhl + Massopust, Aalen
Druck und Einband: CPI books GmbH, Leck
Printed in Germany
ISBN: 978-3-442-48913-8
www.goldmann-verlag.de

Besuchen Sie den Goldmann Verlag im Netz

Ich widme dieses Buch meinen Freundinnen und
Freunden der Bünder Schreibwerkstatt mit großem
Dank und in tiefer Verbundenheit.
»Nur Mut!«

1

Montag, Oktober 2018

Kein Licht. Er schleuderte einen zweiten kurzen Ast auf die Terrasse, aber auch jetzt blieb dort alles so dunkel wie im Rest des Hauses. Soweit die Dunkelheit es zuließ, war auch keine Kamera zu entdecken.

»Los«, sagte er über die Schulter zu Sorin und ging vor, mied dabei die freie Fläche des Rasens und lief gebückt an den Sträuchern entlang.

Kunststoff einfach, wahrscheinlich simple Mechanik und keine Sicherungen, das erkannte er sofort in dem kleinen weißen Lichtkreis der LED-Lampe. Er setzte den breiten Schraubendreher in Schlosshöhe an, hebelte ein-, zweimal, dann hörte er dieses kleine, aber satte Geräusch, wenn ein metallener Schließzapfen mit Druck über den Rand seiner Führung glitt.

In den engen Arbeitshandschuhen fühlte er den Schweiß seiner Hände.

Noch einmal setzte er weiter oben an, und mit demselben Geräusch sprang die Terrassentür auf.

Beide warteten einige Sekunden, und das war der Moment, in dem auch nach all der Zeit, nach all denselben Situationen in jedem Teil seines Körpers ein eigenes Herz zu schlagen schien.

Wie damals im Wald bei seinem Dorf in den Ausläufern der Karpaten, die riesige Buche, deren Stamm so mächtig und glatt war, dass man ihre Krone nur erreichen konnte, wenn man von einem kleineren Ahorn daneben in acht Metern Höhe über einen Ast balancierte, der wie ein einzelnes abstehendes Haar gewachsen war und bei dem es keine Möglichkeit gab, sich festzuhalten.

Einen Sommer lang hatte er vor diesem schwankenden Weg über den Abgrund gestanden und war den Ahorn wieder hinabgestiegen, und in seiner Erinnerung war es das erste Mal gewesen, dass er dieses berauschende Zittern in sich gespürt, es ihn völlig ausgefüllt hatte.

Sie warteten ein paar Sekunden, und als nichts geschah, betraten sie das übliche Zimmer, das man durch eine Terrassentür betrat. Sitzecke mit Couch, großer Fernseher, Schrankwand mit Schubladen. Dort zuerst.

Der akustische Alarm traf sie wie ein Stromschlag, und nach einem Moment der Starre rannten sie so schnell Richtung Terrassentür, dass irgendetwas scheppernd umfiel. Draußen stolperte Sorin in der Dunkelheit über einen Gartenstuhl, rappelte sich hastig wieder auf, er überholte ihn, rannte nach rechts über den Rasen, und als er durch die Büsche Lichter auf der Straße sah, bog er wieder nach links ab. Ein Drahtzaun zum Nachbargrundstück war kein Hindernis, auch der zum nächsten Garten nicht. Zweige schlugen ihm ins Gesicht, die er bei der Dunkelheit und dem Tempo nicht sah, und in einem der nächsten Gärten schlug ein Hund an und schien ihn ein Stück zu verfolgen. Er rannte weiter. Eine Bretterwand kostete etwas mehr Mühe, und irgendetwas Spitzes auf der oberen Kante riss seine Hose und die Haut an seinem Oberschenkel auf. Trotz des Schmerzes lief er, so schnell er konnte, weil erste Martinshörner zu hören waren, umkurvte irgendwann einen Gartenteich, den er fast zu spät bemerkte, und musste im nächsten Dickicht erst nach einer Lücke suchen.

Das Blaulicht sah er trotz der Dunkelheit im letzten Moment, bevor er wieder auf die Straße getreten wäre, weil der Streifenwagen mit hoher Geschwindigkeit fuhr. Er hielt es für eine gute Idee, noch in den Büschen zu bleiben und in die entgegengesetzte Richtung zu gehen, obwohl er nicht wusste, wo er war. Ein Mann mit Hund auf dem Gehweg rief etwas und leuchtete mit einer Taschenlampe in seine Richtung durch die Zweige, ging aber nach einer Weile weiter, als er sich nicht rührte und der Hund still blieb.

Auf der gegenüberliegenden Seite sah er irgendwann einen kleinen Park, überquerte eilig die Straße, folgte einem schmalen Weg, der ins Dunkel führte. Die Martinshörner waren jetzt so weit entfernt, dass er sich hinter einem mächtigen Stamm auf den Boden setzte und Atem holte. Der Riss in seinem Bein war tiefer als gedacht, und als er sich in der Panik der Flucht angefühlt hatte. Der Stoff der Hose war blutdurchtränkt, er fand in einer Tasche nur ein altes Papiertaschentuch, das er auf die Wunde drückte.

Sorin war nicht da, das wurde ihm erst jetzt wirklich bewusst, und er hatte keine Ahnung, wo sie sich verloren hatten.

Irgendwann war er über den Ast gegangen damals, und neben der Anerkennung der Jungs und dem Gefühl, jetzt ganz dazuzugehören, war noch dieser heiße, unvergleichliche Kitzel des Triumphs da gewesen.

An einem Tag, es war schon Herbst und etwas windig, hatte Nicolae, der jüngste von ihnen, das Gleichgewicht verloren, und weil er noch versucht hatte, den Ast zu greifen, war er in eine Rotation geraten und so aufgeschlagen, dass auch der federnde Waldboden und das weiche Laub dieses Geräusch nicht verhinderten, als zerbräche jemand überm Knie einen trockenen Ast.

Er nahm das Handy und wählte aus dem Gedächtnis Sorins Nummer. Der Ruf ging raus, aber der Freund nahm nicht ab. Er versuchte es ein zweites Mal ein paar Minuten später – mit demselben Ergebnis.

Dann wählte er, ebenfalls aus dem Gedächtnis, Ions Nummer.

»Ja.«

»Dumitru hier. Es ist etwas schiefgegangen.«

»Ich hab's geahnt. Hab das Gedudel gehört. Wo seid ihr?«

»Ich weiß es nicht. Und ich bin allein.«

»Wie allein?«

»Sorin ist nicht da. Wir mussten abhauen, und er geht nicht ans Handy.«

»Ihr solltet verdammt noch mal aufpassen, Scheiße. Haben sie ihn?«

»Ich weiß es nicht. Ich glaub nicht.«

»Wo bist du?«

»Keine Ahnung. Irgendwo in einem Park.«

»Wir warten noch eine Stunde ab. Dann treffen wir uns auf dem Parkplatz vom Baumarkt, du weißt schon, an der Autobahn, von der wir gekommen sind, den ich euch vorhin gezeigt habe.«

»Ich weiß nicht, wo ich bin.«

»Du machst das schon, kannst doch die Sprache einigermaßen. Ich warte. Pass aber auf und lass dich nicht erwischen.«

»Ich blute.«

»Du machst das schon.«

Ion drückte das Gespräch weg.

Er löschte die Nummer aus dem Speicher, steckte das Handy wieder in die Hosentasche und lehnte sich an den glatten Stamm, der zu einer Buche gehörte, wie er erst jetzt bemerkte.

Viele Wochen später, lange nach dem Moment, ohne Nicolae ins Dorf zurückzukehren, lange nach dem schreienden Weinen, nach der Verzweiflung, die allem ihren Sinn zu nehmen schien, lange nach der Beerdigung war Nicolaes Mutter ihm auf der Dorfstraße begegnet, war vor ihm stehen geblieben und hatte ihn lange angesehen.

»Warum hast du nicht auf ihn aufgepasst?«

Gesagt hatte sie diesen Satz nicht, damals nicht und auch danach nie.

Aber er hatte ihn ab da immer im Ohr gehabt.

Es waren keine Martinshörner mehr zu hören.

2

Im Rückspiegel waren nur ihre Augen zu sehen. Es waren die Augen ihres Großvaters, und Nour musste keine Sekunde überlegen, woran das lag.

Sie hatten dasselbe dunkle Braun, auch die geschwungene Linie der Wimpern war gleich, und beim Lachen verwandelten sie sich wie bei ihm in zwei Botschafter der Unbeschwertheit. Wenn sie aber gerade in diesem Moment darin so deutlich und klar den Blick ihres Vaters wiederfand, lag das an dem kleinen, ehrlichen Zorn, der in ihnen brannte.

Auch wenn Najim seit vielen Jahren tot war, erkannte Nour diese Eigenschaft sofort und mühelos, weil es bis zu seinem Tod genug Gelegenheiten in ihrem Leben gegeben hatte, in denen sie ihm begegnet war. Damals hatte dieser Zorn sie immer in Angst versetzt, sobald seine ersten Anzeichen aufzogen, meist große Angst, die oft berechtigt gewesen war. An diesem Morgen auf dem Rückweg von der Koranschule musste sie lächeln und sich bemühen, dass Huriye dieses Lächeln nicht bemerkte.

»Wir können ja schauen, ob wir andere bekommen. Vielleicht müssen es gar nicht diese sein.«

Im Rückspiegel zeigte sich in den kleinen dunklen Schlitzen keine Reaktion.

»Was hältst du davon.«

Ein kurzes Schnaufen war die Antwort.

Zwei rote Ampelphasen ließ sie ihrer Tochter Zeit, aber Huriye blieb stumm.

»Du willst mir nicht sagen, was du davon hältst?«

Wieder kein Wort.

Ein paar Momente forderte der Verkehr auf der Münsterstraße Nours Aufmerksamkeit, weil ein röhrender schwarzer Daimler Slalom fuhr und sie schnitt, dann bot ihr der Blick nach hinten dasselbe Bild.

»Andere Mütter sind viel netter zu ihren Kindern.«

»So, sind sie das?«

»Ja, Leylas Mutter hat ihr auch solche gekauft. Die ist viel, viel lieber als du.«

Auch wenn sie der kindlichen Enttäuschung einiges zugutehalten konnte, traf sie dieser Satz mehr, als sie es wollte.

»Mütter sind anders zu ihren Kindern, wenn sie sie lieb haben.«

»Du meinst, sie erfüllen ihnen alle Wünsche?«

»Jedenfalls manchmal.« Huriye machte eine kleine Pause. »Und wenn sie sich etwas sehr wünschen.«

»Ich weiß, dass du es dir sehr wünschst.«

»Nein, weißt du nicht. Weil du mich gar nicht lieb hast.«

Für einen Moment war Nour nicht imstande, etwas zu sagen, so sehr berührte sie die Fähigkeit einer Siebenjährigen, sie zu verletzen, und die Bereitschaft, diese Fähigkeit zu nutzen.

Der Verkehr stockte, und sie musste den Wagen abbremsen, bis er stand. Weiter vorn hörte sie Fahrzeuge hupen.

»Und irgendwann gehe ich auch fort.«

Jetzt blickte Nour über die Schulter.

Huriye hatte die Arme vor der Brust verschränkt und ignorierte, dass ihre Mutter sich ihr zuwandte.

»Du gehst fort?«

Ihre Tochter sah weiter aus dem Seitenfenster.

»Wohin willst du denn, wenn du fortgehst?«

»Weiß ich nicht, weg.«

Vor ihnen war immer noch hin und wieder Hupen zu hören, und in der Ferne ertönte ein Martinshorn, das schnell lauter wurde. Nour sah zuerst im Rückspiegel, wie der Streifenwagen auf dem Bürgersteig näher kam und dann an ihnen vorbeirollte. Kurze Zeit danach erstarb der Alarmton.

»Kleine Kinder können aber nicht einfach weggehen. Wenn die Polizei oder andere Menschen sie finden, bringt man sie wieder zurück zu den Eltern.«

»Ich bin aber kein kleines Kind mehr.«

Jetzt sah Huriye sie für einen Moment an und beugte sich so weit nach vorn, wie der Sicherheitsgurt es zuließ.

Langsam rollte der Verkehr wieder an, und Nour sah nach einer Weile im Vorbeigleiten, wie zwei Streifenwagen den schwarzen Mercedes eingekeilt hatten, zwei arabisch aussehende junge Männer aggressiv gestikulierend mit den Polizisten stritten und ein dritter mit dem Handy telefonierte. Einen der Männer hatte sie schon einmal mit ihrem Mann gesehen, kannte aber seinen Namen nicht. Sie versuchte, im Spiegel die Szene weiter zu verfolgen, was nicht gelang.

»Und mich findet keiner.«

»So, dich findet keiner.«

»Nein.«

»Wo willst du denn schlafen? Was willst du essen, wenn du fortgehst?«

Wieder schwieg Huriye, jetzt aber offensichtlich, weil sie mit der Antwort beschäftigt war.

»Ich finde schon was.«

»Ja? Was denn? Los, sag es! Was willst du essen, wo willst du schlafen? Willst du dich irgendwo draußen auf eine Bank legen?«

»Ich finde schon was!« Wieder lauter und mit kurzem Blickkontakt.

»Ach, Mäuschen, du wirst schon bald dein warmes, schönes Bett vermissen, da bin ich sicher. Und Mamas Kuchen.« Jetzt konnte Nour nicht verhindern, dass ihre Tochter das Lächeln wahrnahm.

»Du lachst mich aus.«

»Ich lache dich nicht aus.«

»Doch, du lachst über mich, weil du mir nicht glaubst. Aber du wirst es schon sehen. Und dann bist du traurig, weil ich weg bin.«

Wieder konnte Nour das Lächeln nicht vermeiden, auch wenn sie wusste, dass Huriye es sah.

»Alte Hure.«

Diese Worte kamen ganz leise, fast unsicher, und Nour war klar, dass das Kind nicht ihre wahre Bedeutung kannte, sie aufgeschnappt hatte, vielleicht in einer Situation, in der sie genau diesen Sinn hatten, zu verletzen oder zu provozieren, aber sie spürte, wie etwas in ihr anschwoll, das dieses Verständnis wegspülte.

»Ich will nicht, dass du so mit mir sprichst.«

»Bist du aber, eine Hure, weil du über mich lachst.«

Nour lenkte den Wagen in die nächste Parkbucht, hielt an und drehte sich nach hinten.

»Ich will nicht, dass du so mit mir sprichst!«

»Und immer schreist du.«

»Ich schreie nicht.«

»Doch, du schreist.«

»Nein, ich schreie nicht.«

Der Satz hatte ihren Mund kaum verlassen, als ihr klar wurde, dass sie doch geschrien hatte.

»Das sagt man nicht zu seiner Mutter, hast du mich verstanden? Das sagt man zu niemandem. Du entschuldigst dich sofort dafür!«

Auch das kam viel lauter, als sie es wollte.

»Entschuldige du dich doch.«

»Du entschuldigst dich sofort!«

»Tue ich nicht. Dann bist du eben keine Hure, dann bist du blöd.«

»Nein, ich bin auch nicht blöd. Du entschuldigst dich dafür, sofort. Sonst…«

Huriye beugte sich wieder nach vorn, und für einen kurzen Moment hatte Nour den Gedanken, dass Zorn selbst einem wunderschönen Kindergesicht etwas Bedrohliches verlieh.

»…sonst gehst du zu Fuß nach Hause.«

»Gut, dann gehe ich eben.«

Huriye löste den Sicherheitsgurt und öffnete die Tür.
»Jetzt ist Schluss. Hör mit diesem Blödsinn auf. Du entschuldigst dich sofort.«

»Ich entschuldige mich nicht. Du entschuldigst dich ja auch nicht.«

Ein paar Atemzüge lang sahen sie sich an, ohne dass ein Wort fiel.

»Gut, dann steig aus.«

Sekunden vergingen, dann stieg Huriye aus und schlug die Wagentür heftig zu. Ohne sich umzusehen, ging sie mit schnellen, kleinen Schritten die zwanzig Meter bis zur nächsten Hausecke und verschwand dahinter.

Schon als sie den Satz sagte, wusste Nour, dass er ein Fehler war, dass sie solch ein Spiel nicht durchhalten würde, noch nie in ihrem Leben hatte sie das gekonnt. Trotzdem hielt sie etwas für ein paar Augenblicke zurück, ihrem Kind zu folgen. Sie kannte ihre Tochter und wusste, dass sie nicht nur den Zorn ihres Großvaters geerbt hatte, sondern auch dessen Willen, solches bis zum Ende auszufechten. Dennoch hatte sie die leise Hoffnung, dass die kleine Gestalt gleich wieder auftauchen würde, dass zumindest ihr Kopf erschiene, um nachzusehen, wo sie bliebe. Aber nichts geschah. Mit einer ersten Welle von Furcht öffnete sie hektisch die Wagentür, hörte zuerst den Schrei und nahm dann den Stoß an der Schulter wahr. Der Radfahrer schlingerte, versuchte, einen Sturz zu vermeiden, und kippte dann doch um.

»Äy, geht's noch? Wie sieht's denn mal mit Aufpassen aus?«

»Tut mir leid, ich …«

Nour sah den jungen Mann an, der auf dem Asphalt saß, mit einer behänden Bewegung aufstand und sein Rad aufhob.

»Tut mir furchtbar leid. Ist Ihnen was passiert?«

Der Radfahrer untersuchte seine Hose und sah auch bei seinem Rad nach dem Rechten.

»Tut mir leid, ich wollte … meine kleine Tochter ist … also, sie ist ausgestiegen.«

15

Erst jetzt blickte Nour wieder zur Hausecke, aber von Huriye war nichts zu sehen.

Der Gestürzte betastete den Lenker und ein paar andere Stellen an seinem Rad.

»Scheint alles in Ordnung zu sein.« Er sagte es wieder leiser und nur noch mit Resten eines Vorwurfs.

»Ich muss grad ...«, sie zeigte konfus Richtung Hausecke. »Ich muss grad nach meiner Tochter sehen. Wenn Ihnen was passiert ist, dann ... warten Sie einen Moment, geht das?«

Als er keine Reaktion zeigte, die dagegensprach, und weiter das Rad befingerte, lief sie so schnell es ging zur Hausecke und hoffte mit leiser Panik, dass sie sofort die schmale Gestalt entdecken würde, dass Huriye sich vielleicht mit diesem kleinen Sieg begnügt hatte, doch ausgestiegen zu sein, und jetzt dort irgendwo wartete.

»Schon okay«, hörte sie den jungen Mann rufen und sah mit einem flüchtigen Blick zurück, dass er auf sein Rad stieg und losfuhr.

Als sie wenige Meter von der Ecke entfernt war, erschien ein alter Mann mit einem fetten, kleinen Hund, dem sie ausweichen musste, und dann endlich öffnete sich für sie der Blick in die Straße. Aber es war keine Huriye zu sehen.

Sie überquerte die Fahrbahn in der Hoffnung, dass die geparkten Autos auf der gegenüberliegenden Seite nur den Blick auf das Kind verhinderten, aber als sie auch diesen Bürgersteig entlangsehen konnte, war dort nur weiter hinten eine alte Frau, die steifbeinig ihren Rollator vor sich herschob.

Erst mit dem zweiten Blick sah sie am Ende der Straße für einen kurzen Moment die bunten Farben der Kleidung aufleuchten, die sie ihrer Tochter am Morgen zum Anziehen aufs Bett gelegt hatte. Dann schloss sich die Tür des schwarzen Geländewagens, von dem sie nur den hinteren Teil sah, und er fuhr eilig davon.

Nour rannte los, um das Kennzeichen zu sehen, aber als unvermeidbar wie ein Schwall Übelkeit eine Ahnung in ihr aufstieg, war es für einen Moment, als verlangsame sich alles um sie, und sie blieb stehen. Etwas in ihr wehrte sich gegen die Gedanken, die dieses Bild in ihr auslöste, aber es war zwecklos. Sie wusste, was das bedeutete.

Erst langsam, dann immer schneller rannte sie zurück zum Auto, kramte das Handy aus ihrer Tasche und hatte Mühe, mit der zitternden Hand die richtigen Buttons auf dem Display zu drücken.

»Ja?«

Die Stimme ihres Mannes ließ sie zurückkehren in die Wirklichkeit.

»Was ist?«

Keine Antwort.

»Hallo! Warum rufst du mich an?« Mit deutlichem Ärger.

Wieder ließ sie eine Zeit verstreichen, und sie wusste nicht, was schlimmer war, es zu sagen oder es zu hören.

»Huriye …«

3

Steiger hörte dreimal das Freizeichen.

»Ja, hallo…« Guttural, mit gewollter Verruchtheit, aber nicht zu dick.

»Der Werner ist hier, ist da die Monique?«

»Ja. Hallo, Werner, was kann ich für dich tun?«

»Ich hab deine Fotos im Internet gesehen, und, also… alle Achtung, sehr geil.«

»Danke.«

»Haben mich sehr angesprochen.«

»Wie schön.«

Jana auf dem Beifahrersitz verdrehte die Augen und schmunzelte. Auch wenn sie schon etliche dieser Kontaktaufnahmen mitgemacht und seinen Ton irgendwann »scharfer Handwerker sucht Entspannung am Nachmittag« genannt hatte, amüsierte sie etwas daran immer wieder, und Steiger wusste nicht, was es war.

»Hättest du mal Zeit für mich?«

»Natürlich. Wann?«

»Eigentlich könnte ich ganz spontan gleich bei dir sein. Ich müsste dafür nämlich meine Mittagspause nutzen, du verstehst schon…« Er lachte komplizenhaft.

Sie machte eine kleine Pause.

»Okay, da hast du Glück, es hat jemand abgesagt. Was heißt spontan?«

»Sagen wir in einer Viertelstunde. Ist das machbar für dich?«

»In einer Viertelstunde, das ist sehr spontan, aber okay.«

»Ganz wunderbar«, mit deutlicher Begeisterung. »Wo treffe ich dich?«

Sie nannte ihm die Adresse in Dortmund-Körne. Er kannte die Straße, und sie würden mindestens eine Viertelstunde brauchen. »Du musst bei ›Büro 3‹ klingeln, dann zweiter Stock.« Er verabschiedete sich, drückte das Gespräch weg und sah Jana an.

»Na, Werner, dann wollen wir mal was für dein Wohlergehen tun.« Sie startete den Wagen und fuhr los.

Zwanzig Minuten später parkte sie am Straßenrand ein paar Häuser vor der Adresse. Sie hatten am Morgen routinemäßig die Prostitutionsportale im Internet durchforstet und sich die Adressen angesehen. Diese hatten sie bisher noch nicht in ihrer Liste. Sie lag nicht im Sperrgebiet, trotzdem konnte man mal nach dem Rechten sehen. Steiger wies mit dem Finger auf die Kamera, die unter dem Dachvorsprung auf den Eingang gerichtet war, Jana blieb zurück. Er brach sich einen Stock von einem Strauch ab, brachte ihn auf eine handliche Länge und ging zur Tür. Mindestens dreißig Sekunden, nachdem er »Büro 3« gedrückt hatte, sprang die Tür ohne weitere Nachfrage über die Anlage auf; der Stock verhinderte, dass sie wieder ins Schloss fiel.

In der zweiten Etage fiel ihm auf, nicht nach der Lage der Wohnung gefragt zu haben, als Monique ihm half, indem sie von allein öffnete. Etwas älter als auf den Fotos im Internet, dachte Steiger, aber mit scheinbar echter Sympathie und einer Leichtigkeit, die ihm in diesem Job immer ein Rätsel bleiben würde. Sie trug kurze blonde Haare, eine rote Korsage und die üblichen höllischen Pumps.

»Hallo.« Sie schloss die Tür hinter ihm.

Die Begrüßung war zurückhaltend und passte zu der leisen Distanz am Telefon. Im roten Licht einer Ballonlampe erkannte Steiger, dass vier weitere Türen vom Wohnungsflur abgingen.

»Wir haben noch gar nicht über den Preis gesprochen.«

»Kommt drauf an, was du möchtest. Extras kosten extra.

Anal, SM, Natursekt und Ähnliches gehen nicht. Küssen nur bei Sympathie.«

Das reichte.

»Dann muss ich dich enttäuschen, Monique«, er zückte seinen Dienstausweis und öffnete die Tür, »Thomas Adam, ich bin kein Kunde, sondern von der Polizei, und das…«, Jana trat in den Flur, »…ist meine Kollegin Jana Goll.«

»Okay.« Nichts an ihrem Verhalten verriet, dass sie überrascht war. »Hatte ich länger nicht.«

»Ist sonst noch jemand in der Wohnung?«

»Ja, drei Mädchen, eine hat einen Kunden.«

»Sonst niemand?«

»Nein, sonst niemand.«

»Dann hol mal alle zusammen. Habt ihr einen Raum, den ihr gemeinsam…?«

»Die Küche.«

»Dann dort. Und alle sollen ihre Pässe und Anmeldungen mitbringen.«

Monique stieg von ihren Pumps herab, wechselte zu rosa Plüschpuschen mit Hundegesicht und wickelte sich in einen Bademantel.

»Und der Kunde?«

»Soll hinterher weitermachen«, sagte Steiger.

»Da kriegt Coitus interruptus doch eine ganz neue Bedeutung.« Jana mit hochgezogenen Augenbrauen. »Aber den Ausweis brauchen wir auch von ihm.«

Bevor sie ihre Kolleginnen holte, gab sie Steiger ihre Dokumente. Monique war in Kasachstan geboren, hatte einen deutschen Pass, und die Anmeldung als Prostituierte war gültig.

Von den anderen Frauen kamen zwei aus Bulgarien und eine aus Rumänien, deren Papiere auch in Ordnung waren. Eine der Bulgarinnen war neunzehn, und Jana verschwand mit ihr in einem der Räume. Bei den ganz jungen Ausländerinnen waren sie sich sicher, dass die ihr Geld an einen Beschützer abgeben mussten, und führten immer ein Gespräch unter vier Augen. Meistens brachte das nichts, aber einen Versuch starteten sie jedes Mal.

Der Zeuge blieb im Zimmer, und als Steiger zu ihm ging, überreichte er seinen Ausweis mit der Haltung und dem Gesicht eines Welpen, der auf den Teppich gepinkelt hatte. Der Mann war Mitte sechzig, trug ein Feinripp-Unterhemd und hatte vor Jahren mal jemanden betrogen, sagte der Kollege der Leitstelle, sonst war er sauber. Auch von den Frauen wurde keine gesucht, eine der Bulgarinnen war mal mit einem Ladendiebstahl aufgefallen.

Sie notierten sich noch Telefonnummer und Adresse des Vermieters für die eigenen Akten und fürs Ordnungsamt, dann war der Job erledigt.

Es hatte zu regnen begonnen. Jana fuhr los, und nach einiger Zeit suchte die Leitstelle einen Zivilwagen für einen Einsatz im Bereich Wellinghofen. Steiger meldete sich und bekam eine Adresse genannt.

»Hörte sich an wie ein älterer Mann. Der beobachtet einen jungen Burschen, der sich ziemlich auffällig verhält. Könnt ihr da mal vorbeischauen. Hat dort in letzter Zeit ein paar Einbrüche bei Dämmerung gegeben.«

Die Kollegin von der Leitstelle hatte richtig gehört, Georg Sieker war vierundsiebzig, hager, bewegte sich für sein Alter sehr geschmeidig, und sein Haus roch wie eine Tabakfabrik. Sein grauer Pudel sprang den beiden an den Beinen hoch und ignorierte Herrchens Anweisungen komplett.

»Gut, dass Sie kommen. Schnell, dann sehen wir ihn vielleicht noch.«

Er ging zügig durchs Wohnzimmer in einen Wintergarten vor, nahm ein riesiges Fernglas und lief fast in den Garten. Das Grundstück war mindestens doppelt so groß wie die anderen, mit zwei weiteren Schuppen im hinteren Bereich und dichtem Gebüsch ringsherum.

»Ja, da ist er noch, da hinten.«

An der Grenze zum Nachbargrundstück zeigte der Alte in eine Richtung und reichte Steiger das Fernglas.

»Er ist mir seit einer halben Stunde aufgefallen, als ich mit dem Hund raus war. Ging von der Straße in die Gärten von zwei Häusern, wo kein Licht brannte. Dachte erst, er würde irgendwelches Werbezeug verteilen, aber dann war er plötzlich wie vom Erdboden verschwunden. Bis er hier hinten bei mir wieder auftauchte.«

Das Fernglas hellte die schon deutliche Dämmerung ein wenig auf, und Steiger sah in einem Garten gegenüber einen Jugendlichen, der hinter Büschen Deckung suchte und dabei das Haus im Blick hatte. Er trug eine Jogginghose, Lederjacke und Turnschuhe. Steiger fiel auf, dass in dem Haus alles dunkel blieb, was den Jungen aber nicht veranlasste, sich dem Gebäude zu nähern. Nach einigen Momenten verließ er den Schutz des Strauchs und verschwand aus ihrem Blickfeld.

»Los, jetzt«, Jana ging vor, »das ist doch ein Klauer, da verwette ich wer weiß was drauf.«

Sie liefen so vorsichtig wie möglich in die Richtung, in die er verschwunden war.

»Stopp.« Jana blieb hinter einer Korkenzieherhasel stehen und hielt Steiger mit ausgestrecktem Arm zurück. »Da ist er.« Sie warf einen Blick auf den Alten, der langsam nachgekommen war. »Und Sie bleiben auf Ihrem Grundstück, verstanden!«

Wieder hielt der Junge sich im Schutz von Sträuchern oder Schuppen und sah sich nur um. Nach kurzer Zeit ging er weiter in den nächsten Garten, und Steiger und Jana hatten Mühe, unentdeckt dranzubleiben.

Dort hielt er sich nicht lange auf, weil im Haus Licht brannte und durchs Fenster Leute zu sehen waren, die um einen Tisch saßen. Danach verloren sie ihn für einen Moment aus den Augen. Steiger hatte das Fernglas mitgenommen, aber selbst das half nichts.

Auch wenn der Regen nicht schlimmer geworden war, spürte er, wie seine Jacke langsam den Widerstand aufgab. Mit einiger Mühe überstieg Steiger einen Zaun, und sie hatten ihn danach wieder im Blick. Dieses Mal war er mutiger und ging bis zur unbeleuchteten Veranda, drehte aber auch jetzt ab und schlich wieder Richtung Bäume, obwohl die Tür offensichtlich auf Kipp gestellt war, was einer Einladung gleichkam, wenn er ins Haus wollte.

»Was macht der?« Jana, ohne den Blick von ihm zu nehmen.

»Vielleicht baldowert der nur was aus.«

»Kann sein«, sagte Steiger. »Sieht trotzdem eigenartig aus. Hätte hier locker einsteigen können. Komm, wir kaufen uns den. Aber allein wird das schwer, der haut uns hier garantiert ab.«

Er wählte die Nummer der Leitstelle und fragte nach, ob ein Fahrzeug Nähe In den Stammen war, und hatte Glück.

Vier Minuten später läutete der erste Streifenwagen durch, nach weiteren zwei Minuten der zweite, und sie meldeten sich per Handy, weil die Kripoleute wieder kein Funkgerät dabeihatten.

Steiger wusste nicht mehr, wo genau sie sich befanden, versuchte, die Gärten zu zählen, die sie schon durchquert hatten, und lotste die Kollegen auf gut Glück auf die andere Seite der Häuser.

Der Bursche hatte sein Tempo verlangsamt und war in einem Garten länger herumgestromert, ohne dass sie den Grund dafür erkannt hätten. Als im Haus das Licht eingeschaltet wurde, kam Steiger aus der Deckung, Jana dicht hinter ihm.

»Hallo, Polizei, stehen bleiben!«

Der Junge brauchte nur einen flüchtigen Blick auf die beiden, dann sprintete er los. In ihre Richtung konnte er nicht, und vielleicht verhinderte die Beleuchtung des Hauses, dass er dort den Weg auf die Straße suchte. Er rannte zum Nachbargrundstück, das ohne jede Abgrenzung erreichbar war, und verschwand hinter der Ecke eines Kinderhauses. Steiger erreichte dieselbe Ecke fünf Sekunden später und sah das Holzscheit zu spät, um den Treffer ganz zu vermeiden, konnte aber verhindern, dass er ihn voll im Gesicht erwischte. Das Holz rutschte über seinen Scheitel, und er hatte das Gefühl, skalpiert zu werden. Nach drei Strauchelschritten stürzte er und rutschte über den nassen Rasen wie ein Bundesligaspieler beim Torjubel. Er konnte noch sehen, wie der Junge danach zwischen Haus und Garage verschwand und Jana dicht hinter ihm war. Dann war nur noch Geschrei zu hören.

So schnell es ging, rappelte Steiger sich auf und folgte den beiden durch den kleinen Gang zwischen den Gebäuden. Der Kollege und die Kollegin in Uniform hatten den Jungen auf dem Boden fixiert, legten ihm die Acht an und stellten ihn dann auf die Beine.

Steiger trat ganz nah an ihn heran, sein Schädel schmerzte, und er fand das Gesicht des Jungen aus der Nähe noch jünger, als es mit dem Fernglas ausgesehen hatte.

»Wir sprechen uns noch«, sagte er nach einigen schweren Atemzügen.

Dann bedankte er sich bei den Kollegen, wartete, bis Jana den Wagen geholt hatte, und sie verfrachteten ihn auf den Rücksitz.

4

Im Spiegel auf der Toilette sah Steiger sich die Wunde an. Es hatte ihn einige Haare gekostet, grad vorn, wo eh nicht mehr das meiste war. Ansonsten fühlte es sich schlimmer an, als es aussah. Ein Pflaster würde reichen.

In den Räumen des Einsatztrupps saß das Milchgesicht etwas verdreht auf dem Stuhl. Sie hatten ihm nach der erkennungsdienstlichen Behandlung für Steigers Toilettengang die Acht wieder angelegt, obwohl Oliver Kuhlmann, der Neue im Team, noch da war und in seinem Büro bei offener Tür irgendetwas zu Ende schrieb. Aber sicher war sicher. Jetzt nahm Steiger ihm das Eisen wieder ab.

Bisher hatte der Junge geschwiegen. Sein Aussehen war südosteuropäisch, da war er sich sicher, denn seine Haut hatte dieses sandige helle Braun, das kein Solarium der Welt hinbekam.

»Also, du willst nicht mit uns reden?«, sagte Steiger und setzte sich so dicht vor ihm auf die Kante des Computertischs, dass sein Knie ihn berührte. »Uns auch nicht deinen Namen sagen?«

»Wahrscheinlich versteht er uns wirklich nicht«, sagte Jana und drehte ihm den Bildschirm hin, wo sie die Frage in einem Übersetzungsprogramm in Rumänisch formuliert hatte.

Er sah flüchtig und desinteressiert auf den Monitor, danach streifte sein Blick Steiger, und es waren darin Scheu, Unsicherheit, fast etwas Schuldbewusstsein, jedenfalls nichts, was man brauchte, um anderen ein Holzscheit über den Scheitel zu ziehen.

Aber er blieb stumm.

Jana zeigte ihm den Satz auch in Bulgarisch, die Reaktion blieb dieselbe.

»Okay, versuchen wir es morgen noch einmal, ist eh schon spät«, sagte Steiger. »Eine Nacht im Tempel der Besinnung hat noch keinem geschadet.« Manche werden danach zu richtigen Labertaschen.«

Oliver Kuhlmann stand auf, sortierte das, was der Drucker ausspuckte, und blieb in der Tür stehen.

»Woher habt ihr das Bürschchen denn?«

»Hat in Wellinghofen in Gärten rumgespeckert«, sagte Jana, »aber ganz eigenartig.«

»Wie, eigenartig?«

»Irgendwie, als wenn er nicht genau wusste, was er wollte.«

»Kennen wir ihn?«

»Ne, hat natürlich nichts dabei«, sagte Steiger, »und seine Finger liegen auch nicht ein, jedenfalls ist er noch nicht erkennungsdienstlich behandelt worden. Bei den Tatortspuren müssen wir morgen abwarten, da wurde eben ein Update aufgespielt. Vielleicht haben wir da ja Glück. Wir lassen ihn mal 'ne Nacht bei uns schlafen.«

Kuhlmann schwieg einen Moment mit einem Gesicht, in dem Steiger ihm beim Denken zusehen konnte.

»War er doch irgendwo drin oder hat es versucht?«

Seit Kuhlmann den Einsatztrupp verstärkte, war es schon ein paarmal passiert, dass er Maßnahmen der Kollegen hinterfragte, und Steiger wusste nicht, was er davon halten sollte.

»Ne, eingestiegen ist er nicht«, Jana kam ihm zuvor, »aber er hat Steiger mit 'nem Holzscheit eins auf die Nuss gegeben. Eine gefährliche Körperverletzung haben wir also in jedem Fall.«

Kuhlmann hob den Kopf und nickte dann mit offenem Mund.

»So war's nicht gemeint, ich dachte nur …«

»Schon gut«, sagte Steiger, »immer schön rechtmäßig bleiben«, und er hoffte, dass das Lächeln den kratzigen Teil der Botschaft ein wenig entschärfte.

Kuhlmann lächelte kratzig zurück und ging an seinen Schreibtisch.

Im Gewahrsam wischte einer der Kollegen, die Dienst hatten, eine Urinlache vor einer der Zelltüren auf. Steiger kannte Eberhard Gerstorff von der gemeinsamen Zeit auf dem Streifenwagen, die eine halbe Ewigkeit zurücklag. Bei einem Einsatz hatte er einen entflohenen Doppelmörder bis in eine alte Fabrik verfolgt, wo dieser mit gezogener Waffe auf ihn wartete. Hardy war schneller gewesen und hatte den Mann erschossen. Obwohl ihm damals niemand einen Vorwurf machen konnte oder gemacht hätte, nicht rechtlich und auch moralisch nicht, war danach einiges in seinem Innern durcheinandergeraten und der Dienst auf dem Streifenwagen für ihn nicht mehr möglich gewesen. Er hatte es noch ein-, zweimal versucht, dann war die Straße für ihn Vergangenheit.

Immer wenn er ihn sah, hatte Steiger auch die Bilder dieses Nachmittags vor Augen. Fast zwanzig Jahre musste das jetzt her sein, rechnete er nach, und seitdem schloss Eberhard hier in den Katakomben die Zellen auf und zu.

Als Gerstorff das Trio kommen sah, hielt er inne und stützte sich auf den Stiel des Feudels.

»Schon das zweite Mal heute Abend, dass er von innen gegen die Tür pisst, das Arschloch. Und immer gefühlt fünf Liter, muss 'ne Blase wie ein Elefant haben.«

»Stellt ihm doch das Wasser ab.«

»Hab ich schon, aber der scheint vorher 'ne Kiste Bier gesoffen zu haben, ist nämlich auch voll wie 'ne Natter. Aber machen wir erst mal euren Kunden.«

Er stellte den Wischer an die Wand und führte die anderen in den Aufnahmeraum.

Der Junge legte seinen Gürtel ab und vierunddreißig Euro, Feuerzeug und Kippen auf den Tisch, dann brachten sie ihn zu Zelle 14. Nach Aufforderung zog er seine Schuhe aus, Gerstorff schloss auf und ließ ihn hinein. Als die Tür sich hinter der schlanken Gestalt langsam schloss, blieb der Junge stehen, hielt sie mit der linken Hand einen Moment zurück und sah durch den verbliebenen Spalt Steiger an.

»Tut mir leid, der Kopf«, sagte er, wartete mit scheuem, ernstem Blick Steigers Reaktion ab, dann fiel die schwere Tür ins Schloss. Einen Moment hallte das Geräusch in dem gefliesten Gang nach, und Steiger brauchte einen Moment, um mit der neuen Situation umzugehen. Er sah Jana an.

»Schau an. Er spricht die Sprache der Dichter und Denker. Sollen wir ihn noch mal mit nach oben nehmen?«

»Wenn er jetzt was sagt, redet er nach einer Nacht hier drin ganz sicher.«

»Okay«, sagte Steiger, »ist was dran.«

»Sind eh alles nur Sprüche«, sagte Eberhard Gerstoff, »alles nur Sprüche«, und machte sich wieder daran, die gelbe Lache aufzuwischen.

Jana ging vor, und Steiger blieb noch einen Moment neben ihm stehen, aber Gerstorff wischte gleichmütig und wortlos die gelbe Pfütze auf.

»Noch einen ruhigen Dienst, Hardy«, sagte er schließlich und folgte Jana zum Ausgang.

5

Sie hatte den Wagen kommen hören, ein Geräusch, so beiläufig, dass sie ihre Arbeit nicht unterbrach. Das leise, kaum wahrnehmbare Wimmern unmittelbar danach berührte ihre Aufmerksamkeit aber in einer Weise, dass sie Messer und Paprikaschote zur Seite legte und aus dem Fenster sah.

Das stählerne Rolltor hatte sich schon wieder ganz geschlossen, die Männer waren auf dem Weg zum Haus, und Yasid hatte das Kind auf dem Arm, dessen bunte Kleidung sich so deutlich vom schwarzen Anzug seines Trägers abhob, dass es in seinem Arm wie ein Fremdkörper aussah. Erst mit dem zweiten Blick erkannte Fuada, warum das Mädchen nur wimmern konnte; sein Mund war mit schwarzem Band verklebt, und auch das gab dem kleinen Gesicht eine fremdartige Künstlichkeit.

Mit schnellen Schritten ging sie durch die Räume zur Haustür, blickte die Treppe hinauf, hörte die anderen Frauen mit ihren Kindern lachen, die offensichtlich nichts mitbekommen hatten.

»Was hat das zu bedeuten?«

Die Männer kamen herein, ließen sie wortlos stehen und öffneten die Kellertür.

»Wer ist das, Tarek? Was ist das für ein Kind?« Sie hielt ihren Mann als Letztem in der Reihe am Ärmel fest und zwang ihn, stehen zu bleiben.

»Frag deinen Bruder, der müsste gleich hier sein.« Er löste seinen Arm aus ihrem Griff und folgte den anderen. »Und wer soll das schon sein, denk mal nach.«

Ein paar Sekunden brauchte Fuada, dann war ihr klar, dass die Worte ihres Mannes ihre erste Ahnung bestätigten.

Sie hörte, wie ein zweites Auto auf den Hof fuhr, wenig später kam Salah zur Tür herein.

»Wo sind sie? Unten?«

»Was ist das für ein Kind, Salah?«

Er ignorierte ihre Frage und stieg die Treppe hinab.

Sie folgte ihm, stolperte fast und fand die Männer in einem der fensterlosen Kellerräume, die als Lager für alles Mögliche genutzt wurden. Das Kind saß auf einer der Plastikkisten, weinte still und zitterte.

»Manchmal muss man Glück haben«, sagte Yasid und grinste.

»War so nicht geplant, aber wir hatten unfassbares Glück, hab meinen Augen kam getraut. Wir haben sie gesehen und waren an ihr dran wie abgesprochen, und sie war allein mit dem Kind. Die Hurensöhne hatten Omar und Bilal angehalten, und wir wollten schon dazu. Aber dann hielt sie an, und das Mädchen stieg aus, einfach so, mitten in der Stadt.«

»Wie, einfach so?«, fragte Salah.

»Sie ist einfach rechts rangefahren, und das Kind stieg aus. Wir suchen seit Monaten eine Gelegenheit – und dann das. Sah so aus, als habe es Stress gegeben, und das Kind lief weg. Wir sind um den Block, weil wir sonst aufgeflogen wären, und haben es abgefangen.«

»Okay«, sagte Salah, ohne weiter nachzufragen, »aber hier kann sie nicht bleiben. Sie muss weg, so schnell wie möglich.«

»Was ist los, Salah?«, fragte Fuada.

Ihr Bruder sah sie kurz an, dann beriet er sich wieder mit den anderen über den richtigen Ort.

»Was soll das, Salah?«

Wieder berührte sein Blick sie nur flüchtig.

»Sprich mit mir, was soll das? Ist nicht schon genug passiert?«

»Halt dich da raus, das ist nicht deine Sache.«

»Das ist nicht meine Sache? Nicht meine Sache? Ich habe meinen Sohn verloren in so einer… Sache, ich habe Abadin verloren. Und er ist nicht der Einzige.«

30

Jetzt wandte er sich ihr zu und fasste sie fest an den Oberarmen. »Nicht nur du hast deinen Sohn verloren«, sagte er nach einer Weile, »wir alle haben ihn verloren, die Familie hat ihn verloren. Hast du das vergessen? Diese Entscheidung ist nicht deine Sache, das ist das Gesetz. Halt dich da raus.«

Wenn er es auf diese Weise sagte, in diesem Ton, wusste sie, dass jedes weitere Wort in diesem Moment vergebens war, schon als sie noch Kinder waren, war das so gewesen.

Fuada ging zu dem Mädchen, setzte sich daneben und legte ihr einen Arm um die zitternden Schultern.

»Du verstehst mich doch, oder?«

Das Nicken war so zurückhaltend, dass es in dem Beben fast unterging.

»Kannst du sprechen?«

Wieder nickte die Kleine schwach, ohne Fuada anzusehen.

»Wenn ich dir jetzt das Band vom Mund nehme, willst du dann sprechen? Und versprichst du mir, nicht laut zu sein?«

»Lass das Band«, hörte sie Yasid sagen und wunderte sich, dass er das Wort ergriff, »wenn sie rumkrakeelt, hilft uns das nicht.«

»Ja, lass das mit dem Band«, wiederholte ihr Mann, »das hat sie nicht umsonst.«

Ohne die Worte der beiden zu beachten, löste sie mit vorsichtigem Zug den schwarzen Streifen von Mund und Wangen des Mädchens, begleitete das mit einem mühsamen Lächeln, um die Angst ein wenig zu vertreiben, aber auch das befreite Gesicht des Kindes behielt den Ausdruck tiefer Verzweiflung.

»Wie heißt du?«

Das Mädchen schwieg.

»Ich bin Fuada, und wie heißt du?«

»Huriye.« Leise, brüchig, mit Verzögerung.

»Für dieses Gerede ist keine Zeit jetzt. Sie muss hier weg«, sagte Salah. »Hier suchen sie sie zuerst.«

»Wir nehmen die Kiste«, sagte Yasid. »Und dann den Kombi, der ist am unauffälligsten.«

»Was heißt das, die Kiste?«, fragte Fuada.

»Wir können sie nicht offen im Auto sitzen lassen, sie darf nicht gesehen werden und darf selbst nichts sehen, das ist zu gefährlich, und sie muss hier weg, so schnell wie möglich.« Fuada stand auf, ohne die Hand des Kindes loszulassen. »Ihr könnt sie nicht in eine Kiste stecken, Salah. Sieh sie dir an, sie ist ein Kind. Und warum habt ihr sie dann erst hierhergebracht.« »Es sollte anders laufen, eine andere Möglichkeit gibt es jetzt nicht. Und halt dich da raus, verflucht, ich sag's nicht noch mal. Außerdem ist es nur für kurze Zeit. Wir fahren zu Issa. Er gehört nicht zur Familie, ihn haben sie nicht auf dem Plan, aber ich vertraue ihm. Dort sehen wir weiter.«

In der kleinen Hand fühlte Fuada das Zittern, und sie wusste nicht, ob es zwischendurch nachgelassen hatte und jetzt, bei Salahs Worten, wieder anschwoll.

»Nein, nicht die Kiste, das könnt ihr nicht machen.« Sie blickte zu dem Kind, das ihrem Blick auswich und auf den Boden sah. »Ich fahre mit.«

»Was meinst du damit?«

»Sie fährt mit mir, ich sorge dafür, dass sie ruhig bleibt. Aber nicht in einer Kiste.«

»Es geht nicht anders«, sagte Salah.

»Nicht die Kiste.« Sie nahm all ihre Festigkeit zusammen, die sie sich wie eine glimmende Kugel in ihrem Innern vorstellte, und gab sie ihren Worten mit auf den Weg.

Salah sah kurz zu dem Kind, dann suchte er mit Blicken für einen Moment unstet den Boden ab.

»Okay, wir nehmen den Sprinter, der ist noch unauffälliger«, sagte er, »und dann sorgst du dafür, dass sie keinen Stress macht, verstanden.« Er nickte in sich hinein. »Ist vielleicht ohnehin gar keine so schlechte Idee, wenn die Sache länger dauert. Und jetzt beeilt euch. Sobald ihr vom Hof seid, sage ich ihnen Bescheid, damit sie die Polizei aus dem Spiel lassen. Aber sie werden schon von selbst drauf gekommen sein, wo sie sein könnte.«

Ohne Nachfrage verschwand Yasid und kam wenig später mit dem Schlüssel des Transporters zurück.

Fuada ging in die Hocke und nahm die Hände des Kindes. »Wir machen jetzt noch eine Autofahrt, Huriye, ich fahre dieses Mal mit, du musst keine Angst haben. Aber du musst still sein, okay. Und wir machen ein Spiel. Wir verbinden dir die Augen, und wie das Spiel geht, erkläre ich dir im Auto, ja.«

»Ich will nach Hause.« Wieder waren die Worte kaum zu verstehen, weil auch ihre Stimme zitterte.

Wenig später stand der Wagen mit laufendem Motor vor dem Rolltor. Yasid trommelte mit den Fingern aufs Lenkrad, ihr Mann hatte das Handy am Ohr und wartete auf Salahs »Okay« aus dem Monitorraum.

Das Kind hatte sich auf der Rückbank mit der Augenbinde an sie gedrückt auf scheuer Suche nach etwas Halt, und es zitterte immer noch, weinte aber nicht mehr.

»Gut«, sagte Tarek, gab wortlos ein Zeichen und legte das Handy beiseite. Die stählerne Wand mit dem oberen Dornenrand vor ihnen setzte sich mit einem Ruck in Bewegung, und sie fuhren los, sobald die Lücke groß genug war. Beide Männer warfen noch einmal unruhige Blicke nach beiden Seiten, dann bog der Wagen in die Straße ein, und Yasid gab Gas. Fuada bemerkte, wie er unablässig in den Rückspiegel sah, was erst nachließ, als sie nach ein paar Minuten auf der Hauptstraße im dichteren Verkehr mitrollten.

»Was soll jetzt werden?«, durchbrach Fuada das angespannte Schweigen und wusste im selben Moment, dass es vor dem Kind darauf keine Antwort geben durfte.

Auch Tareks Blick über die Schulter schien das auszudrücken.

»Das ist nicht deine Sache«, sagte er trotzdem.

Doch, ist es, dachte Fuada, fühlte den Körper des Mädchens an ihrer Seite und in sich den glimmenden Ort.

6

Schon beim Erwachen war Evas Platz neben ihm leer und kalt gewesen. Er wusste, dass sie Zeiten für sich allein brauchte, von Beginn an war das ihre Abmachung gewesen, als sie bei ihm eingezogen war. Wenn man in seinem Alter war und die meiste Zeit seines Lebens allein gelebt hatte, war es keine große Sache, das zu kapieren. Und seit einer Weile machte sie in diesen Zeiten manchmal lange Spaziergänge, immer wenn sie es brauchte. Auch das konnte er verstehen. Aber zuletzt wünschte er sich in diesen Situationen immer häufiger und immer intensiver, sie sei da. Und das nicht, weil sie in ihm ein bisher nie erlebtes Gefühl freigelegt hatte oder weil Gesellschaft einfach angenehm war, so wie man an manchen Abenden sein Bier nicht gern allein trinken mochte im »Totenschädel«. Es war noch etwas anderes. Wenn Eva nicht da war, bekam er ein Gefühl für die Leere in seinen Räumen, das er vorher bei sich nicht kannte, und er wusste nicht, was er davon halten sollte.

Jetzt zeigte die Schalke-Uhr über der Küchentür kurz nach sieben. Steiger stellte seine Tasse nach dem letzten Schluck Kaffee auf die Spüle, zog seine Jacke an und ging aus der Wohnung. Es regnete. Als er den Wagen öffnete, hörte er seinen Namen. Eva kam auf ihn zu und lächelte, von ihrem Gesicht in der ovalen Öffnung der Kapuze liefen Tropfen.

»Schön, dass ich dich noch erwische, das hatte ich mir gewünscht.«

Sie legte ihre rechte Hand auf seine Wange und strich ihm mit dem Daumen über die Lippen. Steiger kannte diese Geste von ihr, sie machte es oft zur Begrüßung, und neben der Berührung genoss er in diesen Momenten immer den Duft ihrer Hände, in dem neben Seife oder Nikotin oder Zwiebel oder Erde immer auch ihr Geruch war.

»Wie lange bist du schon unterwegs?«

»Ich weiß nicht, eine Stunde, vielleicht länger.«

»Du passt schon auf, wohin du gehst und wer dir begegnet, wenn du um die Zeit durch irgendwelche dunklen Ecken spazierst, ja?«

»Ach Steiger«, sie schüttelte ein wenig den Kopf, und es fiel ihr ein Tropfen von der Nase, »ich bin doch schon groß.«

»Ja, ja. Bis nachher. Wollen wir essen gehen, oder so?«

»Mal sehen, nachher ist noch weit. Mach's gut. Und pass auf dich auf.« Sie blinzelte lächelnd mit einem Auge, was ihr seit dem Koma nicht mehr so leichtfiel, küsste ihn und ging ins Haus.

Weil er in der morgendlichen Parkplatzlotterie in den Straßen ums Präsidium an diesem Morgen eine Niete gezogen hatte, kam Steiger ziemlich nass im Büro an.

»Moin Steiger«, sagte Jana, als er hereinkam. »Übrigens, wenn du heute rausgehst, denk dran, es regnet.«

»Schon mal gleich morgens ein paar an den Hals bekommen?« Er zog seine Jacke aus und hängte sie über einen der Stühle.

»Ich komm jetzt nicht drauf, wie heißen noch mal diese Dinger, ach, Mann… Das sind so bespannte Drahtgestelle mit 'nem Griff, wenn man da auf einen Knopf drückt, gehen die…«

»Du bettelst echt um Prügel heute Morgen. Und Schirme sind was für alte Frauen.«

»Ihr sprecht über mich?« Gisa folgte Steiger unmittelbar, legte ihren Schirm aufgespannt in die Nähe der Heizung. »Kann sein, dass du recht hast, Steiger. Aber die Dinger sind schon praktisch«, sie ging in ihr Büro, »und sie halten trocken. Solltest du dir bei deiner Frisur einfach mal durch den nassen Kopf gehen lassen.«

»Das kann ja ein Tag werden. Wird man gleich morgens von der Chefin beleidigt und dem Stift verarscht.«

»Wer so darum bettelt«, sagte Gisa.

Jana lachte laut. Kuhlmann und Krone kamen herein, grüßten und blickten mit fragenden Mienen in die Runde.

»Werden hier schon Witze erzählt am Morgen?«, fragte Benno Krone, »versaute womöglich.«

»Niemals«, Gisa aus ihrem Büro, »du warst ja noch nicht da.« Krone schob die Unterlippe nach vorn und zog die Brauen nach oben. »Ich glaub, ich hol mir lieber erst mal 'nen Kaffee.«

Steiger sah, dass Kuhlmann schmunzelte, aber schwieg, und er fragte sich, ob sein Misstrauen gegen ihn berechtigt war, und ob es ihm selbst guttat.

»Soll ich denn mal gut zu dir sein, Steiger?«, fragte Jana. »Die KTU hat schon eine E-Mail an uns weitergeleitet, und unser Freund im Gewahrsam könnte 'ne dicke Nummer sein.«

Steiger nahm sich einen Kaffee mit Milch und Zucker, kam an ihren Schreibtisch und blickte auf ihren Bildschirm.

»Seine Fingerspur ist vor einem halben Jahr bei einem Tageswohnungseinbruch in Hörde gesichert worden. Und an dem Abend sind sie da in der Gegend noch in sechs andere Wohnungen eingestiegen, immer mit derselben Masche über Fenster oder Terrassentüren, und haben unter anderem an einem Tatort Uhren im Wert von einundfünfzigtausend Euro mitgehen lassen.« Sie klickte ein paar Seiten weiter und las zwischendurch. »Wobei das nur drei Uhren waren. Meine Güte, müssen ja ziemlich exklusive Dinger gewesen sein.«

»Wenn die Leute so was offen rumliegen lassen. Und Einbruch… dann ist das ja eine Sache für die 13er.« Er bückte sich und sah auf den Bildschirm. »Tanne ist Sachbearbeiter, ich ruf den gleich mal an.«

Er ging zu seinem Schreibtisch und nahm den Hörer ab.

»Was ja wirklich auffallend ist: dass der in seinem Alter kein Handy dabeihatte.«

»Ja, das stimmt«, sagte Jana. »Oder er hat es weggeworfen, und es liegt da irgendwo in den Büschen.«

Steiger wählte die Nummer des Kollegen, hatte aber den Kommissariatsleiter in der Leitung.

»Morgen Steiger, du wolltest Tanne sprechen? Der hat grad eine Haftsache und ist im Gewahrsam.«

»Noch eine? Dann habt ihr ja schon zwei. Wir haben gestern Abend nämlich einen jungen Burschen festgenommen, wahrscheinlich Rumäne oder Bulgare, der in Wellinghofen durch die Gärten zog und wahrscheinlich Häuser ausbaldowert hat. Seine Finger liegen nicht ein, wir wissen auch nicht, wer er ist, weil er nichts sagt, aber wir haben jetzt einen Spurentreffer bei einer Einbruchsserie vor 'nem halben Jahr hier in Dortmund mit 'nem fünfstelligen Diebesgut.«

»Und Tanne ist Sachbearbeiter?«

»Genau.«

»Scheiße… Ne, eigentlich super, aber…« Eine Weile schwieg Melcher ins Telefon. »Das ist nämlich nicht die einzige Haftsache heute Morgen, zwei Mann sind in der Mordkommission, zwei Dauerkranke, ich weiß nicht, wen ich loseisen soll.« Wieder machte er eine Pause. »Das heißt, der hat keinen festen Wohnsitz?«

»Wir kennen ihn bisher jedenfalls nicht. Wie gesagt, sieht aus wie ein Rumäne oder Bulgare und ist noch nicht ed-behandelt worden, es gibt nur diese Fingerspur. Und er spricht etwas Deutsch.«

»Könnte also gut sein, dass der einfährt, wenn wir den anbieten?«

»Na ja, wenn der nicht in Deutschland wohnt, und bei dem Vorwurf ist das sogar wahrscheinlich, oder?«

Wieder schwieg sein Gesprächspartner.

»Ich mach dir einen Vorschlag, Maik«, sagte Steiger, »wir holen ihn uns hoch und schauen mal, was er dazu sagt. Wenn er nichts sagt und auch seinen Namen weiter für sich behält, geht der sicher in U-Haft, aber dann rufe ich dich noch mal an, okay.«

»Das hilft mir sehr, Thomas. Wenn Gisa damit einverstanden ist, danke ich dir sehr.«

Steiger legte auf und sah auf seinem Display, dass Melcher postwendend Gisa anrief, um sich das Okay der Chefin zu holen. Für manche Führungskräfte sind Absprachen mit einfachen Beamten doch nicht dasselbe wie mit Ihresgleichen, dachte Steiger, auch wenn man sich zwanzig Jahre kannte, und Melcher war einer, bei dem ihn das nicht überraschte.

Gisa kam aus ihrem Zimmer.

»Maik vom KK 13 hat mich grad angerufen. Er sagte, es wäre schön, wenn ihr die Sache mit dem Festgenommenen aus Wellinghofen erst mal anleiert, ob das ginge und ob ich damit einverstanden wäre. Ich hab ihm das zugesagt.«

»Ich hatte ihm vorgeschlagen, dass wir das so machen«, sagte Steiger, »aber das Wort eines A11ers reichte offensichtlich nicht.«

»Ach, komm, fühl dich nicht gleich angepisst«, sagte Gisa nach einer Weile und ging wieder in ihr Büro. Aber es klang nach Verständnis.

Eine halbe Stunde später saß der Junge auf dem Stuhl vor Janas Schreibtisch, und wie immer fiel Steiger auf, dass eine Nacht auf einer Kunstledermatratze ohne Kissen auch an einem jungen Gesicht nicht spurlos vorüberging. Er sah aus wie am Morgen nach einem Vollrausch, und seine Haare standen zur Seite ab.

»Du sprichst Deutsch, wie ich seit gestern weiß?«

»Ja, bisschen.« Mit Verzögerung.

»Woher? Bist du Deutscher?«

Er schwieg, sein Blick wanderte über den Boden, dann sah er Steiger wieder an. »Nein.«

»Woher kommst du?«

»Nicht wichtig.«

»Sagst du uns deinen Namen.«

Wieder brauchte er länger für die Antwort. »Dumitru.«

»Und weiter?«

»Nicht weiter.«

Es ging etwas von ihm aus, das nicht zu seiner völligen Verweigerung passte, dachte Steiger. Dass Straftäter bei ihnen nichts sagten, war keine Besonderheit, aber meistens schütteten sie dabei kübelweise Verachtung oder Zorn oder gespielte Gleichgültigkeit aus. Der Junge wirkte wie jemand, der etwas im Kopf hatte, aber nicht sicher war, wie es in die Richtung laufen konnte, was auch zu seinem Verhalten an den Häusern am Abend passte.

»Okay, Dumitru, ich bin Thomas, und das ist Jana.« Er sah auf die Uhr. »Hast du schon gefrühstückt?«

»Nein.«

»Die kriegen gleich erst was im Gewahrsam«, sagte Jana.

»Okay, möchtest du einen Kaffee?«

Er sah Steiger an mit einer Miene wie bei einem Haustürgeschäft.

»Ja.«

Jana stand wortlos auf und ging zur Kaffeemaschine.

»Und dann muss ich dich belehren. Wir sind sicher, dass du vor ein paar Monaten hier in Dortmund eingebrochen bist, in mehrere Häuser, und dass du dabei etwas gestohlen hast. Du bist für uns damit ein Beschuldigter, so nennt sich das im Gesetz, verstehst du das so weit.«

»Ja, ich glaube.« Er nickte.

»Okay, und als Beschuldigter hast du das Recht, bei der Polizei keine Aussage zu machen, du kannst vorher einen Anwalt fragen oder die ganze Sache über einen Anwalt laufen lassen, auch verstanden?«

Wieder nickte er.

»Du kannst auch Beweisanträge stellen, das bedeutet, du kannst uns Hinweise geben, dass wir was ermitteln sollen, was für dich spricht. Das Wichtigste ist aber, dass du über die Sache nicht mit uns reden musst, alles klar?«

»Ja, alles klar.«

»Gut, wie gesagt, wir können beweisen, dass du vor sechs Monaten in mehrere Häuser eingebrochen bist und ziemlich wertvolle Dinge gestohlen hast. Möchtest du dazu was sagen?«

Jana stellte ihm den Kaffee hin.

Er beugte sich nach vorn, stützte sich auf den Knien ab und sah auf den Boden. »Nein, möchte nichts sagen.«

»Gut, möchtest du vorher mit einem Anwalt sprechen?«

»Weiß nicht, Anwalt. Kenne keine Anwalt.«

»Wenn du keinen kennst, können wir dir einen besorgen. Sollen wir das?«

»Weiß nicht. Habe kein Geld für Anwalt.«

»Gut, Dumitru, kannst du dir auch später noch überlegen. Möchtest du uns sagen, wie du heißt und wo du wohnst?«

Wieder ließ er etliche Sekunden verstreichen, verharrte in der Position und schüttelte schließlich den Kopf. Er nahm die Tasse und trank einen Schluck.

»Dann muss ich dir sagen, dass wir gleich mit einem Richter sprechen, der dich wahrscheinlich erst mal einsperren wird, das wird wohl so passieren. Wenn du uns deinen Namen sagst und wo du wohnst, passiert das vielleicht auch, vielleicht aber auch nicht. Möchtest du uns was sagen, wenn du das jetzt so weißt?«

Wieder schüttelte er den Kopf.

»Okay, deine Entscheidung. Und dann ist da noch die Sache mit dem Holzscheit.«

»Holzscheit?«

Steiger senkte den Kopf und zeigte auf das Pflaster.

»Ich Entschuldigung.« Wieder konnte er Steiger nur kurz ansehen. »Kann ich irgendwie wiedergutmachen?«

Steiger musste lachen. Er sagte es wie ein Kind, das man bei irgendetwas erwischt hatte, und sein Bedauern klang echt.

»Okay, Dumitru, 'ne Kiste Bier, und die Sache ist vergessen.«

Er zog die Brauen zusammen, dass eine senkrechte Falte auf der Stirn entstand.

»Kiste Bier … Ich verstehen nicht.«

»War'n Scherz, Junge, vergiss es«, sagte Steiger und lehnte sich im Stuhl zurück. »Was aber kein Scherz ist: Dafür schreiben wir auch eine Strafanzeige. Das ist gefährliche Körperverletzung, so heißt das im Gesetz, das ist auch eine Straftat, und dafür gilt dasselbe wie für die Einbrüche, auch dazu musst du hier nichts sagen. Möchtest du was dazu sagen?«

Er suchte nach Worten und knetete seine Finger. »Wollte... wollte nicht schlagen, hatte Angst. Wollte nicht verletzen.« Hältst du mich für einen Idioten? Du schlägst mir mit 'nem Stück Holz fast den Schädel ein und wolltest nicht verletzen. Wem willst du das denn erzählen?, wäre seine normale Reaktion gewesen, dachte Steiger, aber für ihn ging von diesem Jugendlichen etwas aus, was das verhinderte.

»Willst du uns verarschen, sag mal?« Für Jana offensichtlich nicht. »Du wartest hinter einer Ecke, schlägst mit einer Waffe zu und wolltest niemanden verletzen?« Ihr Gesicht unterstrich das Gesagte mit dicker Linie.

»Nein...«, er rutschte auf dem Stuhl hin und her, »nichts mehr sagen.«

Ein paar Atemzüge brauchte Jana.

»Okay, dann schreibe ich das so auf, dass du nichts mehr sagen willst, ja. Du musst das nämlich gleich unterschreiben.«

Er nickte, lehnte sich zurück. Nach einer Weile nahm er noch einen Schluck Kaffee.

»Eine Frage habe ich noch, einfach so, schreiben wir auch nicht auf«, Steiger verschränkte im Sitzen die Arme hinter dem Kopf. »Was wolltest du gestern in den Gärten, dort? Warum bist du da so blind rumgelaufen.«

Er trank noch einen Schluck Kaffee und überlegte lange mit Blick in die Tasse, die er mit beiden Händen hielt. »Nichts mehr sagen.« Dabei hob er den Kopf und sah Steiger an.

»Okay«, sagte Steiger und überlegte, ob er es noch fünf Minuten versuchen sollte, ließ es dann aber.

Dumitru unterschrieb noch Belehrung und Aussage, dann brachte Steiger ihn wieder in seine Zelle.

7

Sie hätte sie zählen sollen. Fuada sah auf den Teller, war aber nicht in der Lage zu sagen, wie viele Honigkuchen es vorher waren und ob einer fehlte. Vielleicht hatte sie wieder nichts gegessen, nur etwas getrunken, aber nicht genug für die zwei Tage, die sie schon hier war. Auch von dem Spielzeug hatte sie nichts angerührt, sondern die meiste Zeit auf der Matratze gelegen, auf der ihr die Frauen mit Kissen und Decken ein Lager errichtet hatten. Fuada hatte am Anfang versucht, mit Huriye zu reden, hatte ihr kleine Geschichten erzählt, Beiläufiges aus ihrem Alltag, um der Situation das Besondere zu nehmen, hatte versucht, sie zu trösten, ihr die Angst zu nehmen und Hoffnung zu geben, aber sie hatte noch keinen Weg zu diesem Kind gefunden. Und auch den anderen Frauen war es nicht gelungen.

Jetzt schlief sie, und das waren die einzigen Momente in diesen beiden Tagen gewesen, in denen Fuada nicht den Ausdruck von Angst auf diesem kleinen schönen Gesicht bemerkt hatte.

Neben Issas Familie wohnte noch die Familie seines Cousins in dem Haus, deren Kinder so klein waren, dass ihnen das fremde Mädchen noch nicht auffiel.

Mit dem Bild der schlafenden Huriye ging sie in eines der Badezimmer im zweiten Stock, um allein zu sein. Sie schloss die Tür, setzte sich auf den Toilettendeckel und rief sich die Bilder von Abadin auf. In diesen Momenten tat sie das nicht so, wie man an ihn beim Autofahren dachte, beim Einkaufen oder der Hausarbeit. Es waren andere, sehr bewusst gesuchte Augenblicke der Begegnung, für die sie sich einen inneren Raum geschaffen hatte, der keinen besonderen äußeren Raum brauchte.

42

Sie hätte nicht mehr sagen können, wann sie damit begonnen hatte, wie viel Zeit verstrichen war, seit man ihren Sohn verpackt wie eine Ware auf einem Lkw in den Libanon gebracht hatte, versteckt vor deutschen Behörden, heimlich und unwürdig, um ihn dort zu begraben. Anfangs waren diese Begegnungen bestimmt und beherrscht gewesen von dem Bild, als Salah ihn an diesem Abend ins Haus getragen hatte, mit dem herabhängenden, leblos schwingenden Arm und auf den weichen Zügen seines Gesichts den harten Ausdruck des Todes.

Vielleicht lag der Grund darin, dass sie dieses Bild einfach nicht mehr ertragen wollte, nicht mehr nur diesen einen Moment für fünfzehn Jahre des Glücks in sich tragen wollte, aber mit der Zeit war es ihr immer mehr gelungen, das zu überwinden und ihren Sohn wieder so zu sehen, wie er sie in jeder Sekunde begleitet hatte, mit seiner Fröhlichkeit und seinem Lachen, mit seinem Dasein, seinem Bei-ihr-Sein, mit dem er über jede Sekunde ihres Lebens Glück ausgeschüttet – und damit eine neue Welt für sie erschaffen hatte.

Bei den Reisen in diese Welt, in der es den lebendigen Abadin noch gab, verlor sie nicht nur die Bindung zu allem, was sie umgab, sondern auch jedes Gefühl für Zeit. Manchmal sprach er mit ihr, oft sogar, ohne dass sie ihn etwas gefragt hätte, sondern von ganz allein, weil er ihr etwas sagen wollte.

Als sie die Tür zum Bad wieder hinter sich schloss, hörte sie unten zwischen den Stimmen der anderen Frauen auch Männerstimmen, von denen sie eine als die ihres Bruders erkannte.

Salah war mit vier von den Sicherheitsleuten gekommen, deren Namen sie oft nicht kannte. Es waren jüngere Männer, die alle eine Waffe trugen, das wusste sie und hatte es auch schon gesehen. Wenn er mit ihnen unterwegs war, trug ihr Bruder seine Waffe nicht, eine Maßnahme, damit man ihm bei irgendwelchen Kontrollen nichts vorhalten konnte, er keine vermeidbaren Schwierigkeiten bekam. Denn die Hurensöhne ergriffen jeden noch so kleinen Anlass mit Kusshand, den er ihnen bot, sagte er.

Manchmal fragte sie sich, was aus Abadin geworden wäre. Ob auch er sich irgendwann seine Haare abrasiert hätte und muskelbepackt mit einer Waffe durch diese Welt gegangen wäre, diese Welt, die ihr immer fremder wurde und in die hinein sie ihn geboren hatte.

Sie sah aus dem Fenster, wie Salah gestikulierend etwas mit den Männern besprach, worauf zwei davonfuhren und er Richtung Haus ging. Unten im Flur hörte sie ihn mit Issa sprechen, kurze Zeit später kamen beide die Treppe nach oben.

»Wo ist sie?«, fragte ihr Bruder.

»Sie schläft.«

»Macht sie Ärger, oder wie geht es?«

»Sie hat Angst, nein, sie macht keinen Ärger«, sagte Fuada, »und sie ist sehr still.«

Mit dem Hinweis, dass er etwas Bestimmtes erledigen würde, verabschiedete sich Issa und ging wieder nach unten.

»Du müsstest dir zwischendurch ein paar deiner Sachen von zu Hause holen, oder eine der Frauen kann sie bringen«, sagte er, »denn wir werden die Orte wechseln, vielleicht sogar täglich, und bei dir ist sie wenigstens ruhig.«

»Was heißt das: Wir werden die Orte wechseln?«

»Ich habe es ihnen gestern mitgeteilt und die Bedingungen genannt, und die Polizei wird nicht im Spiel sein, da bin ich sicher. Sie werden allerdings selber unterwegs sein und nach ihr suchen oder Leute dafür holen. Und sollten sie es erfahren, würde es noch mehr Ärger geben, darum ist es wichtig, dass wir die Spur verwischen. Wir wechseln alle ein, zwei Tage den Ort.«

»Wohin sollen wir denn?«

»Ich habe die nächste Unterkunft schon ausgesucht, die Männer fahren euch. Ist alles ganz in der Nähe, ich glaube, damit rechnen sie nicht. Sie vermuten, dass wir sie weit weggebracht haben, vielleicht sogar ins Ausland.«

»Wo sind diese Orte?«

»Du musst das nicht wissen, die Männer fahren euch, sagte ich doch. Ich werde auch nicht mehr bei euch auftauchen, kann sein, dass sie mich im Auge haben. Ansonsten lassen wir nach außen alles ganz normal weiterlaufen.«

»Warum das Ganze, Salah, wozu?«

»Sie bezahlen für den Tod von Abadin. Seit fast zwei Jahren steht das aus.«

»Womit kann man den Tod meines Sohnes bezahlen?«

»Das ist nicht deine Sache.«

»Du glaubst, für das Leben meines Sohnes kann man bezahlen?«

»Das ist das Gesetz, du weißt das.«

»Und wenn sie das nicht tun? Was passiert dann?«

»Auch das steht im Gesetz.«

Sie sah ihn wortlos an, und es bestand kein Zweifel, was er damit meinte.

Er verabschiedete sich knapp und folgte Issa nach unten.

Leise öffnete Fuada die Tür zum Zimmer des Kindes und schloss sie hinter sich, ohne es aufzuwecken. Wieder betrachtete sie dieses jetzt im Schlaf angstlose Kindergesicht, das mit seinen Linien und Schwüngen, mit seinen Farben und Flächen und weichen Schatten wie das perfekte Meisterwerk eines Künstlers war, bei dem jede Veränderung eine Einbuße bedeutet hätte, ein Meisterwerk und dazu das vollendete Symbol des Friedens.

Nach einer Weile stand sie auf, verließ das Zimmer und ging wieder ins Bad, schloss die Tür und setzte sich erneut auf den Toilettendeckel.

Sie musste mit Abadin reden.

8

Christa brachte zweimal Jägerschnitzel mit Pommes rot-weiß und zwei Biere an den Tisch, und Steiger fiel auf, wie selten er im »Totenschädel« in all den Jahren an einem Tisch gesessen hatte, schon gar nicht an diesem. Aber die Kneipe war gut besucht heute Abend.

»Du weißt, wir könnten jetzt auch ganz feudal zuschlagen, mein Lieber, das wäre es mir wert gewesen, aber du wolltest es ja so«, sagte Batto.

Sie stießen an.

»Auf deine unverdiente, erschlichene, erschwiegene, arscherkrochene und völlig ungerechtfertigte A13«, sagte Steiger und nahm einen Schluck.

Batto lachte.

Er hatte die offizielle Feier auf die Beförderung des Freundes verpasst, und Batto wollte ihn dafür in den teuersten Gourmettempel von Dortmund einladen, dessen Namen Steiger nicht mal mehr einfiel. Aber er hatte ein Essen in der Stammkneipe für passender gehalten. Dann nehmen wir wenigstens das teuerste Gericht, das es dort gibt, hatte Batto gefordert, worauf er sich einlassen konnte.

»Werden sie dir damit jetzt nicht irgendwann einen anderen Job anbieten?«

»Kann schon sein«, sagte Batto und nahm den ersten Bissen.

»Und dann?«

»Sie können mir anbieten, was sie wollen, ich muss ja nicht annehmen.«

»Irgendwo Wachleiter, immer schön warm im Büro, kein Nachtdienst mehr…«

»Du weißt doch: Der Wachdienst ist mein Leben.« Das wusste Steiger, und Battos Ehe war vor vielen Jahren nicht daran gescheitert, aber es hatte Momente gegeben, in denen seine Frau mit der Reihenfolge der Dinge im Leben ihres Mannes große Schwierigkeiten gehabt hatte.

»Ich habe alles, was ich immer wollte. Ich kann meine Uniformgeilheit leben, ich wollte vorne stehen, und wenn es in diesem Laden schon Leute gibt, die etwas mehr sagen, wo es langgeht, und welche, die es gesagt bekommen, dann weiß ich, zu welcher Gruppe ich gehören will.«

Das war immer das Ziel des Freundes gewesen, Steiger wusste das von ihm, seit sie vor über dreißig Jahren in der Polizeischule ein Zimmer geteilt hatten. Und er wusste, dass es mit Battos Vater zu tun hatte, auch wenn der viele Jahre tot war. Einem sizilianischen Bauernjungen, dem er es immer noch zeigen wollte, dass aus dem Sohn eines stolzen Stahlkochers bei Hoesch auch etwas geworden war, und dem er jetzt furchtbar gern mit ebenso großem Stolz und mit fünf silbernen Sternen auf der Schulter gegenübergetreten wäre.

Batto war damit bei der Polizei seit Langem in völlig anderen Regionen unterwegs als er. Es gab viele andere, bei denen es Steiger mittlerweile schwerer fiel, das zu akzeptieren, als er selbst je gedacht hätte. Aber nicht bei Batto, da war er sich immer sicher gewesen, weil er ihre Freundschaft in jeder Minute für einen Glücksfall in seinem Leben hielt. Und es war auch nicht so, dass er es Batto nicht mit jeder Faser gönnen würde, dass sich dessen Lebenstraum so komplett erfüllte. Aber es gab da seit einiger Zeit eine Stelle in ihm, die sich wie ein erstes Halskratzen anfühlte, das man lange nicht bemerkt hatte, obwohl es schon da gewesen war, und das er manchmal auch in Battos Gegenwart spürte, wenn es um diese Dinge ging.

»Und bei euch? Tut sich da was personell?«

»Wir haben einen Neuen, jüngerer Typ, kommt aus Duisburg.«

47

»Und? Passt er in die Truppe?«, fragte Batto zwischen zwei Pommes frites.

»Ich bin mir nicht sicher. Hat so was Nassforsches, Überprüfendes.«

»Wie meinst du das?«

»Na, bei so manchen Maßnahmen, die man getroffen hat, fragt er zum Beispiel einfach noch mal nach, schon irgendwie kollegial, aber mit so 'nem kontrollierenden Unterton.«

Batto kaute zu Ende und nahm einen Schluck Bier. »Ist doch gar nicht so verkehrt, sich gegenseitig auf die Finger zu schauen. Will vielleicht noch was werden bei der Polizei. Und das ist ja kein Fehler.«

Steiger wusste nicht, ob es das leise Verständnis war oder die gefühlte Solidarisierung, aber da war es wieder, das leichte Halskratzen.

Im »Totenschädel« war es so voll wie nur selten, und es war laut. Trotzdem hörte Steiger vom Tisch schräg gegenüber Wortfetzen und Halbsätze wie »reiner Volkskörper« und »entartet«. Äußerlich waren diese Leute mittlerweile nicht mehr so leicht zu erkennen wie noch vor einigen Jahren. Zwei der fünf jungen Kerle am Tisch, von denen einer der Wortführer zu sein schien, trugen Krawatte, was man in den Kreisen gern tat. Zwei andere hatten Lederjacken an, und das Mädchen sah aus wie Millionen anderer Mädchen in dem Alter. Und das, was Steiger vom Schriftzug auf dem Kapuzenshirt unter einer der Lederjacken erkennen konnte, hätte zu einer der eindeutigen Marken gehören können, aber er sah nur zwei Buchstaben.

»Und was ist mit deiner Jana?«, fragte Batto.

»Meine Jana…« Steiger wiegte den Kopf.

»Du weißt schon, wie ich das meine. Gehörte die nicht mittlerweile auch zu den Förderungswürdigen im Hause? Ich meine, Gisa hätte so was auch mal erzählt. Und die will das doch auch.«

»Ob sie dazugehört, weiß ich nicht. Auf diese Listen haben Leute wie ich keinen Zugriff.«

Batto stoppte die Gabel auf halbem Wege zum Mund und sah Steiger an. »Kann es sein, dass sich bei dir in letzter Zeit was verändert hat, Alter? Du wolltest das alles doch nicht, hast du immer mit Nachdruck posaunt.«

»Ach, war nur ein Spruch. Aber Jana will das schon, ja. Und ich wünsche ihr und der Polizei, dass es klappt. Jana gehört eindeutig zu den Guten.«

Ein junger Mann, der aussah wie ein Türke kam von der Toilette und war gleichzeitig auf sein Handy konzentriert. In Höhe des Tischs mit den jungen Leuten blieb er stehen und tippte intensiv auf dem Display. Die Truppe am Tisch nahm das wahr und stellte das Gespräch ein.

»Du stehst im Licht, Ali. Leg den ersten Gang ein und flieg mit deinem Teppich weiter«, sagte eine der Lederjacken.

Der junge Türke lenkte sehr beiläufig seine Aufmerksamkeit vom Handy auf den Sprecher, sah sich der Reihe nach alle am Tisch an, dann sagte er etwas Türkisches.

Für einen Moment war die Sechsergruppe sprachlos, bis die Lederjacke aufstand, vom Krawattenträger aber zurück auf den Sitz gedrückt wurde.

»Hier wird Deutsch gesprochen, Ali, hast du noch gar nicht mitgekriegt in deinem Klein-Istanbul, oder?«

»Wie«, sagte der Türke, »ihr versteht mich nicht? Ihr sprecht nur eine Sprache? Wie schwach ist das denn?«

»Du willst diese Laute als Sprache bezeichnen«, machte der Zurückgehaltene sich Luft. »Ist nicht dein Ernst? Ülü ükü üsü…«

Das Mädchen am Tisch lachte, der Türke lachte auch.

»Außerdem haben Teppiche gar keine Gangschaltung, die sind alle Automatik. Ihr habt echt von nichts eine Ahnung.«

Damit ging er an seinen Tisch.

Auch Batto hatte sich umgedreht und das Gespräch verfolgt.

»Da sind wir ja grad noch mal vor einem Einsatz hergekommen«, sagte er, wandte sich wieder Steiger zu und nahm einen

Schluck Bier. »Cool reagiert, ist ja nicht die Regel bei unseren türkischen Mitbürgern.«

Wenige Minuten später zahlte die Truppe. Sie zogen ihre Jacken an, und der geschniegelte Wortführer hielt den kleineren der Lederjackenträger zurück, als dieser noch einmal Anstalten machte, zum Tisch der Türken zu gehen.

Auf dem Weg zum Ausgang konnte Steiger das Gesicht des Kleineren in der Lederjacke sehen, das er kannte.

»Ist was«?, fragte Batto nach.

»Ich bin mir nicht sicher, aber einer der Typen könnte Janas Bruder gewesen sein, der Kleinere.«

»Ach du Scheiße, in solchen Kreisen hängt der rum? Aber Jana hat doch russische Wurzeln, nicht? Ist bei denen gar nicht so selten.«

»Ja, macht ihr auch große Sorgen, die Sache. Der Bursche hat schon 'ne Akte bei uns wegen Körperverletzung.«

»Vielleicht täuschst du dich auch.«

»Ne, glaub nicht. Ich hab ihn mal auf den ED-Fotos gesehen, als Jana sie am Monitor aufgerufen hatte. Ich glaub, ich täusch mich nicht. Ist 'ne echte Scheiße.«

Christa brachte zwei frische Biere.

»Du solltest manchmal aufpassen, welche Gäste du hier reinlässt, Christa.«

»Keine Sorge, Steiger, das mach ich schon.«

»Hast du die Sprüche eben mitgekriegt? Bei den Leuten würde ich mir das echt überlegen.«

»Wenn ich alle die nicht reinlasse und rausschmeiße, deren Gerede mir nicht passt, wäre ich hier an den meisten Abenden ziemlich einsam«, sagte Christa, »oder du und ich, wir zwei Schönen wären zu zweit.« Sie versuchte, Steigers Ernsthaftigkeit wegzuscherzen.

»Aber die von der Sorte müssen es doch wirklich nicht sein.«

Christa atmete einmal tief durch, richtete sich auf und wurde ernst. »Solange sie ihr Bier zahlen, ist mir egal, worüber sie am

Tisch reden, Steiger, auch wenn das in deinen Ohren furchtbar klingt. Ich muss nämlich auch meine Rechnungen zahlen. Und das meiste, was ich hier zu hören kriege, ist nicht meins, das glaub man.« Wieder mit Lächeln. »Und sogar du kriegst hier als Schalker doch auch dein Bier. Dat ist schon mal am allerwenigsten 'ne Selbstverständlichkeit.« Sie schlug ihn mit dem Tablett auf den Oberarm und ging.

Auch Batto lachte und zuckte mit den Schultern.

Für den Nachhauseweg hatte Steiger es abgelehnt, die paar hundert Meter in Battos Taxi mitzufahren. Einmal, weil es eine sternenklare Nacht war, und vielleicht halfen ein paar Schritte dabei, nach dem Riesenschnitzel und den Bieren nicht als Medizinball ins Bett zu gehen.

Kurz bevor sie aufbrachen, hatte Batto einen Anruf bekommen und eine Zeit mit einem anderen Dienstgruppenleiter seiner Wache über eine Personalsache gesprochen. In der Situation war es wieder da gewesen, das Halskratzen, ganz deutlich. Er spürte es auch jetzt noch, wenn er über die Situation nachdachte, und er wusste nicht, ob ihn das fremde Gefühl, das in diesen Momenten den Freund von ihm entfernte, beunruhigen sollte.

9

Der Mann kam mit zwei schnellen Schritten aus der Wohnungstür auf den Flur gelaufen, jung, schwarze Klamotten, Baseballkappe, riss das Ninja-Schwert nach oben, schrie exzessiv und rannte auf ihn zu. Steiger schoss sofort, traf nicht, der schwarz Gekleidete lief weiter schreiend in seine Richtung, und der zweite Schuss saß. Mit der Waffe über dem Kopf blieb der Schwertträger abrupt stehen und brach dann auf der Stelle zusammen. Es erinnerte Steiger an die Druckgiraffe, ein Spielzeug aus seinen Kindertagen, wenn er mit dem Daumen die kleine Holzscheibe am Boden nach oben gedrückt und den Gummis alle Spannung genommen hatte.

Er sah sich seine Waffe an, deren Verschluss in geöffneter Stellung geblieben war. Mit dem letzten Schuss. Er ließ das Eisen wieder nach vorne schnellen, nahm Gehörschutz und Brille ab und ging zum Munitionstisch, um seine Magazine wieder zu füllen.

»Das wär's«, sagte der junge Schießtrainer, der sich am Anfang vorgestellt, dessen Namen Steiger aber vergessen hatte. »Darfst das Ding wieder ein Jahr draußen mit dir rumtragen.« Er lächelte wie beim Überreichen eines Geschenks.

Jannik? Patrick? Hendrik? Er gab es auf.

Der Kollege nahm ihm die Sachen ab und trug Steigers Ergebnis in eine Liste ein.

Mit einer Rolle Aluplättchen ging Steiger zur Leinwand, klebte seine Einschüsse ab und machte sich auf den Weg zur Dienststelle.

»Du bist schon wieder da, das passt gut«, sagte Gisa, als er die Räume des Einsatztrupps betrat. »Die 13er haben gefragt, ob wir ein, zwei Teams zur Unterstützung für eine Durchsuchung schicken können.«

»Meinetwegen.«

»Wir haben heute Morgen nur fünf Leute im Dienst, die anderen kommen erst gegen Mittag, und ich habe ihnen die Namen Kuhlmann, Krone, Bulthaup und deinen schon genannt und dachte, ihr könntet das machen.«

»Was ist mit Jana?«, fragte Steiger. »Ich dachte, die wäre schon längst hier.«

»Ist sie auch. Jana unterstützt die 11er, erst mal nur heute.«

»Haben die 'ne Mordkommission? Stand gar nicht in der Tageslage.«

»Nein, ist irgend so eine andere Geschichte. Soll nicht gleich an die große Glocke gehängt werden.«

Steiger schob die Unterlippe nach vorn, zog die Stirn in Falten und gab sich damit zufrieden.

»Am besten, ihr geht gleich hoch, denn die wollen in etwa einer Stunde schon den Aufschlag machen, ist wohl etwas eiliger, und da müsste ja noch einiges besprochen werden.«

Der Rest der Truppe machte sich schon auf den Weg. Steiger schnallte sich Acht und Taschenlampe an, holte seinen Einsatzrucksack aus dem Schrank und nahm sich noch einen Kaffee, die Zeit musste einfach sein. Er ging zu Gisa und blieb in der Tür stehen.

»Ist das absolut geheim, oder kannst du mir was zu der Sache von Jana sagen?«

Gisa sah auf, nahm die Brille ab und lehnte sich zurück. »Ach, du weißt doch, bei manchen Fällen sind sie vorsichtig, ist ja auch nicht so verkehrt. Und das ist schon ein größeres Ding. Wir haben eine Entführung mit erheblicher Lösegeldforderung, und die Familie legt erst mal großen Wert darauf, dass das nicht an die Öffentlichkeit kommt.«

»Das heißt ja nichts. Wenn die Ermittlungen es erfordern ...«

»Ja, schon klar, aber im Moment ist es wohl noch machbar.«

»Und? Ist da was dran?«

»Ja. Und so professionell wie die Täter übers Internet Kontakt aufnehmen und überhaupt agieren, ist die Sache sehr ernst zu nehmen.«

»Um wen geht es? Oder ist das geheimstgeheim?«

»Um einen der Geschäftsführer der Firma ›Latena‹ oder so ähnlich, eine Finanzfirma, die wohl mit internationalen Transaktionen irre Gewinne machen, so 'n Börsending, und die haben ihren Sitz eben hier bei uns. Dessen Frau ist am Urlaubsort an der Ostsee entführt worden, da haben die ein Haus. Aber behalt es erst mal für dich, okay.«

»Schon klar.« Er trank einen Schluck Kaffee, damit es beim Gehen nicht überschwappte, und folgte den anderen, kam aber nach wenigen Metern noch mal zurück. »Und warum Jana?«

Gisa hatte die Brille schon wieder auf und nahm sie noch einmal ab. »Es gibt Hinweise, vielleicht auch nur die Annahme, dass die Täter russischen Hintergrund haben. Jana sollte was übersetzen, Texte oder Telefongespräche, ich weiß es nicht genau.«

Steiger nickte und ging.

Eine halbe Stunde später saß er neben Oliver Kuhlmann in einem Touran, und sie fuhren zu dem Aldi-Parkplatz, der als Treffpunkt in der Nähe des Objekts ausgemacht war.

»Kennst du die Örtlichkeit?«, fragte Kuhlmann.

»Nein, nicht direkt. Ich kenne die Gegend, aber das Objekt ist mir nicht bewusst.«

»Kommt es oft vor, dass ihr andere Dienststellen in der Weise unterstützt?«

Er wusste wenig von dem neuen Kollegen, nur so viel, dass er bisher Wachdienstführer bei einer Diensttour in Bochum gewesen war und dann den Wechsel zur Kripo gemacht hatte. Einer mit Führungserfahrung.

»Schon. Und nicht nur bei Durchsuchungen.«
Er ließ eine Zeit verstreichen, und Steiger hatte den Eindruck,
er wartete auf eine weitere Erklärung.
»Sondern ...?«
»Na ja, die ein oder andere Festnahme ist auch dabei oder alle
möglichen Überprüfungen. Was daran liegt, dass wir halt meistens später anfangen und später und länger arbeiten als der Rest
der Kommissariate.«

Sie waren vor den meisten anderen am Treffpunkt, was Steiger
noch Zeit für einen schnellen Zigarillo gab.

Nachdem alle eingetrudelt waren, fragte Mustafa von den
13ern noch einmal alle acht Teams ab, ob alles klar sei. Es war
sein Verfahren und sein Einsatz, und er hatte sich entschlossen,
ohne Spezialeinheiten reinzugehen, obwohl nicht ganz klar war,
was sie erwarten würde. Es sollte dort reichlich Schore aus verschiedenen Einbrüchen und Raubüberfällen lagern, darauf hatte
es zwei Hinweise gegeben, einer von einem guten V-Mann, wie
Mustafa sagte, der auch gehört haben wollte, dass das Zeug bald
abtransportiert werden solle. Darum war schnelles Handeln an-
gesagt, was auf Kosten der Aufklärung ging.

»Die letzten zwei Stunden ist wenig Bewegung am Objekt,
sagt unser Obs-Team. Wahrscheinlich sind unsere beiden Ver-
antwortlichen drin, die hatte ich euch eben schon beschrieben.
Seit zwei Stunden steht ein Wagen da, der auf Said Baba zugelassen ist, und das ist einer, der unserer Ahmad-Familie zuzurech-
nen ist. Das hatte auch der V-Mann nicht auf dem Schirm, und
das wäre schon eine andere Nummer, also schauen wir mal, was
passiert. Alles klar.«

Einige nickten, alle bestiegen die Autos und fuhren los. Die
beiden Teams für die rückwärtige Absicherung bogen vor dem
Objekt in einen kleinen Weg ab, der Rest fuhr zügig auf den Hof
des Objekts, das aussah wie viele kleine Firmengebäude aus der
Zeit mit angegliedertem Wohnhaus und einer kleinen Laderampe
an der Seite.

Mustafa ging vor, klingelte, und ein arabisch aussehender Mann öffnete nach einer Weile.

»Guten Morgen, die Polizei Dortmund, Deniz, meine Name«, er hielt ihm den Ausweis hin, »darf ich Ihren Namen wissen.«

»Warum?« Der Mann war überrumpelt, dennoch sofort aggressiv, zog die Tür wieder ein wenig zu, aber das erste Team drückte sie auf, stieß ihn in den Flur zurück und die anderen folgten eilig. Er versuchte, das zu verhindern, wurde aber von einem Team an die Wand gestellt, und der Rest der Leute ging schnell an ihm vorbei, die ersten mit der Hand an der Waffe.

»Wir haben einen richterlichen Durchsuchungsbeschluss für dieses Haus«, sagte Mustafa, während die Kollegen den Mann durchsuchten, »und den werden wir jetzt vollstrecken. Ist sonst noch jemand im Gebäude?«

Der Mann antwortete nicht, sondern rief laut etwas Arabisches den Flur entlang, woraufhin auch Steiger seine Waffe zog. Die ersten Teams waren schon in den unteren Räumen, und Steiger hörte, wie »Sicher«-Meldungen gerufen wurden.

Mit Kuhlmann im Schlepptau lief er die Treppe nach oben. Das erste Zimmer war leer, im zweiten stand ein junger Mann am Fenster, arabisch, schlank, nicht zu groß, keine Waffe, und telefonierte mit dem Handy.

»Polizei Dortmund«, rief Steiger, »das Handy runter!«

Der Mann reagierte nicht, aber Kuhlmann war schon bei ihm und riss ihm das Handy vom Ohr.

»Was soll die Scheiße, ich kann telefonieren …«

»Können Sie gleich auch wieder«, sagte Kuhlmann, legte das Handy auf einen Tisch, drückte ihn an die Wand, und beide durchsuchten ihn.

»Eine Person in der ersten Etage«, rief Steiger durch die geöffnete Tür. »Wir sind von der Polizei, sagte ich schon«, wieder leiser, »ist sonst noch jemand hier oben?«

»Ich sage euch überhaupt nichts, ich muss gar nichts sagen.«

»Ne, musst du nicht.«

Sie ließen von ihm ab, er war sauber, und führten ihn nach unten in die Küche, wo auch schon der Türöffner und ein Dritter saßen, beide redeten laut und aggressiv auf Mustafa ein.

»Sie können Ihren Anwalt sofort anrufen, nur kann der Ihnen in dieser Situation auch nicht helfen, die Durchsuchung findet statt, und zwar jetzt, da wird er Ihnen nichts anderes sagen.«

»Ich will, dass mein Anwalt sofort kommt, vorher passiert hier nichts, das ist Willkür. Ich will den anrufen, jetzt!«

»Wollen Sie mir nicht erst mal Ihren Namen sagen, und das etwas ruhiger? Können wir uns irgendwie auf einen anderen Ton einigen? Dann kann ich Ihnen in aller Ruhe erklären, was hier passiert.«

»Einen Scheiß muss er«, mischte sich der aus der ersten Etage ein.

Beide hatten nur einen leichten Akzent, fiel Steiger auf, und er gab dem Team, das noch in der Küche war, das Handy, das sie sichergestellt hatten, mit der Info, dass der Mann keinen Ausweis dabeihatte. Dann gingen sie wieder nach oben und teilten sich in den Räumen auf.

Sie suchten nach Schmuck, Uhren, und bei einem Raub waren Goldmünzen und Goldbarren die Beute gewesen, was bedeutete, dass man auch in kleinsten Ecken und hinter Bildern nachsehen musste.

Steiger war im ersten Raum fertig, als er von unten aufgeregte Stimmen hörte, ein Gemisch aus Deutsch und Arabisch. Beim Blick aus dem Fenster sah er, dass mittlerweile auf dem Hof hinter den zivilen Einsatzfahrzeugen mehrere Autos parkten, allesamt große Limousinen, aus denen meist jüngere Männer stiegen und Richtung Haus gingen.

Nebenan rief Kuhlmann nach dem Foto-Team.

Als Steiger den Raum betrat, zeigte der Kollege auf die geöffnete Klappe am Schornstein. Steiger kniete sich davor, leuchtete hinein und erkannte die Schnur erst auf den zweiten Blick, die mitten im Schacht hing und irgendwo oberhalb befestigt sein musste.

Unten im Flur wurden die Stimmen lauter, und er hörte, wie einer der Kollegen laut »Platzverweis« rief. Er ging zum Fenster, es waren noch zwei aufgemotzte Daimler dazugekommen und auch zwei Streifenwagen, die Mustafa offenbar schon zu Hilfe gerufen hatte.

Anja, die Fotografin, kam herein, kniete sich vor den Kamin und machte mit Blitz zwei Aufnahmen.

»Dann wollen wir mal sehen, ob das nur Reste vom Weihnachtsmann sind oder unsere Schore«, sagte Kuhlmann.

Steiger fand den Scherz ziemlich müde, aber vielleicht sollte er die gute Absicht anrechnen.

Mit der blauen Latexhand griff er in das Loch, und Steiger musste an eine Szene aus einem Indiana-Jones-Film vor Jahren denken, in der Harrison Ford in so ein Loch fassen musste, in dem es von riesigen Insekten gewimmelt hatte. Kuhlmann zog sacht die Schnur heraus, musste vorsichtig den ein oder anderen kleinen Widerstand überwinden, aber schließlich kam eine längliche Plastiktüte zum Vorschein, die ein ziemliches Gewicht zu haben schien. Wieder fotografierte Anja jedes Stadium. Dann begann er, das Klebeband zu lösen und die Tüte zu entfalten. Sehr behutsam griff er hinein und hielt zusammengerollte durchsichtige Plastikbogen mit kleinen Fächern in der Hand, in denen meist große Goldmünzen oder kleine Goldbarren steckten.

»Bingo«, sagte Anja, machte erste Fotos, bevor Kuhlmann wieder alles mit Vorsicht in den ursprünglichen Zustand brachte, um keine DNA- und Fingerspuren zu zerstören.

Steiger ging nach unten, um Mustafa Bescheid zu geben, aber auf dem Flur war Tumult, und es hatten sich fast alle anderen Durchsuchungskräfte versammelt und versuchten, gemeinsam mit den uniformierten Kolleginnen und Kollegen zu verhindern, dass von der mittlerweile beträchtlichen Gruppe vor der Tür jemand ins Haus kam.

»Ich bin der Anwalt von Herrn Baba, und ich verlange, dass Sie mich einlassen.« »Ein Mann mittleren Alters, der als Einziger aus der Meute Anzug und Krawatte trug, soweit Steiger sehen konnte, hatte sich durch die Gruppe nach vorn gekämpft. Zwei Kollegen zogen ihn in den Flur und schlossen die Tür dann mit Mühe. »Ich bin Mohammed Hassan, der Anwalt von Herrn Baba. Können Sie mir erklären, was hier vorgeht?« Sein Ton und seine Mimik passten nicht im Geringsten zu der Höflichkeit seiner Wortwahl, fand Steiger und spürte, wie Wut in ihm aufstieg.

»Wir haben einen richterlichen Durchsuchungsbeschluss für dieses Objekt, Herr Hassan, und …«

»Damit kannst du dir den Arsch abwischen und euer Richter auch, und …«

Der aus der ersten Etage war wieder der Lauteste, der Rechtsanwalt brachte ihn mit einer kleinen Handbewegung zum Verstummen.

»… und wir sind dabei, den zu vollstrecken.« Damit reichte er dem Anwalt das Papier, das dieser aufmerksam las.

»Und? Sind Sie fündig geworden?« Mit einer Wagenladung Herablassung, als er fertig war.

»Bis jetzt noch ni …«, sagte Mustafa.

»Doch, sind wir.« Steiger versuchte, nicht zu triumphierend zu klingen. Alle sahen ihn an. »Wir haben oben etwas gefunden, was sehr nach dem aussieht, wonach wir suchen.«

Mustafa sah ihn an mit einem kaum erkennbaren Lächeln.

»Ich war auf dem Weg zu dir«, sagte Steiger, »Oliver und Anja verpacken es grad vorsichtig.«

»Und im Keller ist hinter einem Schrank ein Safe, in den wir gern mal schauen würden.« Meier von den 13ern stand direkt hinter Steiger und meldete sich zu Wort. Jetzt sahen alle ihn an.

»Safe? Keine Ahnung …« Der aus der ersten Etage.

»Gibt es dafür einen Schlüssel?«, fragte Meier.

»Ich sagte doch, keine Ahnung, ich weiß nichts von einem Safe. Wahrscheinlich vom Vorbesitzer.«

»Okay«, sagte Mustafa, und sein Ton war noch ruhiger als vorher, »dann holen wir jemanden, der das Ding öffnet.« Er wandte sich wieder dem Rechtsanwalt zu. »Sie sehen, Herr Rechtsanwalt, wir sind tatsächlich schon fündig geworden. Und Sie«, jetzt zu den dreien, die um den Küchentisch saßen, »sind vorläufig festgenommen, alle drei.«

»Womit wollen Sie denn das begründen?« Der Rechtsanwalt, nicht mehr ganz so siegessicher im Ton, fand Steiger.

»Zumindest, bis wir wissen, wer diese drei Herren sind, denn keiner von denen hat einen Ausweis dabei. Und ihre Fingerabdrücke hätten wir auch sehr gern. Und wenn Sie heute noch was Gutes tun wollen, Herr Hassan, so als Mann des Rechts«, Mustafa machte eine kleine Pause, »dann wirken Sie auf die Leute vor der Tür ein, dass das hier nicht eskaliert.«

»Ich habe mit den Leuten vor der Tür nichts zu tun, Herr Wachtmeister, ich kenne sie gar nicht.«

Mustafa lächelte es weg.

»Okay, dann müssen wir es anders machen.«

»Ich mach das schon«, sagte Steiger und hielt das Handy hoch. Er ging in einen Nebenraum, wählte die Nummer der Leitstelle und forderte den Gefangenentransporter und noch einen Streifenwagen zur Unterstützung an, man konnte nie wissen.

Der Kollege von der Leitstelle hatte gesagt, dass das jetzt das dreizehnte Fahrzeug sei und dass man früher für drei Festnahmen mit zwei Streifenwagen ausgekommen wäre, und Steiger war sich nicht sicher, ob er das nur im Scherz gemeint hatte.

Weil unten im Moment alles ruhig war, ging er noch einmal in den Raum in der ersten Etage, sah sich die geöffnete Klappe an und fragte sich, ob er die verdammte Schnur auch entdeckt hätte. Es gab etwas an dem Neuen, das ihn störte, aber das Ding im Schornstein beeindruckte ihn.

10

Als Fuada ihre Tasche fast fertig gepackt hatte, fiel ihr auf, dass sie gar nicht genau wusste, was diese alles enthielt, so sehr waren ihre Gedanken mit anderem beschäftigt gewesen. Aber es wäre auch nicht so wichtig gewesen, hätte sie etwas vergessen, denn Salah hatte gesagt, sie blieben mit dem Kind in der Nähe, weshalb sie leicht alles hätte nachholen können, sollte etwas fehlen. Sie nahm die oberen Teile beiseite, um den Inhalt zu kontrollieren, und sah, dass sie die Tasche sehr üppig gepackt hatte, mit dünnen und warmen Sachen, auch welche gegen Regen, und sogar ihr Nageletui hatte sie mitgenommen, das sie vor Ewigkeiten von ihrer Mutter geschenkt bekommen hatte und nur auf längeren Reisen mitnahm. Zuerst lächelte sie und schüttelte den Kopf über ihre eigene Unkonzentriertheit. Aber dann verflog das Lachen, und sie wusste nicht, worüber sie verwunderter war. Darüber, diese Gedanken bei sich zu entdecken, die sich angeschlichen zu haben schienen wie Kinder beim Spiel, oder darüber, wie naheliegend sie ihr erschienen, jetzt, als sie sie entdeckt und aus ihrem inneren Versteck geholt hatte.

Sie nahm die Tasche und ging nach unten, wo sie auf Rana traf. Issa hatte gemeint, sie solle auf die Sicherheitsleute warten, die etwas zu besorgen hatten und noch nicht zurück waren. Als Fuada das zu seinem Unmut nicht wollte, hatte er ihr seine Nichte als Begleitung ins Auto gesetzt, als sie schon fast vom Hof gefahren war. Es sei zu zweit besser, hatte er gesagt, und es sei weniger auffallend. Aber Fuada hatte es als ein Zeichen von Misstrauen empfunden.

Rana war trotz ihrer vierundzwanzig Jahre schon zweifache

Mutter und hatte ihrem Mann, dem Sohn eines Freundes von Issas Familie, zwei Söhne geschenkt, womit sie nicht nur seine, sondern aller Wünsche erfüllt hatte. Sie erzählte Fuada, dass sie großes Glück gehabt habe, weil sie in Syrien gelebt und ihren Mann in Deutschland vor der Hochzeit nicht ein einziges Mal gesehen hatte. Er sei aber ein wirklich guter Mann, für den sie viel empfinden könne.

Ansonsten schwieg sie die meiste Zeit der Fahrt, was Fuada angenehm war, weil sie so ihre Gedanken ordnen konnte, die neu entdeckten und die alten.

»Hast du Kinder?«, fragte Rana nach einer Weile.

»Ich hatte einen Sohn«, sagte Fuada.

Rana sah sie von der Seite an, und ihre Miene verriet, dass sie nach der Antwort nichts Gutes erwartete und die Frage schon bereute.

»Aber du hast ihn nicht mehr?«

Fuada blickte weiter nach vorn mit einem Tränenlächeln.

»Nein, ich habe ihn nicht mehr.«

Eine Zeit lang herrschte wieder Schweigen zwischen ihnen.

»Willst du nicht wissen, was passiert ist?«, fragte Fuada schließlich.

»Doch«, sagte Rana und machte eine Pause, »aber ich habe ein wenig Angst vor der Antwort, wenn ich ehrlich bin. Und ich will dich nicht verletzen.«

»Schon gut. Nach diesem Erleben gibt es in meinem Leben keine Verletzungen mehr.«

»Was ist passiert?« Trotz der Aufforderung musste Rana auch jetzt den Mut für die Frage erst sammeln.

»Er ist erschossen worden. Er ist erschossen worden, weil sein Vater zuvor einen anderen jungen Mann getötet hat, der auch ein Bruder und Sohn war.«

Sie mussten vor einer roten Ampel halten und waren fast schon wieder auf der Straße, die zu Issas Anwesen führte.

»Und warum hat sein Vater diesen anderen Mann getötet?«

Die Ampel schlug auf Grün, und Fuada bog ab.

»Weil der andere Mann vorher wieder einen Mann so schwer verletzt hat, dass dieser zeit seines Lebens gepflegt werden muss und nie mehr wird laufen können. Wo das alles seinen Anfang nahm, weiß ich nicht so genau. Es geht darum, dass diese Männer Drogen an einem Ort verkauft haben, an dem sie das nicht durften. Zumindest sagen das mein Bruder, mein Mann und alle anderen Männer aus meiner Familie. Und er durfte das nicht, weil sie selbst an diesem Ort Drogen verkaufen wollen.«

Rana schwieg. Vielleicht reichten ihr die Informationen, vielleicht wollte sie gar nicht wissen, wie alles angefangen hatte, und noch weniger, wohin es führen würde, dachte Fuada. Denn dann müsste sie sich irgendwann auch die Frage stellen, was einmal aus ihren Söhnen würde, die jetzt der Stolz und das Glück der Familie waren und für Rana eine ähnliche uferlose Freude, wie Abadin für sie gewesen war und immer noch war, auch wenn sie jetzt ein paar innere Vorkehrungen treffen musste, um mit ihm eine Zeit der Gemeinsamkeit zu erleben. Aber vielleicht stellte Rana sich diese Fragen schon, und es waren die Antworten, die sie still werden ließen.

Bevor sie ihr Ziel erreichten, bog sie noch einmal ab und fuhr einen Umweg, der eine lange Gerade enthielt, auf der es eventuelle Verfolger schwer hatten, unentdeckt zu bleiben; Salah hatte ihr so etwas beigebracht. Am Ende der Geraden, die ein wenig anstieg, fuhr sie rechts ran und wartete einen Moment, aber im Rückspiegel war nichts Verdächtiges zu erkennen. Dann setzte sie ihren Weg fort, und ihre Gedanken kehrten zurück zu Huriye und führten sie von dort unweigerlich zu deren Mutter. Fuada kannte die Frau nicht, Tarek und Salah hatten erzählt, dass sie mit einem der beiden Brüder verheiratet war, die in der Familie das Sagen hatten, und sie hatte aus Gesprächen der beiden erfahren, dass Huriye deren einziges Kind war.

Einmal war sie mit im Auto, als Salah mit einem der Sicherheitsleute an dem Haus der Familie vorbeigefahren war, aber sonst war es nicht viel, was sie sicher von dieser Frau wusste, nicht, wie alt sie war, nicht, wie sie aussah, sie kannte nicht einmal ihren Namen, aber es brauchte auch nicht mehr, um ganz sicher zu wissen, was sich in dieser Frau jetzt abspielte. Sie sah sie vor sich und hätte wer weiß was dafür gegeben, mit ihr reden zu können, nur einen Moment. Sie hätte keine Angst gehabt vor den Fragen dieser Frau, nicht vor einer Anklage, zu der sie alles Recht der Welt gehabt hätte. Sie hätte ihr nur gern etwas gesagt, vielleicht nur einen Satz.

Fuada bog auf die Einfahrt von Issas Grundstück ein und fuhr den Wagen in die Tiefgarage.

»Danke für deine Begleitung«, sagte sie zu Rana, nahm ihre Tasche vom Rücksitz und verschloss das Auto.

»Wie alt war dein Sohn, als er getötet wurde?«, fragte Rana, unterbrach ihren Gang und blieb vor der Tür zum Treppenhaus stehen.

»Er war sechzehn.«

Rana nickte und wandte den Blick ab.

Vielleicht rechnet sie jetzt nach, dachte Fuada, wie viele unbeschwerte Jahre ihr noch bleiben mit ihren Söhnen. Aber sie sagte nichts mehr und ging nach oben.

So leise wie möglich öffnete sie die Tür zum Zimmer des Kindes und musste im ersten Moment lächeln, weil Huriye nicht schlief, sondern aufrecht saß, mit dem Rücken an der Wand lehnte und sie mit einem Blick empfing, der anders war als noch am Morgen und in den Tagen davor.

»Salam, Huriye«, sagte sie, setzte sich auf den Rand der Matratze. »Hast du schon etwas getrunken.«

»Ich will nach Hause«, sagte das Kind, anstatt zu antworten, und auch jetzt war in seinem Blick etwas, das vorher nicht da gewesen war, seit Fuada mit ihm zusammen war.

»Du musst etwas trinken«, wiederholte sie ihre Forderung mit möglichst fürsorglichem und sanftem Ton.

»Aber ich will nichts trinken, ich will nach Hause.« Dieses Mal sagte sie es lauter, noch einen Deut energischer und beugte sich dabei nach vorn. »Ich will wieder nach Hause!«

»Einen Augenblick«, sagte Fuada, stand auf, verließ den Raum und stellte sich im Flur ans Fenster. Das Kind sollte ihre Tränen nicht sehen, aber die Art, wie dieser kleine Mensch seine große Angst von gestern mit seinem mutigen Zorn für einen Moment besiegt hatte, warf sie von einer Sekunde auf die andere zurück in ihre eigene Kindheit, und sie verstand jede winzige Regung dieses kleinen Herzens, die zu dieser Reaktion geführt hatte.

Sie ging in die Küche, nahm aus dem Kühlschrank den Teller mit den Honigkuchen und kehrte zu dem Mädchen zurück, das immer noch in seiner alten Position auf der Matratze saß.

»Ich weiß, dass du nach Hause willst, Huriye«, sagte sie, setzte sich auf den Rand der Matratze und hielt ihr den Teller hin. »Aber auch wenn man nach Hause will, hilft es dir nichts, wenn du nichts isst. Diese Kuchen hier hat meine Mutter immer für mich gebacken, wenn es mir nicht gut ging oder wenn ich krank war. Meist haben sie geholfen, weil sie danach schmeckten, dass alles irgendwann wieder besser werden kann. Ich weiß, dass es dir nicht gut geht, und ich weiß, dass ich nicht deine Mutter bin, aber ich habe diese Kuchen jetzt für dich gebacken und wäre sehr gespannt, ob sie bei dir auch helfen.«

Huriye sah sie lange an, dann nahm sie wortlos einen der Honigkuchen und biss vorsichtig hinein. Fuada lächelte sie an, was nicht erwidert wurde, weil das Mädchen aß.

»Sagst du mir den Namen deiner Mutter?«

»Sie heißt Nour«, sagte Huriye und nahm sich einen zweiten Kuchen.

11

In jeder Hand einen frischen Kaffee, schob Batto die Glastür zum DGL-Raum mit dem Fuß zu, weil am Wachtisch davor am Funk gerade die Hölle los war.

Auch Steiger bekam seinen in einer BVB-Tasse, was bei Batto immer der Fall war, weil die Dienstgruppe irgendwann einmal das ganz große Kontingent gekauft hatte und es deshalb hier nur BVB-Tassen gab. Für die meisten Schalker wäre das eine völlige Unmöglichkeit, selbst beim drohenden Tod durch Verdursten. Ganz so schlimm war es bei ihm nicht. Seit er beim ersten Besuch auf den Schultern seines Vaters in der Glückauf-Kampfbahn mit dem blauen Virus infiziert worden war, hatte ihn das nicht mehr losgelassen. Diese blutige Feindschaft zu den Schwarz-Gelben hatte er aber nie verstanden. Trotzdem, eine kleine Einschränkung des Genusses war es schon.

»Haben wir ja lange nicht mehr hingekriegt, einen gemeinsamen Kaffee im Dienst«, sagte Batto.

»Ja, manchmal passt es einfach nicht, auch wenn man unter einem Dach arbeitet.«

»Stimmt. Aber du hast eben was mit Jana angedeutet, du wolltest was besprechen.« Batto setzte sich, nahm einen Schluck Kaffee und hielt dann die Tasse mit beiden Händen vor der Brust.

»Ach, besprechen, ich weiß nicht, aber es beschäftigt mich schon. Hat mit der Situation letztens im ›Totenschädel‹ zu tun, das war nämlich tatsächlich ihr Bruder mit dieser rechten Truppe, hatte mich nicht getäuscht. Und das macht ihr größere Sorgen, als ich bis jetzt wusste.«

»Bisher hat sie darüber kaum gesprochen, höre ich da raus.«

Wenn man Batto mit Problemen kam, verfiel er meistens in seine alte Rolle als Verhaltenstrainer und redete dann in dieser Weise. Steiger kannte das, musste sich aber immer ein, zwei Sekunden daran gewöhnen.

»Ne, hat sie nicht, also ja… Obwohl sie mir schon einiges erzählt. Ich wusste es, weil es da mal eine gefährliche Körperverletzung gegeben hatte, die habe ich aber auch mehr zufällig mitgekriegt, und es war immer deutlich, dass es ihr wirklich peinlich war, darüber zu reden«, sagte Steiger, »und ich wollte…«

»Hast du mal einen Augenblick Zeit, Paul?« Wachleiter Wellmann stand in der Tür und wedelte wichtig mit ein paar Zetteln.

»Ja, klar«, sagte Batto und stand sofort auf.

»Dauert aber einen Augenblick.« Wellmanns Blick traf kurz Steiger, dann sah er wieder Batto an.

»Ne, ne, geht schon, natürlich.« Batto sah Steiger mit einer Miene an, die er nicht klar deuten konnte, aber er nahm sie als Aufforderung zu gehen.

»Alles gut«, sagte Steiger, »bei wichtigen Führungsgesprächen räume ich mal das Feld.«

Er stand auf, verließ den Glaskasten, und Wellmann schloss sofort hinter ihm die Tür.

Weil am Wachtisch nur zwei junge Kollegen saßen, die zu tun hatten, ging Steiger in den Aufenthaltsraum, stellte sich mit der Tasse in der Hand ans Fenster und sah auf den Hof. Er nahm einen viel zu großen Schluck, der heftig im Hals brannte und noch im Magen zu spüren war. Weil er nicht warten wollte, bis der Kaffee kalt genug war, goss er den Rest ins Becken und stellte die Tasse zum restlichen BVB-Sortiment in die Spülmaschine.

Vor dem Aufzug dachte er an Battos Gesicht, als Wellmann reingekommen war, spürte dabei ein starkes Kratzen im Hals und hatte das Gefühl, dass es nicht am zu heißen Kaffee lag.

67

In der zweiten Etage stieg Schröder vom KK 13 zu.

»Was für ein Zufall. Zu dir wollte ich, Pastor Adam.« Er lachte. »Musst gar nicht so ein blödes Gesicht machen, Steiger, ist fast ernst gemeint.«

»Warum? Steigt mir heute Nachmittag Weihrauch aus der Hose, oder was?«

»Über das, was dir aus der Hose steigt, möchte ich bei Männern in deinem Alter lieber nicht reden«, er musste über seinen eigenen Scherz lachen, »aber irgendwas Beichtvatermäßiges musst du haben. Ich habe den Fall mit deinem rumänischen Einbrecher auf dem Tisch, und ich war gestern im Knast, um ihn zu vernehmen.«

»Dumitru. Und? Hat er was gesagt?«

»Nein, hat er nicht. Und jetzt frage ich mich: Lass ich mich von so einer kleinen rumänischen Einbrecherratte am Nasenring durch die Manege führen, oder gehe ich der Sache nach?«

»Erst mal bin ich evangelisch, da gibt es keine Beichtväter. Und ich habe keine Ahnung, was du meinst.«

Mit einem metallischen Schaben öffnete sich die Fahrstuhltür, beide stiegen aus.

»Er wollte nicht mit mir reden. Er will nur mit dem Mann reden, der ihm vor zwei Tagen gefolgt ist und den er mit einem Stück Holz geschlagen hat.«

Steiger stoppte seinen Gang und sah Schröder an. »Er wollte mit mir reden?«

Auch Schröder staunte. »Ja, wollte er, nur mit dir. Dann würde er etwas zu den Brüchen sagen. Hast du 'ne Ahnung, warum?«

»Ich habe keinen Schimmer.« Steiger versuchte, sich an das Gespräch zu erinnern. »Er schien wegen der Sache mit dem Holzscheit ein echt schlechtes Gewissen zu haben, vielleicht hat es damit zu tun.«

»Ein rumänischer Einbrecher mit schlechtem Gewissen?«, fragte Schröder mit einer Schiffsladung Zweifel. »Der ist nämlich für einiges gut. Wir haben die Fingerspur bei der Serie hier

68

in Dortmund, die schon bei der ED-Behandlung rausgekommen
ist, und dann noch einen DNA-Treffer bei einer Serie in Witten
mit zehn Tatorten.«
»Sollten wir es dann nicht zumindest probieren? Vielleicht
sagt er ja was dazu. Ein Versuch macht doch nichts kaputt,
oder?«
»Diese Brüder lügen, wenn sie das Maul aufmachen, aber du
hast recht, einen Versuch wäre es wert. Es ist natürlich ein Gefallen, den du mir tust. Du musst das wissen, ob du die Zeit hast.«
Er gab ihm die Durchschrift der Akte.
»Alles gut, vielleicht kriege ich es sogar heute noch hin.«
»Gut, wir bleiben in Kontakt. Wenn er wirklich was auf den
Tisch legen sollte, müssen wir mal sehen, wie wir dann weiter
vorgehen. Dann müssten wir uns irgendwie kurzschließen, denn
in dem Einbruchsthema bist du ja nicht so drin.«
Da hatte er recht, dachte Steiger, und ging zum Einsatztrupp.

Eine Stunde später legte er seinen Dienstausweis und seine Waffe
in die Sicherheitsdurchreiche in der Schleuse des Knastes und
wartete darauf, dass die zweite Tür sich öffnete. Mitten auf dem
Hof zum Zellentrakt blieb er stehen, drehte sich einmal um die
eigene Achse und versuchte, sich vorzustellen, wie es wäre, hier
tatsächlich nicht rauszukönnen, für Jahre das nicht verlassen zu
können, ohne sich irgendwann an die Heizung zu hängen. Es gelang ihm auch dieses Mal nicht.
Im Vernehmungsraum standen ein Tisch und vier Stühle, die
irgendwann in den Siebzigern von einer Schule oder Jugendher-
berge entsorgt worden sein mussten. Er legte sich Papier und
Bleistift für Notizen und das Diktiergerät parat und wartete. Er-
fahrungsgemäß dauerte es eine ganze Weile, wenn man nicht angemeldet war, bis man die Gefangenen aus ihrem Zellentrakt geholt hatte, und Steiger erinnerte sich an einen Zeitungsbericht
über das Thema, wie viel Lebenszeit moderne Menschen fürs
Warten verbrauchen. Ihm fielen die genauen Zahlen nicht mehr

ein, er wusste nur, dass er es für einen zweifelhaft hohen Wert gehalten hatte. In solchen Momenten wich der Zweifel.

Jana war wieder unterwegs in der Entführungssache, von der tatsächlich noch nichts an die Öffentlichkeit gedrungen war, sie hatten kurz darüber gesprochen. Die Täter verlangten eine zweistellige Millionensumme Lösegeld, und der Ehemann war nicht nur in der Lage, das zu zahlen, sondern auch bereit dazu. Es gab doch tatsächlich Branchen, in denen auf andere Weise Geld verdient wurde als bei der Polizei, dachte Steiger, und er fragte sich, ob er ein falsches Bild von diesen Menschen hatte, wenn es ihn wunderte, dass sie in so einer Situation so wenig an alldem hingen.

Irgendwann brachte ein Justizwachtmeister den jungen Rumänen, nickte Steiger zu und schloss danach die Tür.

Der Junge setzte sich auf die andere Seite des Tischs und sah Steiger an, freundlich, entspannt, aber nicht ohne Unsicherheit.

»Tag, Dumitru«, sagte Steiger nach einer Weile des gemeinsamen Schweigens.

»Guten Tag, Thomas«, sagte der Junge im blauen Trainingsanzug, und Steiger war beeindruckt, dass er seinen Namen noch wusste.

»Du hattest gestern Besuch von einem Kollegen von mir, der hat mir gesagt, du wolltest mit mir reden.«

Er nickte. »Ja, will ich.«

»Und er hat gesagt, du wolltest etwas zu den Einbrüchen sagen.«

Wieder nickte er.

»Na, dann mal los, es wird früh dunkel.«

»Früh dunkel?« Er blickte Steiger spontan an und zog die Brauen zusammen.

»War nur 'n Spruch. Was willst du mir erzählen?«

Wieder dauerte es einen Moment.

»Ich erzähle, aber du musst helfen.«

Steiger beugte sich nach vorn und stützte sich mit den Ellbogen ab. »Ich verstehe nicht. Wobei muss ich dir helfen?«

Er sprach ganz ordentlich Deutsch, musste sich aber die Worte immer zurechtlegen, hatte Steiger den Eindruck.

»Ich sage, wo wir hier Einbruch gemacht haben, und du hilfst mir Sorin finden.«

»Sorin?«

Der Junge veränderte seine Sitzposition und kam nun auch etwas nach vorn. »Sorin ist Freund von mir, gute Freund. Wir sind zusammen in die Häuser.«

»Ihr habt die Einbrüche zusammen gemacht, als Team sozusagen?«

»Ja.«

»Und wo ist Sorin jetzt.« Zu spät erkannte Steiger, dass die Frage sinnlos war, denn er sollte ihn ja finden.

»Ich weiß nicht. Letztes Mal hier in Dortmund, ist zwei Wochen her, fast, wir mussten abhauen. Im Haus war Alarm.«

»Ihr seid eingestiegen, es gab einen Alarm, und ihr seid vor der Polizei geflohen?«

Er nickte. »Ja, aber nicht Polizei. Vor Alarm geflohen, da war keine andere Mann. Polizei kam erst später mit Licht, da war ich schon weit weg.«

»Vielleicht ist er trotzdem festgenommen worden.«

Er schüttelte zaghaft den Kopf. »Ion sagt, wenn festgenommen, dann er hätte angerufen. Darf man doch, andere anrufen, wenn du bei Polizei bist? Freund anrufen oder Eltern oder Bruder?«

»Ja, das darf man. Oder auch einen Anwalt. Wer ist Ion?«

Er sah zu Boden, dann kehrte sein Blick zu Steiger zurück. »Du findest Sorin, versprichst du mir. Dann sage ich, wer Ion ist und wo wir gewesen.«

»Ich verspreche dir gar nichts, kann ich gar nicht. Weiß der Teufel, wo dein Freund ist. Vielleicht ist er abgehauen und macht alleine irgendwo weiter. Vielleicht ist er wieder nach Rumänien gegangen, vielleicht liegt er irgendwo im Krankenhaus. Der kann überall sein.«

»Nein, kann nicht überall sein. Wenn er nach Rumänien geht, kommt er bei mir. Oder bei Ion und andere Jungen. Sorin ist ...«, er öffnete die Handflächen und suchte nach einem Wort, »Sorin ist ... Sorin kann nicht gut allein. Und er hat Nummer im Kopf, Handynummer in Rumänien, haben wir alle, wir rufen an, wenn wir bei Polizei sind oder was passiert. Aber Sorin ruft nicht an. Ich habe Sorin schon allein gesucht, aber ich weiß nicht mehr Haus mit Alarm.«

Steiger sah, dass er gegen die Tränen ankämpfte. Er lehnte sich zurück, und etwas an diesem Jungen verhinderte, in ihm die kleine rumänische Einbrecherratte zu sehen, die er für Schröder, sicher für einige Kollegen war und auch für ihn unter anderen Umständen an einem anderen Ort und zu einer anderen Zeit gewesen wäre. Es war nicht die traurige Verzweiflung, mit der er für seinen Freund kämpfte, es war etwas an seinem Wesen.

»Du hast das Haus gesucht, als wir dich festgenommen haben vorgestern?«

»Ja.«

»Und was wolltest du da? Das ist doch eine Ewigkeit her.«

»Weiß nicht. Irgendwo anfangen mit Suchen.«

Daher also das eigenartige Verhalten.

»Warum warst du da allein? Wo war Ion?«

»Weiß nicht. Manchmal wir allein unterwegs. Eine Tag davor in ein Haus war viel Geld, tausend Euro, noch mehr. Ich bin abgehauen von Ion.«

»Und wie bist du dann hierhergekommen?«

»Mit Zug.«

Steiger versuchte abzuchecken, wo der Freund des Jungen abgeblieben sein könnte und ob es überhaupt eine Chance gab, in der Sache etwas zu unternehmen.

»Wenn wir das Geschäft machen, Dumitru, dann sagst du wirklich aus, wo ihr eingebrochen seid, überall?«

Er nickte mit einem Zögern.

»Und du sagst uns, wer Ion ist und wo wir den finden.«

»Ja. Aber weiß nicht, wo Ion jetzt ist. Ist immer woanders, irgendeine Hotel.«

»Gut, wir machen das«, sagte Steiger und nahm sich Block und Bleistift. »Aber das geht nicht hier, dann holen wir dich morgen früh zu uns ins Präsidium, okay. Da schreiben wir das auf. Und jetzt sag mir mal den Namen deines Freundes.«

»Heißt Sorin Ionescu.«

»Und wann ist er geboren?«

»Weiß nicht genau. Ist siebzehn Jahre alt und hat im Januar Geburtstag, ich glaube.«

Steiger notierte sich die Daten, dazu die Handynummer und all das, was der Junge aus der Erinnerung zu seinem Freund sagen konnte.

»Danke«, sagte Dumitru, lehnte sich dann zurück und nickte still in sich hinein.

»Wir sehen uns morgen«, sagte Steiger, drückte die Schelle für den Wachtmeister und ging.

12

Kaum Licht.

Fuada setzte sich auf und atmete schwer. Sie versuchte, die Bilder festzuhalten, die noch vor wenigen Momenten so klar da gewesen waren, als seien sie taghelle, greifbare, farbige Realität, aber sie flossen jetzt wie durch einen Ausguss in ihr fort, wirbelnd, unaufhaltsam, wurden immer weniger, immer schwächer, vermischten sich, ein schäumendes Durcheinander, das verschwand. Was blieb, war dieses eine letzte Bild, das Bild und der Aufruhr, den es in ihr entfacht hatte. Sie nahm von dem Raum, in dem sie das erste Mal in ihrem Leben erwacht und der ihr fremd war, kaum etwas wahr, was nicht an der Dunkelheit lag, sondern weil diese Bilder sie nach innen zogen, in sich hinein, weil etwas in ihr all den Bildern dieses Traums folgen wollte, den Bildern von Huriye, der schwarze Tränen übers Gesicht gelaufen waren, den Bildern von Abadin, der mit ihr gesprochen hatte mit flehendem Blick, ohne dass sie ihn dieses Mal verstehen konnte, und dann diese letzte Szene, als er hereingetragen wurde, jetzt nicht mehr redend und lachend, sondern wie damals, blass, blutend, mit dem leblos schwingenden Arm hereingetragen, nicht von Salah wie an jenem Abend, der ihr Leben beendet hatte, sondern in diesem Traum hatte ihn eine Frau getragen, deren Gesicht sie nicht kannte, aber von der sie mit der unerklärlichen Gewissheit des Traums wusste, dass es Nour war, Huriyes Mutter. Sie trug Abadin, sie trug ihren toten Sohn, kam ihr immer näher und legte ihn ihr direkt zu Füßen, ohne ein Wort. Dann richtete sie sich auf und blieb stehen mit dem Blut ihres Sohnes an den

Händen und auf dem weißen Kleid, so gefror dieses Bild in ihr, und sie hatte das Gefühl, es schob sich nicht nur vor ihre Wahrnehmung, sondern blieb, auch wenn sie die Augen schloss, ein innerer Vorhang, durch den sie alles andere um sich herum wie in einer anderen Welt dahinter wahrnahm.

Fuada stand auf, sah auf die Uhr, die kurz nach fünf zeigte, zog sich an, und alles war in einem Raum hinter diesem Bild. Sie nahm sich etwas Geld und ging durch das stille Haus, in dem noch alle schliefen, auch Huriye, wie ein Blick in das Zimmer zeigte. Leise verließ sie das Gebäude durch eine Hintertür in der Küche, die sie gestern beim Backen der Kuchen entdeckt hatte. Sie legte ein Stück Holz dazwischen, stieg über den Zaun und ging dann einen Schotterweg zur Straße hinunter, wo sie einen Taxiplatz wusste. Es war, als führte sie dieses Bild, als zeigte es ihr den Weg dorthin, wo sie dem Menschen die Angst nehmen konnte, dem sie sich jetzt so nah fühlte, wo sie alles gut werden lassen konnte.

Weil sie die Nummer des Hauses nicht kannte, sagte sie dem Taxifahrer die Straße, an die sie sich erinnerte, und immer noch blieb alles hinter diesem Vorhang, der zwar dünner wurde, aber durch den sie alles andere immer noch wie durch einen Filter wahrnahm, den frühen Verkehr, den Geruch nach Diesel, die türkische Musik des Fahrers und seine Frage nach der Hausnummer, als sie angekommen waren. Weil sie diese nicht wusste, ließ sie den Mann langsam an den Häusern entlangrollen, und als sie es wiedererkannte, sagte sie: »Stopp!«

In diesem Moment verschwand der letzte Rest des Bildes wie der kurze Rauch einer Kerze, die man ausgeblasen hat. Sie wusste nicht, ob es an der kalten Morgenluft lag, die sie jetzt zum ersten Mal deutlich wahrnahm, an dem Regen, der sacht begann, oder an der Wehrhaftigkeit, die dieser Ort ausstrahlte mit seinem hohen Gitterzaun, auf dem metallene Zahnreihen steckten. Von einem Augenblick auf den anderen fror sie und fühlte sich völlig kraftlos und ohne Orientierung. Wenn es eine Hoffnung war, die sie hierhergetrieben hatte, war sie jetzt nicht mehr da. Plötzlich war der Gedanke da, was geschehen würde, wenn sie nicht mehr zurückkam, was würde mit Huriye passieren, für die sie sich so verantwortlich fühlte?

»Können Sie bitte erst mal zahlen?«

Die Stimme des Taxifahrers holte sie vollends zurück in eine Welt, in der sie nicht mit einer Frau sprechen konnte, die ihre Sprache sprach, die an denselben Gott glaubte wie sie und die wie sie ein Kind geboren hatte und es liebte mit jeder Faser ihres Herzens. Sie konnte dieser Frau nicht sagen: *Dein Kind ist bei mir, mach dir keine Sorgen. Alles, was ich tun kann, werde ich für dein Kind tun, ich werde alles tun, dass ihm nicht das geschieht, was meinem Kind geschehen ist, ich verspreche es dir.* Sie konnte ihr nicht sagen: *Ich verstehe dich, ich bin auf deiner Seite.* Und sie konnte es ihr auch deshalb nicht sagen, weil sich durch ihre Welt ein Zaun zog, abweisend und unüberwindbar, bei dem sie nicht auf einer Seite standen, sondern auf verschiedenen.

Ob er ihr helfen könne, fragte der Taxifahrer, als sie auf der Rückfahrt ein paarmal heftig geschluchzt hatte, und als sie die Frage verneinte, hatte er ihr doch irgendwann eine Packung mit Taschentüchern gereicht. Vielleicht war es auch dieses Mitleid, das ihn auf den letzten Rest Geldes verzichten ließ, denn sie hatte nicht darauf geachtet, und es war nicht genug für eine Dortmunder Stadtrundfahrt.

Als sie durch die Hintertür in der Küche wieder hereinkam, traf sie auf einen der beiden jungen Sicherheitsleute, der sich etwas zu trinken geholt hatte.

»Wo warst du?«, fragte er mürrisch und müde.

»Im Garten. Es ist so ein schöner Morgen.«

Obwohl es gar kein schöner Morgen war, sondern der Beginn eines regnerischen und kühlen Herbsttages, gab er sich damit zufrieden.

Sie ging nach oben, öffnete die Tür zu Huriyes Zimmer und

setzte sich auf ihr Bett. Sacht und regelmäßig hörte sie das leise Geräusch ihres Atems, und irgendwann ließ sie ihre Hand unter das Bett gleiten und umfasste den schon nicht mehr so kleinen Fuß, wie sie es bei Abadin immer gemacht hatte.

Der saß neben ihr, lächelte und nickte ihr zu.

13

Schröder war nicht in seinem Büro, und es wusste auch keiner von den 13ern, wo er sich rumtrieb.

Steiger hatte den Tag mit Schreibkram begonnen, der schon länger lag und längst hätte erledigt sein müssen.

Bei seiner Rückkehr traf er Jana in der Küche, die sich in der Mikrowelle des Einsatztrupps etwas aufwärmte, was wunderbar roch und aussah, als könne man es bei einem Stopp der Transsibirischen Eisenbahn irgendwo fünfhundert Kilometer vor Irkutsk von einer dicken, alten, lächelnden Frau kaufen. Sie schätzte, in der Entführungsgeschichte noch etwa eine Stunde zu tun zu haben. Beide vereinbarten, sich danach gemeinsam eine Kneipe anzusehen, in deren Hinterzimmer illegal um Geld gespielt werden sollte, wie ein Nachbar der Polizei anonym mitgeteilt hatte.

Steiger wollte die verbleibende Zeit nutzen, um mit seinem Teil des Deals mit Dumitru zu beginnen, und nachdem Schröder nicht aufzufinden war, machte er sich auf den Weg zu Renate Winkler, die seit fünfzehn Jahren die Vermisstensachen in der Behörde bearbeitete.

»Noch mal zum Mitschreiben, Steiger: Du vermisst einen siebzehnjährigen rumänischen Serieneinbrecher, der wahrscheinlich international tätig ist?« Sie starrte ihn längere Zeit an. »Hast du irgendwas geraucht? Sei froh, dass er weg ist, am besten so weit wie möglich.«

»Nein, habe ich schon länger nicht mehr, fällt mir dabei auf. Ich meine es ernst, Renate.«

Renate Winkler schüttelte den Kopf und lächelte. »Du warst

schon als Kind anders als wir. Nein, ein Sorin... Wie hieß der noch?... Ionescu ist mir nicht untergekommen, aber ich habe ihn bis jetzt ja auch noch nicht vermisst.«

»Was würdest du tun, wenn er kein rumänischer Serieneinbrecher wäre und nicht ich, sondern seine besorgten Eltern zu dir kämen.«

»Er ist Jugendlicher, die hauen schon mal ab, würde ich sagen, und neunundneunzig Prozent sind in den nächsten zwei Tagen wieder da. Ansonsten kann man das Übliche machen, nichts, was du nicht auch weißt. Du kannst ihn bei uns durch unsere Systeme jagen, ob er irgendwo aufgefallen oder festgenommen worden ist, vorausgesetzt, er hat seine richtigen Personalien angegeben. Du kannst die Krankenhäuser anrufen, na ja, und du kannst auch bei den unbekannten Toten nachsehen, aber so schwarz wollen wir es mal nicht malen, oder, und ich verwette weiß der Geier was darauf, dass der putzmunter ist.«

»Und du würdest ihn zur Fahndung ausschreiben?«

Sie sah ihn wieder mit einem Blick an, als habe er von ihr verlangt, nachmittags nackt über den Westenhellweg zu gehen. »Aber das ist doch nicht ernsthaft deine Absicht, oder? Außerdem brauchen wir da auch eine förmliche Vermisstenanzeige.«

Steiger bedankte sich und ging zurück an seinen Schreibtisch beim ET. Er sah sich die Liste der Festgenommenen an, aber es war niemand dabei, der als Sorin Ionescu infrage kam, auch wenn er falsche Personalien angegeben hätte.

Danach durchforstete er das Einsatzsystem mit Dumitrus Infos und hatte nach kurzer Zeit die Alarmauslösung gefunden, bei der die beiden jungen Rumänen geflohen sein mussten. Vier Streifenwagen waren an dem Einsatz beteiligt gewesen und sogar ein Zivilwagen des Einsatztrupps. Passiert war das alles auch in Wellinghofen, aber ein ganzes Stück von der Stelle entfernt, an der sie den Jungen in den Gärten festgenommen hatten. Da hatte er sich bei der Suche nach seinem Freund ein wenig vertan. Und die beiden waren vorher noch in ein anderes Haus eingestiegen, denn es gab noch eine Anzeige aus der Nähe mit einer Tatzeit kurz zuvor, hier hatte es allerdings auch keine Beute gegeben. Ihr Fokus lag auf Geld, Schmuck und kleinen Wertgegenständen, alles Größere interessierte sie nicht, hatte Dumitru erklärt. Wenn man nach kurzer Zeit an den üblichen Stellen nichts von alldem fand, verschwand man schnell wieder, das reduzierte das Risiko.

Ein Anwohner in der Nähe hatte noch angerufen, weil etwas in seinem Garten zu hören gewesen war, was zeitlich nah an der Alarmauslösung lag und darum wahrscheinlich den Fluchtweg der Jungen markierte. Er zog sich die Karte auf den Bildschirm und notierte die Straßen, um sich die Gegend nachher vielleicht noch mal vor Ort anzusehen. Wenn er das Anliegen des Jungen ernst nahm und er recht hatte, mussten sich die beiden irgendwo dort verloren haben.

Steiger wechselte das System und schaute sich an, was der Kollege vom Einbruch in dem Vorgang schon geschrieben und veranlasst hatte.

Er holte sich den zweiten Einbruch auf den Bildschirm, bei dem nichts gestohlen worden war, und entdeckte, dass es eine Zeugenaussage gab, die zwei Tage nach der Tat aufgenommen worden war. Er öffnete die Datei.

Nach telefonischer Vereinbarung in ihrer Wohnung aufgesucht macht die o. g. Zeugin, über ihre Rechte und Pflichten in diesem Status belehrt, zum Sachverhalt folgende Angaben:

Ich habe an dem Abend oben in meinem voll verglasten Balkon gesessen und habe Musik gehört. Das müsste so kurz nach sieben Uhr gewesen sein. Ich mache das öfter und lasse dabei das Licht aus, weil man dann durch das Glasdach den Himmel so schön sehen kann und trotzdem im Warmen sitzt. Irgendwann habe ich dann am Zaun zum

Nachbargrundstück, also zu Familie Kusche, eine Bewegung gesehen. Und weil ich mir die Sterne und den Mond manchmal mit einem Fernglas ansehe, hatte ich das zur Hand. Und ich habe diese zwei Jungen gesehen. Das war aber nicht lange. Sie standen auf dem Stück zwischen den Büschen, das man einsehen kann, und waren dann auch bald wieder verschwunden. Wohin sie dann gegangen sind, kann ich nicht sagen.

Frage: Warum haben Sie nicht die Polizei gerufen oder die Nachbarn verständigt?

Antwort: Ich wollte mich jetzt auch nicht zu wichtig machen ...

Steiger scrollte nach oben und sah auf das Geburtsdatum der Frau. Sie war 1936 geboren und meinte das wahrscheinlich vollkommen ehrlich.

... und Kusches haben doch auch Kinder ungefähr in dem Alter, und die sahen eben auch so jung aus.

Frage: Und danach haben Sie die beiden nicht mehr gesehen?

Antwort: Nein, ich habe sie nur diesen Moment gesehen, und sie schienen miteinander zu sprechen.

Frage: Können Sie die Jungen beschreiben?

Antwort: Trotz des Fernglases war es natürlich schon dunkel. Die sahen irgendwie normal aus, hatten dunkle Sachen an und hatten auch beide dunkle und kurze Haare. Und sie waren beide sehr schlank, fast schmächtig. Und man konnte auch in der Dunkelheit sehen, dass sie sehr jung waren.

Frage: Können Sie schätzen, wie jung die waren. Eher zwanzig oder eher fünfundzwanzig?

Antwort: Ich glaube, die waren noch keine zwanzig.

Mit einem Doppelklick schloss er die Aussage, schenkte sich den Rest und lehnte sich im Stuhl zurück. Obwohl er dem Jungen das ohnehin geglaubt hatte und diese Aussage nichts anderes bestätigte, als dass sie gemeinsam an dem Abend unterwegs waren, löste es doch etwas in ihm aus. Wenn die Zeiten einigermaßen stimmten, war Dumitrus Freund Sorin etwa zehn Minuten nach dieser Beobachtung spurlos verschwunden, über zehn Tage lang, und allmählich begann es, ihn zu stören, nicht mal den Ansatz einer Idee zu haben, wie das zu erklären war.

14

»Nein, ich habe nichts davon mitbekommen. Wann genau, sagten Sie noch mal, war das?«

Steiger nannte der Frau das Datum und den Wochentag, aber sie schüttelte nach kurzem Nachdenken den grauen Kopf, ohne dass sich in ihrer Frisur auch nur ein Haar bewegte.

»Nein, an dem Tag schaue ich immer fern, eine Arztserie, wissen Sie, und das werde ich an dem Abend auch getan haben. Ich kann mich an nichts anderes erinnern.«

»Falls Sie noch was hören oder Ihnen oder Ihrem Mann noch etwas einfällt, hier ist unsere Telefonnummer und E-Mail-Adresse.«

Jana gab der Frau ihre Visitenkarte.

Beide gingen den langen Gartenweg zurück zum Auto, und Steiger war sich sicher, Janas Gedanken zu kennen.

»Fühlt sich an wie eine tote Sache, oder?«

»Na ja«, sie wiegte den Kopf, »ist schon eine ungewöhnliche Ermittlung. Und so richtig was haben wir ja auch nicht, außer der Aussage der Sternenguckerin zwei Straßen weiter und dem, was dein rumänischer Einbrecher dir gesagt hat.«

Im Auto kramte Steiger den Google-Maps-Ausdruck aus seiner Tasche hervor, auf dem er mit zwei Kreuzen die beiden Orte markiert hatte, jenen, an dem die beiden Rumänen eingebrochen hatten, und das Grundstück, auf dem sie von der Frau gesehen worden waren. Nur etwa die Hälfte der Leute, die dazwischen wohnten, hatten sie angetroffen, was ihn nicht wunderte. Die meisten der Objekte in dieser Gegend waren großzügige Einfamilienhäuser, denen man ansah, dass darin Menschen wohnten, die es für wichtig hielten, tagsüber zu arbeiten, um sich so etwas zu leisten, samt sauberem Vorgarten und schickem SUV, der am Wochenende blinkend davor stand.

Es gab nach diesem Plan zwei Möglichkeiten, wie die beiden nach dem Einbruch geflohen sein konnten. Einmal entlang der Verbindungslinie zwischen den beiden Tatorten, die neun Grundstücke voneinander entfernt waren. Steiger hatte Dumitru bei einem zweiten Besuch im Knast diese Karte vorgelegt, und er hatte nur sagen können, die ganze Zeit durch Gebüsch und Gärten gerannt zu sein. Weil sie in allen Städten immer in denselben Gegenden unterwegs waren, flossen die Erinnerungen daran ineinander. In diesem Fall gab es noch eine weitere Möglichkeit, nach hinten raus eine etwas andere Richtung einzuschlagen, bei der es auch reichlich Gebüsch gab, in dem man sich hätte verbergen können, denn das Grundstück des Tatorts lag an einer fast rechtwinkligen Kurve.

Steiger hatte darauf verzichtet, die Einwohnermeldedaten der Leute in den Häusern zu checken, bei denen sie nachfragen wollten, sondern sie waren aufs Geratewohl zu den Adressen gefahren. Die Chance, irgendetwas in der Sache zu erfahren, hatte er von Anfang an für sehr gering gehalten, vielleicht war das eine Erklärung für diese Halbherzigkeit. Aber er stand bei diesem Jungen im Wort, und das bedeutete ihm etwas, nicht nur deshalb, weil Dumitru in der ersten Vernehmung bei den 13ern einiges erzählt hatte. Schröder war sich zwar sicher, dass er längst nicht reinen Tisch gemacht hatte, und auch, dass er angab, nicht zu wissen, wo Ion, den sie für den Drahtzieher hielten, zu finden gewesen wäre, glaubte er ihm nicht. Aber es war trotzdem eine Menge dabei herausgekommen, um die Statistik gut aussehen zu lassen. All das war es nicht, weshalb Steiger die Suche nach dem Jungen zu seiner Sache machte, es war etwas anderes, das er noch nicht ganz verstand, das sich aber in ihm bewegte wie die Unruhe in einem Uhrwerk.

Sie kamen jetzt mit ihren Befragungen dem Tatort, wo der Alarm die beiden in die Flucht geschlagen hatte, immer näher.

Eines der Grundstücke, das nach hinten heraus daran grenzte, war dreimal so groß wie die anderen und sah danach aus, dass es früher mal ein Firmengelände gewesen war. Dazu passend ähnelte das Haus mehr einer Fabrik, soweit man aus der Entfernung sehen konnte, denn es lag ein Stück von der Straße entfernt, und das Grundstück war nach vorn von einem hohen Maschendrahtzaun umgeben, der noch aus früheren Zeiten stammen musste.

Sie drückten die Schelle am Tor, und eine Weile tat sich nichts.

»Ja, bitte?« Nach einer endlosen Zeit ertönte aus der Gegensprechanlage eine männliche Stimme.

»Die Polizei Dortmund, Adam mein Name, Herr…«, Steiger sah noch mal auf das Klingelschild, »Herr Kowalski. Keine Sorge, es ist nichts Schlimmes passiert, wir hätten nur ein paar Fragen an Sie, geht das?«

»Worum geht es?«

»Um einen Einbruch in Ihrer Nachbarschaft vor einiger Zeit.«

»Kleinen Moment.«

Steiger warf einen Blick auf das Schloss, konnte aber keine elektrischen Öffner erkennen. Bei der Größe des Grundstücks waren die Leute entweder ziemlich misstrauisch oder absolut hinter der Zeit oder hatten Spaß an Bewegung.

An der Front des Gebäudes war kein Eingang zu sehen, und der Plattenweg führte auch vom Tor in einem S-förmigen Schwung neben das Haus, um dessen Ecke nach kurzer Zeit ein Mann in zügigen Schritten kam, dessen Gesicht mit jedem Meter, den er sich näherte, die Jugendlichkeit seiner Bewegungen infrage stellte. Den Rest seiner grauen Haare hatte er zu einem dünnen Pferdeschwanz gebunden.

Sein Blick streifte den hingehaltenen Dienstausweis ebenso flüchtig wie Jana. Dafür musterte er Steiger ausgiebig.

»Guten Tag, was kann ich für Sie tun?«

»Herr Kowalski, wir ermitteln in einem Einbruch, der bei einem Ihrer Nachbarn nach hinten raus stattgefunden hat, vor zwölf Tagen. Es hat dabei eine Alarmauslösung gegeben, einen akustischen, ziemlich lauten Alarm, nach dem zwei Täter geflohen sind. Haben Sie da irgendetwas wahrgenommen?«

Er machte keine Anstalten, sie auf das Grundstück zu bitten, sondern blieb im geöffneten Tor stehen.

»Ermitteln jetzt schon zwei Beamte bei einem versuchten Einbruch vor Ort nach den Tätern?«

»Wir ermitteln nach einem Täter«, sagte Steiger, »einen haben wir schon, und der andere ist, tja«, er sah Jana an, »irgendwie vermisst.«

Sein Gesicht wurde kurz ernst, dann schaltete er wieder den Lockeren an.

»Sind Täter das nicht meist irgendwie? Vermisst, meine ich?«

Er lächelte überlegen amüsiert. »Ich habe später von dem Einbruch gehört, aber ich war an dem Abend gar nicht zu Hause. Und was ermitteln Sie da jetzt?«

»Wir suchen nach dem Täter, und ja, das ist immer irgendwie unser Job, da haben Sie recht. Aber in diesem Fall ist es ein wenig anders.«

Er ließ die Antwort ungewöhnlich lange sacken, dachte Steiger.

»Nein, ich habe auch später nichts wahrgenommen.«

»Gilt das auch für die anderen Hausbewohner?«, fragte Jana.

»Es gibt außer mir keine anderen Hausbewohner.«

»Umgibt dieser hohe Zaun das gesamte Grundstück?«

»Ja, das tut er, ist aber nach hinten etwas niedriger.«

»Können wir uns das mal ansehen?«

Sein »Selbstverständlich« wurde nicht von seinem Gesichtsausdruck unterstützt, fand Steiger, aber vielleicht war ihm der Mann auch nur unsympathisch.

Er öffnete das Tor, ließ sie herein und ging den Plattenweg ein Stück vor, verließ ihn auf halber Strecke zum Haus und ging über den Rasen an ein paar frei stehenden Büschen vorbei an die hintere Grenze. Das Grundstück war rechteckig, und der Zaun war, wie Kowalski es gesagt hatte, nach hinten zu den Nachbarn nur

86

etwa schulterhoch und beidseitig mit Büschen bewachsen. Durch das dichte Grün war das Haus mit der Alarmauslösung kaum zu erkennen.

Steiger machte zwei Schritte in die Büsche und bog ein paar Zweige zur Seite.

»Das ist die Richtung, richtig?«

»Ja, genau.«

»Wenn man hier hinten im Garten wäre, könnte man eine Alarmauslösung dort sicher hören.«

»Ja, das könnte man sicher, aber ich war wie gesagt an dem Abend nicht zu Hause und habe ohnehin kaum Kontakt zu meinen Nachbarn.«

»Gut, vielen Dank, Herr Kowalski.«

Sie gingen denselben Weg zurück, den sie gekommen waren.

»Dann sind Sie also weniger von den Einbruchssachbearbeitern, sondern von der Vermisstenstelle, wenn es um einen Vermissten geht?«, fragte Kowalski, als sie am Tor angekommen waren.

»Nein«, sagte Steiger, »wir sind nur quasi in deren Auftrag unterwegs, wenn Sie so wollen. Schönen Tag noch und vielen Dank.«

Mit dieser knappen Erklärung ließ er es bewenden. Es war ein eigenartiges Phänomen, das Steiger schon vom ersten Tag an bei der Polizei begegnet war. Entweder gingen einem die Menschen auf den Wecker, weil sie »ungerechtfertigt« geblitzt worden waren, oder sie gehörten zur zweiten Gruppe, denen es ganz wichtig war, deutlich zu machen, dass es irgendeine Verbindung ihres eigenen Lebens zur Polizei gab, und sei es durch die gute Kenntnis der organisatorischen Strukturen.

Er wusste nicht mehr, wann er aufgehört hatte, darauf zu reagieren.

15

Viel Licht.

Fuada war einen Moment eingedöst, jetzt wärmte die Nach-
mittagssonne ihr Gesicht und blendete sie. Wie immer, wenn
nach dem Erwachen am hellen Tag der Geist einen Moment
braucht, um wieder in der Welt anzukommen, schien dieser
kurze Zustand der Konfusion alles zu verstärken. Alle Zweifel,
die man in sich trug, schienen dann noch drohender, alle Hin-
dernisse noch unüberwindbarer, alle Ängste noch einmal größer,
und sie fragte sich, ob sie ihr Vorhaben nicht aufgeben sollte,
noch bevor sie sich wirklich dazu entschlossen hatte. Vielleicht
unterschätzte sie die Folgen, die all das für ihr Leben haben
würde, vielleicht überschätzte sie sich selbst und ihre Fähigkeit,
damit umzugehen, grandios. Was sie aber trotz aller Verwirrt-
heit auch jetzt vollkommen klar erkannte, war die Gewissheit, dass sie es ohne Hilfe niemals schaffen würde. Und diese
Hilfe brauchte sie in der Situation selbst, vor allem aber für die
Zeit danach, und sie brauchte diese Hilfe bald. Aus der Familie
konnte sie dabei nicht auf Unterstützung hoffen, zumindest gab
es niemanden, auch unter den Frauen nicht, dem sie sich hätte
anvertrauen können. Auch alle öffentlichen Stellen waren un-
geeignet, und zur Polizei ging man mit solchen Angelegenheiten niemals, das sagten immer alle, das hatte schon ihr Vater
immer gesagt. Die Polizei ist unser Feind. Aber wer war in dieser
Sache nicht ihr Feind, sondern ihr Freund? Auf wen konnte sie
zählen?

Ohne große Aussicht und Hoffnung gingen ihre Gedanken auf
die Reise, in denen ganz langsam, als wenn nach der Nacht die

Dinge allmählich Konturen annehmen, ein Gesicht erschien. Es war Vildanas Gesicht.

Vildana. Sie hatten gemeinsam schwanger im Krankenhaus gelegen, Bett an Bett, mit denselben leichten Komplikationen. Ihre Söhne waren nur Minuten voneinander getrennt geboren worden, und sie hatten in dieser Zeit eine Freundschaft geschlossen, die in Fuadas Herzen lebte, auch wenn sie die Freundin nur noch selten traf, vor allem seit Vildana vor vielen Jahren ihren bosnischen Mann unter großer Missbilligung ihrer Familie verlassen hatte und seit Abadins Tod ihre Treffen eingeschlafen waren. Heute war sie muslimische Streetworkerin und arbeitete in einem interreligiösen Begegnungszentrum, darum kreuzten sich ihre Wege im Alltag nicht mehr, außer an einem einzigen Ort. Und dieser Ort war die Moschee beim Freitagsgebet. Fuada nahm selten daran teil, weil es für Frauen keine Pflicht war und es nur einen kleinen abseitigen Raum gab, den sie bedrückend fand, aber sie wusste, dass Vildana immer daran teilnahm, wenn es ihr möglich war, auch weil sie sich für diese Möglichkeit für die Frauen beim Imam eingesetzt hatte.

Sie musste Vildana treffen.

Salah hatte dafür gesorgt, dass immer ein Team seiner Sicherheitsleute an dem Ort war, an dem sie sich mit dem Kind aufhielt, was ihre Pläne nicht erleichterte, Pläne, von denen sie immer noch nicht wusste, wie sie an diese geraten war, die einfach plötzlich in ihr existierten und sich dann wie ein Feuer immer weiter ausgebreitet hatten in ihren Gedanken.

Sie waren jetzt schon drei Tage in Issas Haus, weil es mit Salahs Plan und der nächsten Station ein kleines Problem gegeben hatte und es hier noch sicher zu sein schien, aber Fuada wusste nichts Genaues, solche Dinge behielten die Männer für sich. Am Abend würden sie zu einem Neffen zweiten Grades ihres Mannes fahren, der in Hörde ein Anwesen mit großem Grundstück besaß, das sich eignete.

Von unten hörte sie Männerstimmen, die hektisch, ja panisch klangen. Sie stand auf und sah schon vom Kopf der Treppe, dass Tarek und ein paar andere einen der jungen Sicherheitsleute hereintrugen. Es war Omar, der Sohn eines Cousins ihres Mannes. Er war offensichtlich nicht bei Bewusstsein, und seine Kleidung war an mehreren Stellen blutgetränkt. An der rechten Seite des Oberkörpers war der Fleck am größten und so feucht, dass er im einfallenden Sonnenlicht glänzte. Die Männer trugen ihn in einen der nächsten Räume und legten ihn aufs Bett. Fuada blieb in der Tür stehen und sah, wie das Blut von einer Falte des Hemds auf das Laken tropfte und im Stoff versickerte.

»Er braucht einen Arzt, sonst verblutet er.« Einer der Jüngeren schrie es fast.

»Ja, einen Arzt.«

»Beruhigt euch«, rief Tarek, »wir tun nichts, bevor Salah hier ist. Er wird gleich kommen. Er kann nicht zu einem Arzt, es sind Stichverletzungen – und die müssten wir erklären.«

»Aber er verblutet.«

»Wir machen nichts ohne Salah«, schrie Tarek. »Er weiß, was passiert ist, und wird gleich hier sein.«

Mit einem Plastikkasten, in dem Verbandzeug war, kam Issa ins Zimmer, der als Einziger ruhig zu bleiben schien. Er schob dem Verletzten das Hemd nach oben, nahm eine Kompresse aus dem Verbandskasten und drückte sie mit einer zweiten und dritten auf die größte Wunde, aus der immer noch das Blut sickerte.

»Helft mir«, sagte er und versuchte, die Kompressen mit einer Binde zu fixieren, die er dem Verletzten um den Körper wickelte.

Draußen kam ein Wagen an, und wenige Augenblicke später stand Salah im Zimmer.

Einen Moment lang sahen ihn alle nur an, und niemand sagte etwas.

»Was ist passiert?«, fragte Salah.

»Es war bei der Übergabe«, sagte einer der Männer, der neu zu sein schien und den sie nicht kannte, »plötzlich waren sie da, der Kurier war schon wieder weg. Drei Leute, einen von ihnen hat es auch erwischt.«

»Wo ist die Ware?«

»Hier, die haben sie nicht.« Er griff nach einer Sporttasche, die sie mit hereingebracht hatten, öffnete sie, und drei unscheinbare braune Pakete wurden sichtbar.

Salah schlug dem Mann unvermittelt mit der Faust ins Gesicht, dass er zwei Schritte rückwärtsgehen musste.

»Bist du irre? Raus damit! Wie oft habe ich es gesagt? Keine Ware in meiner Nähe, verflucht! Das ist ein Gesetz! Drei Kilo, weißt du, was das bedeutet. Raus hier!«

Der junge Mann blutete aus der Nase und brauchte eine Sekunde, um zu begreifen, was geschehen war. Dann nahm er die Tasche und verschwand nach draußen.

»Wie sieht es aus?« Salah wandte sich an Issa, wieder ganz ruhig.

»Ich bin kein Arzt, aber ich glaube, es sieht sehr ernst aus. Er hat das Bewusstsein verloren, und vor allem diese Wunde sieht heftig aus. Wir müssen das Blut stillen, das ist das Wichtigste.«

Salah nickte, zückte sein Telefon und ging ein paar Schritte abseits. Das Gespräch war nur kurz, und als er zurückkam, hatte er einen Zettel in der Hand, den er einem der Sicherheitsleute gab.

»Ihr fahrt ihn zu dieser Adresse, jetzt sofort. Zwei Minuten, bevor ihr dort ankommt, ruft ihr diese Nummer an und löscht sie sofort wieder. Ihr fahrt an die Rückseite des Hauses und wartet, bis jemand rauskommt.« Er blickte auf den Verletzten. »Hoffentlich ist es noch rechtzeitig.«

Sie trugen ihn zu dritt wieder nach draußen, und kurze Zeit später hörte Fuada, wie ein Auto vom Hof fuhr, gefolgt von einem zweiten Wagen.

Issa sammelte die blutigen Tücher vom Boden auf, mit denen sie versucht hatten, die Wunde zu stillen.

»Sollen wir das so hinnehmen?«, fragte Tarek, und er konnte seine Stimme kaum kontrollieren.

»Wenn sie es waren, wollen sie uns provozieren, zeigen, dass sie bestimmen, was passiert. Aber es zeigt ihre Ratlosigkeit.« Salahs Stimme blieb ruhig.

»Natürlich waren sie es, und das können wir doch nicht hinnehmen.« Tarek, noch deutlicher. »Wir haben das Kind. Wie kommen sie dazu, so eine Aktion zu starten. Das ist doch pure Provokation. Wir sollten es ihnen zeigen.«

»Habt ihr jemanden erkannt?«

»Nein, sie waren maskiert.«

Salah ging zum Fenster und sah hinaus.

»Nein. Wir müssen unser Ziel im Auge behalten und dürfen uns jetzt nicht zu einem Fehler verleiten lassen. Wir haben das Kind.«

»Salah hat recht«, sagte Issa und schloss den Reißverschluss des Verbandskastens. »Das Kind ist ein Trumpf, davon dürfen wir uns nicht ablenken lassen.«

»Aber es muss doch irgendetwas passieren. Wir könnten ihm etwas antun, nur eine Verletzung, und es ihnen mitteilen irgendwie. Wir filmen es und schicken ihnen ein blutiges Tuch.«

»Nein«, sagte Salah, und der Ton, in dem er es sagte, machte deutlich, dass es sein letztes Wort in der Sache war.

»Was ist, wenn Omar stirbt?« Tarek unternahm einen letzten Versuch, der Salah zumindest einen Moment nachdenken ließ.

»Dann überlegen wir neu«, sagte er, packte seinen Autoschlüssel und verließ das Haus.

Fuada ging nach oben, öffnete die Tür zum Zimmer des Mädchens und sah, dass es schlief. Dann begann sie, im Nebenraum die Sachen des Kindes zu packen für den abendlichen Ortswechsel.

Heute war Donnerstag. Morgen würde sie in die Moschee fahren, und sie betete zu Gott, dass sie Vildana dort traf.

16

Fast zwei Wochen, wenn sie genau nachrechnete zwölf Tage, hatte Georg sich nicht mehr gemeldet. Früher, in der Zeit, als sie in Russland noch nicht zur Schule gingen, waren sie unzertrennlich gewesen, hatten ganze Tage miteinander verbracht. Abends waren sie immer gemeinsam in eines ihrer Betten gegangen, weil es für die beiden Betten nur einen Raum gab, und hatten sich gegenseitig Geschichten erzählt, bis ihnen die Augen zufielen. Dabei war sie immer diejenige gewesen, die viel mehr erzählt und weniger zugehört hatte. Wenn Georg damals Geschichten erzählte, dann handelten sie immer davon, dass jemand kämpfen musste, um an sein Ziel zu kommen, ein Junge, ein Tier oder ein Wesen in einer Märchenwelt, irgendwer hatte einen Kampf zu bestehen. Ihre Geschichten waren andere gewesen, selten musste jemand kämpfen, trotzdem hatte er sie immer gern und mit großer Geduld angehört und sie mit einem besonderen Gesicht angesehen, wenn sie gut ausgingen. Und ihre Geschichten gingen immer gut aus.

Natürlich trennte das Leben irgendwann auch die Wege zweier Geschwister, aber immer war da diese Kraft gewesen, wie sie sich vielleicht nur dann zwischen zwei Menschen entwickeln kann, wenn man sich eine Kindheit lang in den Nächten gemeinsam unter einer Decke Geschichten erzählte und dabei den anderen an seiner Seite spürte. Eine wärmende Gewissheit, die Jana immer in unzweifelhafter Gegenseitigkeit gefühlt hatte. Seit einiger Zeit war sie nicht mehr sicher, ob es diese Gewissheit gab.

Direkt gegenüber seines Hauses fand sie eine Parkbucht und

ging, bevor sie klingelte, ein kleines Stück die Hofeinfahrt nach hinten, um zu sehen, ob eines seiner Fenster offen stand und er zu Hause war. Sie hatte sich nicht angemeldet, sondern wollte ihn spontan besuchen, weil sie in der Gegend war. Aus dem auf Kipp stehenden Küchenfenster drang das tiefe Wummern der Musik einer dieser Bands, die er seit Längerem hörte, und die wenigen Worte, die sie in dem schmerzhaft gegrölten Gesang verstand, bliesen heftig in die Glut ihrer Sorgen, die sie die meiste Zeit zu unterdrücken versuchte.

Nach dem ersten Schellen drückte er den Summer, was sie bei der Lautstärke wunderte. Schon an der Art, wie er sie im Türrahmen stehend erwartete, erkannte sie, dass er getrunken hatte.

»Hallo«, sagte Georg und hatte sie offensichtlich nicht erwartet.

Er ging vor ihr durch den Flur ins Wohnzimmer, wo drei Leute um einen Tisch saßen, auf dem reichlich Flaschen standen. Von den Männern trug der ältere Krawatte, der andere ein Sweatshirt mit eindeutigem Markennamen. Das Mädchen sah normal aus, saß dort in Jeans, rauchte teilnahmslos, und ihr kleines Nasenpiercing glänzte. Getrunken hatten alle drei, das erkannte sie auf den ersten Blick, der Ältere schien sich noch am meisten im Griff zu haben.

»Das ist meine Schwester Jana, sie ist bei der Polizei«, stellte Georg sie der Runde vor, und Jana konnte sich nicht entscheiden, ob es mehr nach Entschuldigung oder mehr nach Warnung klang.

»Können wir die Musik mal etwas leiser machen?«, fragte sie ihren Bruder.

»Magst du die Musik nicht?« Der Jüngere mit schwerer Zunge schien am meisten intus zu haben.

»Nein, ich mag das nicht, weder den Text noch die Musik.« Mit viel Deutlichkeit.

»Wir können auch anders«, lallte er. »Die Fahne hoch, die Reihen fest geschlossen …« Dabei hob er den Arm, bewegte die

Hand wie ein Dirigent und lachte. »Ist das eher was für so ein blondes deutsches Mädel wie dich?«

»Seid still!«, sagte der Krawattenträger und zog den Arm des Horst-Wessel-Fans nach unten.

Jana sah ihn länger an. »Ich kotze gleich.« Und zu Georg: »Können wir uns in der Küche unterhalten?«

»Das sind meine Freunde«, sagte er, als sei das eine Antwort, und er sagte es mit leisem Trotz im Blick.

»Bitte, lass uns in die Küche gehen, ist mir zu laut hier.«

Nach kurzem Zögern ging er vor, zog sich einen der beiden Stühle zurecht und setzte sich mit verschränkten Armen hin.

Jana setzte sich auf den zweiten Stuhl.

»Ich mach mir Sorgen, Georg.«

»Sorgen, ts. Warum? Musst du nicht.«

»Auch weil du um diese Zeit«, sie sah auf die Uhr, »es ist kurz nach sechs, schon ziemlich voll bist. Aber ich mach mir mehr Sorgen wegen dir. Was sind das für Leute, Georg, die tun dir nicht gut.«

Er löste seine Arme und setzte sich aufrecht hin.

»Doch, die tun mir sehr gut. Welche Leute tun mir denn sonst gut, deiner Meinung nach?«

»Keine Ahnung. Alle anderen, die jedenfalls nicht. Wo sind denn deine Freunde von früher vom Fußball?«

»Alle anderen?«, er machte wieder ein zischendes Geräusch. »Mit wem soll ich mich denn treffen? Mit ein paar Asylbewerbern? Vielleicht ein Abend in der Shisha-Bar mit libanesischen Drogenhändlern?«

»Hör auf, solchen Scheiß zu erzählen. Es geht darum, was diese Leute denken und was sie verbreiten, die tun keinem gut.«

»Diese Leute denken verdammt richtig, da sei man sicher. Es sind wahrscheinlich die Leute, die als Einzige das Richtige denken.«

Bis zu diesem Moment hatte er betrunken gewirkt, ertappt, und es schien ihm alles ein wenig unangenehm zu sein, warum auch immer. Jetzt glühten seine Augen von einer Sekunde auf die andere, und er wurde zum Kämpfer.

»Hast du noch noch mal Bewerbungen geschrieben?«

»Bewerbungen?« Er wurde lauter und stand auf. »Leck mich mit Bewerbungen. Das, was ich haben möchte, kriege ich nicht, da gibt es nur Absagen. Das macht jetzt wahrscheinlich irgendein Asylant aus Syrien oder ein Illegaler für das halbe Geld. Und jeden Scheiß mache ich nicht.«

»Das mit den Asylanten ist Blödsinn, das weißt du, und du musst ja nicht jeden Scheiß machen, aber du sollst dich darum kümmern.«

»Das ist kein Blödsinn. Was wollen die alle hier? Unsere Kohle, sonst nichts. Wo du hinguckst in der Stadt, nur Ausländerpack. Schmeißen ihre Pässe weg, geben falsche Namen an und leben dann hier wie die Götter.«

»Sei doch nicht so bescheuert und glaub diesen Scheiß, das hat doch alles gar nichts miteinander zu tun.«

»Das ist mir auch verdammt noch mal egal. Die sollen hier einfach abhauen, weil die hier nicht hingehören. Das hält keine Gesellschaft aus, wenn sie überfremdet wird, das zeigt schon die Geschichte.«

»Achtest du manchmal auf das, was du da redest?«

»Das ist die Wahrheit, weil das alles so nicht gewollt ist, das ist nicht natürlich. Sieh dir mal die Tierwelt an, Schimpansen leben da auch nicht mit Gorillas zusammen, und Ziegen paaren sich nicht mit Pferden. Und guck mal Zebraherden in Afrika an, riesige Dinger, so weit das Auge reicht, siehst du da auch nur ein verdammtes Gnu dazwischen. Oder umgekehrt?«

»Wer erzählt denn so einen Schwachsinn?«

»Das ist kein Schwachsinn. Du müsstest dir Karsten mal anhören, wenn er über solche Sachen erzählt.« Er zeigte Richtung Wohnzimmer.

»Karsten ist der Gelackte mit der Krawatte?«

»Ja, und der ist ziemlich klug.«

»Weil er dir erklärt, warum in Zebraherden keine Gnus mitlaufen…? Das ist nicht dein Ernst.«

»Du kannst dich ruhig lustig machen«, er beugte sich ein wenig zu ihr herunter und verschränkte wieder die Arme, »wie alle anderen auch, die uns nicht ernst nehmen, aber damit haltet ihr uns auch nicht auf. Du wirst schon sehen.« Die letzten Worte hatte er wieder leiser gesprochen und sich hingesetzt.

Jana lehnte sich zurück und hätte losheulen können, aber irgendetwas verhinderte ihre Tränen.

Die Küchentür öffnete sich einen Spalt, und der adrette Krawattenträger streckte seinen Kopf herein.

»Alles in Ordnung, Georg?«

Jana blickte zur Tür und brauchte einen Moment, um die Situation zu erfassen.

»Sag mal, hast du noch alle Latten am Zaun? Ich sitze hier mit meinem Bruder und unterhalte mich, hier braucht keiner nach dem Rechten zu sehen, mach die verdammte Tür zu.«

»Alles okay, Karsten«, sagte Georg, und das leise Unverständnis auch in Georgs Stimme ließ sie den ersten Moment erleben, seit sie hier angekommen war, der sie nicht traurig oder zornig machte oder in Angst versetzte.

Der Krawattenträger schloss die Tür, und sie saßen sich eine Weile schweigend gegenüber.

»Auf deren Seite bin ich nicht, Brüderchen«, sagte sie, »aber auf deiner bin ich und werde ich immer sein, vergiss das nicht.«

Er spielte mit seinen Fingern und sah sie dann an. »Nein, vergesse ich nicht.«

Jana stand auf, nahm ihn in den Arm und genoss es, dass auch er ihren Körper fest drückte.

Im Auto blieb sie lange hinter dem Lenkrad sitzen, ohne loszufahren. Sie überlegte, wann er sie zuletzt mit diesem Gesicht von damals am Ende ihrer Geschichten angesehen hatte. Es war schon länger her.

17

Steiger schob diese Dinge immer so lange auf, wie es ging, aber irgendwann waren sie einfach dran.

Er hatte den ganzen dienstfreien Tag damit verbracht, um die Ehe mit seinem Wagen noch einmal um zwei Jahre zu verlängern, was nicht einfach gewesen war. Außerdem spürte er seit der Verfolgung Dumitrus in seinem Knie einen Schmerz, der seitdem nicht weniger, sondern mehr geworden war. Er hasste Arztbesuche, aber manchmal waren sie nicht zu umgehen.

Jetzt stützte er sich auf dem Ellbogen ab und nahm einen Schluck Weißwein, der neben dem Bett auf dem Boden stand und nicht mehr ganz kalt war. Trotzdem rannen am Stiel des Glases noch ein paar Tropfen Kondenswasser herab, die er auf Evas nackten Rücken fallen ließ. Dort entschied sich jeder einzelne von ihnen, in eine andere Richtung zu rinnen.

Eva hielt die Augen geschlossen und lächelte.

»Weißt du, dass Wissenschaftler damit die Chaostheorie erklären, jedenfalls im Film? Gibt da so eine Szene in *Jurassic Park*.«

»Womit? Mit Wein?«

»Nein, mit Wassertropfen. Du kannst es natürlich nicht sehen, aber selbst wenn ich einen Tropfen genau auf dieselbe Stelle fallen lasse wie den davor, läuft er in eine andere Richtung.«

»Du denkst direkt nach dem Sex mit mir an Chaostheorie?«

»Wenn überhaupt, geht es nur danach. Vorher kann ich an nichts anderes denken.«

»Sollte das ein Kompliment sein?«

»Mehr ein Eingeständnis. Wenn ich mich vorher nicht voll darauf konzentriere, wird es in meinem Alter nichts mehr.«

98

»Ach, Gott, das Alter. Dieses Thema wieder.«

Sie stand wortlos auf und ging ins Bad.

Steiger stellte den Wein wieder neben dem Bett ab, faltete die Hände hinter dem Kopf und blickte an die Decke. Er hatte Schröder am Nachmittag gesprochen und dabei erfahren, dass Dumitru noch einmal eine längere Aussage gemacht und noch ein paar weitere Taten zugegeben hatte. Ein Problem dabei war, die Tatorte zuzuordnen, weil Ion die Jungen in den Städten immer irgendwo abgesetzt hatte, und sie oft gar nicht genau wussten, wo sie waren. Es gab also nichts, woran er sich erinnern konnte als Häuser, die jetzt in seinen Gedanken nichts weiter waren als eine unendliche Reihe von Fenstern und Türen, die sich leicht öffnen ließen oder weniger leicht oder gar nicht.

Und sie hatten mehr von ihm darüber erfahren, was am Beginn solcher Vernehmungen immer unter »noch zur Person« beschrieben wurde.

Sein Vater war eines Tages einfach nicht mehr aufgetaucht, wonach seine Mutter mit ihm und den Geschwistern das kleine Dorf am Rande der Karpaten verlassen hatte und damit auch seinen Großvater, dem er verdankte, ein wenig Deutsch zu sprechen. Sie waren nach Bukarest gegangen, wo die Familie immer mehr zerfiel und er schließlich mit anderen Jugendlichen auf der Straße gelebt hatte, weil seine Mutter erst die Kontrolle über ihr eigenes Leben und dann über den Rest der Familie verlor. Dort hatte er Sorin kennengelernt, den Jungen, um den er sich jetzt so sehr sorgte.

Ein Kontakt zu Ion war nicht mehr herzustellen, hatte Schröder gesagt, weil wahrscheinlich alle Handys gewechselt worden waren, wie es in diesen Kreisen üblich war. Und alle Gespräche, die Dumitru noch vor seiner Festnahme geführt hatte, alle Ermittlungen, die Steiger jetzt noch anstellen konnte, ließen nicht die Hoffnung aufkommen, dass Sorin wieder bei dieser Gruppe lebte. Er blieb einfach verschwunden.

Ihm fiel auf, das Eva sich schon lange im Bad aufhielt, und er stand auf und klopfte an die Tür.

99

»Lebst du noch?«

»Jaha.«

Ihr Tonfall verhinderte, dass er weiter nachfragte. Auf dem Weg zurück zum Bett hob er ihre Kleidung auf, die im Zimmer verstreut war.

»Kannst du das bitte liegen lassen, ich mache das schon selbst.« Sie kam aus dem Bad, hob einen Strumpf auf und nahm Steiger die restlichen Sachen aus der Hand.

»Ist irgendwas passiert, was ich nicht mitbekommen habe? Habe ich was gesagt oder getan?«

»Nein, aber du musst nicht meine Sachen hinter mir herräumen.«

»Ich wollte nicht hinter dir herräumen…« Die letzten Worte mit Betonung.

»Ich meine, ist ja auch deine Wohnung, da kannst du machen, was du willst.«

Steiger sah sie einen Moment schweigend an.

»Was soll denn der Scheiß?«

»Aber ist doch so, oder?«

»Wohin führt das?«, fragte er, und noch dringender hätte er gern gewusst, woher das kam, aber er war überzeugt, dass sie ihm das nicht hätte beantworten können. Eva war der erste und einzige Mensch in seinem Leben, der dieses Gefühl in ihm freigelegt oder vielleicht auch erst in ihn hineingeliebt hatte. Und dass sie manchmal rätselhaft war, konnte er nach diesem Leben, das hinter ihr lag, nicht nur verstehen, sondern es wurde von seiner Liebe einfach genauso umfangen wie alles andere an ihr auch. Aber manchmal gab es Situationen, für die er nicht den Ausweg fand, den er gern genommen hätte. Wie immer wünschte er sich in diesen Augenblicken, die Fähigkeiten Battos zu haben. Aber er war nicht Batto.

»Ach…«, sie warf ihre Sachen auf einen Stuhl und zog sie nach und nach an, »…es ist… Du bist immer so… nah.«

»Bin ich dir zu nah? Geht dir das auf den Geist in so einer Wohnung?«

»Ja... nein, es ist...« In ihrer Stimme klang neben dem Genervt-Sein eine Traurigkeit mit, »...es ist nicht nur die Nähe.
Du bist auch immer so fürsorglich. Das bin ich einfach nicht ge-
wöhnt.«
»Und was ist schlimmer, die Fürsorge oder die Nähe?«
»Ach...« Sie schlug mit dem Strumpf in der Hand auf die
Stuhllehne. »Ich weiß es nicht, und das klingt ja auch völlig bescheuert. Wenn das einer hört, dass man mit solchen Dingen
manchmal nichts anfangen kann, wonach sich andere ein Leben
lang sehnen, dann würde er dich für völlig neben der Spur halten.« Sie warf den Strumpf auf den Boden, kam zu ihm und ergriff seine beiden Hände. »Und es ist auch gar nicht so, dass ich
das nur... dass mich das nur kirre macht manchmal. Ich finde es
manchmal auch so schön, dass ich heulen könnte und das auch
oft tue, wenn du nicht da bist.« Sie küsste ihn. »Ich habe mich
noch nie so geliebt gefühlt.«
Es waren für Steiger viele Gefühle in ihrem Blick, mit denen
sie das gesagt hatte, die er nicht alle hätte benennen können, aber
neben Bedauern und Trauer war auch Freude dabei, was ihn ein
wenig beruhigte.
»Dann leb es doch einfach so, wie es der Moment grad für dich
hergibt. Mein Plan ist ja nicht, drei Kinder mit dir zu haben.«
Sie lächelte.
»Und auch wenn du mir das Alleinsein ein bisschen versaut
hast, kann ich vollkommen verstehen, dass es wunderbar ist,
wenn einem in den eigenen vier Wänden mal längere Zeit keiner
auf den Sack geht.«
Sie lächelte wieder.
»Ich komme mir manchmal so undankbar vor, weißt du. Nicht
nur dir gegenüber, sondern auch dem Leben.« Sie sah zur Seite.
»Ein Gefühl, das ich gut von früher her kenne.« Sie blickte ihn
wieder an. »Und so paradox das klingen mag, wenn ich es ausgerechnet in so einer Situation sage: Ich möchte dich nicht verlieren.«

101

Bei diesen Worten hatte Steiger das Gefühl, sein Körper werde in etwas Warmes eingetaucht, das kleine Bläschen auf seiner Haut hinterließ, die sich langsam lösten und nach oben stiegen. »Dann noch mal: Mach es doch einfach so, wie es für dich geht, okay. Ich bin bei allem dabei.«

Sie umarmte ihn und blieb regungslos eine Weile so stehen. Sein Handy ließ ihn leicht zusammenzucken, dann ignorierte er es wieder. Nach einer endlosen Zeit hörte der Jingle auf, und kurze Zeit später war der Ton für eine ankommende Nachricht zu hören.

»Nun geh schon ran«, sagte Eva und löste die Umarmung mit einem flüchtigen Kuss. »Wahrscheinlich haben sie wieder irgendwo eine Leiche gefunden oder brauchen jemanden, der eine Rockerwohnung nach fünf Kilo Kokain durchsucht.«

Auf dem Display blinkte das Symbol für einen entgangenen Anruf von Jana und für eine eingegangene Nachricht von ihr.

»Jana«, sagte er und wunderte sich. Dass sie Freitagabend vor einem freien Wochenende anrief, war ungewöhnlich, er drückte den Button und hoffte, es hatte nicht mit ihrem Bruder zu tun, was nur etwas Übles bedeuten könnte.

»Hallo Steiger, danke, dass du zurückrufst.«

»Was gibt's? Stress in der Familie?«

»Nein, nein, ausnahmsweise mal nicht. Kann ich dich kurz persönlich sprechen, ich brauch mal deinen dringenden Rat, ist am Telefon so blöd.«

»Meinen Rat? Als Kollege oder als Freund?«

»Als beides.«

»Okay, willst du vorbeikommen, ich bin zu Hause, Eva ist auch da.«

»Bin gleich da. Dauert auch nicht lange.«

Keine zehn Minuten später klopfte es an Steigers Tür, er öffnete, und Jana kam herein.

»Schon da?«

»Die Haustür war offen, irgendeiner ging grad mit seinem Hund raus.«

Sie sah an Steiger herunter, grüßte Eva und blickte auf die Weißweingläser.

»Ich weiß, dass ich ungelegen komme, dauert auch nicht lange. Aber ich bin in echter Not.«

»Willst du auch einen Wein?«

»Ne, danke.« Sie setzte sich. »Ist eine absolute Vertrauenssache, Steiger, darum ist es auch so bescheuert.«

»Soll ich gehen?«, fragte Eva, und es war keine Empfindlichkeit in ihrem Tonfall.

»Nein, alles gut.« Jana lächelte Eva an. Steiger wusste, dass die beiden Frauen miteinander konnten.

»Dann erzähl doch endlich!«

»Also, heute am späten Nachmittag ruft mich Vildana Demirovic an, sagt dir wahrscheinlich nichts. Sie müsste mich dringend sprechen. Wir kennen die von einem Einsatz vor vier, fünf Jahren. Damals ging es um eine Entführung wegen einer Zwangsheirat einer Vierzehnjährigen, die haben wir da noch aus einer Wohnung geholt, und sie war eine Zeugin, die …«

»Ich erinnere mich dunkel.«

»Da habe ich sie kennengelernt. Sie ist Muslima, hat sich mit viel Brimborium vor vielen Jahren von ihrem Mann und ihrer Familie getrennt und arbeitet jetzt in verschiedenen Organisationen und als Streetworkerin. Ganz tolle Frau. Wir hatten noch ein-, zweimal miteinander zu tun, und ich habe sie dann auch mal privat getroffen, woraus eine wirkliche Freundschaft entstanden ist, so eine, die auch schon mal drei Monate ohne Kontakt übersteht.«

»Okay.«

»Sie hat mich heute angerufen wie ich dich eben und brauchte ein dringendes Gespräch. Dabei hat sie mir was erzählt mit der absoluten Forderung, das nicht als Polizistin, sondern als Freundin zu behandeln, die sich mit so was auskennt. Es geht darum, dass ihr heute beim Freitagsgebet in der Moschee eine andere Freundin von ihr erzählt hat, dass sie ein entführtes Kind bei sich zu Hause betreut und dass dieses Kind in großer Gefahr ist. Sie, also die Freundin, will irgendetwas für das Kind tun und bat Vildana in nächster Zeit um Hilfe, aber bevor sie konkreter werden konnte, kamen ihr Mann und andere aus ihrer Familie dazu, und sie mussten das Gespräch beenden. Vildana sagt, die Frau habe absolut verzweifelt gewirkt und sie habe ihr versprechen müssen, auf gar keinen Fall der Polizei etwas zu sagen, das würde die Lage für das Kind noch gefährlicher machen und für sie selbst wahrscheinlich den Tod bedeuten.«

»Ach, du Scheiße! Und das Kind wäre in großer Gefahr? So hat sie es gesagt?«

»Ja, so hat sie es gesagt. Und sie weiß jetzt natürlich überhaupt nicht, was sie machen soll, ist völlig hin- und hergerissen.«

»Ist das glaubhaft?«

»Ja, ist es.« Jana zog die Brauen nach oben. »Und es kommt noch besser. Die Frau, die ihr das erzählt hat, heißt Fuada Ahmad.«

»Herzlichen Glückwunsch«, sagte Steiger und stand auf, um sich Wein nachzugießen.

»Wer ist das?«, fragte Eva.

»Das ist die Frau eines Führungsmitglieds der Ahmad-Familie«, Jana wandte sich ihr zu, »und auch die Schwester von einem von denen. Und die sind wirklich nicht ohne. Bei Drogenhandel und Schutzgeld und all diesen Schweinereien ganz dick im Geschäft, und die fackeln echt nicht lange.«

»Mein Gott«, sagte Eva.

Steiger setzte sich wieder auf seinen Platz.

»Und du weißt jetzt nicht, was du tun sollst?«

»Ne, weiß ich nicht. Ich meine, es gibt den 163 StPO ja nicht umsonst.«

»Schon klar, aber sie hat es deiner Freundin im Vertrauen erzählt und diese Freundin dir ebenfalls, oder?«

»Ja.«

»Also, und du mir doch auch. Und dann behandeln wir es mal genau so, erst mal. Außerdem hat sie doch gesagt, wenn die Polizei ins Spiel kommt, ist ihr Leben in Gefahr. Ich finde, das sollten wir ernst nehmen, denn diese Frau ist im Moment die Einzige, die es wirklich einschätzen kann. Wenn du es offiziell machst, gibt es eine BAO, das weißt du.«

»Natürlich, darum komme ich doch zu dir.«

»Was ist BAO?«, fragte Eva.

»Es bedeutet ›Besondere Aufbau-Organisation‹«, sagte Steiger. »Bescheuerter Begriff, aber damit werden Einsätze abgewickelt, sobald sie etwas größer sind, meist mit zu viel Personal und zu vielen Führungskräften von ganz oben.«

»Und was machen wir jetzt?«

Steiger lehnte sich weit zurück und blickte an die Decke.

»Wir schlafen 'ne Nacht drüber und reden morgen früh noch mal. Vielleicht rufe ich Batto noch an, der ist gut in so was.«

»Kannst du ihm vertrauen?«

»Er ist mein Freund, weißt du doch. Wenn ich ihn heute Abend erwische, sage ich dir noch Bescheid, sonst morgen früh.«

Jana nickte und ging. Im Flur öffnete sie die Tür und schloss sie gleich wieder.

»Du verzeihst mir das hoffentlich, Steiger, denn für dich gilt der 163 ja genauso, ist mir schon klar, dass du jetzt in derselben beschissenen Lage bist. Aber ich hab mich allein echt ein wenig überfordert gefühlt mit so einer Nummer.«

»Alles gut. Du hast es mir doch als Freundin im Vertrauen erzählt«, er versuchte ein beschwichtigendes Lächeln, »das ist das, was für mich zählt, danke dafür. Und genau so behandle ich es auch. Ich habe damit kein Problem. Und wenn du was Neues weißt, ruf mich sofort an, okay.«

Sie presste die Lippen aufeinander, boxte ihn leicht auf den Oberarm und ging.

105

»Was ist mit dem 163er?«, fragte Eva, als er wieder ins Zimmer kam.

»Ach, das nennt sich das Legalitätsprinzip. Nach dem Paragrafen 163 StPO muss ein Polizist zwingend dienstliche Maßnahmen einleiten, sobald er von einer Straftat erfährt. Wenn er das nicht tut, können sie ihm einen Strick daraus drehen, wenn es ganz dick kommt. Und bei einer Entführung mit Lebensgefahr wäre das sicher der Fall.«

»Und warum tust du es dann nicht?«

»Erstens: Es geht um Vertrauen in diesem Fall, und zweitens glaube ich wirklich, dass diese Frau das erst mal richtig für sich und das Kind einschätzt. Und wenn ich es bei uns offiziell mache, habe ich es nicht mehr in der Hand, überhaupt nicht mehr.«

Er nahm sein Handy und wählte Battos Nummer.

»'n Abend. Wo erwische ich dich?«

»Im Nachtdienst, was gibt es?«

»Hast du einen Moment Zeit, ich würd gern was mit dir besprechen?«

»Im Augenblick geht's noch.«

»Und es ist absolut vertraulich, das vorweg.«

»Okay, klingt ja spannend.«

Ohne auf Wesentliches zu verzichten, versuchte Steiger, Batto mit allen Informationen zu versehen, die nötig waren, um es zu beurteilen.«

»Ach, du Scheiße! Du weißt, was das eigentlich bedeutet?«

»Ja, aber ich sagte doch, dass es eine vertrauliche Sache ist.«

»Und Jana kennt auch den Namen der Zeugin?«

»Sie sind befreundet, darum hat sie sich ja an sie gewandt.«

»Ziemlich heikles Ding. Ich…«

Er wurde unterbrochen, und Steiger hörte aus dem Hintergrund eine Stimme.

»Ich muss raus, Steiger, an der Münsterstraße gibt es Stress in einer Kneipe. Ich lass es mir durch den Kopf gehen, was da zu machen ist. Melde mich morgen früh, du bist ja eh früh wach.«

Er wartete Steigers Abschied nicht ab und drückte sich weg.
Während des Gesprächs mit Batto hatte Eva sich eine Jacke
und Schuhe angezogen und stand vor ihm.

»Ich würd gern noch ein paar Schritte gehen, allein. Ist das
okay.«

Er blieb sitzen und nahm ihre Hände. »Du hörst mir nicht
zu. Ich sagte doch: Leb so, wie es für dich geht. Und wenn du
jetzt gehst, hat das noch den Vorteil, dass ich besser nachdenken
kann. Hab ich dir heute Abend auch schon gesagt: Wenn du im
Raum bist, denke ich an nichts anderes.«

»Ja, ja«, sagte sie, küsste ihn flüchtig und ging.

Als die Tür zugefallen war, goss er sich noch Wein ein und
setzte sich. Es musste etwas geschehen in der Sache, auch wenn
er noch nicht wusste, was. Aber vielleicht hatte Batto eine Idee.

18

Acht. Neun, zehn, zehn ganz bestimmt. Elf, dann... zwölf...
Vielleicht waren es auch schon zwanzig. Oder fünfundzwanzig.
Nein, fünfundzwanzig wären zu viel, ganz sicher. Oder?
Spätestens bei zwölf verschwammen die Erinnerungen, und
es wurde aussichtslos, ganz gleich, ob er es mit der Anzahl der
Essen versuchte oder den Gelegenheiten, bei denen die Chemie-
toilette gewechselt wurde und der Eimer mit dem Wasser zum
Waschen. Das geschah jede vierte Mahlzeit, wenn er es sich richtig gemerkt hatte, vielleicht waren es einmal auch nur drei gewesen. Nur wusste er nicht, ob es einmal am Tag etwas zu essen
und zu trinken gab oder zweimal. Wenn es nur einmal war, hätte
er hungriger sein müssen, aber vielleicht täuschte er sich auch
da, vielleicht war auch in seinem Körper einiges durcheinandergeraten, so lange ohne wirkliche Bewegung, ohne Sonne und frische Luft.

Das Licht sprang an, aber das half ihm nicht. Das Gefühl für
Zeit hatte er verloren, vollkommen und in jeder Hinsicht. Er
hätte nicht sagen können, wie lange er schon in diesem Raum
war, auch wusste er nicht, wann Tag war und wann Nacht, denn
es gab keine erkennbare Verbindung nach draußen. Wenn das
Licht hinter der kleinen Glasscheibe oben in der Wand erlosch
und er auch die kleine Taschenlampe nicht benutzte, hatte es niemals auch nur den kleinsten fahlen Schimmer gegeben. Wahrscheinlich war es Tag, wenn das Essen kam, dachte er sich, aber
sicher war das nicht. Vielleicht war es ganz anders. Vielleicht war
der Mann ein Nachtmensch, vielleicht wollte er ihn täuschen,
ließ ihn am Tag allein und versorgte ihn in der Nacht, vielleicht

konnte er es nur in der Nacht. Dass es nur diese eine Person, dieser Mann war, der Kontakt zu ihm hatte, aber niemals sprach, war mehr ein Gefühl, denn er sah denjenigen, der den Rollwagen mit einer langen Stange durch die Tür hereinschob, nicht immer, die Länge der Kette am Fuß ließ das nicht zu. Aber die wenigen Dinge passierten immer in derselben Art und Weise, und auch das hielt er für einen Hinweis darauf.

Obwohl es jetzt hell war, blieb er auf der Matratze liegen, zog die Decke etwas mehr über den Körper und versuchte, sich trotz der Kette am Fußgelenk zu drehen und in einer anderen Position zu liegen.

Immer wieder drängten sich die Gedanken an den Abend, als es passierte, in sein Bewusstsein, aber auch diese Bilder wurden schwächer und schwächer. Nach dem Alarm in dem Haus waren sie gerannt, er hatte Dumitru in der Dunkelheit vor sich gesehen, war ihm noch über einen Zaun gefolgt, dann aber über irgendetwas gestolpert und gestürzt, und als er wieder stand, bekam er diesen Schlag auf den Hinterkopf, nach dem alles schwarz wurde.

Er betastete die Wunde hinter dem Ohr, auf der jetzt nur noch der Rest einer Borke war, die sich mehr und mehr lösen ließ. Auch am Zustand der Wunde glaubte er erkennen zu können, dass er vielleicht seit zwei Wochen hier war.

Das Einzige, was er ihm gelassen hatte, war die Kette, eine einfache Silberkette, die durch einen kleinen stilisierten Schmetterling aus silbernem Draht gezogen war und die einmal einer seiner Schwestern gehört hatte.

Aufgewacht war er in diesem Raum, ohne Handy, ohne Uhr, ohne seine alte Kleidung, dafür angezogen mit einem Sportanzug, bei dem man die Beine von oben bis unten mit einem Reißverschluss öffnen konnte. Der Mann war mit dem Gewehr in der Hand und einer Maske vor dem Gesicht hereingekommen, hatte ihm die Hände zusätzlich auf den Rücken gefesselt und die Wunde am Hinterkopf versorgt. Danach hatte er ihm die Handschellen wieder abgenommen und war gegangen. Später hatte er noch ein weiteres Mal nach der Wunde gesehen, seitdem war er verborgen geblieben. Sehr selten konnte man vor der Tür etwas hören, Schritte, ein Rascheln, und öfter hörte er sehr leise ein dumpfes Wummern, das von einer Musik herrühren konnte, sonst aber war es still, weshalb er sicher war, in einem Keller zu sein.

Sich mit diesen Bildern aus der Vergangenheit zu beschäftigen, damit, wie er in diese Lage gekommen war, war quälend, weil er immer und immer wieder über dasselbe nachdachte, immer an derselben Stelle begann und immer mit derselben Frage aufhörte. Was wollte dieser Mensch von ihm? Was hatte er vor?

Aber das war tausendmal besser, als nach vorn zu denken. Wenn er das machte, begann das Zittern, innerlich und äußerlich, manchmal so sehr, dass er es minutenlang nicht kontrollieren konnte. Denn allmählich gingen seinem Kopf die Lösungen aus, und damit verschwand auch seine Hoffnung. Er hatte vieles in dieser Zeit probiert, seit er hier war. Zuerst hatte er versucht, mit dem Mann zu reden, hatte gefleht, geschrien, ihn auf Rumänisch beschimpft, hatte sich gewünscht, wie Dumitru diese Sprache zu können, wenigstens ein wenig, aber der Mensch hatte immer nur geschwiegen.

Dass er die Kette nicht lösen konnte, war ihm bald klar geworden, und selbst wenn, wäre da immer noch die Tür gewesen. Er hatte auch gerufen, immer zu den Zeiten, wenn er glaubte, dass niemand da war, zum Schluss geschrien, einen ganzen gefühlten Tag lang, aber nichts war geschehen. Dies musste ein Ort sein, an dem es keine anderen Menschen gab.

Er hatte in den Zeiten, in denen das Licht angesprungen war, und später auch mit der kleinen Taschenlampe, die der Mann ihm gelassen hatte, den Raum abgesucht, ob es irgendeine Möglichkeit gäbe, die ihm Hoffnung machen konnte, er hatte jeden Quadratzentimeter der weißen Wände und des Bodens geprüft, soweit es die Kette zuließ, aber außer einem winzigen Riss in einer Ecke, aus dem manchmal eine Kellerassel kam, hatte er nichts entdeckt. Draußen hörte er das metallische Klimpern der Schlüssel, welches ankündigte, dass die Tür geöffnet wurde. Es rollte, von einer langen Stange geschoben, ein hölzerner Rollwagen herein, auf dem zwei Flaschen Wasser und ein zugedeckter Metallteller standen. Dann schloss sich die Tür wieder, und ab jetzt hatte er etwa eine Stunde Zeit. Heute gab es noch einen Apfel, eine Orange und neue Kleidung. Er stand auf, warf den frisch riechenden Sportanzug und die Strümpfe auf das Bett, nahm sich das Essen und setzte sich an die kleine Tischplatte, die an der Wand verschraubt war. Es roch so sehr nach Pizza, dass ihn der Anblick nicht überraschte, als er die Abdeckung anhob. Dann nahm er das Plastikbesteck, welches in eine weiße Serviette eingerollt war. Er zog Messer und Gabel heraus, und obwohl er es wusste, entrollte er das Papier, um nachzusehen, und auch heute war dort die Botschaft notiert, die ihm der Mann auf diese Weise mitteilte, seit dem Tag, an dem er ihn angeschrien hatte. In blauen Druckbuchstaben auf weißem Grund stand dort in rumänischer Sprache, sogar mit dem richtigen Akzent über dem »A« der Satz: »Du sollst nicht stehlen!«

19

Steiger erwachte vom Gedudel seines Handys. Die Uhr zeigte 04:56, und die Nummer war unterdrückt, das konnte nur eines bedeuten.

»Adam.«

»Moin Thomas, hier ist Gernot von der Kriminalwache. Wir haben eine Entführungs-BAO, und ich soll dir sagen, du sollst kommen, und zwar auf jeden Fall und so schnell wie möglich.«

»Ich? Du meine Güte, seit wann bin ich denn so wichtig? Wer will das denn?«

»Dombrowski. Der ist auch schon hier.«

»Okay, ich komme.«

Er drückte das Gespräch weg und blieb einen Moment auf der Bettkante sitzen. Der Schlaf war sehr spät zu ihm gekommen nach dem Abend, weil Zweifel mit ihm selten ein gutes Team bilden. Darum waren seine Gedanken noch ein wenig träge, aber wenn es sich um eine Entführungs-BAO handelte, konnte es nur um diese Sache gehen, solch einen Zufall konnte es nicht geben. Und dann war irgendetwas ziemlich schiefgelaufen.

Er zog sich an und versuchte während der Fahrt, Batto auf dem Handy zu erreichen, der noch im Dienst sein musste, aber er ging nicht dran. Dann wählte er die Nummer der Wache, und vom Kollegen am Wachtisch erfuhr er, dass Batto noch draußen war bei einem schweren Unfall mit Personenschaden.

Dombrowski war Polizeidirektor, Leiter der Führungsstelle der Schutzpolizei, und wie mit allen uniformierten Führungskräften hatte Steiger als Kripomann auch mit ihm bisher wenig zu tun gehabt. Aber er hatte von ihm gehört, dass er schon mal da-

112

von sprach, irgendwelche Sümpfe austrocknen zu wollen, wenn er eine Dienststelle übernahm.

Um die Zeit am Samstagmorgen bekam man einen Parkplatz ganz nah am Präsidium, was günstig war, weil es zu regnen begonnen hatte.

Steiger nahm den Fahrstuhl und begab sich direkt in den Führungsraum, der für solche Lagen vorgesehen und schon belebt war. Die Leute vom ständigen Stab und die nötigen Führungskräfte der Einsatzabschnitte hatten ihre Plätze vor laufenden Bildschirmen schon eingenommen. Von den Kripoleuten war Jens Rosenkranz da, der Leiter des Rauschgiftkommissariats, der mit dem neuen Leiter der Kriminalinspektion sprach, einem jungen Kriminalrat, dessen Namen Steiger vergessen hatte. Beide kamen sofort auf ihn zu, als sie ihn sahen.

»Guten Morgen, Herr Adam.« Der junge Rat begrüßte ihn mit Handschlag, Rosenkranz nickte nur. »Ich hätte Sie eigentlich gern noch mal gesprochen gehabt, bevor der Polizeiführer mit Ihnen spricht, geht jetzt leider nicht mehr. Ist alles nicht so günstig gelaufen, aber vielleicht kriegen wir die Kuh auch so noch vom Eis. Und ich hätte auch gern aus erster Hand gewusst, wie die Dinge sich verhalten.«

»Ich habe keine Ahnung, was überhaupt passiert ist«, sagte Steiger.

»Ein Dienstgruppenleiter der Wache hat den Polizeiführer über eine konkrete Entführung informiert ...«

»Batto«, Rosenkranz dazwischen.

»... und der hat dann die BAO ausgelöst«, sagte der junge Rat, dessen Name Steiger immer noch nicht einfiel.

»Können wir gern machen«, sagte Steiger.

»Nein, jetzt will Sie erst der Polizeiführer sprechen, der ist in seinem Büro.«

Steiger nahm für das eine Stockwerk die Treppe, klopfte an und ging hinein.

Dombrowski saß hinter seinem Schreibtisch, und es roch nach Kaffee. Trotzdem sah der Mann aus, als habe er die Nacht ohne Kissen auf einer Kunstledermatratze im Polizeigewahrsam verbracht. Aber das lag vielleicht auch an seiner Laune.

»Ah, Herr Adam, endlich.« Der Tonfall machte Steiger klar, dass das »endlich« nicht der Sehnsucht entsprungen war. Er wartete, bis Steiger die Tür geschlossen hatte. »Tja, unerfreuliche Geschichte, sehr unerfreulich. Ich hoffe, dass es keine schlimmen Folgen haben wird. Warum haben Sie nicht den Polizeiführer oder zumindest Ihre Vorgesetzte davon in Kenntnis gesetzt, dass Sie von einer Entführung erfahren haben, Sie sind doch weiß Gott lange genug dabei.«

»Das hatte mehrere Gründe, aber im Wesentlichen erst mal den, dass mehrere Menschen um Vertraulichkeit gebeten hatten, vor allem die Frau, die am nächsten an der Sache dran ist und für sich eine Gefahr gesehen hat.«

»Sie wollen sich in so einem Fall ernsthaft an der Gefahreneinschätzung einer einfachen Bürgerin orientieren?«

»Ja, in diesem Fall zunächst schon, später hätte…«

»Ihnen ist der Paragraf 163 Strafprozessordnung aber noch ein Begriff, oder? Auch wenn Ihre Ausbildung schon ein paar Jahrzehnte zurückliegt.«

Es war weniger das, was dieser Mann sagte, sondern mehr die Art und Weise, wie er es tat, was in Steiger ein paar Regler nach oben drehte.

»Ja, der ist mir noch ein Begriff, auch wenn das Gedächtnis in unserem Alter etwas nachlässt, wie Sie sicher auch feststellen.«

»Dann verstehe ich Ihr Verhalten in keinster Weise, denn es geht hier ja nicht um einen Ladendiebstahl, und ich werde alles daransetzen, dass Sie dafür zur Rechenschaft gezogen werden.«

»Es ging um Vertraulichkeit, und ich fand, ich hatte diesen Menschen gegenüber eine Verantwortung.«

»Verantwortung?« Er machte ein zischendes Geräusch mit

den Lippen. »Sie haben zuallererst einmal eine Verantwortung gegenüber der Polizei und dem Rechtsstaat.«

»Das sehe ich anders. Und vielleicht hätte ich diese Verantwortung gegenüber der Polizei ja auch selbst noch wahrgenommen.«

»Ah, so, wann denn?« Mit deutlicher Schärfe.

»Wenn es nach meiner Einschätzung notwendig gewesen wäre.«

Er beugte sich nach vorn, und die Schlitze seiner Augen wurden schmaler.

»Es ist nicht Ihre Aufgabe und nicht Ihre Stellung, Herr Adam, über die Notwendigkeit polizeilicher Maßnahmen zu entscheiden.«

Es drehte wieder etwas an den Reglern, das spürte Steiger deutlich.

»Und was mache ich jeden Tag da draußen, bei jeder Identitätsfeststellung und jeder Festnahme? Sind das keine polizeilichen Maßnahmen?«

»Aber auf dieser Ebene haben Sie nichts zu entscheiden. Und ich möchte dieses Gespräch in dieser Form jetzt auch beenden.«

»Gute Idee«, sagte Steiger und ging.

Vor der Tür blieb er einen Moment stehen, atmete ein paarmal aus und ging ans Fenster. Er blickte auf die Lichter der Stadt, und wie schon oft hatte er den Gedanken, dass sie ihre flirrende Schönheit vielleicht nur aus dem Umstand zogen, aus dieser Entfernung nicht erkennen zu können, was jedes einzelne von ihnen genau beleuchtete. Einen Kerl, der seine Frau schlug, einen einsamen Greis, der seit drei Wochen niemanden mehr gesprochen hatte und auf den Tod wartete, ein weinendes Kind, das Licht angemacht hatte, um die Monster zu vertreiben. Dann fiel ihm auf, dass sein Atem zitterte.

Er nahm den Fahrstuhl nach unten, verzichtete um die Zeit darauf, bis zur Raucherecke zu gehen, und steckte sich einen Zigarillo an. Ob ihn das beruhigte, hätte er nicht sagen können, aber die Wucht des Nikotins nach dem ersten Lungenzug machte etwas mit seinem Körper, was in dem Augenblick angenehm war.

Ein Streifenwagen kam auf den Hof gerollt, stellte sich in die Reihe der anderen Autos, und auf der Beifahrerseite stieg Batto aus. Er rüstete mit dem jungen Kollegen den Wagen ab, und sie gingen bepackt Richtung Eingang. Er sah Steiger erst spät und lächelte erschöpft.

»Ah, Steiger. Ich wollte dich noch anrufen, aber dann mussten wir sehr dringend raus und waren bis jetzt noch nicht wieder drin. Haben sie dich schon alarmiert?«

»Nein, alarmiert haben sie mich nicht. Ich bin zum Rapport bestellt worden und habe mir gerade den größten Anschiss abgeholt, den ich im Dienst hatte, und da waren schon einige.«

Battos müdes Gesicht wurde schlagartig ernst, und Steiger fiel so deutlich wie noch nie auf, dass die Jahre auch an diesem schönen Mann nicht ohne Wirkung vorbeigegangen waren.

»Scheiße, warum denn?«

»Na, das hättest du dir doch wohl denken können, dass genau das passiert, wenn du das Ding offiziell machst. Ich hatte dir gesagt, es ist 'ne Vertrauenssache.«

»Ich hatte es so verstanden, dass das sowieso passieren sollte.«

»Ich hatte es dir im Vertrauen erzählt, als Freund. Ich wollte deinen Rat.«

»Aber du kennst den 163er doch auch?«

»Verdammt, ja, ich kenn ihn. Den hat mir vor 'ner Viertelstunde schon dein Polizeiführer um die Ohren gehauen«, Steiger wurde lauter, »und dass es nicht meiner Stellung entspricht, über polizeiliche Maßnahmen zu entscheiden.«

»Ich gehe schon mal rein«, sagte der junge Kollege, der bis jetzt artig neben seinem Chef gewartet hatte.

»Es ist nicht mein Polizeiführer«, sagte Batto, der auch lauter wurde. »Und das klingt sicher blöd, wenn er es so sagt, aber er hat doch recht.«

»Er hat recht? Womit? Dass ich draußen im Zweifelsfall entscheide, ob ich auf einen Menschen schieße, aber in so einer Sache als Schütze Arsch im letzten Glied die Fresse zu halten habe?«

»Wir sind nun mal ein hierarchischer Verein, das ist dir doch nicht neu.«

»Und darum behandelt man mich nach über dreißig Dienstjahren, als wenn ich nicht zwei und zwei zusammenzählen kann, weil mir dafür ein paar Führungslehrgänge fehlen, damit hat er recht, ja? Kriegt man diese Meinung eigentlich mit dem fünften Stern ins Hirn genagelt, oder muss man die vorher schon haben, so wie die Fähigkeit zur Arschkriecherei oder sich in den Vordergrund zu spielen.«

Batto sah seinen Freund an und atmete schwer. »Ist dir klar, welche Wirkung diese Art von Rede haben kann?«

»Oder wie heißt es heute?« Steiger gestikulierte mit der Zigarillohand. »Die Fähigkeit zum Netzwerken? In der Veranstaltungspause mal den Small Talk mit den richtigen Führungsleuten suchen, mit den Beurteilern? Hast du doch mal erzählt, dass man das können muss, oder?«

»Weißt du was, Steiger, du hast die ganze Scheiße nie gewollt«, er wurde wieder laut, ging auf Steiger zu und fasste ihn mit einer Hand am Oberarm, »das war doch immer dein Credo. Ich will das alles nicht. Wenn du damit jetzt nicht mehr klarkommst, zerfetz nicht das Leben anderer, die es anders machen, das ist einfach niederträchtige Scheiße.«

»Du hättest es mir wenigstens vorher sagen müssen. Und weißt du, in welche Lage du mich damit gebracht hast. Denn jetzt werden sie mir einen einstielen, aber das ist gar nicht das Entscheidende. Jana haben sie damit wahrscheinlich auch am Wickel, wenn mir nichts mehr einfällt.«

Batto sah ihn an, löste den Griff vom Arm und ließ sich einen Moment Zeit.

»Ich kenne Dombrowski, ich kann da was regeln.«

Es war ein Angebot, und es klang wie der Wegweiser zum Notausgang. Aber in Steiger waren alle Antennen zerschlagen.

»Ach so, man kennt sich ja in Führungskreisen, na klar«, sagte er, wieder mit ausladender Gestik. »Da regelt man solche Sachen unter der Hand. Nein, danke, ich verzichte.«

»Weißt du was, Steiger, leck mich am Arsch, ich bin für so was einfach zu müde«, sagte Batto und ging in die Wache.

Vielleicht waren fünf Minuten vergangen, vielleicht aber auch eine halbe Stunde, als er zu frieren begann. Sie kannten sich seit über dreißig Jahren und hatten sich noch nie gestritten, darum fühlte Steiger sich wie nach einer Operation, wenn man wieder anfängt, Schmerzen wahrzunehmen und einem klar wird, dass etwas anders ist als vorher.

Es wurde langsam hell, und er ging zum Fahrstuhl.

20

Gegen kurz nach acht an dem Morgen hatten in der BAO alle Zahnräder der einzelnen Abschnitte ineinandergegriffen. Steiger und Jana waren Teil des Abschnitts »Ermittlungen«, aber vermutlich nur deshalb, weil der Verlauf der Geschichte ihnen eine fragwürdige Exklusivität verlieh und man in der Führung der Meinung war, dass ihr Wissen möglicherweise noch von Bedeutung sein könnte. Dass sie auch noch ein Team bilden konnten, war keine Selbstverständlichkeit, sondern einem glücklichen Zufall zuzuschreiben. Denn der junge Kriminalrat hieß Sascha Strelzow, das hatte Steiger bei Rosenkranz erfragt, was bedeutete, dass er russische Wurzeln hatte. Mit diesem Wissen konnte Steiger sich auch erklären, warum er den Mann und Jana an der Kaffeemaschine in einem kurzen Moment gemeinsamer kindlicher Freude erlebt hatte. Er war sich sicher, es hatte mit dieser entdeckten Gemeinsamkeit der beiden zu tun.

Als Erstes musste Vildana Demirovic vernommen werden, und Jana hatte darum gebeten, nach allem, was geschehen war und vielleicht noch geschehen würde, diesen Kontakt herstellen zu dürfen.

Auf dem Weg zu der Einrichtung, in der Demirovic arbeitete, hatten Steiger und sie an diesem Morgen zum ersten Mal die Gelegenheit, ein paar Sätze ungestört miteinander zu sprechen.

»Was ist denn da schiefgelaufen, Steiger?«, fragte Jana, kaum dass sie im Auto saßen und den Hof des Präsidiums verlassen hatten.

»Was soll schon schiefgelaufen sein, ich hab mich geirrt.«

»Geirrt?«

»Na, deine Freundin hat es dir im Vertrauen erzählt, du hast es mir im Vertrauen erzählt, und ich habe es Batto im Vertrauen erzählt. Nur habe ich mich da mit dem Vertrauen geirrt, denn er hat es dem Polizeiführer erzählt.«

»Hast du ihm die Sache nicht erklärt?«

»Natürlich habe ich das, aber 163 StPO, hattest du doch auch schon auf dem Schirm, oder? Und Führungskräfte sehen das offensichtlich etwas anders als einfache Beamte.«

Sie blickte geradeaus auf die Straße, sagte einen Moment nichts, und Steiger hatte das Gefühl, dass er ihren Zellen beim Arbeiten zuhören konnte.

»Und was sage ich jetzt Vildana?«, fragte sie nach einer Weile.

»Ach, so 'n schlechtes Gewissen musst du gar nicht haben, du hast nichts anderes getan als sie. Denn wenn ich es richtig in Erinnerung habe, hat ihre Freundin ihr doch gesagt, dass die Polizei auf keinen Fall was erfahren dürfe, oder? Und sie weiß doch, bei welchem Verein du bist. Also war sie der erste Dominostein, der umgefallen ist.«

Das islamisch interreligiöse Begegnungszentrum lag in Dorstfeld, was allein schon eine mutige Entscheidung war. Schon häufiger waren dort Scheiben eingeworfen oder rechte Parolen an die Wände gepinselt worden.

Nachdem Jana am Eingang nach Vildana Demirovic gefragt hatte, fanden sie die Frau in einem der hinteren Räume im Gespräch mit einem alten Paar, das auf den ersten Blick für Steiger nicht muslimisch aussah, und er fragte sich, warum ihn das wunderte. Sie trug Jeans, Pullover und ein Kopftuch. Beim Anblick von Jana lächelte die Frau, als ihr Blick zu Steiger schwenkte, nahm das ihrem Lächeln augenblicklich die Leichtigkeit.

»Guten Morgen, Vildana«, sagte Jana.

Sie stand auf, und die Unsicherheit in dem, was sie ausstrahlte, wuchs.

»Was machst du denn so früh hier? Kann ich was für euch tun?«

Jana atmete einmal tief durch. »Es geht um unser Gespräch gestern, Vildana, als du mich um Rat gefragt hast. Ich…«, sie musste eine Pause machen, »ich habe danach auch jemanden um Rat gefragt, und ich kann dir das jetzt nicht so vollkommen ausführlich erklären, aber es ist letztendlich dabei herausgekommen, dass wir jetzt einen polizeilichen Einsatz haben, der sich mit dieser Entführung beschäftigt, wenn es eine ist.« Jana griff ihr an den Oberarm. »Sei sicher, ich wollte das so überhaupt nicht, es ist einfach so passiert und mir entglitten. Ich erkläre es dir später mal genau.«

Demirovic sah Jana mit zitterndem Kinn an. »Ich verstehe nicht… Polizeilicher Einsatz?«

»Ja, hatte ich dir doch auch erklärt. Eigentlich hätte ich sofort die Ermittlungen einleiten müssen, als ich es erfahren habe. Habe ich aber nicht, und dann ist alles anders gelaufen.«

»Und was passiert jetzt, Jana? Ich hatte dir doch gesagt, was Fuada gesagt hat, und die sagt so was nicht leichtfertig. Weißt du, was das bedeuten kann?«

»Was das bedeutet, kann ich Ihnen sagen, Frau Demirovic. Sie sind Zeugin in einem möglichen Strafverfahren wegen einer Entführung«, Steiger war der Meinung, den amtlich klingenden Teil sollte er übernehmen, »und ganz einfach ausgedrückt müssen Sie da die Wahrheit sagen. Tun Sie das nicht – nur mal als Möglichkeit dahingestellt –, gibt es verschiedene Straftaten, die man auch als Zeugin begehen kann.«

»Aber sie hat mir gesagt, die Polizei dürfe auf keinen Fall etwas davon erfahren, grad die Polizei nicht. Sie hatte furchtbare Angst um dieses Kind, und du weißt doch, wer sie ist.« Sie legte die Hände auf die Hüften, verließ die Szene mit ein paar Schritten und sah auf den Boden. »Ich habe ihr das total abgenommen…« Sie wandte sich wieder den beiden zu. »Wenn jetzt was passiert, was soll ich denn da machen?«

»Am besten, Sie sagen uns zunächst mal alles, was Sie wissen, Frau Demirovic, denn es geht hier immerhin um eine Entführung, und das ist eine der schwersten Straftaten, die man in Deutschland begehen kann.«

»Wissen Sie, wozu diese Leute fähig sind? Und ich habe gegenüber dieser Frau doch eine Verantwortung. Sie hat mich in ihr Vertrauen gezogen in einer Weise, die für ihr Leben eine Bedeutung hat.«

»Ja, Frau Demirovic, ich kann mich gut in Ihre Situation versetzen, glauben Sie mir, aber es geht da sehr wahrscheinlich auch noch um ein Kind, und auch da gibt es ja eine Verantwortung.«

»Das heißt, dass ich bei Ihnen eine Aussage machen muss.«

»Richtig«, sagte Jana, »und am besten auch nicht hier, sondern auf der Dienststelle.«

»Und das heißt auch, dass da mein Name druntersteht, dass ich auch alle anderen Namen nennen muss?«

»Zunächst einmal bedeutet es das. Ob etwas anderes möglich ist, müssen wir mal schauen«, Steiger wieder dazwischen. »Und das liegt auch nicht in der Macht der Polizei. Bei Strafverfahren in Deutschland ist das nun mal so.«

Sie nickte, mehr resigniert als mit Überzeugung. »Aber das dauert jetzt einen Augenblick. Wir sind heute Morgen zu dritt hier, und ich muss grad ein paar Sachen organisieren, bevor ich mitfahren kann. Soll ich mit Ihnen fahren?«

»Sie können auch mit dem eigenen Auto fahren, denn Sie müssen ja auch wieder zurück.«

»Ich habe kein Auto«, sagte sie, stand auf und ging in einen angrenzenden Raum, der aussah wie ein Büro.

Die Vernehmung von Vildana Demirovic übernahmen in der BAO zwei Kolleginnen aus dem Kriminalkommissariat 22. Sie hatten es für klüger gehalten, dass Jana nicht mit im Raum war, und Steiger setzte sich nur als unbeteiligter Zuhörer in eine Ecke.

Noch zur Person erzählte die Frau ihre gemeinsame Geschichte mit Fuada, dass sie die Freundin im Krankenhaus kennengelernt hatte, weil ihre Söhne fast in derselben Minute geboren worden waren. Und dass Fuada für sie eine Seelenverwandte und Herzschwester war, auch wenn sie sich im Lauf der Jahre immer weniger und zuletzt sehr selten gesehen hatten. Eine Freundinnenliebe und ein Mensch eben, wie man ihn nur sehr selten in seinem Leben trifft, der immer und stets eine Bedeutung für das eigene Dasein hat, auch wenn man ihn eine Zeit nicht sieht, wie die Sonne, die auch dann lebensbestimmend ist, wenn man sie nachts gar nicht wahrnimmt. Darum ja auch das große Problem damit, dem Vertrauen dieses Menschen nicht gerecht geworden zu sein.

Außerdem sei das natürlich alles sehr schwierig, denn sie wisse ja sehr gut, aus welcher Familie Fuada stamme oder in welcher Familie sie lebe und dass sie die Schwester von Salah Ahmad sei und die Frau von Tarek.

»Früher habe ich sie noch hin und wieder besucht, aber seit zwei, drei Jahren haben wir uns nur noch zufällig beim Freitagsgebet oder bei dem ein oder anderen Termin in der Moschee gesehen. Das war außerhalb der Gebete aber auch selten.«

»Und bei dieser Gelegenheit hat sie am letzten Freitag mit Ihnen gesprochen?«

Die ältere Kollegin hatte die Gesprächsführung übernommen.

»Ja, genau. Wir hatten uns auch vor dem Gebet beim Ankommen schon gesehen, aber da hatte mir Fuada nur gesagt, dass sie mich danach dringend allein sprechen müsste, was wir dann auch in einem Raum getan haben. Aber da konnte sie mir nur noch ganz kurz diese paar Sätze sagen, bevor dann zwei Männer aus ihrer Familie, die auch beim Freitagsgebet waren, hereinkamen und sagten, sie wollten fahren.«

»Und was hat sie da genau gesagt?«

»Sie hat gesagt: Du musst mir helfen. Sie haben ein Kind entführt, das jetzt bei mir ist, und ich weiß, dass es in großer Gefahr ist. Sie sagte, allein kann ich das nicht, darum brauche ich deine Hilfe.«

»Hat sie gesagt, wie diese Hilfe aussehen soll.«

»Nein, dafür war keine Zeit, weil die Männer dann hereinkamen. Sie sagte nur noch, ich sollte es niemandem sagen, und auf keinen Fall Polizei. Das konnte sie noch schnell sagen, als die Männer schon wieder draußen waren.«

»Und sie hat ausdrücklich auf die Polizei hingewiesen?«

»Ja, das hat sie genau so gesagt.«

»Hat sie noch irgendetwas erzählt, um was für ein Kind es sich handelt?«

»Nein, sie hat nur von einem Kind gesprochen, sie hat nicht mal erwähnt, ob es ein Mädchen oder ein Junge ist. Weil gleich danach die Männer reinkamen.«

»Hat sie überhaupt noch etwas anderes gesagt?«

»Nein, mit Worten nicht. Aber es war ihr anzumerken, dass sie Angst hatte und fast verzweifelt war, denn ich kenne sie ja schon länger. Auch schon bei der kurzen Begegnung vor dem Gebet fiel mir auf, dass sie anders war als sonst.«

»Kannten Sie die Männer, die bei ihr waren? Können Sie die beschreiben?«

»Nein, es waren keine, die ich kannte, also ihr Mann, ihr Bruder oder andere nähere Verwandte. Es war ein älterer und ein jüngerer Mann. Der jüngere hatte einen Bart.«

»Sie kennen Ihre Freundin lange, Frau Demirovic, wie schätzen Sie das ein, was sie Ihnen erzählt hat?«

»Wie ich das einschätze? Was meinen Sie damit?«

»Ich meine, vielleicht ist Fuada ja eine etwas ängstliche Person, die sich häufiger fürchtet und schnell den Mut verliert. Oder manchmal übertreibt.«

»Nein, so ist sie nicht, und ja, ich nehme das sehr ernst, weil ich eben weiß, in welcher Familie und in welchem Umfeld Fuada lebt, aber mehr noch, weil ich sie selten so gesehen habe, denn sie ist eine sehr außergewöhnliche und starke Frau, bei der es nicht unbegründet ist, wenn sie so voller Angst ist.«

»In was für einem Umfeld lebt sie denn Ihrer Meinung nach?«

Vildana Demirovic hatte den versteckt herausfordernden

Klang der Frage erkannt und lächelte ernst. »Na ja, ich lese ja auch Zeitung und weiß, worin ein Teil ihrer Familie verstrickt ist, auch wenn ich mit ihr darüber nie gesprochen habe, jedenfalls nicht, was diese Geschäfte angeht.«

»Hatten Sie Kontakt zu diesem Teil der Familie?« Die letzten vier Worte mit Betonung.

»Nein, ich habe ihren Bruder und ihren Mann schon bei meinen Besuchen selten gesehen, und dass ich sie bei ihr zu Hause auf einen Tee getroffen habe, liegt auch schon drei Jahre zurück.«

»Gibt es einen Grund dafür, dass sie sich weniger gesehen haben, wenn sie beide sich so viel bedeuten?«

Sie sah die Kollegin lange und nachdenklich an, und Steiger hatte einen Moment den Eindruck, sie empfand die Frage als Anmaßung.

»Das hatte sicher auch mit dem Tod ihres Sohnes zu tun. Danach hat sie sich verändert, was natürlich nicht verwunderlich ist.«

»Ihr Sohn ist tot?« Die Kollegin blickte einmal jeden in der Runde an, kehrte dann wieder zu Vildana Demirovic zurück.

»Ja. Er ist bei einem Unfall in Syrien oder in der Gegend umgekommen vor etwa drei Jahren, als er mit seinem Vater dort war, mehr weiß ich darüber nicht.« Einen Moment war sie mit ihren Gedanken nicht im Raum, hob dann wieder den Kopf. »Trotz unserer tiefen Freundschaft hat sie auch mit mir darüber nie viel gesprochen.«

Die Tür öffnete sich einen Spalt, Janas Gesicht erschien, und sie winkte Steiger zu sich. Er verließ still den Raum.

»Bist du da noch vonnöten? Ansonsten habe ich nämlich zwei Ermittlungsaufträge für uns«, fragte sie.

»Vonnöten war ich da von Anfang an nicht. Und viel Neues wird es jetzt auch nicht mehr geben«, sagte er.

»Okay, dann lass uns fahren.«

Sie ging vor, und er folgte ihr zum Auto.

21

Zehn Minuten danach saßen sie im Auto, und fünf weitere Minuten später hatte Steiger seiner jungen Kollegin die Kurzfassung der Vernehmung dargelegt. Der erste der beiden Ermittlungsaufträge war die Überprüfung der Adresse eines Mannes, der zum erweiterten Kreis der Familie Ahmad gehörte. Ein aufgepumpter Fünfundzwanzigjähriger, der sich immer mit den Sicherheitsleuten rumtrieb, gelegentlich als Kurier für Drogen, Geld, Nachrichten und alles Mögliche eingesetzt wurde und dort wohnen sollte, ohne gemeldet zu sein.

Die Kollegen von der Organisierten Kriminalität hatten ein brauchbares Bild von den Strukturen der Familie, aber vor allem an den Rändern franste es doch hier und da aus, weil Infos aus dem Innern der Wagenburg kaum zu bekommen waren. Der Mann war einigermaßen neu im Gefüge und den Kollegen bei verschiedenen Gelegenheiten aufgefallen, aber er hatte eine feste Wohnung in Berlin, die er nicht nutzte, und schien mal hier, mal dort zu schlafen.

Sie parkten den Touran in einer Seitenstraße und checkten Klingelschilder und Briefkästen. Auf Ersteren war er nicht verzeichnet, auf einer Klappe der Postfächer klebte handschriftlich mit seinem Namen bekritzelt ein Fetzen Klebeband unter einem der professionell eingelassenen Schilder, dieses mit einem arabischen Namen. Jana überprüfte die ausgedruckte Liste der hier Gemeldeten und nickte.

»Ist ein vierundzwanzigjähriges Mädel. Scheint die Freundin zu sein.«

Bei der Anfahrt hatten sie ein paar Schleifen gedreht, aber das auf ihn angemeldete Auto nicht gefunden. Auf dem Rückweg zum Wagen öffnete sich das Tor der Tiefgarage, die zum Haus gehörte, und ein Beetle mit einer Frau mittleren Alters rollte die Einfahrt hinauf.

»Schwein gehabt«, sagte Steiger, »und bleib du draußen, zur Sicherheit. Ohne Schlüssel kommt man aus diesen Dingern manchmal schlecht raus.« Dann lief er die abschüssige Einfahrt zur Garage hinunter und kam im letzten Moment unter dem Rolltor hindurch, ohne auf allen vieren gehen zu müssen.

In einer der Boxen fand er den Audi S8, der für das, was sonst in diesen Kreisen gefahren wurde, noch zurückhaltend aufgemacht war.

Fahrstuhl und die Tür zum Treppenhaus ließen sich wie befürchtet nur mit einem Chip oder passenden Schlüssel öffnen, zum Glück funktionierte das Rolltor zur Straße mit einer einfachen Lichtschranke.

»Sieht ganz so aus, als ob er hier derzeit wohnt«, sagte er zu Jana, die auf dem Bürgersteig ein Handygespräch simuliert hatte.

Als Nächstes hatten sie bei einer älteren Dame zu ermitteln, deren Haare in diesem Lila leuchteten, das aussah, als sei beim Färben etwas ziemlich schiefgelaufen.

Sie hatten in der BAO alle Vermissten untersucht und alle Einsatzunterlagen und Berichte der relevanten Zeit ausgewertet, in denen ein Kind auch nur genannt worden war. Frau Wischnewski hatte ein Mädchen beobachtet, das in einer Art und Weise in ein Auto eingestiegen war, die ihr seltsam vorkam. Weil sie fast drei Tage gewartet hatte, die Beobachtung mitzuteilen, und in der Zwischenzeit nirgendwo ein Kind vermisst worden war, hatte man die Sache nicht für sonderlich akut gehalten.

Die Frau wohnte in einem Haus, das aussah, als müssten die Menschen, die hier etwas besaßen, irgendetwas mit ihrem Geld anfangen, weil man Ferienhaus, Boot und Pferde schon besaß, dachte Steiger. Sie war klein, drahtig und trug ihre Brille an einer

127

Kordel um den Hals, die so golden leuchtete wie die breiten Schnürbänder in den weißen Sneakern. »Kommen Sie doch herein«, sagte sie, nachdem Steiger den Grund genannt hatte, weshalb sie dort waren. »Meine Güte, so eine Mühe wollte ich Ihnen gar nicht machen.«

Sie trat zur Seite und ließ die beiden in die Wohnung, deren Einrichtung zu ihrer Aufmachung passte, fand Steiger.

»Aber Sie haben angerufen, Frau Wischnewski, weil Ihnen etwas eigenartig vorgekommen ist«, sagte er.

Sie winkte ab. »Ja, aber ich wollte keine Pferde scheu machen, und heute denk ich, es war auch alles ganz normal, aber man liest ja so viel in den Zeitungen, oder letztens war wieder so ein Fall im Fernsehen. Man ist da immer hin- und hergerissen zwischen sich nicht zu wichtig machen zu wollen, aber man will ja auch nicht zu denen gehören, die einfach weggucken.«

»Und was genau haben Sie gesehen?«, fragte Jana.

Sie nahm einen tiefen Atemzug. »Ich habe an dem Morgen vorne die Fenster geputzt.«

Jana zog ein überraschtes Gesicht und sah Steiger kurz an, und sie hatte recht, dachte er.

»Na ja, und da ist mir das Mädchen eben aufgefallen, weil ich die ganze Zeit sehen konnte, wie es die Straße entlangkam.«

»Warum war es so auffallend?«

Sie blickte zur Seite und holte sich sie Bilder wieder hervor.

»Einmal hatte es so schöne bunte Sachen an, und dann die Art und Weise, wie es ging. Das Mädchen trat auf, als sei es wütend, was auch zu seinem Gesicht passte, konnte ich ja erkennen, als es näher kam.«

»Und das war das Besondere an dieser Situation?«

»Ach, ich weiß gar nicht, ob es so besonders war. Ich habe das Kind einfach weiter angesehen, weil es so hübsch war und … Kennen Sie das auch? Kindlicher Zorn wirkt auf Erwachsene oft belustigend, aber meistens auch faszinierend, vielleicht, weil er noch so unmittelbar und ehrlich nach draußen gelassen wird.«

»Und was geschah weiter?«

»Als das Mädchen fast hinten an der Querstraße war, hielt ein Auto, und ein Mann stieg aus. Der sprach kurz mit dem Kind, hat es dann auf den Arm genommen und ins Auto getragen. Und dann ist der Wagen weggefahren.«

»Hat sich das Kind irgendwie gewehrt dabei?«

Wieder wandte sie den Blick ab und suchte in der Erinnerung. »Nein, hat es nicht, es war nur… Wie soll ich sagen? Es war etwas Eigenartiges an der Situation, kriege ich jetzt gar nicht genau erklärt. Und wie schon gesagt, ich weiß mittlerweile auch gar nicht, ob ich mir das nicht eingebildet habe.«

»Aus welcher Richtung kam der Wagen?«

»Wenn ich mich nicht irre, aus derselben wie das Mädchen, aber sicher bin ich mir da nicht. Er war einfach plötzlich da.«

»Wie sah der Mann denn aus?«

»Es war ein jüngerer Mann und auch ein südländischer, wie das Kind.«

»Es hätte also auch der Vater sein können, der das Kind vielleicht nach einem Streit wieder zu sich nimmt?«

»Ja, auch das könnte so gewesen sein.« Sie lächelte hilflos.

»Können Sie etwas zu dem Auto sagen?«

»Zum Kennzeichen nicht, da habe ich nicht drauf geachtet, ist mir leider erst hinterher aufgefallen. Aber es war ein schwarzer SUV.«

Dass sie diese Bezeichnung benutzte, überraschte Steiger.

»Ein SUV… Und die Marke, wissen Sie die noch?«

»Nein, beim besten Willen nicht. Ein schwarzer SUV eben, die sehen doch eh alle gleich aus.«

»Können Sie uns mal zeigen, wo das alles stattgefunden hat?«

Sie ging mit ihnen ans Fenster und erklärte beiden, wo sich was abgespielt hatte.

»Und warum haben Sie erst nach zwei Tagen angerufen, Frau Wischnewski, fast drei?«

»Sagte ich doch schon, weil ich hin- und hergerissen war und lange dachte, nun mach dich mal nicht so wichtig. Irgendwann fiel mir wieder ein, was unser Schutzmann, Herr Glaser, hier im Bezirk immer gesagt hat, nämlich lieber einmal zu viel anrufen als einmal zu wenig. Aber wenn ich sie beide hier jetzt in meiner Wohnung sehe, komme ich mir schon wieder blöd vor.« Sie lachte ein unsicheres Jungmädchenlachen und fragte dann: »Ist denn etwas passiert, dass Sie herkommen mussten?«

»Im Zusammenhang mit Ihrer Beobachtung vermutlich nicht«, sagte Jana, und sie verabschiedeten sich.

»Glaubst du, da könnte irgendwas dran sein«, fragte sie, als beide schon wieder im Auto saßen.

»Es hört sich für mich nicht danach an. Die ganze Geschichte ist fast 'ne Woche her, und du hast die Vermisstenmeldungen gesehen. Es ist nicht annähernd etwas dabei, was in die Richtung geht, und die hätten sich bei 'nem Kind in dem Alter auch gemeldet.«

Er fuhr die Straße bis zur nächsten Querstraße, bog links ab und stieg nach fünfzig Metern in die Eisen.

»Haben wir was vergessen? Was Wichtiges?«, fragte Jana zu ihm herüber.

Steiger legte den Rückwärtsgang ein und hielt direkt gegenüber der Einmündung jener Straße, in der Frau Wischnewski wohnte, und wies mit dem Kopf in die andere Richtung.

Jana warf einen längeren Blick auf die Front der Häuser und des Schmuckgeschäfts direkt vor ihnen und zuckte mit den Schultern.

»Suchst du ein Geschenk? Für Eva?«

»Zweite Chance.«

Wieder ließ sie den Blick über die Fassade schweifen, dann sagte sie nur: »Ah…«

Ein ganzes Stück über der Eingangstür hatte der Besitzer – geschützt von einem kleinen Baldachin – eine Kamera angebracht.

»Wir können ja mal fragen«, sprach Jana seine Gedanken aus.

Mustafa Ayhan führte den Laden seit zwanzig Jahren, und seine Geschäfte schienen zumindest so gut zu laufen, dass er keinesfalls an Hunger leiden musste.

»Was kann ich für die Freundinnen und Helfer tun?«, fragte er nach einem Blick auf Janas Ausweis, und seine Freundlichkeit wirkte echt.

»Sie haben über Ihrem Eingang eine kleine Überwachungskamera, es ist doch eine Überwachungskamera, oder?«

»Bei uns ist mehrfach eingebrochen worden vor zwei Jahren, einmal sogar mit einem gewissen Erfolg. Und hier läuft auch der ein oder andere Ganove rum, da dachte ich mir, eine Überwachung mit Aufnahmegerät ist sicher nicht verkehrt. Und diesen Gedanken hatte auch meine Versicherung.«

»Welchen Bereich deckt die Kamera ab?«

»Natürlich den Bereich vor dem Geschäft, aber auch noch ein ganzes Stück links und rechts des Ladens und ein Stück die Straße hinunter.«

»Wie lang zurück kann man das Geschehen draußen verfolgen?«

»Ich glaube, mein Sohn hat sie so eingestellt, dass all fünf Sekunden ein Bild gemacht wird, da sind bei dem Speicher also schon einige Tage drauf.«

Steiger sah den Mann mit aufeinandergepressten Lippen an. »Sie möchten die Aufnahmen«, lächelte Ayhan. »Okay, kein Problem. Wenn Sie mir sagen, warum und wozu?«

Das war nicht die Sache. Steiger tischte ihm ein paar taktisch angereicherte Fakten auf, die er schluckte. Danach verschwand er für ein paar Minuten nach hinten und überließ ihnen einen USB-Stick mit den Bildern der letzten sieben Tage.

Jana verstaute ihn gut, sie verabschiedeten sich und fuhren zurück.

22

Sie aß immer noch nicht sehr viel, aber sie trank zumindest ausreichend, jedenfalls schätzte Fuada es so ein. An der Lage der Bilderbücher sah sie, dass Huriye auch hier, in ihrer neuen Bleibe keines davon angerührt hatte, und damit nicht einmal die öde Langeweile in ihrer Lage dazu führte, ein wenig kindliches Interesse am Spiel zu wecken oder zumindest den Wunsch nach etwas Ablenkung. Was ihr aber noch mehr ans Herz griff, war der Umstand, dass das Mädchen immer noch lange Phasen weinte, still und in sich gekehrt, meist vom Raum abgewandt und mit dem Gesicht zur Wand, aber sie weinte.

Sie hatte jetzt andere Kuchen gebacken, was nicht einfach war, weil sie in dieser fremden Küche nicht alle Zutaten vorgefunden hatte und Nabils Frau Fatima, die sonst in dieser Küche arbeitete, in der Klinik lag, weil sie ein Kind erwartete.

Sie wartete einen Moment vor dem Zimmer, in dem sie Huriye hier untergebracht hatten, und genoss den warm aufsteigenden Duft des Gebäcks, das so sehr nach jenem Teil ihrer eigenen Kindheit roch, der Wärme und Zärtlichkeit und Freude bedeutete. Vorsichtig öffnete sie die Tür, und das Kind saß auf dem Bett, mit dem Rücken an die Wand gelehnt, hatte ein Bein angewinkelt und eines ausgestreckt. Diese Haltung war Fuada schon nach wenigen Tagen vertraut, und sie lächelte deshalb. Aber sie kannte auch dieses Gesicht, dessen rote Augen zeigten, dass das Mädchen geweint hatte, in dem sonst aber keine Spur mehr von Traurigkeit zu finden war, sondern ein Ausdruck von Härte und Entschlossenheit, der sie viel erwachsener scheinen ließ.

»Ich habe dir wieder Kuchen gebacken, Huriye, dieses Mal andere, schau!«

»Ich will zu meiner Mama«, sagte das Kind nach einer Pause und sah sie fest an.

Fuada setzte sich seitlich auf den Rand der Matratze und stellte den Teller mit den Kuchenbällchen neben sich.

»Ich weiß«, sagte sie, »ich…«

»Du hast gesagt, du bist meine Freundin, aber das bist du gar nicht.«

Fuada sah das Kind an und wollte etwas sagen, aber alles, was sie hervorbrachte, war ein Seufzer aus der tiefsten Gletscherspalte ihrer Angst, denn sie hatte am Morgen ein Gespräch gehört, in dem Salah mit den Männern über das Kind und all das gesprochen hatte.

»Weißt du, Huriye, es gibt manchmal Situationen im Leben, die kann man auch als Erwachsener nicht verstehen, und als Kind schon gar nicht. Da kann man selbst den Menschen nicht helfen, die man ganz lieb hat, weil es nicht geht. Und manchmal kann man auch Freunden nicht helfen, auch dann nicht, wenn man es sehr will.«

Wieder versuchte sie, sich ein wenig Verständnis zu erlächeln.

»Komm, probiere einen von den Kuchen.«

»Du bist nicht meine Freundin«, sagte Huriye jetzt lauter und mit mehr Energie, hatte sich auf die Knie gesetzt und zu ihr nach vorn gebeugt. »Du bist überhaupt nicht meine Freundin, und ich will auch deinen Kuchen nicht, der hilft nämlich überhaupt nicht, wie du gesagt hast!« Sie schlug Fuada den Teller aus der Hand, und die gebackenen und gezuckerten Kugeln rollten durch den Raum und wurden erst an der Wand aufgehalten.

»Ich will deinen Kuchen nicht, ich will nach Hause, ich will zu meiner Mama!«

Mit den letzten Worten verschwand die Härte wieder aus ihrem Blick, die Tränen kamen zurück, und sie warf sich nach rechts in die Kissen.

Vorsichtig legte Fuada ihr eine Hand auf die zuckenden Schultern, aber Huriye schüttelte sich, bis sie die Hand wieder wegnahm. Fuada blieb noch einen Moment sitzen, aber für einen zweiten Versuch fehlte ihr jeder Mut. Als sie aufstand und gehen wollte, stand Rana in der Tür, die sie nicht bemerkt hatte. Rana hatte sie mit einem ihrer Söhne beim Ortswechsel begleitet, um die Fahrt unauffälliger aussehen zu lassen. Fuada ging an ihr vorbei, und sie sahen sich wortlos an. Dann hörte sie, wie Rana hinter ihr die Tür schloss.

»Ich wollte mich von dir verabschieden, Fuada, wir fahren jetzt zurück«, sie trat vor Fuada und nahm ihre Hände. »Viel Glück.« Sie sagte es mit einem Lächeln, aber einem ohne Hoffnung, dachte Fuada.

Sie nahmen sich in den Arm, hielten sich eine Weile fest, und Fuada ging nach oben auf die Dachterrasse. Ihr neues Domizil lag inmitten eines großen Grundstücks im Dortmunder Süden an der Grenze zu Witten und besaß eine Terrasse, die ihr von Anfang an gefallen hatte. Sie war sehr groß, in das Dach eingelassen, von unten nicht einzusehen, und Dortmund lag von hier oben unter einem weiten Himmel vor ihr wie eine helle, große, ferne Verheißung.

Von dem Gespräch der Männer am Morgen hatte sie nicht viel mitbekommen, nur ein paar Sätze, weil diese Gespräche nicht für sie bestimmt waren, aber es war genug gewesen, um ihre Entschlossenheit zu stärken, es noch einmal zu versuchen. Das Treffen mit Vildana in der Moschee war nicht so verlaufen wie geplant, sie hatten kaum Zeit gehabt. Es musste eine andere Möglichkeit geben.

Sie hatte aufgeschnappt, dass Salah Kontakt zu einem Richter gesucht hatte, einem Mann aus Berlin mit einem großen Namen. Und sie hatte gehört, dass die Männer darüber sprachen, was geschehen müsse. Es war von Blutgeld die Rede, von sehr großen Summen und von Geschäften. Das Wort, das aber wie ein eisiger Hauch alles überzog, war das Wort Vergeltung gewesen, die geschehen müsse, wenn dieses Geld nicht bezahlt würde. Und wenn es bei alldem um den Tod von Abadin ging, konnte dieses Wort nur eines bedeuten.

Darum mussten sie fort, einen anderen Weg gab es nicht, das wurde ihr immer klarer, und so schnell wie möglich. Einfach mit dem Kind zu gehen war nicht möglich, sie hatte weder genügend Geld noch eine Ahnung, wohin sie sich wenden – und wie es dann weitergehen sollte. Alle Frauen, die sie kannte, waren Frauen der Familie oder so weit weg von ihr, dass sie ihnen nicht genug vertraute. War die Polizei doch eine Lösung? Aber was würde dann mit ihrer Familie geschehen? Nein, der Verrat war so schon groß genug.

Es blieb nur Vildana. Jetzt bereute sie, dass sie kein Handy mehr besaß, seit sie sich nach Abadins Tod von allem zurückgezogen hatte. Und eines von jemand anderem konnte sie nicht benutzen, das war zu riskant, und sie kannte auch Vildanas Nummer nicht mehr. Sie musste zu ihr, irgendwie. Und die Moschee war keine Möglichkeit, das war ihr nun klar.

Sie wusste, dass die beiden Sicherheitsleute gern lange schliefen. Sie würde einen Termin beim Arzt vortäuschen und dabei irgendwie zu Vildana fahren, so schnell wie möglich, vielleicht schon morgen.

Und jetzt, in diesem Augenblick, in dem ihr Plan ganz konkret wurde, kam in ihr der Gedanke hoch, den sie all die Tage hinter der Sorge um das Kind und der immerwährenden dumpfen Trauer um ihren Sohn, die ihr Leben bestimmte, verstaut hatte. Sie würde diese Welt verlassen müssen. Sie würde all das hier nicht mehr wiedersehen und ein anderes Leben führen. Das war der Preis, den sie zahlen würde.

Sie ging zur Brüstung der Terrasse und blickte in der beginnenden Dämmerung auf die Stadt, in der die ersten Lichter ihren Kampf gegen die Dunkelheit aufnahmen.

23

Steiger verließ den Führungsraum der BAO wieder, in dem selbst an diesem Sonntagmorgen die Leute schon an ihrem Platz waren.

Sie nannten ihn das Raumschiff, weil er direkt unter dem Dach lag, was er immer für einen unpassenden Namen gehalten hatte, weil es dort mit den unzähligen großen und kleinen Bildschirmen, vor allem aber mit dem herrschenden Trubel eher dem Kontrollzentrum in Houston ähnelte, wie man es aus Filmen kannte. *Houston, wir haben ein Problem …* Wenn man nicht zur Führung gehörte, hatte man dort in solchen Lagen meist nichts verloren, aber Steiger hatte sich bei Strelzow, dem jungen Kriminalrat, melden sollen. Der hatte ihm in einem Nebenraum gesagt, dass er mit dem Polizeiführer gesprochen habe, und man könne die Sache vielleicht regeln, er, Strelzow, werde sich etwas überlegen. Vielleicht hatten sie dieses Mal wirklich einen der Guten in ihren Olymp geholt, dachte Steiger.

Der Abschnitt »Ermittlungen« hatte im Kommissionsraum der Organisierten Kriminalität seinen Platz gefunden, wo ein Beamer auf den freien Teil einer weißen Wand ein Bild warf, das Steiger an Abbildungen von Adelsgeschlechtern erinnerte, wie sie früher manchmal in seinen Geschichtsbüchern zu finden gewesen waren. Paul Müller von der OK saß am Rechner und zog Linien zwischen einigen der Bilder, von denen das ein oder andere unverkennbar aus einer Kriminalakte stammte. Paul war einer der Kollegen, die sich bei den 21ern mit ethnisch abgeschotteten Subkulturen beschäftigten, wie solche Phänomene im gehobenen Beamtendeutsch hießen, wenn man sich in ministeriellen

136

Arbeitsgruppen mit ihnen befasste. Steiger klopfte ihm zur Begrüßung auf die Schulter.

»Moin Steiger«, sagte er und sah kurz zu ihm hoch. »Na, hast du dich von deinem Gespräch…«, Letzteres lang gezogen und mit deutlicher Betonung, »…mit Dombrowski schon wieder erholt?« Mitleidender Blick.

»Da gab's nichts zu erholen, Päule. Du weißt doch, es gibt zwei Orte der dienstlichen Unanscheißbarkeit. Entweder ganz oben oder ganz unten.«

Müller schnaufte einen Lacher und nickte.

»Ist das dein Werk?«, fragte Steiger und zeigte auf die Wand.

»Persönlich habe ich mit denen hier gar nicht so viel zu tun, aber es ist schon von unseren Jungs zusammengetragen worden. Ist schwer genug, da an Infos zu kommen.«

»Ich kenne eigentlich nur ihn, und zwei, drei andere Köppe sagen mir auch was. Alle anderen… keinen Schimmer. Kannst du mir ein paar Sätze dazu sagen?«

Paul sah auf seine Armbanduhr. »Okay, ganz kurz. Ja, Salah Ahmad. Das ist bei denen hier ganz sicher der alleinige Herrscher aller Reußen. Was unter anderem auch daran liegt, dass er nur drei Schwestern hat. Eine von denen ist, soweit wir wissen, völlig aus dem Rennen und wohnt verheiratet in Frankreich ohne erkennbaren Kontakt zur Familie.«

Jana kam dazu und stellte sich still neben Steiger.

»Die beiden anderen sind mit Cousins zweiten und dritten Grades verheiratet und sind mit im Verbund. Am meisten und engsten Fuada, unsere Hinweisgeberin. Sie ist mit Tarek Ahmad verheiratet, und sie hatten einen Sohn, Abadin, der bei einem Unfall vermutlich in Syrien ums Leben gekommen ist, ist schon ein paar Jahre her. Tarek ist ein Mitläufer, der nur aufgrund der familiären Anbindung so weit oben angesiedelt ist, so ist jedenfalls die Einschätzung aufgrund der Infos, die wir haben. Ist Salah total ergeben. Es gibt auch Hinweise, dass die Ehe nur durch den Einfluss von Salah zustande gekommen ist. Yasid, der dritte, der vermutlich relativ weit oben ist, ist der Sohn eines verstorbenen Großonkels. Sein Vater ist schon länger tot, ist wahrscheinlich noch als Kämpfer in Syrien ums Leben gekommen. Yasid ist der jüngste in der Riege und gilt als ziemliche Heißkiste. Es gibt auch zwei Verfahren gegen ihn, wo er wegen nichtiger Anlässe Widerstände gegen die Kollegen hingelegt hat. Bei einem hat er dabei eine Kollegin mit dem Schlagring heftiger verletzt, das sagt schon einiges aus. Ansonsten sind die wie ein Unternehmen organisiert. Hier«, er ließ den Cursor um ein Bild etwas abseits kreisen, »das ist Abdoulaye, der alle Geschäfte mit Drogen organisiert. Sehr vorsichtiger Mann, hat bei uns noch keine Akte, das sagt schon einiges aus, und hat mal einen Scheinkauf für Kokain platzen lassen, der eigentlich super vorbereitet war und ablief, einfach nur, weil er ein schlechtes Gefühl hatte. Na ja, hat ihn nicht getrogen. Ganz andere Baustelle ist Vahid«, wieder wanderte der kleine Pfeil zu einem anderen Bild. »Der ist Rechtsanwalt mit Kanzlei in Oberhausen und sorgt dafür, dass so viel wie möglich von der Kohle aus krummen Geschäften legalisiert wird, etwa dass mit Scheinkäufern und Scheinbesitzern Immobilien gekauft werden oder Anteile an Unternehmen. Die Riege hier unten«, er fuhr über eine Reihe mit Bildern, auf denen die Gesichter jüngerer Männer abgebildet waren, »ist seine Schlägertruppe, die immer dann relativ schnell auf der Bildfläche erscheint, wenn es zur Sache geht. Einige von denen sind auch an den Türen der Läden, die die Familie schon in der Stadt übernommen hat, und es sind echt ein paar Arschlöcher dabei. Die meisten haben Erkenntnisse mindestens wegen gefährlicher KV, er hier hat wegen versuchten Totschlags gesessen. Sie verfügen auch über Waffen, die sie aber nicht immer dabei- oder ziemlich gut im Wagen versteckt haben. Der ein oder andere hat auch Kontakte ins Rockermilieu. Ob sie da schon Prospect sind, entzieht sich unserer Kenntnis. Zwei abgeschottete Subkulturen – da wird es dann wirklich schwierig, was zu erfahren. Tja, reicht euch das erst mal, ich könnte nämlich einen halben Tag darüber erzählen?«

»Ja, klar, danke erst mal«, sagte Steiger. »Nur noch eine Frage, Paul: Wenn das mit dem Kind wirklich stimmen sollte, was könnte das für ein Kind sein?«

»Wenn das alles so stimmt, kann es dabei nur um Konkurrenz bei kriminellen Geschäften gehen, was anderes kann ich mir nicht vorstellen. Vielleicht haben sie aber auch noch 'ne Rechnung offen.«

»Und wessen Kind ist es dann?«, fragte Jana.

»Schwer zu sagen. In Dortmund haben wir im Norden noch zwei, drei andere Parteien, die ihnen manchmal in die Quere kommen, aber das wisst ihr vom ET doch auch. Im Rotlicht haben zum Beispiel die Rumänen und Bulgaren noch einen großen Einfluss, da wollen sie definitiv Fuß fassen, weil da eben 'ne Menge Kohle zu verdienen ist. Und sie würden auch im Stadtgebiet gern noch den ein oder anderen Laden übernehmen, da könnte auch was im Busch sein. Und nicht zu vergessen die Familie der Khoury-Brüder, die von Berlin rübergekommen sind, syrische Kurden und echte Kaliber, hauptsächlich im Drogengeschäft. Außerdem machen diese Leute ja nicht an Stadt- und Behördengrenzen halt, die sind im ganzen Pott unterwegs.«

»Was heißt das? Wenn es dieses Kind wirklich gibt, könnte das auch aus Bochum oder Duisburg stammen?«

»Genau das heißt das«, sagte Müller, »aber auch da geben die Vermisstenmeldungen bis jetzt nichts her, haben wir schon überprüft.«

»Danke«, sagte Steiger und wollte gehen.

»Was meinst du, gibt es für uns irgendeinen Weg, zu dieser Fuada Kontakt aufzunehmen?«, fragte Jana. »Außer über Vildana, denn die wird das für uns ganz sicher nicht machen, ich hab grad länger mit ihr gesprochen.«

Müller drehte sich auf seinen Stuhl und sah Jana von unten an. »Ich wüsste im Augenblick nicht, wie. Wir haben wirklich keine Aktien in dem Bereich. Wir verfügen nicht mal in der erweiterten Umgebung dieser Familie über einen V-Mann.«

»Wir haben also keine Ahnung, wer die Geschädigten sein könnten, und der Kontakt zur einzigen Hinweisgeberin ist absolut unmöglich. Ist das unsere Situation?«

»Im Moment sieht es so aus«, sagte Müller, hob die Hände und wandte sich wieder seinem Monitor zu.

24

Weil es im Raum der Ermittler keinen freien Platz zur Auswertung gab, machte Steiger sich auf den Weg in sein Büro beim Einsatztrupp, wo er an einem Sonntagmorgen nicht nur freie Rechner fand, sondern auch etwas mehr Ruhe. Der Schmuckhändler schien Erfahrung mit solchen Auswertungen zu haben, was bei zwei massiven Einbruchsversuchen kein Wunder war. Denn er hatte neben den Daten auch ein kleines spezielles Programm auf dem Stick gespeichert, mit dem man diese Daten komfortabel lesen konnte. Steiger brauchte dennoch etwas Zeit, um sich in dem Bilderwust und ihrem Aufbau zurechtzufinden, und holte sich als Konzentrationshilfe einen Kaffee.

Aus der Erinnerung hatte Frau Wischnewski die Zeit nur ungefähr angeben können, darum war es nicht einfach, in der Flut der Fotos die entsprechende Sequenz, die vielleicht nur zwei Minuten gedauert hatte, nicht zu übersehen. Er grenzte den Zeitraum üppig ein und ließ dann die Bilder durchlaufen.

Den Bürgersteig und das Stück Straße vor dem Geschäft erfasste die Kamera mit einem Weitwinkel, die Stichstraße, die etwas links versetzt in den Hintergrund lief, war fast bis zu ihrem Ende in einer Entfernung von vielleicht zweihundert Metern erkennbar. Je später es am Tag wurde, desto mehr Menschen waren auf den einzelnen Bildern zu sehen, und Steiger hoffte, das Kind dabei nicht zu verpassen. Als er an der entsprechenden Stelle angekommen war, musste er lächeln, weil seine Befürchtung so unnötig erschien, denn das Kind unterschied sich mit seiner bunten Kleidung optisch so deutlich von allen anderen wie ein Schal-

141

ker auf dem Mannschaftsfoto des BVB. Die Kamera hatte alle zehn Sekunden ausgelöst, und das Mädchen war zwischen den einzelnen Fotos immer einige Meter näher gekommen. Er rechnete es im Kopf nach, stand dann auf, ging ein paarmal hin und her und zählte dabei bis zehn. Nach zwei Versuchen war klar, dass das Mädchen ziemlich schnell gegangen sein musste, und Frau Wischnewski vielleicht mit ihrer Vermutung, dass es wütend gewesen war, richtiggelegen hatte. Einmal ging es an einer alten Frau mit Rollator vorbei, etwas später sah es sich einmal um, aber im Hintergrund war nichts und niemand zu erkennen, dem dieser Blick hätte gelten können. Beim vorletzten Foto stand das Kind an der Einmündung im Vordergrund, und ein schwarzer Wagen, der von rechts nach links durchs Bild fuhr, war verzerrt zu erkennen.

Das musste der schwarze SUV sein, den die Zeugin gesehen und gemeint hatte.

Danach gab es nur noch ein Bild, auf dem das Kind zu sehen war. Am äußersten linken Rand waren darauf wenige Zentimeter des Hecks des jetzt offensichtlich stehenden schwarzen Geländewagens sichtbar, der vorher nicht da gewesen war und dessen Rest aus dem Bild glitt. Das Mädchen schaute in diese Richtung mit einer Aufmerksamkeit, als werde es von jemandem angesprochen. Steiger klickte weiter, aber ab da waren Mädchen und Auto verschwunden.

Er ließ die Reihe noch einmal durchlaufen und achtete jetzt auch bei den früheren Abbildungen auf einen schwarzen SUV oder einen Menschen, bei dem erkennbar war, dass er zu diesem Kind gehörte, er suchte etwas, was er beim ersten Anschauen übersehen hatte. Aber er fand nichts, auch dann nicht, als er den Hintergrund stark vergrößerte. Bei den letzten beiden Bildern versuchte er, mit diesem Mittel etwas von dem schwarzen Wagen zu erkennen, einmal, als er durchs Bild fuhr, und dann, als er am Bildrand parkte, vielleicht Teile des Kennzeichens, einen Aufkleber oder einen Hinweis auf die Insassen, aber es war zwecklos.

Er scrollte den Zoom zurück und ließ sich im Stuhl nach hinten sinken.

Weil ihm eine zweite Meinung wichtig war und ein paar junge Augen vielleicht noch etwas sahen, was ihm entging, versuchte er, Jana telefonisch im Ermittlungsraum zu erreichen, aber sie war schon wieder zur zweiten Entführungs-BAO gerufen worden, um ein paar aktuelle Telefonate zu übersetzen.

Dabei fiel ihm auf, dass von dieser Entführung immer noch nichts zu den Medien durchgesickert war, was dazu passte, dass auch unter den Kollegen und im Haus kaum darüber gesprochen wurde. Außerdem wusste er ebenfalls immer noch nicht, wo in der Behörde sich diese BAO niedergelassen hatte.

Auf dem Weg zum Ermittlungsraum trat er ans Fenster, genoss für einen Moment den Blick auf den sonntäglichen Herbsthimmel und die Mächtigkeit einer Wolke, die sich zwischen Nicolaikirche und Heilig-Kreuz-Kirche wie ein Berg im Himalaja über den Dächern der Stadt erhob. Er erinnerte sich daran, schon als Jugendlicher diese Fantasie in sich getragen zu haben, wenn er in Büchern Bilder von Achttausendern gesehen und sich ausgerechnet hatte, dass diese Berge ungefähr achtzigmal höher sein mussten als die Halde Rheinelbe, die er in Gelsenkirchen jeden Morgen auf seinem Weg zur Schule oder nachmittags zum Bolzplatz vor Augen gehabt hatte. Achtzigmal höher … Und weil diese Vorstellung für ihn damals völlig unmöglich war, hatte er sich Wolken zu Hilfe genommen, wenn sie den Horizont berührten und manchmal die Form von Bergen oder Gebirgszügen hatten, die sich in der Ferne erhoben.

Ein Streifenwagen bog von der Hohe Straße in die Markgrafen ab. Sofort verband sich dieses Bild in ihm mit Batto und kickte damit seine Schulzeit-Bolzplatz-Wolkenberge-Stimmung von einer Sekunde auf die andere hoch übers Stadiondach aus ihm heraus.

Seit dem gestrigen Streit am Morgen hatte sein Kopf um diesen Augenblick einen Bogen gemacht wie um einen alten Topf im

143

Keller, in dem Verdorbenes war, von dem man wusste, das man sich aber besser nicht ansah. Jetzt war der Deckel offen, und der Anblick war schlimmer, als er es ohnehin befürchtet hatte. Sie kannten sich seit über dreißig Jahren, und jeder war für den anderen seit langer Zeit ein unverzichtbarer Teil des Lebens. Beide wussten sie von ihrer großen Unterschiedlichkeit, hatten immer darüber geredet, gefrotzelt, gelacht, sich scherzhaft damit provoziert, das war heute anders gewesen. Es war nicht nur ihr erster wirklicher Streit in all der Zeit gewesen, sondern sie hatten sich ihre Unterschiedlichkeit zum ersten Mal vorgeworfen, und sie hatten sich damit verletzt. Steiger spürte immer noch, wie sein Puls beschleunigte und seine Stimmung sich verdunkelte, wenn er an die Situation dachte, aber schon jetzt waren dahinter eine Traurigkeit und eine Angst, dass in diesen wenigen Minuten etwas verloren gegangen war, etwas Wertvolles und Kostbares, vielleicht für immer.

Im BAO-Raum erfuhr Steiger, wo er Jana finden konnte. Die zweite Entführungs-BAO hatte sich ihr Domizil in einem Sicherheitsbereich auf einer anderen Etage gesucht, und auf dem Weg dorthin war er auf dem Flur der Drogenleute an einem Büro, das auch am Sonntag offen stand, fast schon vorbei. Aus den Augenwinkeln hatte er nicht nur erkannt, dass dort zwei Personen mit Kopfhörern vor Bildschirmen saßen, sondern dass eine davon Zada war. Zada Yassin war syrische Kurdin und schon ewig als vereidigte Dolmetscherin für Kurmandschi und Arabisch an allen möglichen Verfahren der Behörde beteiligt gewesen. Bei den Drogenleuten hatte sie so häufig zu tun, dass sie fast zur festen Truppe gehörte und von einigen mit Umarmung begrüßt wurde. Steiger begrüßte sie freundlich und lächelnd, aber ohne Umarmung. Für mehr hatten sie zu wenig miteinander zu tun gehabt in der Vergangenheit, und er war ohnehin nicht der spontane Umarmer.

»Morgen, Zada, na, hast du an einem Sonntag nichts anderes zu tun, als hier rumzuhängen. Was sagen denn deine Kinder dazu.«

»Ach, die kriegen das schon hin. Manni ist auch hier; er rief mich an, der will morgen irgendeine größere Aktion starten und wollte aktuell wissen, was gesprochen wurde. Und damit es morgen früh nicht so viel wird, sind wir schon mal hier. Außerdem kann ich Mustafa ein wenig unterstützen, er ist neu im Geschäft und mit der Technik noch nicht so vertraut.«

Der Mann auf dem Platz neben ihr war jünger und offensichtlich neu in der Dolmetscherliste. Steiger konnte sich nicht erinnern, ihn schon einmal gesehen zu haben, auch wenn sein Gesicht ihn an jemanden erinnerte, der ihm im Augenblick nicht einfiel.

»Na dann, frohes Schaffen«, sagte Steiger und verabschiedete sich.

Im Treppenhaus auf dem Weg nach unten fiel ihm ein, dass der Mann aussah wie der junge Omar Sharif.

Er fand Jana in einem Büro auf der Etage der Schutzpolizei, wo sie ebenfalls mit Kopfhörern vor einem Bildschirm saß; sie sah ihn, als er in der Tür stand.

»Warte grad!« Sie tippte eine letzte Zeile, nahm die Kopfhörer ab und wandte sich ihm zu. »Kontrolle, oder was?« Mit Lachen.

»Ne, ich brauch nur mal deine Meinung... die Bilder, du weißt schon, bevor ich was dazu schreibe. Ich habe sie mir mal angesehen und fände es gut, wenn du auch mal einen Blick drauf wirfst. Geht das, nachher?«

»Ich bin hier in einer Minute fertig, wenn du wartest, kann ich mitkommen. Waren nur zwei Gespräche zu verschriftlichen.«

Steiger ging ans Fenster und hatte wieder Nicolai- und Kreuzkirche vor sich, wo das Wolkenhimalaja sich in einen löchrigen Fetzenvorhang verwandelt hatte.

Jana schrieb ihre Sachen zu Ende, schloss die Programme und stand auf. »Bereit, wenn Sie es sind.« Sie lächelte wieder, und beide verließen den Raum.

»Woher kennst du denn diesen Spruch, dafür bist du viel zu jung, ich meine, für diesen Film?«

»Nicht, wenn das der Lieblingsfilm deines ältesten Bruders war.«

»Du musst hier den Button …«

»Jaha, schon klar, so schwer ist es nicht.«

Steiger war darauf eingestellt, ihr bei den Bildern und dem Programm wissend zur Seite zu stehen, was nicht nötig war, weil sie es nach Sekunden gecheckt hatte.

Bei den beiden letzten Bildern spielte auch sie mit dem Zoom. »Man erkennt nichts von dieser Scheißkarre. Einfach nur ein schwarzes großes Auto.«

»Auf jeden Fall ein SUV«, sagte er, »den Typ müssten wir aber rauskriegen, klick mal eins weiter.«

Sie sah sich das nächste Bild an, zoomte das Heck des Wagens groß.

»Das müsste reichen für jemanden, der sich auskennt. Könnte ein dicker Audi sein. Aber siehst du irgendwen, der zu dem Kind gehört? Ich meine, so alt ist die Kleine noch nicht, dass man sie so völlig allein lässt.«

Jana sah sich mit einer Regelmäßigkeit im Ablauf alle Bilder noch einmal an. Das vorletzte Bild vergrößerte sie wieder, zog sich den Bereich des oberen Rands ins Sichtfenster und kreiste mit dem Cursor um einen hellen Punkt.

Sie hatte noch viel weiter hinten als die Frau mit dem Rollator eine Gestalt entdeckt, die nur sehr klein blieb, wie der pastellfarbene Pinselstrich eines Malers aussah und in der extremen Vergrößerung so stark verpixelte, dass nur noch ein paar verschiedenfarbige Quadrate erkennbar waren. Dennoch glaubte Steiger, dass es sich dabei um eine Frau handeln konnte, die etwas Langes, Helles trug und möglicherweise auch ein Kopftuch. Hatte sich das Mädchen danach umgesehen? Jana spielte mit der Vergrößerung, aber es wurde nicht klarer erkennbar. Vielleicht war es auch kein Kopftuch, sondern eine Langhaarfrisur.

»Könnte jemand sein, der zum Kind gehört«, sagte Jana.

»Aber warum ist er oder sie dann nicht hinterhergegangen?«

Die Gestalt war nur auf den letzten beiden Bildern der Serie sichtbar und auf dem ersten, nachdem das Kind und der schwarze Wagen verschwunden waren. Sie schien ein paar Meter die Straße in Richtung der Kamera gegangen zu sein und war dann entweder umgekehrt oder in einem der Häuser verschwunden.

»Keine Ahnung«, sagte Jana, »das kann natürlich auch irgendwer gewesen sein. Und du weißt ja auch nicht, wo sie geblieben ist.«

»Okay«, sagte Steiger, »dann schreibe ich das mal so auf.«

Jana spielte noch einen Augenblick mit den Bildern. »Ne, mehr ist nicht.«

Sie stand auf und machte ihm Platz.

25

Für den späten Nachmittag hatte Strelzow eine Besprechung angesetzt, um alle im Abschnitt Ermittlungen wieder auf einen Stand zu bringen. Hinter sich an der Wand immer noch den Riesenbaum der Ahmad-Sippe, wartete er, bis jeder, der es wollte, sich einen Kaffee geholt hatte und die größte Unruhe vorbei war. Steiger betrachtete die Verzweigung der einzelnen Bilder und war sich nicht sicher, ob Schröder seit dem Morgen noch ein paar Veränderungen angebracht hatte.

Auf dem Platz direkt gegenüber am Tisch grüßte er stumm den Staatsanwalt, den sie auch von der sonntäglichen Kaffeetafel geholt hatten. Aber vielleicht war ihm das gar nicht so unrecht gewesen, dachte Steiger.

»Alle da?« Strelzow blickte in die Runde. »Okay, was Organisatorisches vorweg: Wir richten zumindest für die nächsten zwei Tage einen geteilten Zwölf-Stunden-Dienst ein, jeweils von sechs bis sechs, wobei die Nachtschicht nur aus einer Art Stallwache besteht und der Rest in Bereitschaft ist. Anders ist es personell im Augenblick absolut nicht möglich. Wir haben die Kolleginnen und Kollegen für heute Nacht schon informiert, das heißt für die meisten von euch oder von Ihnen, dass gleich Schicht ist und wir uns morgen früh um sechs wiedersehen.«

Kurzes Gemurmel in der Runde.

»Zu dem, was wir haben: Es ist nicht viel, sage ich euch gleich.«

Es fiel Steiger auf, dass der junge Rat sich das »Sie« im Plural meistens schenkte, was nicht gegen ihn sprach. Er kannte vereinzelte Pflegefälle, die nach dem Aufstieg in den polizeilichen

Olymp sogar Kollegen wieder mit »Sie« ansprachen, die sie vorher üblicherweise geduzt hatten.

»Wir haben eine dreieinhalb Sätze lange Aussage einer Zeugin, dass es zu einer Entführung gekommen ist, der Entführung eines Kindes, um präzise zu sein, und damit sind auch fast schon alle Infos des Ausgangssachverhalts genannt.«

Wieder leise, dumpfe Gespräche.

»Okay, ganz so schlimm ist es nicht. Was wir noch wissen: Die Zeugin – ob sie auch Mittäterin sein könnte, wenn es denn eine Entführung gibt, muss man mal sehen –, die Zeugin also ist Fuada Ahmad, und das ist die Schwester von Salah Ahmad, der jedem hier im Raum ein Begriff ist. Wir gehen im Augenblick davon aus, dass sie auch bei dem Kind ist.«

»Wie kommen wir an die Aussage?« Steiger kannte den jungen Fragesteller nicht.

»Doch noch einer, der es nicht weiß«, Strelzow lächelte. »Die Kurzform: Sie hat sich einer Freundin anvertraut und um Hilfe gebeten, nur war diese Freundin auch die Freundin einer Polizistin, und darum ist daraus eine BAO geworden.«

Ziemlich verkürzte Darstellung, dachte Steiger.

»Wir haben die Hinweisgeberin, also die Freundin, eingehend vernommen, und sie bestätigt, dass sie die Sache sehr ernst nimmt, darum haben wir uns entschieden, es auch ernst zu nehmen. Diese Freundin sagt, sie habe derzeit keine Möglichkeit, Kontakt zu Fuada Ahmad herzustellen, etwa über Handy, was glaubhaft klang. Trotzdem observieren wir sie natürlich. Denn vor dem Hintergrund dieser Gesamtumstände ist jedem klar, dass wir im Augenblick nicht an die Frau herantreten können, weil die Gefahr für sie selbst und ein mögliches Entführungsopfer absolut unkalkulierbar wäre. Mal ganz davon abgesehen, dass wir keine blasse Ahnung haben, wo sie sich derzeit aufhalten könnte.«

»Gibt es keine Meldeadresse.«

»Schon, aber die Familie verfügt über …«, er suchte Blickkontakt zu Schröder von der OK, »zwölf?«

149

Schröder nickte.

»…über zwölf uns bekannte Immobilien und eine nicht bekannte Zahl von Objekten, die auf Strohleute umgeschrieben sind. Das ist zwar nicht der sprichwörtliche Heuhaufen, aber nah dran. Trotzdem observieren wir die wichtigsten Anschriften, haben schon zwei Kameras aufgebaut, und bei zwei weiteren Objekten sind wir dabei.«

»Was ist mit dem Opfer, also, wer ist das Opfer?« Aus dem Hintergrund.

»Tja, darüber wissen wir nichts, nur eben, dass es ein Kind sein soll, was ja irgendwo vermisst werden müsste. Wollen Sie was dazu sagen, Frau Winkler?«

Auch Renate Winkler, die seit Ewigkeiten in der Behörde für die Vermissten zuständig war, hatten sie den Sonntag versaut.

»Also, wenn wir bei ›Kind‹ mal von einem Alter zwischen fünf und zehn Jahren ausgehen, lässt sich aus den uns zugänglichen Quellen keine Person ermitteln, die infrage käme, wenn wir die Zeit von einer Woche zugrunde legen. Nehmen wir vierzehn Tage – denn wir wissen ja nicht, wie lange das Kind schon in der Familie sein könnte –, kommen rein vom Alter her zwei Vermisstenfälle infrage, einer aus Bochum und einer aus der Nähe von Köln, beide fallen aber eigentlich raus, weil es wahrscheinlich Kindesentziehungen durch geschiedene Ehepartner sind.«

»Was uns zu der Annahme führt«, wieder Strelzow, »dass es vermutlich nicht angezeigt wurde, und sollte das so sein, könnte es bedeuten, dass das alles im Dunstkreis des islamischen Rechts geschehen ist. Wir wissen, dass in den Kreisen viel passiert, wovon wir nichts erfahren. Das würde natürlich die Zahl der möglichen Opfer einschränken. Wir sind dabei, das zu durchleuchten, ist aber nicht so leicht, weil heute die Standesämter und auch die Ausländerbehörden nicht besetzt sind und wir auf die Daten der Standesämter keinen Zugriff haben. Denn bei den Familien, die dafür infrage kämen, weiß keiner so genau, wie viele Kinder da manchmal in einigen Objekten rumlaufen. Dann noch kurz zu den heutigen Ermittlungsergebnissen, was nicht viel ist. Wir haben unter anderem alle Hinweise, also auch alle Beobachtungsberichte der letzten zwei Wochen, in denen Kinder eine Rolle spielten, überprüft. Wollen die Kollegen kurz was dazu sagen?«

Eine schwarzhaarige junge Schönheit, die Steiger nicht kannte, mit offensichtlich türkischen Wurzeln, stand auf.

»Es gab einen Hinweis auf einen Mann, der sich vor vier Tagen Kindern im Westpark genähert und mit ihnen gesprochen hat. Es sind auch zwei Kinder mit ihm gegangen, hatten Zeugen gesehen. Wir haben den ermitteln können«, an der Wand erschien das Bild eines Mannes mittleren Alters mit Glatze, »ein Robert Müller, es ist einer mit Missbrauchshintergrund, wozu es in dem Fall aber glücklicherweise nicht gekommen ist. Und in dieser Sache kommt er auch nicht infrage, die Kinder sind wieder zu Hause.«

Sie schaute noch kurz in die Runde, und als keine Fragen mehr kamen, setzte sie sich wieder.

»Herr Adam, noch ein paar Worte zu Ihrer Sache.«

Steiger sah Jana an. Solche Gelegenheiten überließ er seit Langem schon ihr, wenn sie zusammen unterwegs waren, weil er nicht nur ihren Wunsch kannte, Karriere zu machen, sondern auch um die Mechanismen wusste, wie man in solch einer Behörde in den Goldfischteich kam. Und er wünschte es ihr sehr, weil er sich an keine Situation erinnerte, in der sie ihre Integrität auch nur eine Winzigkeit aufgegeben hätte, auch wenn es taktisch sinnvoll und möglich gewesen wäre.

Sie stand auf und schilderte kurz ihren Besuch bei der alten Dame und deren unsichere Aussage.

»Wir waren dann fast schon wieder weg, als Häuptling Adlerauge Adam«, sie legte Steiger eine Hand auf die Schulter, und wieder fühlte er sich sehr bestätigt – diese Momente meinte er, »eine Kamera über einem Schmuckgeschäft in der Nähe entdeckt hatte. Der Laden gehört einem Ayhan.«

»Ach, kenne ich«, sagte Lorenz vom 13er, »habe ich schon mal einen heftigen Einbruch aufgenommen, schon etwas her.«

»Ja, sagte er auch. Die Kamera nimmt keine Videos, sondern Bilder auf, und wir haben tatsächlich diese Sequenz mit dem Kind dabei. Man sieht, wie es die Straße langkommt, und das hier ist das letzte Bild. Links am Rand, das ist sehr wahrscheinlich der Wagen, den die Frau meint. Wie man sieht, ist kaum erkennbar, was für ein Typ das ist, da fahren wir morgen mal zu einem Händ…«

»Das ist ein dicker Daimler, ein GLS oder GLE.«

»Okay«, Jana lächelte, »hätte ich dich mal gleich gefragt. Leider ist sonst nichts weiter zu erkennen, weder etwas vom Kennzeichen noch von den Insassen. Ob das Kind da eingestiegen ist und ob es nicht Papa war, der es auf den Arm genommen hat, wissen wir nicht. Auf jeden Fall ist auch hier keine Vermisstenanzeige eingegangen. Wir bleiben da dran.«

Sie setzte sich wieder.

»Danke, Frau Goll«, sagte Strelzow.

»Das heißt aber auch«, der dicke Gernot von den Kfz-Leuten, »wenn unsere Zeugin sich verhört hat, irgendwas falsch einschätzt oder auch nur was vollkommen falsch verstanden hat, könnte das alles hier auch ganz umsonst sein, oder?«

Strelzow zog die Brauen nach oben.

»Ja, das könnte es heißen, aber unter Abwägung der Folgen in beiden Fällen haben wir uns entschieden, es ernst zu nehmen. Wir warten mal ab, ob sich morgen etwas ergibt, ein paar Ansätze haben wir ja. Wenn sonst keine Fragen mehr sind, wünsche ich allen nachher noch einen schönen Sonntagabend.«

Steiger sah Jana an. »Hast du noch Lust auf ein Bier im ›Totenschädel‹. Ich lad dich ein.«

Hatte sie.

Im Fernseher, der in einer Ecke über der Theke angebracht war, lief das letzte Sonntagsspiel der Bundesliga. Wie immer, wenn nicht der BVB spielte, war der Ton nicht eingeschaltet.

Steiger hatte kaum Notiz davon genommen, weil aus dem

einen Feierabendbier drei geworden waren und er Jana ausführlich die Sache mit Batto' erzählt hatte.

»Klingt jetzt blöd beschwichtigend«, sagte sie zum Schluss, »aber ich denke, das renkt sich wieder ein. Ihr kennt euch so lange, Mann. Und immer, wenn ich euch erlebt habe, wart ihr ... tja, nicht ein Kopp und ein Arsch, aber irgendwie ein Paar, wenn du weißt, was ich meine.«

Er nickte. »Ja, ich weiß, was du meinst.«

Sie trank ihren letzten Schluck Bier, stand auf und zückte ihr Portemonnaie.

»Lass stecken, hab doch gesagt, ich lad dich ein.«

»Muss zwar nicht sein, aber okay. Bis morgen.«

Mit einem letzten Klaps auf die Schulter ging sie, blieb nach drei Metern stehen und kam wieder zurück.

»Bei allem, was ihr euch um die Ohren gehauen habt, über wen ärgerst du dich eigentlich mehr? Über ihn oder über dich?«

Steiger musste einen Moment nachdenken.

»Keine Ahnung«, sagte er schließlich und wunderte sich, dass ihm die Frage noch nicht selbst gekommen war.

Er zuckte einmal heftig, weil ihre Berührung ihn aufgeweckt hatte. Eva war zu ihm ins Bett gekrochen, hatte ihn von hinten so umarmt, dass sie es immer »umkörpern« nannte, und lag jetzt still bei ihm.

Bei seiner Rückkehr aus dem »Totenschädel« war sie nicht da gewesen, wie häufiger in letzter Zeit, und er ahnte, dass sie wieder unterwegs war, weil es sie rausgetrieben hatte. Seit dem Beginn dieser Phasen, in denen sie öfter abwesend war, hatte er sich gefragt, ob es etwas mit Flucht zu tun hatte oder mehr mit einer Suche. Aber um das rauszufinden, hätte er wissen müssen, wovor sie floh oder wonach sie suchte, und wahrscheinlich wusste sie das nicht einmal selbst.

Er erinnerte sich, dass es ganz am Anfang Situationen gegeben hatte, in denen er derjenige gewesen war, der ihr Angebot, über

Nacht zu bleiben, nicht hatte annehmen können und irgendwann gegangen war, weil eine innere Stimme ihn fortgetrieben hatte. Jetzt genoss er einen langen, stillen Moment die Wärme ihres Körpers, den Duft, den sie mitbrachte, schwamm auf der unerklärbaren Euphorie, die ihre Anwesenheit jenseits aller Körperlichkeit bedeutete, von dieser aber ausgelöst und getragen wurde.

»Na, wieder unterwegs gewesen?«

»Ja. Aber es ist schön, zu dir zu kommen, immer zu dir zurückzukommen. Du bist irgendwie ein Zuhause, in jeder Weise. Besonders für meine Gedanken. Und mein Herz.«

»Klingt mehr wie, wie ... wie Heimathafen.«

Es verging eine Zeit, in der er nur ihren Atem hörte, dicht an seinem Ohr.

»Ja, da ist was dran. Heimathafen.«

»Bei Heimathäfen ist es nur so, dass man eigentlich die meiste Zeit woanders ist auf dieser Welt als dort.«

Wieder sagte sie eine ganze Weile nichts.

»Stimmt. Aber das ist der Ort, an den man gehört, von dem alles ausgeht und zu dem man immer wieder zurückkehrt. Aber jetzt red doch mal nicht so viel um diese Zeit.«

Sie drückte sich noch etwas fester an ihn, und er fühlte ihre Hand unter seinem T-Shirt. Ganz langsam strich sie über seinen Bauch, und er spürte, wie ihre Finger mit kleinen Bewegungen das Gummi seiner Unterhose anhoben und darunterglitten.

26

Der Plan war nicht einfach, aber er konnte gelingen. Alles hing davon ab, dass ihr Begleiter im Wagen wartete. Sie hatte den Termin bei der Frauenärztin selbst vereinbart und sich dabei zu erinnern versucht, zu welchen Zeiten Vildana an ihrem Arbeitsplatz im Begegnungszentrum anzutreffen war. Denn dieses lag nur eine Straßenecke vom Ärztehaus entfernt, das war ihr auf der Suche nach einer Möglichkeit irgendwann wieder eingefallen.

Hätte sie sich einen Begleiter aussuchen können, wäre ihre Wahl auf Rafik gefallen, weil der nicht nur ein wenig träge war und schon deshalb ganz sicher im Auto gewartet hätte, sondern weil man in einem Wartezimmer nicht rauchen durfte.

Jetzt war Sinan ihr Fahrer, der auch rauchte, und sie hoffte inständig, dass auch ihm die Zeit in einem Wartezimmer zu lang vorkommen würde und er im Auto blieb.

Sie hatte überlegt, ganz offen zu Vildana zu gehen, sich wie früher mit ihr auf einen Tee zu treffen, aber sie war sicher, dass Salah das in dieser Situation niemals erlaubt hätte. Außerdem hätte er die Freundin im Nachhinein verdächtigen können, wenn dieses Treffen so unmittelbar vor alldem stattfand.

Sinan fuhr auf den Parkplatz des Ärztehauses, parkte den großen Wagen auf der Grenze zwischen zwei Boxen ein und stellte den Motor ab. Mit einem Seitenblick stieg sie aus, und als er sofort sein Telefon hervorholte und sitzen blieb, kribbelte es überall.

»Ich weiß nicht, wie lange es dauert«, sagte sie, bevor sie die Tür schloss.

»Ich warte«, sagte Sinan, öffnete das Fenster und fingerte sich eine Zigarette aus der Brusttasche seines schwarzen T-Shirts.

155

Das Haus, in dem etliche Praxen auf vier Etagen untergebracht waren, hatte zwei Ausgänge. Als die Glastür des vorderen Eingangs sich hinter ihr schloss, kontrollierte Fuada mit einem letzten Blick ihren Begleiter, der jetzt zwar ausgestiegen war, sich aber weiter mit seinem Telefon beschäftigte und rauchte.

Sie lief zum hinteren Ausgang, der auf einen Parkplatz für die Bediensteten führte und nur von einem hüfthohen Zaun umgeben war, den sie mit etwas Mühe überstieg. Dann lief sie, so schnell ihr langes Gewand das zuließ, zur nächsten Hausecke, von dort waren es noch zweihundert Meter.

Am Eingang begrüßte sie eine deutsche Mitarbeiterin freundlich. Sie kannte die Frau, konnte sich aber nicht mehr an ihren Namen erinnern.

»Ich möchte zu Vildana«, sagte Fuada.

»Oh«, die Mitarbeiterin sah auf die Uhr, »die ist noch nicht da, müsste aber jeden Augenblick kommen. Kann ich dir auch helfen, oder willst du warten? Ich bin übrigens Hilde.«

In Fuada zog sich etwas zusammen.

»Okay, dann warte ich einen Moment.«

Sie ging in den Raum, der wie ein Café eingerichtet war, setzte sich, stand aber sofort wieder auf, weil alles in ihr zitterte.

»Möchtest du einen Tee«, fragte Hilde.

Aber sie wollte keinen Tee. Wieder setzte sie sich mit Blick auf die Eingangstür, nahm zwischendurch eine der Broschüren in arabischer Schrift über die Veranstaltungen der Begegnungsstätte zur Hand, aber keinen der Sätze, die sie las, hätte sie nur fünf Sekunden später noch hersagen können. Die Zeit wälzte sich dahin, und keine Vildana erschien. Die Sonnenblumenuhr an der Wand zeigte ihr, dass sie schon über eine Viertelstunde hier war, und sie stand auf, um nachzusehen, ob Sinan noch am Wagen auf sie wartete.

Vielleicht waren es drei oder vier Minuten, die sie für die Strecke brauchte. Wieder hatte sie Mühe beim Überwinden des Zauns, weil es einer dieser Zäune war, bei dem die Anordnung der Stäbe verhinderte, dass man sich gut festhalten oder auf irgendetwas steigen konnte. Sie durchschritt den hinteren Eingang und sah durch die vordere Glastür, dass Sinan mittlerweile wieder eingestiegen und immer noch mit seinem Telefon beschäftigt war. Fast schon wieder auf dem Rückweg hatte sie eine Idee, kehrte um und ging zum Auto. Sie trat von der Fahrerseite heran.

»Sie müssen noch eine zweite Untersuchung machen, es dauert noch ein paar Minuten.«

Sinan gab einen Ton von sich, der irgendetwas zwischen Gleichgültigkeit und Genervt-Sein ausdrückte, und sie ging zurück. Sobald sich die Tür hinter ihr geschlossen hatte, begann sie, wieder zu laufen, und ging durch die Tür mit Hoffnung, aber auch jetzt war Vildana noch nicht angekommen.

»Soll ich mal versuchen, sie anzurufen?«, fragte Hilde. Sollte sie. Aber nach einer wortlosen Zeit, in der sie zum Ende eine Grimasse zog, drückte sie das Gespräch weg.

»Geht nicht dran, leider.«

Nach weiteren zwanzig Minuten war Fuadas Geduld aufgebraucht. Sie verabschiedete sich und lief den Weg zurück nun zum zweiten Mal. Als sie die hintere Tür durchschritt, hatte sie das Gefühl, jemand rufe ihren Namen. Sie drehte sich um und sah Vildana auf der anderen Seite des Zauns stehen. Ein schneller Blick in die andere Richtung zeigte ihr, dass Sinan den Wagen abschloss und auf dem Weg in ihre Richtung war.

Vildana hatte mittlerweile auch den Zaun überstiegen und die hintere Glastür geöffnet.

»Fuada, wie schön, dass ich dich noch erwische, Hilde hat mir erzählt, dass du grad da warst«, sie umarmte die Freundin herzlich.

Die vordere Tür ging auf, und Sinan trat auf die braunen Fliesen, die so sehr glänzten, dass sich seine Gestalt darin spiegelte.

»Ich bin sofort fertig«, sagte Fuada in seine Richtung, »bin in einer Minute bei dir.«

Der große Mann warf einen Blick auf Vildana, zog die Stirn kraus, nickte und ging langsam zurück zum Auto.

»Was ist los«, fragte Vildana, die ihre Konfusion offenbar wahrgenommen hatte.

»Ganz schnell: Ich wollte dich noch einmal um Hilfe bitten. Das Kind, du weißt schon, ist immer noch bei mir, und es ist in großer Gefahr. Ich muss mit ihm weg, sonst geschieht ihm irgendwas Schlimmes. Es muss bald geschehen.«

»Und was? Wo willst du denn hin?«

»Hilf mir, bitte…« Sie versuchte, einen Gedanken festzuhalten. »Ich komme erst zu dir, du kannst uns doch helfen.« Sie blickte sich nach Sinan um.

»Aber wann und wo treffe ich dich, wie können wir reden? Hast du ein Handy?«

»Nein, nicht mehr.«

Vildana überlegte einen Moment, dann griff sie in ihre Jackentasche und zog ein altes Mobiltelefon hervor.

»Hier, nimm das. Es ist das Handy des Zentrums, wir benutzen es nur im Notfall.«

»Aber es ist gefährlich.«

Wieder überlegte Vildana kurz.

»Du kennst doch SMS?«

Fuada nickte.

»Du weißt, wie das geht?«

Wieder Nicken.

»Gut, dann schalte es nur ein, wenn du mir etwas mitteilen willst, das ist sicherer und schont den Akku. Meines ist immer eingeschaltet. Aber lösch sofort immer alles, ja.«

Irgendwoher holte sie einen Kugelschreiber, schob Fuadas Ärmel nach oben und notierte zwei Zahlen, eine vierstellige und eine längere.

»Das eine ist die PIN für das Telefon, das andere meine Handynummer. Am besten, du lernst sie auswendig und wäschst sie dann ab. Okay.«

158

Fuada nickte hektisch und sah sich wieder um, aber von Sinan war nichts zu sehen.

Die beiden Frauen sahen sich noch einmal an, Vildana umarmte sie heftig, dann gingen sie auseinander.

»Aber keine Polizei«, rief Fuada ihrer Freundin hinterher, die hatte sich noch mal umgedreht und nickte.

Sinan sagte nichts, als sie einstieg, startete den Wagen und fuhr vom Parkplatz.

Zum Glück läuft Musik, dachte sie, denn sie hatte Mühe, ihren Atem zu kontrollieren und fühlte das Telefon, das sie in ihrer Kleidung verstaut hatte, wie ein glühendes Stück Eisen brennen.

27

Benno Krone nahm sich noch ein halbes Mettbrötchen, drehte es und drückte den Belag in eine Plastikbox, die fast randvoll mit klein gewürfelten Zwiebeln war.

»Das Entscheidende für die Ausgewogenheit des Geschmacks ist die richtige Mischung und damit das richtige Gefühl in dieser Situation. Nicht zu viel Druck, aber auf jeden Fall auch nicht zu wenig.« Dann klopfte er leicht auf die Unterseite, und ein paar Zwiebelschnipsel fielen zurück.

»Du arme Sau«, sagte Steiger zu Dieter Rossberg, der heute mit Benno fuhr. »Aber vielleicht müsst ihr ja an der frischen Luft ermitteln, und selbst da würde ich einen Sicherheitsabstand einhalten.«

»Ich habe eine Packung Kaugummi dabei. Extra stark, kann ich dir leihen.« Jana biss in ein halbes Käsebrötchen und lachte.

»Das hast du wahrscheinlich falsch verstanden«, sagte Gerd Walter und drückte mit dem Finger den Zwiebelbelag auf seiner Mettbrötchenhälfte fest, die nicht sehr viel anders aussah. »Bei dem, was Steiger bei Benno meint, hilft kein Kaugummi. Das nimmt kein Darm ungestraft hin.«

»Mein Darm wird damit ganz wunderbar klarkommen, er begrüßt das geradezu.« Benno nahm einen zweiten Bissen, und ein paar der Zwiebelstücke fielen auf seine beträchtliche Kugel und von dort auf seine Hose.

»Na, wenn das keine herrliche Verheißung ist«, sagte Steiger.

Aus der Truppe des ET war Benno Krone derjenige, mit dem er am wenigsten anfangen konnte, und er wusste, dass das auf Gegenseitigkeit beruhte. Wenn es dienstlich nicht unbedingt

160

nötig war, fuhren beide nicht miteinander, obwohl im Einsatz auf ihn Verlass war. Man musste die Menschen nicht lieben, wenn man sich diesen Job ausgesucht hatte, aber es erleichterte die Arbeit beträchtlich, wenn man sie nicht hasste oder sie einem zumindest nicht unangenehm waren. Bei Benno Krone war Steiger sich sicher, dass andere Menschen ihm meistens völlig egal waren, was auch für Kollegen galt, die damit noch Glück hatten. Das polizeiliche Gegenüber war für ihn dort am besten aufgehoben, wo man die Tür nur von außen abschließen konnte und den Leuten das Essen durch eine Klappe reichte, und das auch nur dann, wenn die sich anständig benahmen.

Mit allen anderen kam Steiger gut klar, mit einigen sehr gut, nur bei Oliver Kuhlmann, dem Neuen, war in der Sache die letzte Entscheidung noch nicht gefallen.

Weil Jochen Bulthaup endlich Hauptkommissar geworden war, hatte er zum Frühstück geladen, was bei ihm so aussah, dass er eine Tüte Brötchen, zwei Kilo Mett und ausreichend klein geschnittene Zwiebeln auf den Tisch stellte, dazu ein paar Alibi-Käsebrötchen für die ein, zwei Leute im Team, die nichts mit Schweinemarmelade, wie er den rosa-weißen Klumpen nannte, anfangen konnten. Jana gehörte dazu.

Weil sich in der Nacht und am Morgen in der Entführungssache mit dem Kind nichts Neues ergeben hatte, war für Steiger und Jana die halbe Stunde fürs Frühstück möglich gewesen.

»Wie sieht es in eurer Sache aus?«, fragte Gisa, die bei ihrem Brötchen vollkommen auf Zwiebeln verzichtete.

»Nicht berauschend«, sagte Steiger. »Es laufen ein paar Obs-Maßnahmen und was sich die Führung ansonsten noch ausgedacht hat – keine Ahnung. Da bist du in einer BAO als Muschkote wenig im Bild, weißt du doch. Mit dem, was wir haben, ist das Ding in der Form nicht lange aufrechtzuerhalten. Ist ja nicht so, dass sich woanders die Arbeit von allein erledigt, wenn die Leute zwölf Stunden in der BAO sind.«

Das Telefon dudelte. Gerd Walter, der am nächsten saß, sah aufs Display und nickte beim Abnehmen Steiger zu. »Alles klar.« Er legte nach fünf Sekunden wieder auf. »Ihr sollt hochkommen. Irgendwas muss neu verteilt werden.« Jana und Steiger tranken ihre Tassen leer und machten sich auf den Weg, Jana mit dem letzten Rest Brötchen noch in der Hand.

Zwei Observationspunkte mussten neu besetzt werden, weil die Ermittlungen, die am Montagmorgen bei den Kataster- und einigen anderen Ämtern wieder möglich waren, zwei neue Objekte interessant gemacht hatten, und Fuada Ahmad bisher an keiner der bekannten Adressen gesehen worden war. Eine der beiden Anschriften war ein altes Mietshaus in Lütgendortmund in der Nähe der A40, das über einen Strohmann auf Yasid Ahmad zurückzuführen war, einem aus der vermeintlichen Führungsriege der Familie. Die Immobilie war für solche Leute nicht nur von der Lage her interessant, sondern wurde jetzt genutzt, um Flüchtlinge unterzubringen, was gleich zwei Zwecke erfüllte. Durch den Kauf konnte man Gewinne aus anderen Geschäften gut unterbringen, außerdem brachte es so auch aktuell etwas ein.

Aber das war nicht der einzige Grund, weshalb sie so einen Aufwand betrieben und das Haus beobachteten. Yasid Ahmad fuhr die meiste Zeit einen schwarzen Daimler GLE, der allerdings auf jemand anderen angemeldet war, und weil am Morgen ein Daimler-Händler den Wagen vom Foto des Juwelierhändlers definitiv als ein solches Modell identifiziert hatte, kam Yasid mehr ins Visier.

Ihr Augenmerk lag primär auf Fuada Ahmad, weil der Schluss nahelag, dass man zuallererst über sie an das Kind kam, das wahrscheinlich an keinem Ort untergebracht war, den man sofort mit der Familie verband. Und was gab es Unauffälligeres als eine alte Mietskaserne, in der ständig arabische oder Menschen aus Vorderasien ein und aus gingen. Als Orientierung hatten sie nur ein altes Foto aus der Presse, weil die Frau noch nicht straffällig geworden war. Natürlich war das alles nicht weit entfernt von Kaffeesatzleserei, und vielleicht war das Kind, wenn es eines gab, auch irgendwo in Süddeutschland oder im Ausland, aber sie konnten nur mit dem wenigen arbeiten, was bekannt war.

Der Raum lag in der ersten Etage eines Gebäudes, das einer Firma für Steuerungstechnik gehörte, die ihren Lagerraum für die Verwaltungsbüros zur Verfügung gestellt hatte, ein Kabuff mit deckenhohen Regalen voller Büromaterial. Die Sonnenrollos waren so weit heruntergelassen, dass der Eingang schräg gegenüber noch zu sehen war und man mit dem Teleobjektiv brauchbare Fotos machen konnte, wenn nötig. Das Foto der Frau hatte Steiger mit Klebeband aus einem der Regale an der Säule zwischen den Fenstern befestigt, und sie hatten ziemlich bald vereinbart, alle Viertelstunde zu wechseln, weil am Eingang gegenüber ein stetes Rein und Raus war und das Fernglas kaum länger vor den Augen zu halten war. Was die Sache nicht einfacher machte, war die Kleiderordnung. Viele der Frauen trugen Kopftuch und auch sonst reichlich Stoff am Körper, was auch von Fuada Ahmad bekannt war.

Zu Steigers Glück lag der Raucherbalkon der Firma auf dem Flur direkt gegenüber.

»Hier sieh dir die mal an«, sagte Jana, als er nach einem Zigarillo wieder hereinkam, »schnell, sonst ist sie weg.«

Steiger nahm das Fernglas und setzte sich auf den zweiten Stuhl. »Die jetzt über die Straße geht?«

»Ja, genau.«

Er versuchte, das Fernglas ruhig zu halten, und verfolgte die Frau mit Kind, bis sie am unteren Fensterrahmen aus dem Bild glitt. Er nahm das Fernglas herunter, blickte auf das Foto am Pfeiler. »Ne, ich glaube nicht. Die war zu alt.«

Jana hatte im letzten Moment ein Foto gemacht und verglich es auf dem Display mit dem Bild an der Wand.

»Ne, ich glaub auch nicht.«

Trotzdem notierte sie es für den Bericht.

163

Die Dame im Büro nebenan hatte ihnen Kaffee aus dem Automaten im Pausenraum angeboten. Steiger kam mit zwei Bechern herein und verschüttete etwas, als er die Tür schloss. Von einer Rolle im Regal nahm er ein Papiertuch und wischte den Boden sauber.

»Schnell, sieh dir das an!« Jana winkte ihn zu sich.

Auf die Einfahrt neben dem Haus fuhr ein schwarzer Daimler GLE, und zwei Männer stiegen aus. Der Fahrer war deutlich jünger, trug schwarze Klamotten, der ältere einen Anzug, der selbst auf die Entfernung teuer aussah.

»Ist das Yasid?«, fragte er.

»Ich glaube, ja«, sagte Jana und machte eine Reihe von Fotos, bis die beiden Männer hinter dem Haus verschwunden waren, »aber den anderen kannte ich nicht.«

»Wo sind die hin?«

»Wahrscheinlich gibt es einen Hintereingang«, sagte Jana und legte die Kamera beiseite, als sich eine Zeit lang nichts tat. »Und was tun die hier?«

Steiger zuckte mit den Schultern.

»Keine Ahnung. Wenn die Hütte ihm gehört, aber sein Name nicht auftaucht, kann der hier alles verstecken. Die beiden, die wir suchen, Drogen, Schore, weiß der Teufel. Vielleicht ist es auch nur ein Ort, wo sie ungestört reden wollen.«

Janas Handy dudelte.

»Was gibt's, Paul?«

Sie hörte einen Moment zu, nickte.

»Okay, dann warten wir.«

Sie drückte das Gespräch weg und sah Steiger an.

»Wir werden gleich abgelöst. Es haben sich Erkenntnisse ergeben, vielleicht tut sich was.«

»Okay«, sagte Seiger, nahm das Fernglas und ging für die nächste Viertelstunde auf Posten.

28

Sie parkten den Wagen und trafen am Fahrstuhl Dieter Rossberg.
»Na, hast du den Morgen einigermaßen überlebt?«, fragte
Steiger.

Er lächelte. »War halb so wild.«

Dieter war kein Schwätzer. Steiger wusste, dass er selbst dann
nichts Negatives über Benno Krone erzählen würde, wenn es
etwas gäbe. Und über Benno gab es immer etwas zu sagen.
»Na, dann hast du Glück gehabt. Nach so einem Frühstück
bläst er dir schon mal die Nationalhymne durch die Hose.«

»Wir hatten früher einen in der Polizeischule«, sagte Dieter,
grinste, »wenn es da mittags Sauerkraut gegeben hatte, konnte
der das auch.«

»Aber Benno kann alle Strophen, wenn es sein muss.«

Rossberg lachte und stieg beim ET aus.

Im Raum der BAO-Ermittler waren lediglich Paul Müller von
der OK und zwei junge Kollegen, die Steiger nur vom Sehen
kannte, einer las etwas konzentriert auf seinem Handy.

Jana ging sofort zu Paul und zeigte ihm auf dem Display der
Kamera die Fotos der beiden Männer, die aus dem SUV gestie-
gen waren.

»Der eine ist Yasid, eindeutig. Den anderen…«, er nahm
sein Kinn in die rechte Hand und rieb es. »Kommt mir bekannt
vor.«

Vorsichtig pflückte er den Chip aus der Kamera, stand auf,
holte aus einer der Schubladen ein Lesegerät und verband es mit
dem Rechner. Nach einer Minute warf der Beamer die Fotos auf
die weiße Wand.

»Ich bin mir nicht sicher«, sagte Paul, tippte eine Zeit auf seinem Rechner und griff dann zum Telefon.

»Hardy. Hallo. Paul hier, Paul Müller aus Dortmund. Hast du einen Moment Zeit? Ich hab dir grad eine E-Mail mit Foto geschickt. Kannst du mir sagen, wer der ältere der beiden ist?« Er wartete, sah Steiger und Jana an und deckte die Sprechmuschel mit einer Hand ab.

»Kollege vom LKA, kennt sich mit Großfamilien aus.«

»Ja«, er kehrte zu seinem Gesprächspartner zurück, nickte ein paarmal und räusperte Bestätigung, legte dann mit Dank auf.

»Hab ich mir gedacht«, wieder zu den beiden. »Das ist Danyal Yassir Adil, müsste so Mitte sechzig sein, ganz bemerkenswerter Typ. Geboren, glaub ich, in Gaza, also Palästinenser, aufgewachsen in Ägyptern und Syrien, spricht Arabisch, Kurmandschi, Paschtu und all das Zeug da unten und ist Chef einer international verzweigten palästinensischen Großfamilie, die auch bei so einigen Sauereien mitmischt, vor allem mit Waffen. Aber nicht mal hier und da 'ne Glock für zweitausend Schleifen an irgendeinen Türsteher, sondern im größeren Stil.«

»Was macht der hier?«

»Keine Ahnung. Soweit ich weiß, ist der in Berlin. Was aber noch interessant ist: Der Kollege vom LKA sagte, dass der in Berlin öfter mal als Schlichter aufgetreten ist, teilweise ganz offensiv bei Strafverfahren.«

»Schlichter?«, fragte Steiger. »Ist das dieses Friedensrichterding?«

»Ja. Und der hat auch irgendwas mit Recht studiert, also Recht in unserem Sinne.«

»Und was macht der jetzt hier?«, fragte Jana. »Ich meine, was heißt das, dass der jetzt hier ist?«

»Ich habe keine Ahnung. Kann erst mal natürlich bedeuten, dass die irgendwelche Geschäfte machen, aber eine wirkliche Ahnung habe ich nicht. Ist aber zumindest eine Info, die ich der Führung mitteilen werde. Ansonsten haben wir in zwanzig

Minuten Besprechung. Ich zeig das hier mal oben im Raumschiff, könnte wichtig sein.«

Er nahm den Foto-Chip und verschwand.

Jemand hatte eine Riesendose süßes Gummizeug spendiert, Steiger nahm sich einen roten Teufel und etwas, das aussah wie eine Fledermaus, weil er das Gefühl hatte, immer noch das Mett und die Zwiebeln vom Morgen zu schmecken. Sein Magen hatte Schwierigkeiten mit diesem rohen Fleisch, er wusste das, konnte aber manchmal nicht widerstehen.

Strelzow kam herein, grüßte die beiden, und es war unübersehbar, jedenfalls für Steiger, dass Jana dabei immer mit einem Löffel extra freundlicher Vertrautheit bedacht wurde.

»Gut, dass ihr da seid. Besprechung in einer Viertelstunde, wir warten noch auf ein paar Teams.«

Er griff sich einen Stapel Papier, überprüfte kurz den Inhalt und war wieder draußen.

Eine Viertelstunde später hatte sich ein Teil der Ermittlertruppe der BAO eingefunden. Strelzow besprach sich noch kurz mit Müller, klappte dann einen dünnen Pappordner auf.

»Manchmal muss man auch ein wenig Glück haben.« Das Lächeln gab ihm sein Gesicht zurück, das er als Zehnjähriger gehabt haben musste, dachte Steiger. »Die Planungen sind noch nicht ganz abgeschlossen, aber wahrscheinlich wird es morgen früh einen Aufschlag in verschiedenen Objekten der Ahmad-Familie geben. Wir haben heute über die Verbindung der Ausländersachbearbeiter Wind davon bekommen, dass der Zoll morgen einen Aufschlag in mindestens sechs der wichtigsten Objekte vorbereitet hat, mit richtig großem Personalaufwand. Wenn wir es noch hinkriegen, und das entscheidet sich in der nächsten Stunde, hängen wir uns da in Amtshilfe dran, ist denen sogar recht, wenn wir da mit großer Mannschaft unterstützen. Dazu kommt, dass wir noch ein weiteres wichtiges Indiz haben. Die Recklinghäuser Kollegen haben in einem Verfahren wegen Kokainhandels einige

167

Leitungen ihrer Hauptverdächtigen aufgeklemmt. Auf eines dieser Handys gab es einen Anruf von einer Nummer, die sie eindeutig Mahmoud Hassan zuordnen.«

»Wer ist das?«, fragte Jana.

»Etwas Geduld, Kollegin«, wieder das Lächeln. »Der gehört zu der sogenannten Sicherheitstruppe der Ahmad-Familie. Und in diesem aufgefangenen Telefonat sagt er etwas von einem Pfand, und dass er an einem geplanten Termin nicht teilnehmen kann, weil er auf das Pfand aufpassen oder es bewachen muss. Und so, wie das Gespräch gelaufen ist, sind die Sätze kein normales Verschlüsselungsgelaber, das unsere Drogenleute ja sonst immer draufhaben, sondern ...«

»Der Adler ist gelandet«, aus dem Hintergrund, dann ein paar Lacher. Auch Strelzow lachte.

»... es ist was anderes damit gemeint. Und auch, wie die Sätze formuliert sind, könnte es sich dabei um ein Kind handeln beziehungsweise um eine Geisel. Aber es ist wohl ein arabischer Dialekt, der nicht so oft gesprochen wird. Die schicken uns gleich die Datei, und wir lassen Zada Yassin mal drüberhören, die ist aber im Augenblick noch bei Gericht in Köln und kann erst später hier sein. Vielleicht kann die mehr sagen.«

»Was ist das Ziel?«, fragte Steiger.

»Es existieren sechs Beschlüsse für Objekte, die auch auf unserer Liste stehen. Und sollten wir das Kind oder die Zeugin dort nirgendwo finden, erhoffen wir uns zumindest Hinweise darauf. Wie wir unsere Spurensicherung einsetzen, vielleicht um eine DNA- oder Fingerspur zu sichern, müssen wir mal sehen. Der Zoll sucht auch nach Kokain, darum könnte da was möglich sein.«

»Gehen wir offen mit der Sache um, oder sind wir reine Trittbrettfahrer?« Maas von der Wirtschaftskriminalität.

»Wenn die Staatsanwaltschaft mitmacht, dann gehen wir nicht offen damit um, das erhält uns für nachher ein paar Möglichkeiten. Wir erhoffen uns jedenfalls 'ne ganze Menge davon, dass wir irgendeinen Faden zu fassen kriegen, der uns dabei hilft, offen in der Sache weitermachen zu können. Kleineres Problem«, sagte Strelzow und presste kurz die Lippen aufeinander. »Weil da auch an der ein oder anderen Stelle Waffen eine Rolle spielen, geht der Zoll mit zwei Gruppen seiner eigenen Spezialeinheiten da rein, und wir können morgen wahrscheinlich nur eine Gruppe unserer Jungs lockermachen.«

»Das heißt?«, wieder Klaus Maas.

»Das heißt, drei der Objekte müssen wir ohne Spezialeinheiten nehmen, was vor dem bekannten Hintergrund grenzwertig ist, ich weiß. Aber wir suchen uns die entsprechenden Objekte aus, wo wir es am ehesten verantworten können.«

Er blickte fragend in die Runde, keiner hatte eine Frage.

»Komisches Ding, Leute, ich weiß. Ich komme ja aus Köln, da hatten wir mal 'ne Mordkommission ohne Leiche, aber eine Entführung ohne Opfer hatte ich auch noch nicht. Gut, wenn nichts mehr ist, sehen wir uns pünktlich um fünf.«

Die meisten standen auf und gingen nach und nach.

»Dann bis morgen«, sagte Jana und reichte ihm zum Abschied noch einen grünen Teufel aus der Dose vom Tisch.

Er wusste, dass sie an diesem Abend immer zum Sport ging, wenn es möglich war, und nahm sich vor, sich auch mal wieder zu bewegen. Er hatte sie zweimal begleitet und als Schnuppergast das Studio gratis ausprobieren dürfen. Aber es hatte ihn nach kurzer Zeit gelangweilt, Metallscheiben, die auf Stangen steckten, in die Höhe zu wuchten. In der Polizeischule hatte es einen Ausbilder gegeben, der mal Profiboxer gewesen war und ein paar von ihnen in die Boxschule mitgenommen hatte. Ihm hatte das Spaß gemacht, und so fit war er nie wieder in seinem Leben gewesen. Vielleicht sollte er auf seine alten Tage noch mal mit dem Boxen anfangen. Aber wahrscheinlich traf er dort mittlerweile mehr von ihren Kunden als bei einem nächtlichen Rundgang durch die Nordstadt.

Kurz nach halb zehn lief irgendein englisches Premier-League-Spiel im Fernseher über der Theke, und Christa stellte ihm sein zweites Bier hin. Er wusste, es würde heute sein letztes sein.

Der Mann auf dem Hocker neben ihm hieß Weiß und war der evangelische Pfarrer in der Gemeinde, die den »Totenschädel« umgab. Er kam hin und wieder auf ein Bier, mochte Fußball, war aber kein BVB-Fan, was nicht die einzige Gemeinsamkeit zwischen ihnen war. Sein Herz gehörte seit Kinderzeiten den Zebras, und sie hatten mal festgestellt, dass man nur noch als Pope oder Bulle wahrgenommen und angesprochen wurde, sobald man irgendwo erzählte, womit man seine Brötchen verdiente. Etwas, was bei Kaufleuten oder Sparkassenangestellten weniger der Fall war, da war Steiger sich sicher. Sie hatten vor Jahren gemeinsam eine Todesnachricht überbracht, eine von der übleren Sorte, seitdem kannten sie sich.

»Na, Herr Pfarrer«, sagte Steiger, »heute wieder ein paar Leuten klargemacht, dass sie arme Sünderschweine sind?«

Er lächelte und stieß mit seinem Glas an.

»Ich glaube, Herr Adam, wir müssen doch mal ein theologisches Gespräch führen. Sie haben da was falsch verstanden.«

Eine Zeit lang sah er wortlos dem Spiel im Fernsehen zu, dann wandte er sich wieder an Steiger.

»Wollte ich immer schon machen: Ich bin vierundfünfzig, Herr Adam, damit bin ich älter als Sie, oder?«

Steiger nickte und wusste, was kam.

»Spricht was dagegen, dass wir uns duzen?«

»Nein«, sagte Steiger, »Thomas«, und hielt ihm sein Glas hin. »Mit dem Himmel auf Du und Du kann ja nicht schaden.«

Erst als er es gesagt hatte, fiel Steiger auf, dass das wahrscheinlich genau einer der Sprüche war, die man in dem Job immer reingereicht bekommt und die einem irgendwann auf den Senkel gehen. Aber da war es zu spät.

Er lächelte es weg.

»Ich meine, wenn wir hier schon gemeinsam in der fußballe-

170

rischen Diaspora leiden, sollten wir uns duzen. Auch wenn noch nicht klar ist, wer von uns beiden der größere Masochist sein muss.« Er stieß an.

»Josef.«

Erst da fiel Steiger auf, dass er seinen Vornamen tatsächlich nicht gekannt hatte.

Als er seine Wohnungstür aufschloss, war Eva zurück und saß mit einem Glas Wein am Küchentisch. Immer, wenn sie einen ihrer Gänge hinter sich hatte, wirkte sie ein wenig freier, eine Spur unbeschwerter. Heute ging noch etwas anderes von ihr aus, das spürte Steiger sofort.

»Komm, trink einen Wein mit mir.« Sie nahm den Stiel des Glases, das schon für ihn auf dem Tisch stand, zwischen Zeige- und Mittelfinger und schob es ein wenig hin und her. Der Weißwein war im Kühlschrank, er goss sich etwas ein und setzte sich ihr gegenüber. Mit einem warmen Lächeln nahm sie seine Hand, die auf dem Tisch lag, und auch nach all der Zeit, die sie jetzt schon bei ihm wohnte, zeigte ihm sein Körper, welche unvergleichbare Freude das war. Dann stieß sie mit ihm an.

»Ich habe eine Arbeit.« Lächelnd, mit leiser Unsicherheit.

»Wie schön. Wo denn?«

»In einem Supermarkt in Dortmund-Oespel. Hab doch mit sechzehn mal Verkäuferin gelernt, und vielleicht mache ich da auch was anderes.«

»Was anderes?«

»Ja, hinter den Kulissen. War ein gutes Gespräch mit der Marktleiterin.«

Er freute sich mit ihr, ohne jede Frage, aber auf seiner Freude gab es eine trübe Stelle, die etwas verbarg. Er befürchtete, dass es etwas mit Angst zu tun hatte.

29

»Nachts um vier. Wenn alle schlafen.«

Sie wartete noch Vildanas Antwort ab, und als die »Okay«
schrieb, löschte sie wie abgesprochen alle Nachrichten, schaltete
das Handy aus und verstaute es wieder in ihrer Kleidung.

Es waren noch sechs Stunden, und ein wenig Schlaf wäre
sicher gut gewesen, aber in ihr schien alles so sehr zu vibrieren,
dass sie nicht einmal länger irgendwo sitzen konnte.

Sie hatte Vildana die Adresse mitgeteilt, die sie von einem der
herumliegenden Briefe abgelesen hatte, und sie würde auf einer
kleinen Straße warten, die hinter dem Grundstück entlangführte,
dort, wo der Garten war. Es gab vom Haus eine große Tür zu
diesem Garten, und wenn die verschlossen war, konnten sie aus
einem der Fenster steigen, die nicht zu verschließen waren, das
hatte sie heimlich überprüft.

Nichts würde sie mitnehmen, alles zurücklassen, dazu hatte
sie sich entschlossen, weil bei dieser Flucht alles hinderlich sein
konnte. Nur das Nageletui hatte sie sich bereitgelegt, das allein.

Sie ging noch einmal zu Huriye, die schon eingeschlafen
war und sicher wieder geweint hatte. Das Mädchen war zuletzt
immer verschlossener geworden und der Kontakt mit ihr immer
schwieriger.

Leise schloss sie die Tür und ging in ihr Zimmer, um doch
etwas Ruhe zu finden. Sie legte sich aufs Bett, überprüfte noch
einmal die eingestellte Weckzeit und löschte das Licht.

Es war schon nach Mitternacht, als sie erwachte, weil sie in
einen leichten Schlaf gefallen war, was sie gar nicht bemerkt
hatte, und der sie auch jetzt noch nicht wieder ganz in die Rea-

lität entließ. Sie nahm die grün leuchtenden Ziffern auf der Uhr
fast wie den Teil eines Traums wahr. Dann sah sie Abadin, der
auf ihrem Bett saß. Und er lächelte.

Licht.

Und Stimmen. Und Rütteln.

»Los, steh auf!«

Sinan stand an ihrem Bett, genau dort, wo sie eben noch Abadins Gestalt wahrgenommen hatte, fasste ihren Arm und rüttelte
wieder.

»Hey, wach auf! Wir müssen hier weg, schnell, beeil dich!«

Fuada setzte sich auf, sah auf die Uhr, die 00:55 anzeigte, und
überprüfte als Nächstes, ob das Telefon noch an seinem Platz
war.

»Wie oft soll ich es noch sagen, steh auf, wir müssen hier
weg.« Sein Ton war hektisch und unwirsch.

»Warum? Was ist los?«

»Frag nicht. Tarek hat angerufen, wir müssen so schnell wie
möglich hier raus. Lass deine Sachen hier, nimm aber alles mit,
was zu dem Kind gehört.« Mit diesen Worten verließ er das Zimmer.

Fuada versuchte, ihre Benommenheit abzuschütteln, die ihre
Gedanken und Bewegungen lähmte, und stand auf. In ihrem ersten Schrecken hatte sie befürchtet, dass ihre geplante Flucht entdeckt worden war, aber dann hätte Sinan sich anders verhalten.

Sie ging zu Huriye und hörte auf ihrem Weg im Flur von unten
Männerstimmen.

Obwohl das Haus wie aufgeweckt wirkte, konnte sie das
Kind kaum wach bekommen. Sie packte nebenbei die Sachen
und nahm Huriye schließlich auf den Arm, was ihr nicht leichtfiel. Auch von den anderen Frauen im Haus waren zwei erwacht,
hatten die Türen ihrer Zimmer einen Spalt geöffnet, traten aber
nicht heraus.

Unten waren neben Sinan noch vier andere Männer, die da-

173

rüber berieten, welches Auto zuerst fahren solle, was Fuada nicht
verstand. Dann verließen drei von ihnen eilig das Haus, und sie
hörte, wie Autos den Hof verließen.

»Was ist los, Sinan, was soll das alles?«

»Frag nicht. Irgendetwas ist schiefgelaufen. Salah wird es dir
erklären.«

»Und wohin fahren wir?«

»Wir fahren zu Issa. Salah sagt, da ist es sicher. Aber wir müssen aufpassen.«

Sinans Handy dudelte, er nahm das Gespräch an, sagte nur
»Gut«, dann drückte er es weg.

»Draußen scheint noch alles sauber zu sein«, sagte er zu dem
vierten Mann, der dageblieben war und den Fuada nicht kannte.
»Wir verlassen gleichzeitig das Gelände und fahren in verschiedene Richtungen.« Er wandte sich ihr zu. »Und ihr müsst euch
ganz klein machen, damit euch niemand sieht, verstanden. Das
ist wichtig.«

Sie gingen nach draußen. Fuada legte Huriye, die im Halbschlaf kaum mitbekam, was geschah, auf die Rückbank, setzte
sich daneben und glitt so neben das Kind, dass sie es nicht zu
sehr drückte.

Sinan startete den Wagen, und sie fuhren los.

Ihre Flucht am Morgen war damit gescheitert, das war ihr klar.
Aber sie war nicht entdeckt worden, auch das wurde ihr immer
deutlicher. Und dieser Gedanke hatte in all der großen Konfusion
dieses Augenblicks etwas Beruhigendes.

30

Um 5.57 Uhr stand Steiger in der ersten Reihe einer knapp fünfzehn Leute starken Truppe aus Zoll und Polizei und hielt gemeinsam mit Oliver Kuhlmann eine Ramme, die aussah wie der Puf-
fer eines alten Eisenbahnwaggons mit Griffen. Den Neuen hatten
sie mit einigen anderen Kollegen wegen des erhöhten Kräftebe-
darfs mit ins Boot geholt, wo er als kräftiger Kerl den Platz neben
ihm einnahm. Steiger wusste, dass Jana jetzt mit großer Begeisterung nicht irgendwo hinter ihm, sondern an seiner Seite gewesen
wäre, aber wenn die Situation so war wie hier, bestand für eine
Frau keine Chance.

Der Rest der Einsatzkräfte hatte das Objekt, ein Mehrfamili-
enhaus, das mal ein kleines Hotel gewesen war, nach allen Seiten
abgesichert. Yasid Ahmad, der jüngste aus dem bekannten Füh-
rungstrio, war hier zwar nicht gemeldet, hatte dort aber Räume,
die er geschäftlich nutzte. Ansonsten lebten an der Adresse etliche Leute aus drei Generationen, die irgendwie mit der Familie
verbandelt waren. Sie kannten weder die tatsächlichen Verwandt-
schaftsverhältnisse noch die wirkliche Anzahl der Menschen, auf
die sie gleich treffen würden, weil sich dort manchmal auch Fa-
milienmitglieder von außerhalb länger aufhielten, wenn sie zu
Besuch waren. Das hatte zumindest die Aufklärung ergeben.

Zada Yassin hatte sich erst spät in der Nacht die Datei noch
einmal anhören können, weil sie vier Stunden in einer Vollsper-
rung auf der A1 gestanden hatte, aber auch sie war der Meinung, dass in dem arabischen Telefonat eine Geisel gemeint sein
könnte.

Heute Nacht schlief Yasid nicht hier, weshalb man auf Spezialeinheiten bei diesem Objekt verzichtet und sie an anderen Durchsuchungsorten eingesetzt hatte.

Weil es primär nicht ihr Einsatz war, hatte als Verantwortlicher vor Ort ein Kollege vom Zoll den Hut auf, der sich bei der kurzen Einsatzbesprechung als »Udo« vorgestellt hatte und auf Steiger einen guten Eindruck machte. Erfahrener Praktiker, der nicht zu viel labert, war seine Einschätzung gewesen. Per Headset mit den anderen Objekten verbunden stand Udo jetzt neben ihnen und wartete auf den Startschuss. Die geplante Taktik war so einfach wie schwierig: So schnell wie möglich rein, alle Zimmer sichern, dass nichts Wichtiges vernichtet wurde, und dabei sehr genau darauf achten, dass niemand zu Schaden kam, vornehmlich keiner der eigenen Leute. Ein Problem waren wie immer die Kinder, von denen man wusste und die nach Möglichkeit nach diesem Einsatz nicht für den Rest ihres Lebens Schwierigkeiten mit dem Einschlafen haben sollten. Steiger fragte sich, wie sie erkennen könnten, wenn hier tatsächlich ein Kind dabei wäre, das nicht dazugehörte, das ihr Kind wäre. Er hatte keine Idee.

»Okay, es geht los«, sagte Udo um 6.01 Uhr, behielt den Finger auf seinem Knopf im Ohr und blieb dicht neben den beiden.

Sie beeilten sich, so gut es mit dem schweren Teil ging, weil die Bewegungsmelder mit einem satten Scheinwerfer verbunden waren, der die Szene wie ein Filmset ausleuchtete, als sie näher kamen. Das Haus war mit Kameras gesichert, hatte aber keinen Zaun, sodass sie sofort an der Eingangstür waren.

Ein wortloses Nicken mit Kuhlmann, und der erste Stoß hinterließ einen Eindruck in der Oberfläche der Tür, zeigte sonst aber keine Wirkung, ebenso wenig der zweite. Nach dem dritten Rammen entstand ein Spalt zwischen Zarge und Türblatt, und Steiger sah aus den Augenwinkeln, wie in einem Fenster im Erdgeschoss das Licht anging. Wunderbar, dachte er, wenn Kokain oder etwas in der Art im Haus war, floss das jetzt wahrscheinlich grad in die Dortmunder Kanalisation.

Nach dem vierten Stoß flog die Tür auf, und die ersten Teams stürmten mit lauten Rufen an ihnen vorbei. In den nächsten Sekunden war überall im Haus Geschrei und Getöse zu hören, Türen schlugen, und es mischten sich immer mehr Rufe in Arabisch dazwischen. Dann kamen die Kinderstimmen.

Sie legten das Werkzeug beiseite und folgten den anderen zügig. Die unteren Räume waren schon sicher, das stellte Steiger bei einem flüchtigen Rundgang fest, und er ging mit Kuhlmann im Schlepptau die Treppe nach oben, weil sie nicht für alle Räume genügend Leute hatten. In der ersten Etage traten sie auf einen langen Flur, passierten offene Türen zu Zimmern, in denen ebenfalls schon Kollegen standen und meist mit Menschen sprachen, die noch in Betten lagen.

»Kann einer mal grad hierbleiben, hier sind drei«, sagte einer der Kollegen, und Kuhlmann blieb bei ihm.

Steiger ging zum letzten Zimmer geradeaus, öffnete die Tür und machte Licht. Es sah aus wie ein Lagerraum, in dem Kartons und blaue Plastiksäcke mit Inhalt standen, links war ein großer Wandschrank mit Türen fast bis zur Decke. Er warf einen Blick aus dem Fenster, das über einer Garage angebracht war, und er sah, dass die Leute von der äußeren Sicherung schon ihren Platz aufgegeben hatten und zum Eingang gingen.

Die Schranktüren waren unverschlossen, er öffnete die erste und stand vor einer Wand von Plastiktüten, die offensichtlich mit Klamotten gefüllt und jede mit einem Knoten verschlossen war.

Hinter der zweiten hing Kleidung auf Bügeln, und in den Fächern darüber lagen gestapelte Pullover und Decken.

Die dritte Tür klemmte, obwohl sie nicht abgeschlossen war. Er konnte sich das nicht erklären, fasste mit dem Haken eines freien Kleiderbügels dahinter, und die Tür sprang auf.

Für einen sehr, sehr kurzen Moment, zu kurz, um zu reagieren, blickte Steiger in das panische Gesicht eines jungen Mannes, dann traf ihn eine rechte Gerade auf die Nase, was so schmerzhaft war, dass der Schläger an ihm vorbeikam, das Fenster öffnete und auf die Garage sprang.

177

Als Steiger einen Teil seiner Wahrnehmung wieder auf etwas anderes richten konnte als auf das irrsinnige Brennen in seinem Gesicht, sah er den Mann von der Garage springen. Er stieg durchs Fenster, schrie:»Polizei, stehen bleiben« und »äih, hier haut einer ab«, und sprang ebenfalls von der Garage. Der Mann hatte den Zaun überstiegen, die Straße schon erreicht und rannte los. Hinter sich hörte Steiger ein Auto starten, mit heulendem Motor losfahren, und er hoffte, dass es einer der Kollegen war.

Der Vorsprung betrug vielleicht fünfzig Meter, schätzte er, dann verschwand der Schläger hinter einer Hausecke, und sofort kam Steiger die Situation mit Dumitru vor einigen Tagen in den Sinn. In etwas größerem Bogen umkurvte er die Hausecke wenige Sekunden später, und diesmal erwartete ihn kein Holzscheit, sondern der Blick auf den Flüchtenden, zu dem sich der Abstand kaum verändert hatte. Als am anderen Ende der Straße ein Auto mit hoher Geschwindigkeit in die Straße einbog, blieb der Mann stehen, bemerkte, dass er links und rechts vor geschlossenen Häuserreihen stand und rannte auf Steiger zu. Er versuchte, wie ein Footballspieler an ihm vorbeizukommen, als das nicht klappte, stoppte er, nahm eine Kampfstellung ein und schickte einen Schlag Richtung Steigers Kopf. Er wich aus, auch dem zweiten Schwinger, der mit solcher Wucht ins Leere ging, dass sein Gegner für einen Moment mit leicht verdrehtem Oberkörper ohne Deckung war. Das reichte für eine Rechte auf die Zwölf und eine Linke auf die unteren Rippen. Die Wirkung ließ nicht auf sich warten. Der Mann knickte nach vorn ein und fiel in dem Moment, als der Wagen sie erreicht hatte und heftig vor ihnen bremste. Die beiden Kollegen, die herausgestürzt kamen, mussten vom Zoll sein, denn er kannte sie nicht. Einer kniete sich auf den Schläger und legte ihm die Acht an.

Mit hochgezogenen Brauen sah er zu Steiger, der erst jetzt bemerkte, dass ihm Blut aus der Nase den Mantel und das Hemd versaut hatte.

»Respekt.« Er schob die Unterlippe vor. »Hast du mal geboxt?«

»Was? Ne, nicht wirklich«, sagte Steiger. Aber vielleicht sollte er doch noch damit anfangen.

Bei der Rückkehr zum Haus waren die ersten beiden Unterstützer der Familie angekommen. Sie hatten mit diesem Theater gerechnet, deshalb einen doppelten Posten am Eingang eingerichtet und hofften, dass es sich um die Zeit im Rahmen hielt.

»Was soll das? Ich wohne hier, ich will sofort da rein.« Aggressiver Ton.

»Dann will ich erst mal den Ausweis sehen, und auch dann kommen Sie da jetzt nicht rein. Und bitte etwas mehr Abstand.« Der Kollege blieb ruhig und drückte den Mann sacht von sich.

»Scheiße, mein Ausweis ist da drin.«

»Wenn Sie mir keinen Ausweis zeigen, kommen Sie da auch nicht rein.«

»Verdammte Scheiße, dann lass mich ihn holen.«

»Und er darf da auf jeden Fall rein, das ist sein Recht.« Der zweite kam zur Unterstützung, nicht ganz so durchtrainiert wie sein Genosse, aber genauso unter Dampf.

Sie gingen mit dem Gefesselten an der Szene vorbei und zogen für einen Moment die Aufmerksamkeit auf sich. Der Mann ohne Ausweis sprach ihn auf Arabisch an und bekam eine ebensolche Antwort.

»Lass den Scheiß«, der Kollege vom Zoll stieß den Geflohenen Richtung Tür, »hier wird Deutsch gesprochen.«

Die Truppe hielt sich nicht an die Anweisung, was auch niemand erwartet hatte. Sie schoben ihn weiter durch die Tür, wo er einen letzten arabischen Satz brüllte. Bevor Steiger hineinging, sah er über die Schulter, wie mit hoher Geschwindigkeit ein weiterer schwarzer BMW vorfuhr, der mit zwei Leuten besetzt war.

Sie hatten die Zentrale in der Küche eingerichtet, weil dort sonst niemand war und es einen Tisch zum Schreiben gab. Udo sah ihn an und wies stumm auf die Nase.

»Halb so wild, ist nichts gebrochen. Glaub ich jedenfalls.«

Die Zöllner pflanzten den Mann in einem leeren Nebenraum auf einen Stuhl.

Jana kam herein und riss die Augen auf. »Scheiße!« Sie sah Steiger an, blickte dann auf den Gefesselten, dessen Gesicht ähnlich aussah. »War er das?«

»Ja«, sagte Steiger, »aber ich war schneller und habe gewonnen, wie du siehst.« Er versuchte ein Lächeln.

»Hast du was in den Taschen, woran man sich wehtun kann?«

»Das geht dich einen Scheiß an«, sagte er mit schwachem Dialekt.

Die Zöllner durchsuchten den Mann, und einer fingerte eine Duldung der Stadt Bottrop aus einer Hosentasche. Er warf einen Blick darauf, verglich das Foto mit der Person und begann, herzhaft zu lachen.

»Unglaublich«, sagte er, »den Mann ausgeknockt zu haben können nicht viele von sich behaupten.«

Er reichte Steiger die Duldung – und der Mann hieß tatsächlich Muhammad Ali.

Steiger lachte ebenfalls, gab sie weiter an Jana.

»Du hast das Telefon, oder?«

»Ist abgelaufen, das Ding«, sagte sie, wählte die Nummer der Leitstelle und gab die Personalien durch. Sie wartete einen Moment, nickte. »Ja, der ist bei uns, warm und trocken. Wunderbar. Danke.«

Dann wandte sie sich wieder den Leuten im Raum zu.

»Was war überhaupt mit ihm?«

»Er saß oben in einem Schrank und ist mir über die Garage abgehauen, nachdem die erste Runde an ihn gegangen war.«

»Kein Wunder, dass wir die schnellen Schuhe anhatten«, sagte Jana, »er hat noch dreizehn Monate offen wegen räuberischen Diebstahls. Da freuen wir uns doch.«

Der Mann zeigte keine Reaktion, obwohl er offensichtlich gut Deutsch sprach.

»Dann geh ich mal grad«, sagte Steiger, fasste sich an die Nase und suchte irgendwo ein Bad mit einem Spiegel, um sich selbst ein Bild davon zu machen.

Nachdem er das Blut abgewischt hatte, sah es besser aus, als es sich anfühlte. Der Schlag hatte die Nase seitlich getroffen und eine kleine Delle hinterlassen, aber sie war sicher nicht gebrochen.

Bei seiner Rückkehr führten zwei Leute des Zolls Muhammad Ali zum Hinterausgang, weil die bewusst stressende Unterstützertruppe am Eingang doch etwas größer geworden war als angenommen.

»Wir bringen ihn am besten gleich ins Gewahrsam«, sagte Udo, »dann ist der aus dem Blick und macht hier keinen Ärger mehr. Und du solltest dir deine Nase ansehen lassen. Da könnt ihr einen Zweiten mitnehmen, der als Gast hier sein will, aber seine Papiere nicht dabeihat. Die will er in einem Auto vergessen haben, und er bittet darum, telefonieren zu dürfen.«

»Okay«, sagte Steiger, »kann ich mir auch ein anderes T-Shirt anziehen, müsste noch eins im Büro haben.«

Sie gingen nach oben und warteten vor einem Zimmer im ersten Stock, in dem ein Kollege hinter verschlossener Tür aufpasste, dass der Mann sich beim Anziehen nicht irgendetwas einsteckte, was gefährlich werden könnte.

Jana kam dicht an Steiger heran und betastete die Nase. »Ne, sieht nicht gebrochen aus.«

Dann öffnete sich die Tür, und für einen Moment war Steiger sprachlos. Vor ihnen stand der Mann, den sie gestern gemeinsam mit Yasid Ahmad fotografiert hatten.

31

Dass das Teil nicht bei C&A zu haben war, erkannte selbst Steiger, der einen sieben Jahre alten Allzweck-Anzug im Schrank hatte, den er fast ausschließlich für die seltener gewordenen Besuche in der Spielbank benutzte.

Der Mann hatte sich für die Fahrt zum Präsidium auch um die Zeit schon angezogen, als ginge es zu einer geschäftlichen Konferenz, und sah mit dem kurz gehaltenen grauen Haarkranz und Bart aus wie der Vertrauenserwecker auf der Hochglanz-Broschüre eines Anlagebetrügers.

»Wohin fahren wir?«, hatte er beim Einsteigen gefragt und nach der Antwort die Fahrt über geschwiegen.

Steiger lenkte den Wagen auf den Hof des Präsidiums, parkte ein, und Jana öffnete ihm die Tür. Er stieg aus und wandte sich Steiger zu.

»Ich hatte mich noch gar nicht vorgestellt. Ich bin Danyal Yassir Adil.«

Er gab Steiger mit einer wohldosiert männlichen Portion Druck die Hand und sah ihn mit einem Gesicht an, das wie die perfekte Darstellung von distanzierter Freundlichkeit wirkte. Steiger machte einen kleinen Schritt zur Seite, um den Raum zu Jana zu öffnen, die schräg hinter ihm stand, aber für Danyal Yassir Adil war damit der Begrüßungsteil beendet. Er nickte kurz, ließ Steigers Hand los und trat ein wenig zurück.

»Gehen wir«, sagte Steiger schließlich, und Jana ging nach einem flüchtigen Blick vor bis zum Fahrstuhl, in dem sie um diese Zeit der übliche Geruch eines Behördenmorgens nach Rasierwasser, frisch geduschten Menschen und Kaugummi erwartete.

Der Mann war ihm noch nie über den Weg gelaufen, das war sicher, aber Steiger überlegte, ob er ihn an irgendwen Vertrautes erinnerte oder was es sonst an seinem Verhalten war, das sofort eine Verbindung herstellte, als stehe man in irgendeiner Weise auf derselben Seite.

Sie gingen in die Räume des ET, weil die Truppe meistens später anfing und man dort um diese Zeit seine Ruhe hatte. Einen Moment dachte Steiger daran, zuerst das T-Shirt zu wechseln, aber weil das Blut mittlerweile trocken war, verschob er es auf später.

»Können Sie mir einmal genau Ihren Namen nennen, und Ihr Geburtsdatum brauche ich auch«, sagte Jana über den Bildschirm hinweg.

Er buchstabierte alle drei Namen und nannte ihr den Tag seiner Geburt, ohne sie dabei anzusehen.

Jana notierte es und begann sofort, auf dem Rechner zu tippen.

Schon als Paul Müller letzthin den Namen zum ersten Mal genannt hatte, klang er für Steiger wie der eines arabischen Fürsten aus einem Hollywoodfilm. Und den Mann umgab eine Aura, die dem entsprach.

»Ich bin überzeugt, Herr Adam, Sie sind ein Mann«, er sah Steiger an und sagte es mit einer kaum wahrnehmbaren Veränderung im Ton, »der das sucht, was er für Gerechtigkeit hält. Darf ich dennoch erfahren, warum es nötig war, mich hierherzubringen?«

»Weil wir Sie an einem Ort angetroffen haben, der mit Straftaten im Zusammenhang steht, wir nicht wissen, wer Sie sind, und Sie uns das nicht nachweisen konnten.«

»Ich hätte es Ihnen sagen und Sie hätten es nachprüfen können.«

»Das wäre aber an dem Ort und in der Situation nur schwer möglich gewesen. Außerdem, und verstehen Sie mich nicht falsch, lässt Ihr Name die Vermutung zu, dass Sie kein deutscher

Staatsbürger sind, und da könnte schon das Fehlen eines Passes eine Straftat sein.«

Er lächelte.

»Aber ich war doch nirgendwo, wo man mich öffentlich hätte antreffen können. Natürlich wäre ich nie ohne Pass aus dem Haus gegangen, sondern erst, nachdem man ihn mir nach dort gebracht hätte.«

Er machte eine kleine Wirkungspause.

»Aber es ist ohnehin gleichgültig, lassen wir es gut sein, Herr Adam. Mein Pass wird gleich hier sein.«

Sein Lächeln war zurückhaltend genug, um nicht gönnerhaft zu wirken.

Das nötige Telefonat hatte er vor Antritt der Fahrt geführt und danach noch einmal klargemacht, dass es ein Versehen sei, er seine Papiere normalerweise mit sich trage und sie lediglich in seiner Tasche im Büro eines Geschäftspartners vergessen habe.

Jana winkte Steiger zu sich, zeigte auf den Bildschirm, und die Seiten, die sie aufgerufen hatte, bestätigten zunächst die Angaben, die er gemacht hatte.

»Möchten Sie einen Kaffee, Herr Yassir Adil?«, fragte Steiger und stellte erst mit dem zweiten Blick fest, dass Jana ihn ansah, als habe er dem Mann die Ehe mit ihr versprochen. Als sie sich danach wieder ihrem Rechner widmete und jeden weiteren Blickkontakt vermied, ging Steiger selbst zur Kaffeemaschine und stellte sie an.

»Darf ich fragen, was der Hintergrund Ihres Auftritts heute Morgen war.«

»Fragen dürfen Sie, da Sie aber nicht Betroffener dieser Maßnahme waren, kann ich Ihnen dazu nichts sagen.«

Er legte die Stirn in Falten.

»Ich bin heute Morgen von zwei bewaffneten Männern geweckt worden, sitze jetzt in einem Polizeigebäude und werde so lange festgehalten, bis ich meinen Ausweis gezeigt habe.« Wieder

184

machte er eine Wirkungspause. »Sind Sie wirklich der Meinung, dass ich nicht Betroffener dieser Maßnahme bin?«

Müllers Worte kamen Steiger in Erinnerung, dass Danyal Yassir Adil auch westliche Rechtswissenschaften studiert hatte. »Soweit ich weiß, Herr Yassir Adil, sind Sie in Rechtssachen nicht ganz unwissend, darum glaube ich, Sie wissen, was ich meine.«

Er gab sich damit zufrieden und nahm mit kurzem Dank den Kaffee in Empfang, den er abstellte und mit drei gehäuften Teelöffeln Zucker süßte. »Altes arabisches Sprichwort, Herr Adam«, sagte er, als er Steigers Blick auffing. »Kaffee muss sein: Heiß wie die Wüste, schwarz wie die Nacht und süß wie die Liebe.«

Cooler Spruch, dachte Steiger, und versuchte, sich das nicht anmerken zu lassen.

»Darf ich fragen, was Sie dort in dem Haus gemacht haben?«

Yassir Adil nahm einen Schluck Kaffee und hielt danach Tasse und Untertasse vor der Brust.

»Fragen dürfen Sie, aber da mein Aufenthalt nicht im Geringsten Gegenstand unserer Unterhaltung sein muss, kann ich Ihnen nichts dazu sagen.«

Er sagte es in einem Ton, hinter dem man den leisen Triumph ahnte, mehr aber auch nicht. »Nur so viel dazu, Herr Adam: Gastfreundschaft ist in unserem Kulturkreis keine leere Vokabel.«

Das Telefon klingelte, und Steiger sah auf dem Display, dass es die Pförtnerin war.

Jana nahm ab, bestätigte zweimal kurz und legte auf.

»Der Pass ist da, ich hole ihn mal kurz.«

Sie verschwand und kam wenig später nicht nur mit einem gültigen libanesischen Pass zurück, sondern auch mit einer Niederlassungserlaubnis, ausgestellt von der Stadt Berlin.

Steiger fragte noch bei der Führung nach, ob mittlerweile an einem der Objekte irgendetwas bekannt geworden war, was dagegen sprach, Danyal Yassir Adil zu entlassen, aber es gab nichts.

»Dann verabschiede ich mich«, er reichte Steiger die Hand, nachdem er den Pass eingesteckt hatte, und ging sofort zur Tür.

»Ich muss Sie noch nach unten begleiten«, sagte Steiger und folgte ihm.

Nachdem er das Gebäude durch die Pforte verlassen hatte, sah Steiger ihm auf dem langen Weg zur Markgrafenstraße hinterher und überlegte, welche Erinnerung der Mann in ihm nicht geweckt, aber daran gerüttelt hatte.

Es fiel ihm nicht ein.

»Was war denn das für eine Nummer, Steiger?«

Er hatte die Tür zum ET noch nicht ganz geschlossen, da stand Jana vor ihm mit einem Gesicht, das er selten an ihr gesehen hatte.

»Was meinst du?«

»Das ist nicht dein Ernst!«

Gisa kam rein, machte ein Aha-Gesicht und ging ohne Gruß, aber mit Seitenblick in ihr Büro.

»Wieso? Was hätte ich machen sollen?«

Sie stieß einen kurzen, fassungslosen Lacher aus, fasste sich an die Stirn und ging einmal im Kreis.

»Ich glaube es nicht. Der hat mich nicht mal wie Luft behandelt, der hat mich gar nicht behandelt, ist das an dir vorbeigegangen.«

»Nein, aber du weißt doch, dass das bei denen so ist, und je oller, desto doller, manchmal jedenfalls.«

»Äih, ich bin Polizistin! Und wir sind ein Team!«

»Ja, aber er war doch sonst ganz höflich, was soll man…«

»Ganz höflich. Das war ein chauvinistisches Riesenarschloch. Der gibt dir die Hand, lässt mich stehen wie einen Stuhl, und du faselst hier von ›ganz höflich‹.«

Er schob die Unterlippe vor, sah sie an und setzte sich auf eine Schreibtischkante.

»Ich habe dich überhaupt nicht mehr wiedererkannt, du warst
wie … wie … wie innerlich gelähmt, ne, stimmt nicht. Du warst
wie hypnotisiert. Und der kriegt auch noch einen Kaffee.«
Er sah sie an und versuchte, sich die Situation in Erinnerung
zu rufen. Und er war von Janas Wucht irritiert.
»Tut mir leid, war nicht meine Absicht.«
»Als wenn sie dir was gespritzt hätten. Der hat nicht ein ein-
ziges Mal mit mir geredet, und sogar, als er den Namen buchsta-
biert hat, hat er dich angesehen. Das ist dir nicht aufgefallen?«
Steiger musste einmal tief durchatmen und ließ die Hände auf
die Oberschenkel fallen.
»Noch mal: Tut mir leid, wollte ich nicht. Hatte ich so nicht
auf dem Schirm.«
Sie stellte sich vor ihn und schlug ihn einmal kräftig auf den
Arm. »Muss ich nicht wieder haben, Alter.«
Er nickte.
»Ich konnte übrigens nicht sehen, ob und von wem er abgeholt wurde, wahrscheinlich hat er ein Taxi genommen. Was
nur interessant sein könnte: Wenn das ein Friedensrichter ist,
wie Müller sagt, was macht der jetzt in dieser Situation hier in
Dortmund und pennt in einem Haus, das einem der Ahmads gehört?«
»Braucht ihr beide noch einen Friedensrichter?« Gisa lehnte
mit verschränkten Armen am Türrahmen. »Ich stelle mich zur
Verfügung.«
»Friedensrichterin, wenn ich bitten darf«, sagte Jana, »aber
alles gut, hat sich noch mal erledigt. Und hier ist das Kennzeichen von dem kleinen Arschloch, das den Pass gebracht hat. Der
war nämlich ähnlich drauf.«
Sie hielt einen kleinen Zettel hoch und klatschte ihn mit
der flachen Hand auf den Tisch. »Vielleicht kommen wir da
irgendwie weiter.«
»Möchtest du einen Kaffee?«, fragte Steiger und ging zur
Kaffeemaschine, »du weißt schon, süß wie die Liebe, heiß wie …«

»Bitte, erinnere mich nicht!« Janas Ton schwoll wieder an.

Gisa blickte von einem zum anderen und hatte Fragezeichen im Gesicht.

»Süß wie die Liebe ... Hab ich was verpasst?«

32

Steiger stellte den Motor ab und blieb hinter dem Steuer sitzen. Der Schmerz an der Nase war nach ein paar Tabletten im Krankenhaus kaum noch spürbar, und gebrochen war nach Meinung der Ärztin auch nichts. Er klappte den Rückspiegel in seine Richtung und fand, dass das kleine Pflaster die Schwellung nur noch mehr hervorhob.

Nachdem sie Danyal Yassir Adil entlassen hatten, waren sie zur Unterstützung noch zu einem anderen der Objekte gefahren, weil es dort größeren Stress mit etwa dreißig Leuten gegeben hatte, die in kürzester Zeit fast aus dem gesamten Pott angereist waren, wenn man sich die Kennzeichenliste ansah. Zwei hatte man festnehmen müssen, weil sie eine Kollegin angefasst hatten, wodurch die Situation fast eskaliert wäre. Zum Glück waren noch zwei Hundeführer im Dienst gewesen, die immer ein sehr überzeugendes Argument zur Beruhigung an der Leine mit sich führten.

Ansonsten war die Ausbeute der Aktion ernüchternd gewesen, besonders die Leute vom Zoll hatten sehr viel mehr erwartet, aber vielleicht täuschte diese erste Einschätzung auch. Was wirklich dabei rausgekommen war, würde man erst morgen sehen, hatte Strelzow gesagt, bevor Steiger in die Ambulanz gefahren war.

Er drehte den Spiegel in seine alte Stellung und blieb noch sitzen. Es war nicht das erste Mal gewesen, dass er im Dienst etwas abbekommen hatte, und vielleicht lag es auch nicht daran, aber für einen Moment hatte er das Gefühl, alle Kraft sei aus ihm herausgeflossen.

Was wäre, wenn er jetzt in den »Totenschädel« ginge, Batto säße dort an der Theke und würde auf ihn warten? Beim Reinkommen einen Spruch machen, und sie würden reden. Worüber, wäre wie immer egal gewesen. Man konnte mit Batto einen Abend lang völlig sinnfreien Schwachsinn erzählen, wenn es sein musste, und sich dabei abrollen. Und man konnte mit ihm Dinge besprechen, die einen so sehr quälten, dass man sie sonst vor der Welt und sich selbst in den Stahlschrank der Seele wegschloss, den wahrscheinlich jeder in irgendeiner Ecke stehen hatte. Und es war nach diesen Gesprächen immer besser gewesen als davor. Obwohl auch in Batto etwas verändert war, seit er bei einem Einsatz den Jugendlichen erschossen hatte. Sein Blick auf das Leben war nicht mehr der, den man nur mit Sonnenbrille ertrug. Aber er wirkte immer noch wie jemand, der morgens davon ausgeht, dass ihm der Tag gelingen wird.

Auch deshalb war Steiger immer der Meinung gewesen zu wissen, was diese Freundschaft ihm bedeutete, was ihm Batto bedeutete... Aber war das wirklich so? Warum hatten sie sich dann so verletzt und sprachen jetzt nicht miteinander?

Wie hatte Robin Williams in *Good Will Hunting* gesagt? Ein Freund ist einer, der dich infrage stellt. Wenn das stimmte, war Batto dann überhaupt sein Freund? Sein Vater hatte ihn infrage gestellt, viele seiner Lehrer und eine ganze Reihe der Leute, die bei der Polizei etwas zu sagen hatten, stellten ihn infrage. Vielleicht verstand er etwas an dem Filmspruch nicht, aber genau das hatte Batto nie getan, und Steiger fragte sich, ob ihre Freundschaft über all die Jahre dann wirklich das war, was er zu fühlen geglaubt hatte. Vielleicht hatte er das alles deshalb empfunden, weil Batto ihn bis zu diesem Streit einfach nur geschont hatte, anders als alle anderen. War ihre Freundschaft deshalb vielleicht nur eine Täuschung gewesen, und jetzt, das war die Realität. Er fühlte es auch in diesem Moment noch anders, nur die letzte Sicherheit war seit dem Morgen und dem langen Schweigen danach nicht mehr da.

Aber vielleicht, dachte Steiger, war ein Spruch aus einem

Hollywoodfilm auch das Letzte, was man zurate ziehen sollte, um die Realität zu verstehen.

Er nahm den Autoschlüssel und sah den Anhänger, den Eva ihm geschenkt hatte, und es fühlte sich an, als ob sich mit ihrem Bild etwas Helles in ihm öffnete, etwas, das die Kraft zurückbrachte. Vielleicht war sie ja zu Hause.

Als er seine Wohnungstür aufschloss, sah er an ihrer Jacke, dass sie da sein musste. Sie saß im Wohnzimmer auf dem Sofa, und er erwiderte ihr Lächeln, bis er die beiden Koffer und die Tasche sah.

»Komm, setz dich«, sagte sie, »ich erkläre es dir.«

Er setzte sich neben sie und zog ein Bein an, sodass er sich ihr zuwenden konnte. Sie rückte näher zu ihm und nahm seine Hände.

»Das klingt jetzt ganz unlogisch, Steiger, aber wenn ich bei dir bleiben will, muss ich gehen.«

»Stimmt«, sagte er, »logisch ist irgendwie anders.«

Sie lächelte unsicher. »Das Wichtigste: Ich will dich nicht verlieren, Liebster. Du gibst mir etwas, immer und überall, seit du zum ersten Mal an meinem Bett gestanden hast, was ich vorher noch niemals auch nur eine Sekunde erfahren hatte. Aber du hast es doch zuletzt auch gemerkt, und sieh doch mal, wie ich bisher gelebt habe. Ich bin einfach nicht dafür gemacht, so ein ganz normales Leben zu führen. Vielleicht kann ich es noch nicht, vielleicht brauche ich noch eine Zeit, aber ich muss jetzt etwas ändern, sonst verliere ich mich und dich.«

»Was heißt das?«

Sie zog kurz die Stirn kraus und blickte auf seine Hände, die sie weiter hielt und streichelte.

»Ich weiß, dass das viel verlangt ist, aber ich will dich weiter sehen, sooft es bei mir geht, ich will, dass du Teil meines Lebens bist, vielleicht der beste Teil. Du weißt schon... Heimathafen.«

Wieder lächelte sie unsicher. »Aber ich brauche einen Raum für

mich, in dem ich auch mal keinen sehe, wenn ich es will. In dem
ich auch mal völlig allein sein kann.«

»Und das geht hier nicht?«

»Nein, das geht hier nicht.«

»Wohin willst du?«

»Die Marktleiterin, du weißt, die Stelle, die ich jetzt habe, hat
mir ein kleines Appartement in einem ihrer Häuser vermittelt,
ganz in der Nähe des Marktes, sogar mit Küchenzeile und ein paar
Möbeln. Ich kann das von dem Geld, was ich verdiene, gut bezahlen, und ich habe ja auch noch etwas von früher, das reicht sicher.«

»Okay«, sagte er und nahm jetzt ihre Hände in seine, »wie
sollte ich das nicht verstehen, so wie ich bisher gelebt habe?
Auch wenn du mir das Alleinsein schon etwas verdorben hast.«

Sie beobachtete weiter das Spiel ihrer Hände.

»Weißt du, es ist so zwiespältig«, sagte sie nach einer Weile,
»vollkommen verrückt eigentlich. Es ist ein Gedanke, der mir
Angst macht, dass ich jemandem oder zu jemandem gehöre. Und
es ist ein wundervolles Gefühl, dass du zu mir gehörst. Vielleicht
brauche ich noch etwas Zeit, um dieses Gefühl gegenseitig hin-
zukriegen.«

»Hat es was mit Vertrauen zu tun?«

»Wenn, dann nur mit Vertrauen zu mir. Dir vertraue ich un-
endlich.« Sie nahm sein Gesicht in beide Hände und küsste ihn.

»Und darf ich dich noch um was Unverschämtes bitten?«

»Um Unverschämtes immer.«

»Ich würde gern einen Schlüssel von deiner Wohnung behalten. Denn Heimathäfen müssen doch immer erreichbar sein.
Geht das?«

»Natürlich«, sagte er, »ich bitte darum.«

»Du kriegst auch einen von mir.«

Wieder küsste sie ihn, und sie saßen sich eine Zeit wortlos gegenüber.

»Soll ich dich bringen.«

»Ich bitte darum«, sagte sie und ließ seine Hände nicht los.

33

Als Steiger zurückkam, legte er sich aufs Bett, sah an die Decke und dachte an Eva und Batto, an Dumitru und Sorin, an Danyal Yassir Adil und an das Kind, das für sie immer noch keinen Namen und kein Gesicht hatte und in seiner Vorstellung wie die schwarze Schablone auf dem alten Verkehrsschild aussah, auf dem ein Mädchen mit Zöpfen einen kleineren Jungen an der Hand führt. Und er hatte das Gefühl, dass sich seit einiger Zeit in seinem Leben die Dinge aus der Verankerung lösten, die immer für sie da gewesen war.

Wie lange er regungslos so gelegen hatte, bis ihm der Gedanke kam, eine CD einzulegen, konnte Steiger nicht mehr sagen, aber nach kurzer Überlegung ließ er auch diese Idee wieder los, weil ihm klar wurde, dass es weniger um die Musik gegangen wäre, sondern mehr darum, die Stille zu vertreiben. Die war ihm früher höchstens dann aufgefallen, wenn er an manchen Tagen nach dem Schließen der Wohnungstür das Gefühl hatte, freier atmen zu können. Jetzt gab sie diesen Räumen fast etwas Fremdes.

Er sah auf die Uhr, stand auf, zog Anzug und Hemd an und band sich eine seiner drei Krawatten um. In einer Hosentasche fand er noch gut siebzig Euro, was bedeutete, dass noch ein Stopp an der Sparkasse nötig war. Vierhundert Euro hielt er nach so langer Zeit für ein gutes Limit.

Auf dem Weg hoch zur Hohensyburg begann es zu regnen, und dabei fiel ihm wieder zu spät auf, dass er schon längst seine Scheibenwischer hätte auswechseln müssen, aber irgendwie schien es immer dann zu regnen, wenn dafür grad keine Zeit war oder die Geschäfte geschlossen hatten.

Er hatte länger nicht mehr gezockt und war auch heute Abend eigentlich zu müde dafür. Aber vielleicht trieb ihn die Aussicht auf etwas Klarheit an diesen Ort. Wenn man wie er Roulette ausschließlich auf den einfachen Chancen spielte, gab es immer nur zwei Möglichkeiten, zwischen denen man sich entscheiden musste, und nachdem die Kugel gefallen war, gab es keinen Zweifel mehr daran, welche die richtige und welche die falsche gewesen war. Und es hatte ihn immer gewundert, wie sehr alles andere in den Hintergrund gedrängt wurde in dem Augenblick, wenn der Croupier die kleine weiße Glücksbringerin auf die Reise geschickt hatte, selbst dann, wenn es um kein Vermögen ging.

Dass es an diesem Abend anders sein könnte, wurde ihm schon nach kurzer Zeit klar. Er hatte sich wie geplant Jetons für vierhundert Euro getauscht, stromerte aber ziellos zwischen den Tischen hin und her. Sah ein wenig bei den Black-Jack-Zockern zu und beobachtete die Systemspieler, die abseits mit einem Zettel in der Hand die Permanenzen beobachteten und plötzlich zum Tisch hasteten, um die Zahlen ihrer geheimen Strategie zu setzen.

Das Casino war voll an diesem Abend, und die meisten Tische waren so umlagert, dass man drängeln musste, um einen Einsatz auf den einfachen Chancen zu platzieren.

An einem der Tische entdeckte Steiger aus der zweiten Reihe Zada Yassin, die Übersetzerin. Er war überrascht, sie hier zu sehen, weil das zu seinem Bild von ihr nicht passte. Sie war verheiratet, das wusste er, hatte zwei Kinder und besaß irgendwo in Dortmund-Eving nicht nur ein Haus, sondern war auch in einem Sportverein sehr aktiv. Vielleicht überraschte ihn auch ihre Miene, denn sie beobachtete den Lauf der Kugel jedes Mal absolut konzentriert und ernst und ohne die Entspanntheit derer, die sich hier mit vergnüglichem Fatalismus dem Glück auslieferten, um einfach nur einen schönen Abend zu haben.

Nach einer halben Stunde hatte Steiger immer noch nichts gesetzt, war nur zwischen den Tischen gewandert und entschloss

194

sich zu gehen. Mehr als Alibi trat er auf seinem Weg zum Ausgang an den letzten Tisch, gab dem Croupier am Kopf einen Zehnerjeton und ließ den auf der Acht platzieren.

»Acht, schwarz, pair, manque«, sagte die Frau am Kessel nach dem Fallen der Kugel, und Steiger bekam nach kurzer Zeit dreihundertfünfzig Euro in drei kleinen Stapeln zugeschoben. Er hatte es vorher schon gewusst, aber wie sehr dieser Besuch ein Irrtum gewesen war, wurde ihm genau in diesem Moment klar. Er hatte in all den Jahren noch nie auf eine einzige Zahl gesetzt und wusste auch nicht, warum er es jetzt getan hatte, und noch nie war ihm der fünfunddreißigfache Gewinn seines Einsatzes zugefallen. Aber er fühlte in diesem Augenblick nichts von dem prickelnden Triumph, der sich sonst schon eingestellt hatte, wenn er seinen Einsatz verdoppelt bekam und aus seinem lächerlichen Zehner auf »Rot« oder »Ungerade« zwei geworden waren.

Er gab das übliche Stück für den Tronc, wechselte den Rest an der Kasse und ging zu seinem Wagen. Es hatte aufgehört zu regnen, und er ließ das Fenster ein Stück geöffnet und steckte sich einen Zigarillo an. Er sah dem Rauch dabei zu, wie er sich durch den Spalt über der Scheibe schlängelte, und genoss die Wirkung des Nikotins.

Es war für diesen Ort noch nicht sehr spät, und ständig kamen oder fuhren Besucher.

Nach ein paar Minuten erkannte Steiger bei den Besuchern, die das Casino verließen, Zada Yassin, die mit schnellen Schritten ging und den Blick nach unten gerichtet hatte. Kurz bevor sie an ihrem Auto angekommen war, schien sie einen Anruf zu bekommen. Sie ging ran und sah sich sofort um, als sei der Anrufer in ihrer Nähe. Sie lief zurück, nahm nach dreißig Metern das Telefon vom Ohr und steuerte einen geparkten Wagen an, von dem Steiger nur die Schnauze sah. Der Fahrer sprach offensichtlich mit ihr durch die Seitenscheibe. Für Steiger war es zu weit entfernt, als dass er hätte verstehen können, was der Mann sagte, aber als Zada stehen blieb und antwortete, hörte er auch deshalb, dass sie Arabisch sprachen, weil die Stimme der Übersetzerin verärgert klang und lauter wurde. Sie sah sich wieder um, aber anders als noch Sekunden zuvor. Nach einem letzten gepressten Satz wollte sie weitergehen, aber der Mann im Auto sagte noch etwas zu ihr. Sie blieb erneut stehen, und ihrer Stimme war wieder der Ärger anzuhören und die Absicht, nicht wieder laut zu werden. Dann ging sie zu ihrem Auto, startete den Motor und verließ den Parkplatz.

Nach kurzer Zeit stieg der Fahrer aus, jüngerer Typ mit arabischen Wurzeln, dachte Steiger. Einen Moment stand er noch neben seinem Fahrzeug und sah Zada nach. Steiger versuchte hektisch, den Blitz seines Smartphones auszuschalten, aber weil er das selten machte, gelangen ihm zwei Fotos erst, als der Mann schon Richtung Eingang gegangen und weiter entfernt war.

Er warf den Stummel des Zigarillos nach draußen, startete den Wagen und fuhr noch eine Extrarunde über den Parkplatz, um sich das Auto anzusehen und das Kennzeichen zu notieren. Es war ein Audi A7, dem man ansah, dass eine Tuningwerkstatt üppig an ihm verdient hatte. Das passt ja, dachte Steiger.

Hätte Eva all das mitbekommen, hätte sie wieder gelästert, dass er diesen Blick nie abstellen könne, und seine Rechtfertigung wäre wieder gewesen, dass man manchmal einfach ein blödes Gefühl habe nach all den Jahren.

Im Autoradio drückte er sich durch die Sender, aber es war keine Musik dabei, die ihm gefiel.

Zadas deutlicher Ärger hatte ihn überrascht, so kannte er sie nicht. Aber vielleicht war der Mann einfach jemand gewesen, den sie nicht mochte.

34

Als Steiger am Morgen den Fahrstuhl verließ und auf dem Weg zum ET aus dem Fenster sah, stieg Batto unten auf dem Hof aus einem Streifenwagen und ging mit einer jungen Kollegin Richtung Wache. Es wäre ganz leicht, dachte er, einfach nur auf die Wache gehen, ins Zimmer des Dienstgruppenleiters, die Tür schließen und fragen, ob sie reden wollten. Oder gar nicht erst fragen, sondern einfach nur reden. Aber etwas hielt ihn davon ab, und er wusste nicht, was es war.

Strelzow hatte die Besprechung über den Einsatz auf halb neun angesetzt, so blieb noch Zeit, an seinem Schreibtisch seine Mails zu checken. Gisa und Krone waren bereits da und erledigten auch irgendwelchen Schreibkram. Janas Fähigkeiten als Übersetzerin waren schon wieder bei der Entführung der Firmenchefgattin gefragt, und Steiger hatte mittlerweile den Eindruck, es handelte sich dabei um eine Phantomgeschichte, weil nichts von dem durchdrang, was da passierte.

Unter seinen Mails war neben dem üblichen Belehrungs- und Meldedienst-Wust nur eine Antwort des BKA über ein Personenfeststellungsverfahren in Marokko dabei, auf die er länger gewartet hatte, und eine Mail von Schröder vom KK 13.

Hi Thomas,
hatten heute noch mal Dumitru hier zu einer ergänzenden Vernehmung. Er fragte nach Dir, Du warst nicht aufzutreiben, daher diese Mail. Nur zur Info. Wo ist Sorin?
Gruß
Friedhelm

Verflucht, dachte Steiger, Dumitru. Der war ihm bei der ganzen Hektik mit dem Kind ein wenig abhandengekommen, und es gab ja noch diesen Deal. An einem letzten Gespräch mit dem Jungen kam er nicht vorbei, das war ihm klar, aber er hatte in der Sache keine wirkliche Idee mehr.

Für den Weg zum Ermittlerraum der BAO nahm er die Treppe, und das Gros der Kollegen vom gestrigen Einsatz hatte sich schon eingefunden. Es gab Informationen von den einzelnen Objekten im Überfluss, und nichts von alledem hörte sich wirklich gut an.

Strelzow kam gemeinsam mit Udo vom Zoll herein, ging ans Kopfende des Tischs und wartete geduldig, bis die Gespräche so weit verstummt waren, dass er nicht schreien musste. »Morgen, Kollegen, und Kolleginnen natürlich«, er hob die Hand. »Hoffe, ihr habt alle gut geschlafen, auch die, die gestern spät noch mal zu den beiden Anschlussdurchsuchungen rausmussten. Tja, das Wichtigste erst mal vorweg: Die BAO in Sachen möglicher Entführung werden wir heute Morgen beenden, sobald alle ihre restlichen Sachen geschrieben haben.« Leichte Unruhe in der Runde. »Das hat im Wesentlichen zwei Gründe: Einmal haben wir auch gestern nicht ansatzweise etwas gefunden, was auf die Entführung eines Kindes hindeutet, und wir haben auch keinen Kontakt zu Fuada Ahmad gehabt. Weil wir die Sache im Schlepptau des Zolls gemacht haben, ist auch nicht explizit nach ihr gefragt worden, aber an ihrer Meldeadresse war sie nicht unter den kontrollierten Personen und auch sonst an keinem der Durchsuchungsorte. Und eine plausible Erklärung, nach ihr zu fragen, ohne die Entführungsgeschichte aufzumachen, hatten wir nicht. Und wir hätten damit eventuell eben beide auch gefährdet, wenn wirklich was an der Sache ist. An den Orten, die wir seitdem observieren, ist auf den Kamerabildern außer normalem Fahrzeugverkehr nichts erkennbar, auch gestern Abend nicht. Natürlich kann man in einem Kofferraum auch da was rausbringen, aber es wirkte nicht so. Wir haben also nur die Aussage der Zeugin, die seitdem auch keinen Kontakt zur Hinweisgeberin hatte, wenn wir ihr das glauben.«

»Haben wir das Telefon von der aufgeklemmt?«

»Nein, haben wir nicht, weil der Richter das bei der Lage nicht mitgemacht hat.« Er machte eine Fatalismus-Grimasse. »Der zweite Grund fürs Runterfahren: Wir gehen in der Direktion Kriminalität personell echt auf dem Zahnfleisch. Wir haben aktuell noch eine zweite BAO, zwei Langzeit-Mordkommissionen und von letzter Woche noch eine aktuelle, wie die meisten wissen. Mit der Beweislage, die wir haben, können wir das Ding in dieser Situation so nicht aufrechterhalten, und die Staatsanwaltschaft macht das so auch nicht mehr mit, auch das ist ein Grund.«

»Sagst du noch was zur Aktion gestern.«

Strelzow sah den Mann vom Zoll an.

»Guten Morgen auch von mir. Ich sag's mal ganz deutlich: So beschissen ist in meinen sechsundzwanzig Jahren noch keine Maßnahme gelaufen. Wir haben ein paar mickrige Funde von Kokain und Gras, eine Festnahme mit Haftbefehl«, er nickte kurz Richtung Steiger, »und in zwei Objekten ein paar brauchbare Unterlagen. Was auf den Rechnern und Handys ist, müssen unsere und eure Leute noch auswerten, klar, aber wir hatten uns davon nach den Ermittlungen im Vorfeld was völlig anderes versprochen.«

Ein paar Augenblicke sagte niemand etwas.

»Gibt es dafür eine Erklärung?«

»Nein«, sagte Strelzow, »aber wir wissen, wie es sich anhört. Dass sie im Vorfeld was von den Observationen mitbekommen haben? Das kann immer sein, weil diese Leute extrem vorsichtig sind, es deutet aber nichts darauf hin. Dass sie einen anderen Hinweis bekommen haben? Wir haben auch dafür keine Anhaltspunkte, auf keiner der Telefonüberwachungen und auch sonst nicht, und wir gehen auch nicht davon aus.«

Steiger fasste in seine Jackentasche und holte den Parkschein hervor, auf dem er das Kennzeichen des Gesprächspartners von

Zada Yassin notiert hatte. Bevor er es weitergab, wollte er erst mal selbst schauen, darum schwieg er.

Die beiden vorn bekamen noch ein paar Fragen gestellt, sie bedankten sich für den Einsatz, dann war die Besprechung zu Ende.

»Ich wusste gar nicht, dass du bei Bruno Kowalski warst.« Renate Winkler stellte sich am Tresen in der Kantine neben Steiger und bestellte bei Gaby ein Brötchen mit Ei. Steiger zahlte seine beiden Käsebrötchen und brauchte einen Moment, bevor ihm einfiel, wovon sie sprach.

»Ach, der ältere Typ da bei der Alarmauslösung. Was ist mit dem?«

»Der war mal in der Ausbildung für ein paar Wochen mein Bärenführer, als ich in Bottrop war. Ist irre lange her.«

»Wie? Das ist ein Ex-Bulle?«

»Ja. Der war damals schon seit tausend Jahren beim Einbruch.«

Steiger versuchte, sich an das Gespräch zu erinnern.

»Warum hat der uns das nicht gesagt?«

»Hat er nicht?« Sie zuckte kurz mit den Schultern. »Keine Ahnung. Bisschen eigenartig war der damals schon.«

»Und der hat sich bei dir gemeldet?«

»Ne, ich hab ihn angerufen, als ich den Namen las, weil ich das schon einen irren Zufall fand, den Namen meines alten Ausbilders auf dem Schreibtisch zu haben. Konnte sich sogar noch erinnern.«

Daher also diese leise angedeuteten Insiderkenntnisse, dachte Steiger.

»Und der ist dann am selben Tag sogar noch vorbeigekommen, einmal, um mich zu begrüßen, fand ich ja nett, und dann hat er in alter Ermittlermanier in der Sache mit dem Vermissten noch mal ein bisschen rumgefragt und sagte, die Täter seien wahrscheinlich nicht hinten raus, sondern eine Nachbarin habe von einer anderen gehört, jemand hätte gesehen, dass sie eine Stunde danach jemanden in einen weißen Lieferwagen mit ausländischem Kennzeichen hat einsteigen sehen. Und zwar vollkommen in der anderen Richtung.«

»Das hat der erzählt? Und wie heißt diese Nachbarin, die das gesehen hat?«

»Das konnte er letztendlich nicht mehr ermitteln, sagte er. Es sei so eine typische Hörensagen-Auskunft.«

»Uns hat er gesagt, dass er an dem Abend nicht zu Hause war.«

»Widerspricht sich ja auch nicht.« Sie zahlte. »Aber war wirklich lustig, den mal wiederzusehen, auch wenn er wirklich ein Kauz ist. Sah sogar noch ganz gut aus.«

»Sonst hast du auch nichts mehr gehört, oder?«

»Hätte ich dir gesagt, mein Lieber. Vergiss es einfach. Wer weiß, wo in Europa der grad in Wohnungen einsteigt? Der hat sich an dem Abend in irgendeinem Schuppen versteckt, bis die Luft rein war, und hat sich dann einsammeln lassen. Kennt man doch alles.«

Sie erwischte den Fahrstuhl gerade noch, bevor die Tür sich schloss, zwängte sich hinein, und weil er ihm zu voll war, nahm Steiger die Treppe.

35

Vielleicht vergaß man über die Jahre all die Gelegenheiten, in denen man vom eigenen Gefühl verarscht worden war, vielleicht war auch das alles nur eine Täuschung, dass man in diesem Job zu spüren glaubte, wenn etwas an einer Sache nicht stimmte. Aber um sie einfach abzutun, dafür hatte diese kleine aufgeregte Begegnung der Dolmetscherin auf dem Parkplatz gestern Abend zu sehr etwas in Steiger berührt. Und die Geschichte mit den Durchsuchungen war einfach zu grandios in die Hose gegangen, als dass er an einen Zufall glauben konnte.

Aber Steiger war auch klar, dass es nicht viel brauchte, um unehrenhaft von der Liste der vereidigten Dolmetscher gestrichen zu werden, und danach gab es kaum eine Chance, wieder in den Kreis aufgenommen zu werden. Darum wollte er vorsichtig sein und keine Pferde scheu machen, die in dem Fall seit vielen Jahren völlig friedlich waren.

Er fand Paul Müller immer noch im Ermittlerraum der BAO, wo er dabei war, seine Klamotten einzupacken.

»Hast du einen Moment, Paul?«, fragte er.

»Hat das Zeit bis nachher?« Ohne wirkliche Überzeugung.

»Dauert nicht lange.«

Steiger erzählte ihm in knappen Worten seine Beobachtung vom Parkplatz der Spielbank.

»Der Typ fuhr ein Auto, das auf diese Firma zugelassen ist«, er legte ihm die Halterauskunft auf den Tisch. »Und so sah der Typ aus. Musste leider schnell gehen, darum ist es etwas verwackelt.«

Müller nahm das Handy, schloss es an den Rechner an und zog sich das Bild auf den Monitor.

»Ist wirklich nicht besonders. So auf den ersten Blick kenne ich den nicht, aber ich vergleiche ihn mal und lasse die Kollegen aus den anderen Behörden draufschauen. Denn das Auto«, er tippte auf das Blatt mit der Halterfeststellung, »gehört eindeutig zur Ahmad-Blase. Ich bin mir ziemlich sicher, dass das eine Subfirma in deren Geflecht ist. Sobald ich mehr weiß, kriegst du Bescheid. Und schreibst du das grad noch auf. Denn wenn eine unserer Top-Dolmetscherinnen Kontakte in das Milieu hat, sollten wir das auf jeden Fall wissen.«

Genau das hatte Steiger noch ein wenig hinauszögern wollen.

Zwanzig Minuten später unterschrieb er den Vermerk und legte ihn in die Ausgänge für die Organisierte Kriminalität.

Jana war immer noch eingebunden, und Gisa hatte am Morgen angedeutet, dass in der Sache irgendetwas schiefzulaufen schien, aber Genaues wusste auch sie nicht. Sonst war der Rest der Mannschaft ausgeflogen.

Vielleicht sollte er die Zeit nutzen, dachte Steiger, und nahm sich den letzten Wagenschlüssel, der noch im Fach lag.

»Adam, Polizei Dortmund«, er steckte den Dienstausweis wieder ein. »Herr Kasper, bei ihnen hat es vor ein paar Wochen einen versuchten Einbruch gegeben ...«

»Ne, nicht versucht, die waren schon drin. Gibt's da was Neues?«

»Ja ... äh, nein ... Also, der Reihe nach: Was Neues gibt es nicht, und wenn nichts gestohlen worden ist, läuft das bei uns immer unter ›versucht‹.«

»Ah, so.«

»Darf ich noch einmal einen Blick in Ihren Garten werfen, ich würde mir den Fluchtweg gern noch einmal ansehen.«

Der alte Mann trat zur Seite und führte Steiger übers Wohnzimmer in den Garten.

»Hier sind sie rein und raus und wahrscheinlich hinten bei

Kowalski übers Grundstück davon. Haben Sie den schon gefragt?«

»Ja, er war aber an dem Abend nicht zu Hause, sagt er. Und sonst war er der Meinung, die Leute wären nach vorne vom Grundstück, er sagte, er hätte ein wenig ermittelt und eine Nachbarin hätte da so was gesehen. Ist ja ein früherer Kollege von mir.« Der Mann zog ein wenig die Stirn kraus.

»Der war nicht zu Hause? Wundert mich. Ich habe nämlich nachher Licht bei ihm gesehen, unten, in der Küche und im Bad. Das brennt nur, wenn er zu Hause ist.«

»Ich schau mich mal um, wenn Ihnen das recht ist.«

Mit einer Handbewegung entließ Hartmut Kasper Steiger in den Garten, der gepflegt war und in dem reichlich Grünzeug stand. Alle Grundstücksgrenzen waren mehr oder weniger mit Sträuchern bepflanzt. An der von ihm aus rechten Seite erkannte er durch das Grün einen Sicherheitszaun, hinter dem eine kleine Stichstraße lag.

Steiger machte einen Linksschwenk und ging den Garten vom Haus aus im Uhrzeigersinn ab. Nach vorn zur Straße hin war eine Flucht unmöglich gewesen, weil dort eine Wand aus alten Tannen keine Lücke ließ, um durchzukommen. Die Grenze zum nächsten Grundstück war von der anderen Seite aus mit einer mannshohen Bretterwand gesichert, die bis an die hintere Front reichte, wo er auf Kowalskis Maschendrahtzaun traf. An manchen Stellen war die Bepflanzung von der anderen Seite so mager, dass das Haus zu sehen war, der Alte könnte also recht haben. Steiger ging die Strecke ab und sah sich dabei den Zaun genau an. Nach etwa der Hälfte fiel ihm neben einem der Pfähle in Kniehöhe eine Masche auf, die nicht das gleichmäßige, auf dem Kopf stehende Quadrat bildete, sondern wie ausgetreten wirkte, und in Brusthöhe fand sich eine weitere. Er ergriff mit der Rechten den Pfahl, trat in die untere Masche und zog sich nach oben. Die zweite verbogene Öffnung saß perfekt so, um den anderen Fuß zu platzieren. Er trat hinein und schwang sich

204

über den Zaun. In der Hoffnung, dass Kowalski keinen großen Hund besaß, den sie bei ihrem ersten Besuch übersehen hatten, ging er ein Stück Richtung Haus, entschied sich aber, als er aus den Büschen trat, gleich noch einmal den offiziellen Eingang von vorn zu wählen. Auf dem Rückweg Richtung Zaun hätte er es fast für einen Schatten gehalten, aber als er genau darauf zuging, erkannte er es genau. Auf dem spitz zulaufenden Rest eines abgeschnittenen fingerdicken Asts hing ein dunkler Stofffetzen, an dem an einer Stelle Reste eines gelben Aufdrucks erkennbar waren. Steiger kramte sein letztes Paar Einmal-Handschuhe aus der Tasche, nahm den Fetzen ab und entfaltete ihn vorsichtig. Er war etwa so groß wie ein Handteller, an drei Rändern ausgerissen und vermutlich aus Baumwolle. Die vierte Kante war abgenäht, und der gelbe Anteil am ausgerissenen Rand hatte wahrscheinlich mal zu einem Bild oder Buchstaben gehört. Er versuchte, sich an die Beschreibung zu erinnern, die Dumitru von Sorins Kleidung abgegeben hatte, aber es fiel ihm nicht mehr ein.

Mit Mühe überstieg er wieder den Zaun und fand Hartmut Kasper im Wohnzimmer vor dem Fernseher, in dem sich ein paar uniformierte Polizisten mit einer Horde kreischender Menschen abgaben, die sich gegenseitig an die Wäsche wollten.

»Haben Sie was gefunden?«, fragte der Alte und zeigte auf den Fetzen.

»Ich weiß nicht. Kann auch völlig bedeutungslos sein. Noch eine Frage zu dem Abend, Herr Kasper. Kann es sein, dass Sie sich mit dem Licht bei Kowalski getäuscht haben?«

Er verzog den Mund.

»Eigentlich nicht. Denn ich bin nach dem ganzen Theater ja noch mal durch den Garten gegangen, und dabei ist es mir aufgefallen. Da täuscht man sich eigentlich nicht an so einem Abend.«

»Gut, danke.«

Steiger ging zum Wagen und verstaute den Stoffrest in einem Briefumschlag.

Zu Kowalskis Eingang musste er einmal um ein größeres Karree von Häusern fahren, in denen die Vorgärten so gepflegt und sauber waren wie auf einem Pflanzenprospekt im Baumarkt. Er stellte den Wagen ab und klingelte, aber nichts tat sich. Auch nach dem dritten Mal blieb die Anlage stumm. Der Briefkasten wäre Steiger nicht aufgefallen, weil er ziemlich groß war und einiges fasste, bevor man es merkte, aber in der metallenen Röhre darunter steckten zwei Stadtteilzeitungen, die wöchentlich erschienen. Jetzt klappte Steiger auch den oberen Schutz des Einwurfschlitzes hoch und sah, dass sich darin einiges an Post befand. Der Mann schien ein paar Tage nicht zu Hause gewesen zu sein. Er startete den Wagen und fuhr Richtung Dienststelle.

»Ich hab eine gute und eine schlechte Nachricht für euch«, sagte Gisa, als er das erste Stück der Currywurst mit der Holzgabel aufspießte. »Morgen Abend ist eine Demo in der Innenstadt, und wir müssen zwei Leute für die Aufklärung stellen.«

»Und die gute Nachricht?«, sagte Steiger mit vollem Mund.

»Eine der beiden Kräfte ist Jana, die hat schon zugesagt.«

Steiger dachte an seine leere Wohnung und daran, dass Eva sicher nicht gleich am zweiten Abend ihre neue Einsamkeit aufgeben und bei ihm auftauchen würde.

»Okay, bin ich auch dabei, kein Problem.«

»Dann könnt ihr auch erst am Nachmittag anfangen, sonst macht ihr einfach zu viele Stunden.«

Mit der anderen Hand bewegte Steiger die Maus und erweckte zwischen zwei Bissen seinen Bildschirm zum Leben. Darauf hatte er immer noch die E-Mail von Schröder geöffnet. Er las sie noch einmal. *Wo ist Sorin?*

36

Salah nahm sich ein Glas, ließ aus dem Hahn der Spüle Wasser hineinlaufen und trank es bis zur Hälfte aus.

Seit dreißig Jahren kannte sie ihren Bruder, darum war Fuada sich sicher, auch aus dem, was er nicht sagte, das Richtige herauszuhören. Salah sprach mit ihr so gut wie nie über geschäftliche Dinge, und die Kommunikation zu ihrem Mann Tarek war seit Abadins Tod wie ihre gesamte Ehe zu einem allgegenwärtigen Missverständnis geworden, zu etwas Vertrocknetem, das von Anfang an zu wenig Wasser bekommen hatte.

»Warum diese übereilte Abfahrt heute Nacht, Salah, warum diese Flucht?«

»Weil es eine Aktion gegen uns gegeben hat, die böse hätte enden können.«

»Von der Polizei?«

»Ja, auch.«

Schon oft hatte sie sich gefragt, wann ihr Bruder angefangen hatte, sich in sich selbst zurückzuziehen, wann es begonnen hatte, dass er stiller und wortkarger geworden war, dass von ihm nicht mehr die Leichtigkeit ausging wie in ihren Kindertagen in dem Haus in Sidon. Sie wusste, dass er immer gut zu ihr gewesen war, sie immer beschützt hatte, auch noch nach der Zeit, in der er vollkommen in diese Welt der Männer eingetaucht war, die ihr in vielem so fern war. Er hatte sie mit Tarek zusammengebracht und ihr gesagt, das ist ein guter Mensch, Fuada, du wirst ein gutes Leben mit ihm haben, und er hatte es so gemeint. Dass das Leben ihnen in ihrer Ehe nicht gut gesonnen war, war nicht ihm zuzuschreiben. Vielleicht hat etwas in ihm die Oberhand gewon-

207

nen, dachte Fuada, das jenen Teil seines Wesens, der lachen und sprechen möchte, der daran glaubt, dass es gut wird, klein und gefangen hält. Aber sie wusste weder, was es war, noch, wann es wirklich begonnen hatte.

»Dann sucht auch die Polizei nach dem Kind?«, fragte sie.

Er ging ans Fenster und blickte einen Moment wortlos in den Garten hinaus.

»Ich weiß nicht, irgendetwas scheinen sie zu wissen. Gesucht haben sie was anderes, aber«, er machte eine längere Pause, »aber es war eigenartig.«

»Und warum mussten wir dann den Ort so schnell verlassen?«

»Weil wir ein Ohr bei ihnen haben. Und jetzt hör auf zu fragen, das ist nicht deine Sache, und es hilft dir nichts, wenn du etwas darüber weißt. Kümmere dich um das Kind.«

»Und was wird mit dem Kind?«

Er ließ eine Zeit verstreichen und trank den letzten Rest aus dem Glas.

»Ich weiß es nicht. Vielleicht muss es doch ganz von hier verschwinden. Vielleicht schon bald.«

»So meine ich das nicht. Was wird aus ihm?«

»Noch heute wird sich vieles entscheiden.«

»Das meine ich nicht, Salah. Wird dieses Kind überleben? Oder wird es … wird es sterben?«

Er sah sie an. »Es wird getan, was getan werden muss. Das ist nicht deine Sache.«

Einer der Sicherheitsleute steckte den Kopf zu Tür herein, Salah drehte sich zu ihm um, nickte einmal kurz und verließ dann ohne ein weiteres Wort die Küche.

Fuada ging zum Fenster. Draußen fielen die ersten gelben Blätter auf den Rasen, und ein klarer Himmel warf auf alles das unverkennbare Licht des Herbstes.

Sarah, eine der Cousinen Issas, die auch in dem Haus wohnten, kam lachend herein, sagte etwas Lustiges, aber Fuada konnte kaum darauf antworten.

Das war etwas, was ihr Sorgen bereitete. Dieses Haus war voller als ihre letzte Bleibe, es gab mehr Menschen hier, darum würde es schwerer sein, unbemerkt zu bleiben.

Sie verließ die Küche, ging zu Huriye und fand sie dieses Mal nicht apathisch auf ihrem Bett, sondern das Kind stand am Fenster und sah nach draußen. Es wandte sich kurz Fuada zu, als sie hereinkam, und blickte dann wieder in den Garten, aber Fuada war sicher, die Augen des Kindes sahen darüber hinaus.

Sie betrachtete das stille Bild eine Weile und schwieg, weil zwischen ihnen alles gesagt war, weil sie wusste, was sich in diesem kleinen Menschen abspielte, weil alle Worte leer gewesen wären.

Leise verließ sie das Zimmer wieder, ging auf die Toilette und holte das Handy hervor. Beide Ziffernfolgen hatte sie sich leicht merken können, etwas, was ihr schon immer leichtgefallen war. Sie gab zuerst die PIN ein und tippte dann eine Nachricht für Vildana. Sie wählte die Nummer, drückte auf den Button »Senden« und schickte sie ab, es waren nur zwei Worte.

»Morgen früh.«

37

Hier. Hier hatte sie gelegen. An diesem Ort bei fast jedem Erwachen in den letzten Monaten. Da und nah und erreichbar, berührbar, ansehbar. Er war fast immer vor Eva erwacht und hatte das Gefühl, dass etwas in ihm das absichtlich tat, um ihr beim Schlafen zuzusehen, zuzuhören, um diesen Moment der größten Vertrauensseligkeit zu erleben. Das war vorbei. Hatte es in seinem Leben vor ihr einen Menschen gegeben, nach dem er sich gesehnt hatte?, überlegte er. Es fiel ihm niemand ein.

Er ging ins Bad, besah sich die morgens deutlicheren Falten und die allmählich weniger werdenden Haare und war wie oft überrascht, dass man im Leben dieses eigenen Gesichts nicht irgendwann überdrüssig wird. Dass es keinen Morgen gibt, an dem man sagt: Das war's jetzt. Ich kann's nicht mehr sehen, endgültig. Oder gab es Menschen, bei denen das so war? Vielleicht lag das auch daran, dass es ja nie dasselbe Gesicht war, das einen ansah und das man wie von außen betrachtete, dass es manchmal schon Veränderungen in allerkürzester Zeit gab.

Er änderte mit kleinen Bewegungen den Blickwinkel, und wieder wurde ihm deutlich, dass er mit den Jahren immer mehr aussah wie sein Vater, wie jener Vater der späten Jahre, der, den er enttäuscht hatte, weil er nicht Bergbauingenieur oder irgendetwas in der Richtung geworden war, nicht in der Gewerkschaft mit rotem Leibchen das Banner vorneweg getragen hatte, sondern dass er auf die andere Seite gegangen war.

Es hatte auch einen anderen Vater gegeben, einen Vater, dessen Körperwärme und Geruch er intensiv wahrgenommen hatte, wenn er auf dessen Schultern saß, einen Vater, der ihn mit Hoffnung angelächelt hatte. Aber an dessen Gesicht konnte er sich kaum noch erinnern.

Er seifte sich ein und begann, sich zu rasieren.

Sie starteten ihren Dienst am frühen Nachmittag, so war es verabredet gewesen. Den Morgen hatte er mit ein paar Besorgungen verbracht und den Rest der Zeit einfach vertan. Waren diese planlosen Zeiten früher schlichter Genuss gewesen, hatte es jetzt mit Eva zu tun, dass er sich treiben ließ, da war Steiger sicher.

Die Demo sollte um sechs beginnen und hatte einen dieser reingewaschenen Titel, an denen sich kein polizeiliches Genehmigungsverfahren stieß, und sie hatte etwas mit der Unterdrückung der Kurden zu tun. In einer ersten Runde fuhren sie die relevanten Punkte ab, ohne etwas Verdächtiges zu beobachten.

»Lass uns mal zum Bahnhof fahren«, sagte Steiger, »nachher läuft da einer rum mit einem Koffer, aus dem Drähte gucken, und wir sind nicht da.«

Jana lachte artig. Wenig später parkte sie den Wagen so ein, dass sie einen Blick auf den Bahnhofsvorplatz hatten.

»Wollte ich dich die ganze Zeit schon fragen: Was ist eigentlich mit der eigenartigen Entführungsgeschichte. Davon hört man wirklich nichts.«

»Das ist kein Zufall.« Sie öffnete den Sicherheitsgurt. »Wir sind auch verpflichtet worden, damit nicht hausieren zu gehen. Die letzte Info kann ich dir gar nicht sagen. Es gibt russische Täter, vielleicht mit tschetschenischem Hintergrund, und sie haben auch ein paar Handys aufgeklemmt, aber die Gespräche, die ich übersetzt habe, geben da kaum was her. Außerdem muss es wohl ziemlichen Stress mit dem Mann der Geschädigten und seinem Anwalt geben.«

»Warum?«

»Das ist wohl ein oberarroganter Sack, typischer Selfmade-Unternehmer, hat in kurzer Zeit irrsinnige Kohle gemacht, so einer, der glaubt, dass sich die Welt ohne ihn nicht mehr dreht.

Die Kollegen haben sogar den Verdacht, dass er irgendwas an der Polizei vorbei regelt.«

»Da hat er ja was mit unseren Großfamilien gemeinsam.«

Nach einer halben Stunde war ein Halstuch mit kurdischen Farben, das gemeinsam mit einem BVB-Schal um den Tragegriff eines Rucksacks gebunden war, der Gipfel des Verdächtigen. Als Steiger die gelbschwarze Farbkombination des Schals sah, fiel ihm ein, was er vergessen hatte.

»Scheiße, fahr noch mal rein! Hier ist eh noch nichts los. Muss grad noch eine Sache erledigen. Hab ich total vergessen.«

Er traf Schröder in seinem Büro, als er dabei war, sich seine Jacke anzuziehen.

»Grad noch erwischt, wie gut. Hattest du nicht gesagt, dass du noch mal in den Knast fährst, weil du mit dem Rumänen noch was erledigen musstest?«

»Ja«, Schröder nickte. »Wir wollen ihm noch ein paar Fotos vorlegen, aus Essen von einer Observationskamera, die hatten da identische Fälle. Da könnte vielleicht der ominöse Ion dabei sein.«

Steiger zeigte ihm den Briefumschlag, in dessen Fenster das gelbschwarze Stück Stoff sichtbar war.

»Zeigst du ihm diesen Fetzen und fragst ihn, ob das von der Kleidung seines Freundes sein kann?«

Schröder nahm den Umschlag und sah ihn sich genauer an. »Klar kann ich das machen. Woher hast du das?«

»Hab ich auf dem Nachbargrundstück des Tatorts gefunden. Saß auf dem spitzen Rest von 'nem abgeschnittenen Ast, als wäre jemand mit der Kleidung dran hängen geblieben.«

Mit hochgezogenen Brauen sah Schröder Steiger an.

»Du warst noch mal da? Dafür nimmst du ja echt was auf dich, Mannomann«, sagte Schröder, und sein Lächeln konnte das leise Unverständnis nicht kaschieren.

Ohne darauf einzugehen, bedankte sich Steiger und ging wieder zum ET.

»Da bist du ja schon wieder.« Jana stoppte ihre Bewegung und hielt den Finger einen Zentimeter vom Knopf der Maschine entfernt. »Ist noch Zeit für einen Kaffee?«

»Du hast doch gesehen, was draußen los war. Außerdem«, Steiger sah aus dem Fenster, »hat's angefangen zu regnen. Das allerbeste Wetter für eine Demo.«

Jana lächelte und drückte den Knopf.

Dreieinhalb Stunden später beobachteten beide von einem weiteren günstigen Standplatz aus, wie die letzten Demonstranten ihre Transparente einrollten und noch in kleinen Palavergruppen zusammenstanden, bevor es wieder Richtung Heimat ging. Steiger hatte am Funk zweimal Battos Stimme gehört und sich gefragt, wie es mit ihnen weiterging. Aber dafür musste irgendwer den ersten Schritt machen.

»Komm, lass uns mal 'ne Runde fahren«, sagte er. »Mir geht die Steherei auf den Sack, und hier passiert eh nichts mehr.«

»Hast du ein besonderes Ziel?«

»Fahr einfach die kleine Innensichel. Mal sehen, ob alle artig in ihre Autos steigen und nach Hause fahren. Nicht dass noch einer einen Grillanzünder auf einen Autoreifen legt.«

Sie startete den Wagen und fuhr los. Nach kurzer Zeit steuerte sie spontan in eine Parkbucht und stellte den Motor ab. Auf Steigers fragenden Blick wies sie mit dem Kopf zu einem erleuchteten Backwarengeschäft, in dem eine letzte Angestellte schon die Auslagen ausräumte, die Tür aber noch geöffnet war.

»Brauch noch was Süßes, wenn ich das so sehe. Du auch was?«

»Ne«, sagte Steiger, »ich gönne mir etwas Nikotin.«

Weil der Regen aufgehört hatte, stieg er aus und zündete sich einen Zigarillo an. Durch das Schaufenster konnte er sehen, wie die Bedienung ihr Putzen unterbrach und etwas von hinten holte. Jana zahlte, und beide Frauen lachten über etwas.

Beim Zurückkommen hielt sie mit der zusammengedrückten

Tüte einen Amerikaner, aus dem schon ein sauberer Halbmond herausgebissen war.

»Um die Zeit noch was Süß…«

Ein heftiges Geräusch in der Nähe unterbrach ihn, und auch Jana hörte auf zu kauen. Ein dumpfer Schlag begleitet von einem Klirren.

»Was war das denn?«, fragte Jana.

»Irgendein Unfall? Sind da zwei aufeinandergerasselt?«

Beide horchten noch ein paar Sekunden, sahen sich dabei an, dann warf Steiger den Zigarillo weg.

»Komm, wir gucken mal. Das klang nicht gut.« Er stieg auf der Beifahrerseite ein. »Kannst du sagen, woher das kam?«

»Ist schwierig, hier zwischen den Häusern.« Sie wickelte die Tüte wieder um das angebissene Gebäck und fuhr los.

»Links oder rechts«, fragte Jana an der nächsten Abzweigung, bog aber rechts ab, ohne abzuwarten. Sie fuhr zügig auch um die nächste Ecke des Häuserblocks, auch jetzt war nichts Auffälliges zu sehen. Steiger hatte den Piker des Funkgerätes schon in der Hand, als die Leitstelle nach einem freien Fahrzeug in der Innenstadt nähe Friedensplatz fragte. Die Kollegin einer Streife war schneller mit dem Finger als er und meldete sich.

Sie bekam eine Adresse gesagt, es gäbe zwei Handyanrufe, dass es dort brenne.

»Scheiße«, Jana wendete in der nächsten Einfahrt, »genau in die falsche Richtung.«

Zwei weitere Streifenwagen meldeten sich an, und auch Steiger gab der Leitstelle Bescheid, dass sie in der Nähe waren und auf dem Weg.

»Das ist eine Shisha-Bar, glaub ich«, sagte er.

Als sie eine Minute später in die Straße einbogen, war klar, dass er sich nicht geirrt hatte. Ein Streifenwagen stand schon mit Blaulicht vor der Tür, aus der dicker Rauch quoll, ein weiterer Wagen kam mit einem Affenzahn aus der anderen Richtung. Jana zog sich im Aussteigen die gelbe Weste mit »Polizei«-Aufdruck an, Steiger rannte zu den Kollegen, die sich schreiend um ein Knäuel von drei Männern kümmerten, die auf dem Boden lagen und brüllend aufeinander einschlugen, einer der drei trug eine Sturmhaube. Jana lief darauf zu und fasste mit an.

»Steiger, Fahndung«, rief er der Kollegin zu, die vor dem Eingang stand und funkte. »Sind noch Leute drin?«

»Keine Ahnung«, schrie sie zurück, »ich glaube aber schon.«

Im Lokal schlugen die Flammen mehr im hinteren Teil des Raums, soweit Steiger das durch den Rauch, der dichter wurde, sehen konnte. Als er in den Eingangsbereich trat, kamen ihm aus dem Nichts noch zwei Männer entgegen, der erste, ebenfalls mit Sturmhaube, rammte ihn so heftig, dass er Mühe hatte, sich auf den Beinen zu halten. Den zweiten, der arabisch aussah, griff er sich und fasste ihn am Revers.

»Sind da noch Leute drin?«

Der Mann blutete aus der Nase und hustete so heftig, dass er kaum sprechen konnte.

»Ja, im Keller.«

»Wo geht es in den Keller?« Er schüttelte den Mann heftig.

»Hinter der Theke, nach rechts.«

Er stieß ihn weg und wandte sich der Kollegin zu.

»Wenn da Leute drin sind, müssten wir da rein, oder?«

»Auf jeden Fall, solange es noch einigermaßen geht«, sagte sie.

Mutige Einschätzung, dachte Steiger, weil der Rauch immer undurchsichtiger wurde und das Knacken des Feuers zu hören war.

Ein weiterer Wagen traf ein, die Schläger waren mittlerweile getrennt und lagen gefesselt auf dem Boden, brüllten aber immer noch arabische Worte. Irgendwo in der Ferne hörte Steiger ein Martinshorn, das nach Feuerwehr klang.

»Sind noch welche drin?« Ein junger Kollege vom letzten Streifenwagen hatte einen Feuerlöscher in der Hand und kam zu ihnen gerannt.

»Ja, im Keller. Hinter der Theke da rechts geht es nach unten.«

Steiger zeigte auf den vorderen Teil des Tresens, der durch den Rauch noch zu sehen war.

»Dann mal los, wir essen zeitig«, sagte der Junge, der Steiger um einen Kopf überragte, und ging mit erhobenem Feuerlöscher voran.

Steiger erinnerte sich an gemeinsame Treffen mit der Feuerwehr vor Ewigkeiten, als er noch Streife gefahren war und sie viel miteinander zu tun hatten. Hinterher war dabei immer gegrillt und getrunken worden, aber vorher hatten die Feuerwehrmänner alles Mögliche demonstriert und ihnen Filme gezeigt, wie rasend schnell sich Feuer in Räumen oder Treppenhäusern ausbreitete. Wenn er daran dachte, was er damals gesehen hatte, war es schlichter Wahnsinn, da jetzt reinzugehen.

Der Junge benutzte den Feuerlöscher schulmäßig in kurzen Schüben, und nach wenigen Metern standen sie vor der Treppe, die offensichtlich Holzstufen hatte, schon brannte und sich auf halber Strecke in einer Haarnadelwendung nach rechts drehte. Steiger versuchte, durch den Rauch und die Flammen kurz den Rest des Raums abzuchecken, in dem sich das Feuer schnell auszubreiten schien, aber hier oben war offensichtlich niemand mehr.

Von unten waren Schreie und Rufe von Männerstimmen zu hören. Aus den Augenwinkeln sah er hinter der Theke etwas Rotes, das ein weiterer Feuerlöscher war.

»Wie viel sind da unten?«, schrie die Kollegin Richtung Keller und musste danach heftig husten.

Die Antwort war nicht zu verstehen. Steiger brauchte einen Moment, um zu kapieren, dass man bei dem Teil einen Splint ziehen mussten, den er kaum sah, weil seine Augen tränten, dann stellte er sich neben den jungen Kollegen, und sie löschten die Flammen nach und nach auf den Stufen bis zur Biegung der Treppe. Das vorgefundene Ding war ein Pulverlöscher, was die Sicht nicht unbedingt verbesserte. Vorsichtig, jede Stufe testend, gingen sie Seite an Seite nach unten, immer wieder mit kurzen Stößen aus den Löschern, weil die Flammen neu entfacht wurden. Nach der Biegung sah Steiger durch Qualm und Pulverschnee fünf Gestalten, von denen zwei der jüngeren Männer einen Älteren so in ihrer Mitte hatten, dass jedem ein Arm über der Schulter lag und sie ihn trugen.

Für einen kurzen Moment schienen für Steiger das Geschrei und das Prasseln, die Flammen und der Rauch unbedeutend zu werden, schien in diesem grandiosen Wirrsal, das sich anfühlte, als habe man viel zu viel Ereignis in viel zu wenig Zeit gepackt, alles für einen Augenblick einzufrieren. Denn der Mann, der von zwei jüngeren Arabern getragen wurde und dessen Miene eindeutig zeigte, dass es ihm schlecht ging, war ohne jeden Zweifel Danyal Yassir Adil, der Friedensrichter, den sie vor wenigen Stunden festgenommen hatten und der seinen Kaffee gern heiß wie die Wüste, schwarz wie die Nacht und süß wie die Liebe trank, auch das fiel Steiger jetzt ein, und er fragte sich, ob er sie noch alle hatte.

Von einem heftigen Reißen an seiner Schulter wurde er wieder in die Realität geholt. Als er sich umdrehte, sah er in ein Gesicht, das unter einem Helm und hinter einer durchsichtigen Maske steckte und zu einem Feuerwehrmann gehörte, dem drei seiner Kollegen folgten.

»Raus hier!«, rief der Mann so laut, dass man es durch den Kunststoff verstehen konnte.

Steiger und der Junge drängten sich an ihnen vorbei nach oben, wo die Feuerwehr in der Bar mit dickem Strahl das Feuer fast gelöscht hatte. Er folgte der Kollegin nach draußen, und als er ins Freie trat, erwartete ihn die übliche blaue Lichtorgel en gros, dann begann auch bei ihm der Husten. Jemand in orangefarbener Jacke nahm ihn in Empfang und führte ihn zu einem Notarztwagen, aber der Anfall ließ schon nach.

»Alles okay?«, fragte der Orangefarbene.

Steiger nickte nur, setzte sich auf eine der Einstiegsstufen des Notarztwagens und nahm das Wasser, das ihm jemand reichte.

Der gesamte Bereich auf der Straße vor der Bar war mittlerweile mit blau blinkenden Autos so vollgestellt, dass niemand anderes mehr durchkam. Die Kollegin, die mit im Haus gewesen war, kam zu ihm. Er kannte sie nicht, was ihn wunderte, weil sie fünf Sterne hatte und damit nur die Dienstgruppenleiterin sein konnte.

»Bist du okay?«, fragte sie. »Ich bin übrigens Steffi, wir kennen uns glaub ich nicht.«

»Thomas«, sagte Steiger und bekam einen weiteren Hustenanfall. »Hast du schon eine Ahnung, was hier los ist?«

»Nein, nicht wirklich, aber könnte sein, dass es ein Anschlag auf die Bar war. Die Feuerwehr sagte, es riecht nach Benzin, es könnte also ein Molli oder so was gewesen sein. Es sind einige erst mal festgenommen worden, davon drei, die Sturmhauben trugen und bei denen die Tattoos klar zeigen, aus welcher Richtung sie kommen. Und Salah Ahmad ist auch dabei. Aber was Genaues kann ich dir noch nicht sagen. Wollte eigentlich nur fragen, ob du okay bist?«

»Ja, bin ich«, sagte Steiger und nahm einen Schluck Wasser. »Und der Ältere, den sie getragen haben, ist in den Kreisen auch eine dicke Nummer. Hatte gestern noch mit ihm zu tun.«

»Machen wir nachher auf der Dienststelle, okay. Ich muss mir erst mal einen Überblick verschaffen, was wirklich passiert ist, und fahre dann kurz ins Krankenhaus, ist glaub ich besser. Solltest du auch tun.«

Sie hob die Hand und verschwand wieder.

Steiger nahm noch einen Schluck aus der Flasche, und in dem Moment fiel ihm auf, dass er Jana zuletzt gesehen hatte, als sie sich mit den drei Kerlen auf der Erde rollte. Er stand auf, hielt nach ihr Ausschau in dem Gewirr von Uniformträgern, auf deren Gesichtern die blinkenden Blaulichter widerleuchteten.

Er fand sie in ihrem Wagen. Sie saß hinter dem Steuer, und erst auf den zweiten Blick sah er, dass sie völlig teilnahmslos wirkte und ihr Tränen über die Wangen liefen. Er öffnete die Beifahrertür und setzte sich neben sie.

»Was ist los?«

Sie atmete einmal tief durch und sah ihn an. »Hast du die Typen mit den Sturmhauben gesehen?«

»Ja«, sagte Steiger, »die Dienstgruppenleiterin machte da so ein paar Andeutungen.«

»Einer von denen ist mein Bruder.«

38

Steiger hatte sich überzeugen lassen, dass es eine gute Idee war, nach so einer Geschichte im Krankenhaus einmal nach dem Rechten sehen zu lassen.

Weil der Tagesdienst längst zu Hause war, als er zurückkam, spielte sich das meiste Geschehen im Bereich der Wache und der Kriminalwache ab, wo eine Menge Leute durcheinanderliefen und eine ziemliche Hektik verbreiteten.

Er fand Steffi in ihrem Raum vor dem Rechner. Sie hatte sich eher für den kurzen medizinischen Check entschieden und war schon wieder eine Zeit im Geschehen.

»Na, haben sie dich auch wieder gehen lassen«, sagte sie, als Steiger hereinkam, »ich hatte schon befürchtet, die behalten uns da.«

»Wenn wir was Krebserregendes eingeatmet haben, holt uns das sowieso erst in zehn Jahren ein.« Er zog eine Grimasse. »Kannst du schon was zu dem ganzen Zirkus sagen?«

»So richtig nicht, bin selber erst seit zwanzig Minuten wieder hier. Ich schreibe grad meinen Bericht, wir waren ja mit euch als Erste da. Ansonsten sprich doch Juri an, den Dienstgruppenleiter der Kriminalwache, der hat einen guten Überblick, glaub ich.«

In seinem Raum war Juri nicht aufzufinden, Steiger hörte seine Stimme weiter hinten im Flur. Als er an den Schreibräumen vorbeiging, sah er, dass in einigen Leute vernommen wurden, die alle arabisch oder türkisch aussahen und zu den Shisha-Bar-Leuten gehören mussten.

Juri besprach in einem der Schreibräume etwas mit drei Kol-

220

legen, einer davon der junge Schlacks, der mit dem Feuerlöscher vorangegangen war.

»Komm mit zu mir, ist besser«, sagte Juri, als Steiger sein Anliegen vorgebracht hatte, und verließ den Schreibraum. Steiger folgte ihm, ging noch einmal zurück zu dem Jungen und reichte ihm die Hand.

»Thomas«, sagte er, »wir kennen uns noch nicht. War 'ne ziemlich mutige Nummer eben, wollte ich noch loswerden. Respekt.«

»Marcel«, gab er zurück mit Überraschung im Blick. »Ist halt mein Dienst.«

»Ja, ja, das meinte ich ja. Respekt.«

Er ging.

»Mach mal die Tür zu«, sagte Juri, »zurzeit hören hier zu viele Arschgeigen mit. Also, ganz kurzer Abriss: Der Führungsbeamte ist auch schon da, die beratschlagen oben, ob sie daraus eine BAO machen.«

»Na super.«

»Bis jetzt sieht es so aus, dass in der Bar, die übrigens geschlossen war gestern Abend, verschiedene Leute aus verschiedenen Großfamilien waren, unter anderem Salah Ahmad und Cem Khoury, der ältere der beiden Khoury-Brüder. Das ist absolut bemerkenswert, sagen die von der OK: Der Ahmad ist im Krankenhaus, weil er wohl eine heftige allergische Reaktion auf irgendwas gezeigt hat. Die anderen waren ein paar von deren Schlägern und ein Mann namens...«, er suchte auf seinem Schreibtisch.

»Danyal Yassir Adil«, sagte Steiger.

»Genau«, mit überraschtem Gesicht. »Du kennst den. Egal. Die waren jedenfalls in dem Laden, so wie es jetzt aussieht. Dann sind drei weitere Leute festgenommen worden, zwei von denen in unmittelbarer Nähe des Tatorts. Der Dritte war etwas weiter weg, konnte aber eindeutig identifiziert werden. Die Kollegen vom Staatsschutz ordnen die der rechten Szene zu. Wenn du das alles zusammenzählst, könnte es so gewesen sein, dass das tatsächlich ein Anschlag der Rechten auf die Shisha-Bar war. Irgendwas ist dann aber schiefgelaufen. Entweder wussten die nicht, dass da Leute drin waren, oder die haben nicht mit der Gegenwehr gerechnet, irgendwie so. Das Problem ist: Keine Sau sagt irgendwas. Die Leute aus den Großfamilien halten sowieso das Maul, und die drei anderen brauchen als Beschuldigte nichts zu sagen.«

»Und der Alte?«

»Der Dansal Ali Dingenskirchen? Der ist auch im Krankenhaus und bleibt da wohl auch, weil der was Schwereres mit dem Herzen hat. Den und den Ahmad konnten wir noch nicht vernehmen, wohl auch morgen noch nicht. Mehr kann ich dir dazu auch nicht sagen.«

»Okay«, sagte Steiger. »Danke. Dann schreibe ich mal meinen Kram.«

»Ach so«, rief Juri ihn noch einmal zurück und wartete, bis Steiger die Tür wieder schloss. »Einer der drei Festgenommenen mit den Sturmhauben heißt Goll. Hat der was mit der Kollegin Goll zu tun?«

»Es ist ihr Bruder.«

Juri stieß ein zischendes Geräusch aus.

Steiger fand Jana in den Räumen des ET, wo sie in größerer Ruhe ihre Version des Einsatzes schrieb. Er sah, dass sie geweint hatte und kaum in der Lage war, sich auf den Bildschirm zu konzentrieren. Steiger setzte sich auf ihre Schreibtischkante.

»Hast du schon mit ihm gesprochen?«

»Nein.« Jetzt nahm sie ihren Blick vom Monitor und sah ihn an. »Ich wollte auf dich warten, kommst du mit? Sonst unterstellen sie mir hinterher noch was.«

»Wenn du das willst, komme ich mit, klar.«

»Danke. Aber ich schreib das hier grad noch zu Ende.«

Er ging zu seinem Schreibtisch und fuhr seinen Rechner hoch.

Bevor er schrieb, sah er in seinem Postfach nach. Die aktuellste E-Mail war eine von Paul Müller vom Nachmittag.

Hallo Thomas,

kurz zur Info, hatte ich ja angekündigt. Der Mann auf Deinem Foto ist tatsächlich eindeutig Said Suleymani, und der gehört zur Ahmad-Familie, ist wahrscheinlich sogar nah am Inner Circle. Wenn der Kontakt zu einer unserer gefragtesten Übersetzerinnen hat, ist das wichtig. Habe die Führung schon informiert.

Gruß Paul

Steiger kannte Zada Yassin seit vielen Jahren aus unzähligen Vernehmungen oder anderen Situationen, in denen er sie nur anrufen musste und sie eine Belehrung auf Arabisch per Telefon durchführte oder eine bestimmte Frage stellte, und er hoffte sehr, dass die Geschichte für sie ein gutes Ende nahm.

Nach einer halben Stunde hatten sie ihre Berichte getippt, auf der Kriminalwache abgegeben und waren auf dem Weg ins Gewahrsam. Nach dem Schellen öffnete ihnen Eberhard Gerstorff die schwere Sicherheitstür.

»Meine Güte, Eberhard, hast du immer Dienst?«

»Muss halt noch an meiner Karriere arbeiten.« Er ließ sie herein und verzog dabei keine Miene.

»Na, dann haben wir ja was gemeinsam«, sagte Steiger.

»Was kann ich für euch tun?«

»Wir würden gern mit Georg Goll sprechen«, sagte Jana und hatte schon bei diesem Satz hörbar einen Kloß im Hals.

Gerstorff zeigte keine Reaktion und ging vor Richtung Zellentrakt. Er hat keine Ahnung, wer das ist, dachte Steiger. Gut so.

»Es dauert einen Moment, du musst nicht warten«, sagte Steiger.

Mit einem Nicken schloss er Zelle 14 auf und öffnete die Stahltür.

Georg Goll saß in zerknitterten Ersatzklamotten auf der Matratze, die auf dem gemauerten Absatz lag, richtete seinen ersten Blick apathisch Richtung Tür und zuckte im nächsten Moment fast zusammen. Jana ging bis zur Mitte der Zelle und blieb dann stehen. Steiger zog die Tür hinter sich zu, bis sie anlehnte, blieb aber dort stehen und eine Zeit lang herrschte absolute Stille in dem Raum.

»Ist es das, was du wolltest, Jegorij?«

Er wandte den Blick ab und sah zu Boden.

»Verdammt, sag was. Wolltest du das hier?« Wieder weinte sie, und es war eine Mischung aus Wut und Angst. Sie setzte sich neben ihren Bruder auf die Matratze, fasste seinen Oberarm mit beiden Händen, gab ihm drei sanfte Kopfstöße auf die Schulter und ließ dann ihre Stirn dort ruhen. Sie schluchzte leise.

Georg Goll ließ das alles mit sich geschehen und blickte schweigend und leer auf den Boden vor seinen Füßen.

Nach einer Weile hob sie den Kopf, umfasste aber weiter seinen Arm.

»Ich habe dir gesagt, diese Leute tun dir nicht gut, nie. Wie konntest du bei so einer Scheiße mitmachen?«

»Die gehören hier einfach nicht hin, die sollen abhauen. Das wollten wir nur klarmachen.«

Sie schüttelte ihn heftig. »Hör jetzt damit auf! Bist du vollkommen durchgedreht. Wisst ihr, was ihr gemacht habt? Wenn sie euch das als versuchtes Tötungsdelikt an den Arsch hängen, weißt du, wie lange ihr dann einfahrt?« Sie war lauter geworden und schluchzte wieder.

»Von der Flasche wusste ich nichts«, sagte er und sah sie jetzt zum ersten Mal an.

»Aber die sieht man doch?«

»Er hatte sie im Rucksack.«

Sie sah ihn an und fasste sich für einen Moment wieder. »Niemand wird dir das glauben.«

»Aber es war so. Es war abgemacht, dass wir was kaputt

machen und vielleicht einigen was aufs Maul hauen, aber von der Flasche wusste ich nichts.«

Für einen Moment war wieder Stille in dem Raum, nur in einer der anderen Zellen rief jemand immer wieder etwas in einer Sprache, die Steiger nicht verstand.

»Pass auf! Ich bin Polizistin, aber ich bin auch deine Schwester. Was du mir sagst, ist egal, das darf ich für mich behalten. Bei Steiger ist das schon schwieriger.« Sie drehte sich zu ihm um. »Wenn du willst, kannst du rausgehen.«

»Geht's noch?«, sagte er.

»Gut. Mir kannst du also alles sagen, ich muss das nicht weitergeben. Aber ansonsten sagst du nichts, ist das klar. Du sagst nichts ohne deinen Anwalt. Das ist dein Recht und kann dir auch nicht zum Nachteil ausgelegt werden. Hast du das verstanden? Du sagst nichts. Ich kümmere mich um einen Anwalt.«

Er nickte wie jemand, der dabei war zu erkennen, dass er ein Monster geweckt hatte.

Sie kniete sich hinter ihn auf die Matratze und umarmte ihn heftig und lange.

»Sagst du es ihnen?«, fragte er, als sie aufstand.

»Wer denn sonst?«

Nach einer letzten Berührung verließ sie mit Steiger die Zelle. Draußen warteten sie, bis Gerstorff wieder abgeschlossen und verriegelt hatte.

Im Fahrstuhl nach oben legte sie beide Hände vors Gesicht und begann so heftig zu weinen, dass Steiger sie in den Arm nahm.

»Bist du mit der Bahn hier?«, fragte Steiger.

Sie nickte und putzte sich dabei die Nase.

»Dann bringe ich dich, okay?«

Eine halbe Stunde später hielt er vor ihrem Appartementhaus und stellte den Wagen ab.

»Wann willst du es euren Eltern sagen?«

»Morgen. Ich muss ihnen ja keine schlaflose Nacht bescheren, wenn's nicht nötig ist.«

»Es wird einiges davon abhängen, ob er das mit der Flasche klarmachen kann.«

»Und wie soll das passieren? Sieh dir diese Typen doch mal an, die wollen doch nur ihren eigenen Arsch retten. Letztens in seiner Wohnung habe ich so eine Truppe kennengelernt, da war so ein obergeschniegeltes Riesenarschloch, machte einen auf Chef, wenn du den gesehen hättest... Heute war der aber nicht dabei.«

»Vielleicht gibt die Spurensicherung an den Klamotten was her.«

Sie stieß die Luft durch die Nase aus und zuckte mit den Schultern.

»Willst du noch mit auf ein Bier in den ›Totenschädel‹? Oder soll ich mit raufkommen?«

»Ne, danke, lass man. Muss ich irgendwie alleine durch.« Sie sah ihn an. »Warst schon eine große Hilfe, danke.«

Sie tastete nach dem Schlüssel und zog ein Handy aus der Tasche.

»Scheiße, das Diensthandy. Hab ich vergessen.«

»Ich hab auch noch meine Waffe dabei, hab auch vergessen, sie wegzuschließen.«

Sie nickte noch einmal, stieg aus und ging Richtung Haustür.

Steiger sah ihr nach. Wenn alles schieflief, konnte es böse enden.

39

Dieser Geschmack.

Der Schmerz an den Händen hatte längst nachgelassen, die Wunden an den Knöcheln vom Trommeln gegen die Wände waren schon von Schorf überzogen, aber er war noch weich. Wenn nur dieser Geschmack nicht wäre. Es war ein Fehler gewesen, das Zeug aus der Campingtoilette zu probieren, auch wenn es nur eine feuchte Fingerkuppe gewesen war, um die rissigen Lippen und die Zungenspitze anzufeuchten, aber er hatte das Gefühl, dieser entsetzliche Geschmack aus Pisse und einer chemischen Brühe war geblieben und ging nicht mehr weg. Und es war so ein verdammter Fehler gewesen, den letzten Eimer mit dem Wasser zum Waschen wegzugeben. Manchmal hatte er ihn den Tag über in dem Raum vergessen und ihn abends auf das Rollbrett gestellt. An dem Tag aber nicht. Was würde er jetzt dafür geben. Ein halber Eimer mit Wasser. Ein halber Eimer mit Wasser, das ein wenig nach Seife schmeckte, aber Wasser, Wasser.

Zu zählen, zu fühlen, nachzudenken darüber, wie lange er schon in diesem Raum war, damit hatte er bereits vor längerer Zeit aufgehört, auch darüber, wie lange der Mann schon nicht mehr gekommen war, aber er hatte nicht aufgehört, darüber nachzudenken, warum der Mann nicht mehr kam. Wenn er ihn hätte töten wollen, warum dann über all die Zeit das Wasser und das Essen? Warum dann hin und wieder die frische Kleidung? Warum das abstruse Theater mit dieser irrwitzigen rollenden Vorrichtung und der Toilette? Warum hatte er am Anfang seine Wunde am Kopf versorgt?

Er nahm den kleinen Schmetterling zwischen Daumen und Zeigefinger, begann zu weinen und wunderte sich, dass er noch Tränen hatte. Eine lief ihm über die Wange und den Rand der Oberlippe, wo er sie mit der Zunge auffing. Aber auch das Salz dieser Träne verdrängte nicht den entsetzlichen Geschmack in seinem Mund.

Alles brannte. Aber dieser Geschmack und der Kampf dagegen hielten ihn manchmal davon ab, darüber nachzudenken, wie das alles enden könnte, schon bald, aber irgendwann kam die Angst immer wieder, die solch ein entsetzliches Gefühl war. Er tastete nach der Kette und fühlte den Schmetterling zwischen seinen Fingern.

Ich will nicht sterben, dachte er und begann zu zittern. Bitte, lieber Gott, gib mir zu trinken. Bitte, hilf mir.

Dann erlosch die Lampe hinter der Scheibe.

Kein Licht.

40

Jana hatte das Gefühl, gerade eingeschlafen zu sein, als ihr Handy in kleinen Schüben über die Oberfläche des Nachttischs vibrierte. Die nächsten drei Atemzüge fielen ihr so schwer, als knie die Dunkelheit auf ihr wie ein Kollege auf einem Festgenommenen. Sie nahm das Telefon, sah zuerst die Zahl 03:37 und las dann den Namen Vildana.

»Vildana! Was ist los?«

»Entschuldige, Jana, ich habe dich sicher geweckt. Ich weiß, es ist unentschuldbar, dass ich dich um diese Zeit anrufe, hätte ich früher tun sollen, aber ich war so furchtbar unsicher.«

»Was ist denn los?« Ihre Stimme hörte sich an wie die von jemand anderem.

»Ich wollte dich eigentlich nicht noch mal mit dieser Sache behelligen, denn ich weiß, dass du da in einer Zwickmühle bist von deinem Beruf her, aber ich stehe völlig auf dem Schlauch.«

»Vildana, jetzt sag, was los ist?«

»Zuerst musst du mir versprechen, dass du nicht wieder deine Kollegen holst, ja?«

»Was?«, fragte Jana, die Mühe hatte, ihre Gedanken zu ordnen. »Geht es um dieses Kind?«

»Ja«, sagte Vildana. »Ich hatte nämlich schon seit ein paar Tagen wieder Kontakt zu Fuada.«

»Warum rufst du jetzt an, ist was passiert?«

»Ja… nein. Also Fuada will mit diesem Kind da weg, schon länger, weil sie glaubt, dass es in großer Gefahr ist, und ich bin jetzt auf dem Weg zu ihr, weil ich ihr versprochen habe, dabei zu helfen. Aber ich steh grad völlig neben mir.«

Jana hatte sich auf die Bettkante gesetzt, und ihr Körper und ihr Geist fühlten sich an wie vollgesogen. Immer wieder drängten sich auch in dieser Situation die Bilder ihres Bruders in ihr Bewusstsein, wie er dasaß und ihr die Zellentür beim Schließen langsam den Blick auf ihn nahm. Trotzdem wurde ihr nach und nach klar, was dieser Anruf bedeutete.

»Und was ist jetzt? Soll ich was tun? Willst du, dass ich komme?«

»Ich weiß, Jana, das ist unglaublich viel verlangt, aber ich habe Angst, ich habe grad furchtbare Angst vor dieser Situation, das wird mir jetzt erst wirklich klar, und ich weiß nicht, wen ich sonst bitten sollte.«

Jana machte das Licht an und wischte sich mit der Hand übers Gesicht. Wieder brauchten ihre Gedanken einen Moment, um sich hintereinander aufzustellen. Dann ließ sie sich den Treffpunkt sagen und zog sich an.

Ob es wirklich ein wenig Schlaf gewesen war oder nur ein Dämmern mit geschlossenen Augen, hätte Fuada nicht sagen können. Jetzt war sie schon eine lange Zeit hellwach, sah den Zahlen des digitalen Weckers beim Wechseln zu und achtete auf jedes Geräusch im Haus. Sie hatte Vildana vor einer halben Stunde geschrieben und eine bestätigende Antwort erhalten, was sie nicht beruhigt hatte, sondern in dem Bewusstsein, dass es wirklich passieren würde, ihre Erregung jetzt stetig steigerte.

Wie gut, dass es nicht Frühling war, sonst würden bald die Vögel zu singen beginnen und Lärm machen, dachte sie, aber vielleicht wäre das auch ein Vorteil gewesen, weil es dann auch für ihr Vorhaben einen Klangteppich gegeben hätte.

Irgendjemand im Haus war zur Toilette gegangen, wahrscheinlich eine der anderen Frauen, aber auch das war schon mindestens eine Viertelstunde her, längst musste diejenige wieder schlafen, wer immer aus dem Haus es war.

Said und Mahmoud, die beiden Sicherheitsleute, die geblieben waren, hatten spät noch draußen geraucht, schliefen jetzt aber auch. Ansonsten waren keine Männer im Haus, weil Issa mit zwei seiner Neffen geschäftlich für eine Nacht in Berlin war, und Gafur, der Dritte von ihnen, am Abend hektisch weggefahren war. Irgendetwas war passiert gestern, die drei hatten eine Zeit aufgeregt telefoniert und mit Yasid und anderen aus der Familie gesprochen, aber nichts zu ihr gesagt. Dass bei den Geschäften Dinge geschahen, über die mit ihr nicht gesprochen wurde oder die sie erst hinterher von Tarek oder Salah erfuhr, war etwas Übliches. So war es auch an dem Abend gewesen, als Abadin gestorben war. Diese Angelegenheiten machten die Männer unter sich aus, und sie hatte aufgehört, danach zu fragen.

Leise stand sie auf, öffnete die Tür einen Spalt und sah in den Flur, von dem ein paar Zimmer abgingen und der am Ende zur Treppe nach unten führte. Huriyes Zimmer lag gleich nebenan. Sie ging hinein und sah im schwachen Licht, das vom Fenster hereinfiel, dass das Kind schlief. Vorsichtig holte sie die Jacke aus dem Schrank und stellte die Schuhe bereit. Dann verließ sie das Zimmer wieder und ging nach unten in die Küche, trank zur Tarnung einen Schluck Wasser und überprüfte den Ausgang in den Garten. Obwohl sie es erwartet hatte, rieselte Erleichterung durch ihren Körper, als die Tür sich öffnen ließ. Sie horchte noch einmal angestrengt, aber im Haus war alles ruhig.

Jana fuhr auf den Parkplatz des Baumarkts und sah den Wagen des Begegnungszentrums sofort, weil er einer von zweien war, die um diese Zeit auf der Riesenfläche standen. Sie parkte daneben und stieg auf der Beifahrerseite ein.

»Hallo«, sagte Vildana und umfasste sofort Janas Hand. »Du weißt nicht, wie dankbar ich dir bin. Ich hab mich da einfach überschätzt, glaub ich.«

»Und was passiert jetzt, Vildana?«

»Ich habe Fuada schon vor Tagen ein altes Handy gegeben, das sie nur einschaltet, wenn sie mir eine SMS schreibt. Und gestern

Abend hat sie mir geschrieben, dass es heute passiert, und vor gut einer Dreiviertelstunde das hier.«

Sie hielt ihr das kleine Display hin, auf dem »Bist du da?« stand und nach der Antwort: »In etwa einer Stunde.«

»Und was läuft ab, wenn sie da raus ist?«

»Ich habe ihr einen Platz besorgt in einem Frauenhaus in Hagen, erst mal«, sagte Vildana Demirovic, »und das Kind soll wieder zu seinen Leuten, aber auch alles ohne Polizei.«

»Und wie soll das alles vonstattengehen?«

»Sie wird das Haus gleich irgendwann verlassen, wenn es geht, hinten raus, das haben wir vorher schon abgesprochen, weil zu der Zeit fast die einzige Chance besteht, unbemerkt rauszukommen, und vorne am Haus würden Scheinwerfer anspringen.«

»Und wo ist das?«

Sie startete den Wagen und fuhr los.

»Hier ganz in der Nähe. Wir können nur nicht ganz an das Gebäude heranfahren, weil wir ja nicht von vorn kommen können, sondern es gibt hinter dem Haus einen Fahrradweg. Dorthin kommt man aus dem Garten, und dort erwarten wir sie.«

Nach wenigen Minuten hatten sie den Punkt erreicht, von dem es nur noch über einen schmalen unbefestigten Weg weiterging, der als Fahrradweg ausgewiesen und mit einem Poller versperrt war. Vildana parkte den Wagen so, dass er halb im Graben stand und den Verkehr nicht behinderte.

Fuada schaltete das Handy an und schrieb Vildana, dass sie in zehn Minuten dort war, dann steckte sie es wieder an seinen Platz in ihrer Unterhose.

Sie rüttelte heftig an Huriyes Schulter, aber das Kind gab nur ein paar verschlafene, kehlig klingende Laute von sich und war kaum wach zu bekommen. Damit hatte sie nicht gerechnet, und sie spürte, wie ihr gesamter Körper von einer Sekunde zur nächsten pulsierte. Nach einer Minute ging sie leise ins Bad, holte ein feuchtes, kaltes Tuch und wischte damit dem Mädchen zuerst übers Gesicht und dann über die Beine. Allmählich wurden danach die Bewegungen des kleinen Körpers intensiver.

»Komm, Huriye«, sie sagte es so leise, dass sie niemanden weckte, »komm, du musst aufstehen.«

Sie zog die kleine Gestalt hoch, aber erst beim zweiten Versuch blieb das Mädchen auf der Bettkante sitzen. Fuada hatte für das Kind die dünne Jacke und die Stoffschuhe gewählt, weil sie diese zunächst unter ihrer eigenen Kleidung verbergen konnte. Ihr Plan war, das Mädchen erst unten anzuziehen, um einen Toilettengang als Ausrede zu haben, falls sie auf den letzten Metern doch jemandem begegnen sollte.

»Komm«, sagte sie, nahm die Hand des Kindes, das immer noch halb geschlossene Augen hatte und sich nur im Halbschlaf bewegte. Ein vorsichtiger Blick durch den Türspalt zeigte ihr, dass niemand auf dem Flur war. Sie gingen weiter, erreichten die Treppe, und es blieb weiter alles ruhig. Fuada wusste, dass das Knarren der dritten Stufe von oben nicht zu vermeiden war, blieb danach auf der fünften stehen und lauschte noch einmal angestrengt in die Dämmerung.

Ihr Atem zitterte, das spürte sie, und sie setzte jeden Fuß, als sei der Boden vermint. Huriye trottete ihr noch immer wie in Trance hinterher. Als sie die Küche erreicht hatten, setzte Fuada das Kind auf einen Stuhl, holte Jacke und Schuhe unter ihrem Gewand hervor und zog sie dem Mädchen an.

»Komm jetzt«, sagte sie noch einmal leise, nahm Huriye wieder an der Hand, ging zur Tür nach draußen und drückte langsam die Klinke nach unten.

Ein Geräusch an der Küchentür ließ sie herumfahren.

Jana blickte den Weg entlang, der nur auf den ersten zehn, zwanzig Metern von den Laternen der Straße beschienen und danach unbeleuchtet war. Sie dachte daran, was sie im Dienst in dieser Situation machen würde, weil an mehreren Stellen in ihrem Innern kleine rote Rundumleuchten ansprangen.

»Es ist ein Stück den Weg rauf, und Fuada wollte es irgendwann ab vier machen.«

Jana tastete ihre Jacke ab, wusste aber schon vorher, dass sie nichts finden würde, was man als Waffe benutzen könnte. Wenigstens das Pfefferspray wäre gut gewesen. In ihrer rechten Tasche hatte sie das vergessene Diensthandy, in der anderen ihr privates. Mit dem Blick in die Dunkelheit des Weges zählte sie innerlich einen Moment lang all das auf, was dagegensprach, in dieser Situation Steiger anzurufen, dann holte sie ihr Telefon hervor.

»Das muss sein, Vildana«, sagte sie. »Du hast mich angerufen, weil du unsicher warst, ich rufe auch einen Kollegen an, weil ich unsicher bin, okay. Keine Angst, es ist privat und wird nicht so laufen wie beim letzten Mal, an ihm hat es nicht gelegen.«

Bevor sie wählen konnte, zeigte ein heller, kleiner Ton an, dass Vildanas Handy eine Nachricht empfangen hatte. Sie las, antwortete kurz und hielt Jana das Display hin.

»In zehn Minuten am Weg hinter Garten«, stand dort und die Antwort: »Werde dort sein.«

»Okay.« Jana nickte und rief Steigers Nummer auf. Er meldete sich schnell, und sie wusste, dass er dann nicht mehr geschlafen hatte. In wenigen Worten erklärte sie ihm die Situation und gab ihm die Beschreibung, wo sie war.

»Und Batto lässt du diesmal raus, okay?«

»Ach, Mädchen …«, sagte Steiger. »Warum hast du nicht eher angerufen?«

»Ging nicht.«

»Und ihr geht jetzt los? Wieso geht ihr?«

»Erklär ich dir später. Wir gehen jetzt.«

»Du meldest dich, sobald du wieder im Auto bist, okay!«

»Mach ich.«

»Ach ja, Jana?«

»Was ist?«

»Du hast mir doch letztens diese App runtergeladen, mit der man orten kann? Schalt deinen Standort ein.«

»Okay.«

Sie drückte das Gespräch weg und folgte Vildana, die schon ausgestiegen war. Glücklicherweise gewöhnten sich ihre Augen ein wenig an die Dunkelheit, sobald sie den Lichtkegel der anderen Lampen verlassen hatten. Nach etwa hundert Metern blieb Vildana stehen.

»Hier ist es«, sagte sie und zeigte durch eine kleine Lücke im Gebüsch, das hinter einem etwa hüfthohen Zaun das Grundstück einschloss. Die Umrisse des Gebäudes waren durch die Zweige gegen den etwas helleren Himmel erkennbar, sonst war das Haus dunkel.

Ganz langsam öffnete sich die Küchentür, die Umrisse einer Gestalt wurden sichtbar, und als diese etwas vortrat, erkannte Fuada, dass es Rana war. Sie ließ die Türklinke los, machte einen kleinen Schritt in den Raum zurück, und ihr gesamter Körper brannte.

Rana war in der Tür stehen geblieben, und trotz des fahlen Lichts konnte Fuada erkennen, dass sie abwechselnd zu ihr sah und auf das Kind, das angezogen und mit Schuhen an ihrer Seite stand und allmählich ein wenig wacher geworden war. Einen Augenblick lang, in dem sie wie in einem Traum alles Zeitgefühl verloren hatte, sahen sie sich an, dann ging Rana rückwärts, zog die Tür wieder zu, ohne sie ins Schloss rasten zu lassen, und war verschwunden. Fuada hatte das Gefühl, jemand gösse etwas Glühendes über ihren Nacken, und sie war kaum in der Lage, ihren Atem zu kontrollieren. Nach einer Zeit hörte sie, wie die dritte Stufe von oben knarrte und wie sich kurz danach im ersten Stock eine Tür schloss, dann herrschte wieder Stille.

»Ich muss zur Toilette«, sagte Huriye.

Nach drei tiefen Atemzügen, mit denen Fuada ein wenig zur Besinnung gekommen war, holte die Stimme des Mädchens sie wieder vollkommen in die Realität.

»Das geht jetzt nicht, Huriye. Du musst ein wenig warten.«

»Ich muss aber ganz dringend.«

Das Kind sagte es nicht nur so laut, dass Fuada fürchtete, jemand könnte es hören, sondern auch mit dieser Energie, die sie in ihrer gemeinsamen Zeit an diesem besonderen kleinen Menschen kennengelernt hatte.

»Kannst du nicht noch einen Moment warten?«

»Nein«, noch einmal lauter.

Fuada resignierte, überlegte einen Moment, dem Kind die Sachen wieder auszuziehen, dann ging sie durch Küche und Diele zur Toilette im Erdgeschoss. Huriye zog sich die Unterhose herunter, setzte sich auf die Brille – und nichts geschah.

»Nun mach schon!«, sagte sie leise, und als Huriye das zu ignorieren und fast schon wieder eingeschlafen schien, zog sie das Handy aus seinem Versteck. Sie bemerkte, dass sie es in der Eile gegen ihre Gewohnheit nicht nur eingeschaltet gelassen hatte, sondern dass auch die letzten beiden Nachrichten nicht gelöscht waren. Sie verzichtete auch jetzt darauf, weil keine Zeit war, und begann Vildana zu schreiben, dass es ein paar Minuten länger dauern würde.

Da hörte sie ein Geräusch an der Tür.

Die Minuten vergingen, und nichts tat sich. Jana versuchte, durch das Dämmerlicht und die Zweige irgendeine Bewegung im Haus wahrzunehmen, aber da war keine Regung.

»Wie lang ist die letzte Nachricht her?«, fragte sie.

Vildana schaute aufs Telefon. »Fünfzehn Minuten.«

»Dann ist sie ihrem eigenen Plan fünf Minuten hinterher«, sagte Jana. »Keine Ahnung, ob das ein schlechtes Zeichen ist.«

»Da!« Vildana zeigte Richtung Haus, wo an einem Fenster schwach zu erkennen war, dass irgendwo anders im Haus Licht gemacht wurde.

»Was hat das jetzt zu bedeuten?«, fragte Vildana.

»Ich habe keine Ahnung. Irgendwie nichts Gutes, nehme ich an.«

Sie starrten in Richtung des Hauses auf das schwach erleuchtete Viereck, und Jana hielt den Kopf ein wenig schräg, um vielleicht etwas zu hören, aber außer einem Martinshorn in der Ferne gab es nichts Auffälliges.

Das Licht erlosch nach ein paar Minuten wieder, und vielleicht ist das jetzt der Startschuss, dachte Jana, vielleicht hatte Fuada für irgendeine letzte Vorbereitung Licht gebraucht, aber immer tat sich noch nichts.

Vildanas Handy zeigte eine Nachricht an. Sie las und hielt Jana das Display hin.

»Brauche Hilfe, komm zu Haus hinten.«

»Was könnte das für eine Hilfe sein?«, fragte Vildana.

»Ich habe keine Ahnung. Vielleicht muss sie irgendwas tragen. Vielleicht ist was mit dem Kind, oder sie will was mitnehmen.«

»Gehen wir?«, fragte sie.

»Wohl ist mir nicht, aber was bleibt uns übrig.« Jana überlegte, Steiger noch einmal anzurufen, aber wenn Fuada dringend auf sie wartete, konnte diese verlorene Zeit vielleicht bedeuten, dass das ganze Vorhaben schiefging.

Sie nahm ihr privates Handy, schrieb Steiger kurz, dass sie zum Haus gingen, und vergewisserte sich noch einmal, dass ihre Ortung aktiv war. Dann steckte sie es für alle Fälle in den Schaft ihrer Schuhe und war froh, die hochgeschnürten angezogen zu haben, weil die zufällig grad am nächsten gestanden hatten.

Mit der Hand vor dem Gesicht, um sich in der Dunkelheit vor Zweigen zu schützen, ging Jana Richtung Haus, an dem sie beim Näherkommen einen überdachten Verschlag erkannte, der auch eine kleine Terrasse sein konnte, und daneben eine Tür. Als sie weitere drei Schritte gegangen war, erkannte sie in der Tür eine Gestalt, eine Frau im langen Gewand, die sich eigenartig bewegte.

»Fuada«, hörte sie mit unterdrückter Stimme Vildana hinter sich, die sie augenblicklich überholte und auf Fuada zulief, zu spät, um sie aufzuhalten, weil Jana im letzten Moment das Klebeband über dem Mund der Frau und dann das Gesicht hinter ihr erkannt hatte.

Seit Eva nicht mehr bei ihm schlief, war seine alte Schlaflosigkeit zürückgekehrt, und Steiger hatte schon eine Zeit wach gelegen, als Janas Anruf gekommen war. Danach war erst recht nicht mehr an Schlaf zu denken gewesen.

Er hatte sich einen Kaffee gemacht, saß jetzt in T-Shirt und Unterhose und ließ sein Handy auf dem Wohnzimmertisch nicht aus den Augen. Im Normalfall rauchte er um diese Uhrzeit nur in Nachtdiensten und nicht nach dem Aufstehen, aber dies war ein Sonderfall.

Er sah auf die Ortungs-App, und Janas Handy blinkte auf einer Straße in Wellinghofen. Er kannte die Gegend ein wenig, vor allem seit er sich um Dumitrus Sache gekümmert hatte, aber ein genaues Bild der Straße hatte er nicht.

Die Aktion war schon verdammt eigenartig, und er hoffte, dass sie sich bald meldete.

Das Handy vibrierte. Na endlich, dachte er, nahm das Gerät und las: »Gehen jetzt zum Haus, irgendwas läuft anders.«

Als er nach drei weiteren Minuten nichts gehört hatte und der Punkt immer noch an derselben Stelle war, versuchte er, Jana anzurufen, drückte das Gespräch aber wieder weg. Er war sicher, dass sie es leise gestellt hatte, trotzdem könnte ein Anruf in der Situation ungünstig sein.

Nach weiteren fünf Minuten, in denen sich nichts getan hatte, rief er an, aber nach einer Zeit sprang nur die Mailbox an.

Er überlegte, die Kollegen zu informieren, war sich aber unsicher, was er hätte sagen sollen. Er zog sich an und machte sich auf den Weg.

»Wen haben wir denn da?«, kam eine Stimme seitlich aus dem Verschlag, und ein junger Mann mit arabischem Aussehen hielt eine Waffe auf sie. »Einbrecher. Darf man die nicht erschießen?«

Der Mann in der Tür zog Fuada ins Gebäude, stieß sie hinein und trat ebenfalls mit einer Waffe nach draußen.

»Wir sind keine Einbrecher.«

»Ihr seid zwei verdammte Einbrecherschlampen.« Der Mann aus dem Haus klang wesentlich aggressiver, hielt mit der einen die Waffe auf sie gerichtet und betätigte mit der anderen ein Handy. Im nächsten Moment begann das Telefon in Vildanas Jacke zu läuten.

»Sieh an«, sagte der Aggressive, der etwas schlanker und kleiner, aber genauso muskelbepackt war wie der andere, »nicht nur Einbrecherschlampen, man mischt sich auch noch in unsere Angelegenheiten ein. Das haben wir gar nicht gern.«·

»Ich bin keine Einbrecherschlampe«, sagte Jana und zückte ihren Dienstausweis, »wir sind hier in Deutschland, und ich bin eine Frau mit einem Polizeiausweis, ich bin wahrscheinlich euer Albtraum.«

»Wie lächerlich«, sagte der Größere und lachte einen künstlichen spitzen Lacher, »Albtraum… Du bist eine verdammte Bullenschlampe, die auch noch einbricht.« Damit riss er Jana den Ausweis aus der Hand, das Polycarbonat knackte blechern, als er die Karte mit einer Hand zerbrach.

»Stell dich an die Wand, die Hände nach oben«, sagte der andere zu Vildana.

Er durchsuchte grob ihre Taschen, fand ihre Autoschlüssel und ihr Handy und zerstörte es mit einem Stein.

Dieselbe Prozedur blühte auch Jana, und als er ihr Diensttelefon mit einem dicken Stein in den Handyhimmel schickte, dachte sie zwischen all dem, was sich in ihrem Kopf wie ein Universum drehte, einen Moment daran, wie viel Schreibkram das bedeuten würde.

»Rein da!« Er stieß die beiden Frauen so heftig mit der Waffe Richtung Eingang, dass es Jana höllisch wehtat, und sie hoffte in dem Augenblick, dass das Ding bei der Handhabung gesichert war.

Einundzwanzig Minuten waren seit ihrem Anruf vergangen, und er versuchte, sich vorzustellen, wie die Aktion, die sie ihm beschrieben hatte, ablaufen konnte, um auszurechnen, wann es an der Zeit war, sich mehr Sorgen zu machen als sowieso schon. Der Punkt auf seiner Ortungs-App hatte sich immer noch nicht bewegt, was bedeuten konnte, dass sie noch dort war oder vielleicht ihr Telefon verloren hatte. Der Umstand, dass das Telefon nicht ausgeschaltet war oder jemand anderes dranging, beruhigte ihn, aber nur ein wenig.

Er drückte zum x-ten Mal ihre Nummer. Der Ruf ging raus, aber lief durch, bis ihre Mailbox ansprang. Er machte sofort einen weiteren Versuch in der Hoffnung, sie habe es auf »lautlos« gestellt und nähme es irgendwann doch wahr, aber auch dieser Anruf endete wie alle anderen.

Noch einmal dachte er daran, die Leitstelle zu informieren, aber dafür war die Chance noch zu groß, dass doch alles glattlief und sich nur ein wenig verzögerte. Und er wollte nicht schon wieder dafür verantwortlich sein, dass das ganz große Besteck ausgepackt wurde. Trotzdem hatte er kein gutes Gefühl. Er trat das Gaspedal durch, in ein paar Minuten war er in Wellinghofen.

Fuada war verzweifelt. Sie hatte gleich zwei unverzeihliche Fehler gemacht, die nicht nur ihren Plan und vielleicht ihr Leben zerstört hatten, sondern dazu für andere Menschen Lebensgefahr bedeuteten. Sie hätte sich gegen das Kind durchsetzen müssen, als sie an der Tür gestanden hatten und die Freiheit nur noch zwei weitere Schritte entfernt war. Und sie hatte einmal die letzten Nachrichten nicht gelöscht, wodurch es Said und Mahmoud möglich gewesen war, Vildana und diese andere Frau, die sie nicht kannte, zu täuschen und in ihre Gewalt zu bringen.

Sie hatte sich heftig gewehrt und geschrien, als Said sie im Bad überrascht und ihr das Handy entrissen hatte, aber es war zwecklos gewesen und hatte ihr nur eingebracht, dass jetzt ihre Hände

240

mit einem Klebeband hinter ihrem Rücken gefesselt waren und auch ihr Mund verklebt war. Die beiden anderen Frauen lagen im Nebenraum, ihnen hatten sie zusätzlich die Beine zusammengeklebt, das hatte sie noch mitbekommen.

Jetzt telefonierten beide Männer hektisch. Sie schloss daraus, dass es gestern irgendwo ein Feuer gegeben hatte und dass Salah und Tarek im Krankenhaus lagen.

Fuada hörte, wie ein Auto ankam und wenig später Yasid hereinstürzte.

Said beendete sein Gespräch.

»Wie lange sind sie jetzt hier?«, fragte Yasid.

»Fünfzehn, vielleicht zwanzig Minuten.«

»Und eine ist Polizistin?«

Said zeigte den zerbrochenen Dienstausweis.

»Und die Waffe?«

»Sie hatte keine.«

Yasid ging in kleinen, schnellen Schritten auf und ab und schlug sich dabei mit der rechten Faust in die linke geöffnete Hand.

»Dann ist sie nicht im Dienst. Sie hätte ganz sicher eine Waffe dabei, und dann wären auch schon andere hier.«

»Bist du da so sicher?«

»Ja, weil es immer so ist. Wenn einer von den Hurensöhnen in Gefahr ist, machen sie immer sofort ein Fass auf. Wenn das hier nicht passiert, wissen sie es nicht, sonst wären schon tausend Wagen hier. Trotzdem müssen alle so schnell wie möglich weg hier, für alle Fälle. Aber wir trennen sie.«

Jetzt hatte auch Mahmoud sein Telefonat beendet und kam dazu.

»Hatte sie einen Autoschlüssel?«, fragte Yasid.

Mahmoud hob ihn hoch und ließ die Schlüssel klimpern.

»Das muss hier in der Nähe stehen, auch das muss weg, so weit es geht. Wen habt ihr informiert?«

»Ahmed und Ramsan werden in einer Viertelstunde hier sein.«

»Das reicht. Ihr fahrt jetzt die Frauen weg, ich kümmere mich um das Auto«, sagte Yasid, »und nicht zu viel Aufsehen.«

Fuada sah, dass Yasid bei aller Hektik, die ihm aus jeder Pore rann, seine Rolle genoss. Er war von den dreien, die bei den Geschäften dieser Familie das Sagen hatte, der Jüngste, der niemals vor Salah und nur manchmal vor Tarek das Wort ergriff, wenn die anwesend waren. Wenn beide jetzt in dieser schwierigen Situation nicht da waren, hing alles an ihm.

Am Kopf der Treppe stand eine von Issas Nichten mit einem Kind auf dem Arm, das offensichtlich wach geworden war.

»Geh in dein Zimmer, hier gibt's nichts zu glotzen!«, schrie Mahmoud die Frau genauso an wie Huriye, die in dem ersten Tumult von den Männern völlig vergessen worden war und vor wenigen Minuten an derselben Stelle gestanden hatte. Auch die Frau verschwand sofort wieder.

»Was ist mit ihr?«, fragte Mahmoud und zeigte auf Fuada.

»Sie ist Salahs Schwester.«

»Ich hab mit Salah gesprochen«, sagte Yasid und sah Fuada an, als habe er auf etwas Bitteres gebissen, »er ist morgen wieder hier, aber er weiß es. Sie hat uns an die Hurensöhne verraten und wollte fliehen. Sie kennt das Gesetz.« Er wandte sich ab. »Los jetzt, schnell«, seine Stimme zitterte, »wir müssen uns beeilen. Und lasst alles hier so aussehen, als sei nichts geschehen.«

»Was ist mit dem Kind?«

Die Frage ließ Yasid einen Moment innehalten, und er schlug sich wieder mit einer Faust in die Hand.

»Das bleibt erst mal hier. Ramsan ist gleich da, der soll sich darum kümmern, ruf ihn an und sag es ihm, das muss auch weg. Ich spreche auf der Fahrt noch mal mit Salah und sage ihm, wohin.«

Fuada sah, wie die Männer keuchend und gehetzt zuerst Vildana und dann die andere Frau die Treppe hinab zu den Garagen im Keller trugen.

Danach war sie an der Reihe.

242

Als Steiger sich der Stelle näherte, hielt er nach dem roten Toyota mit dem Logo des Begegnungszentrums Ausschau, der am Straßenrand geparkt sein sollte, aber er fand nichts. Nach hundert Metern wendete er den Wagen und hielt vor dem Poller, der den Fahrradweg sicherte, die Stelle, die Jana beschrieben hatte. Noch einmal versuchte er, sie auf ihrem Handy zu erreichen, aber wieder sprang nur die Mailbox an. Sie hatten abgemacht, dass sie sich meldete, sobald sie im Auto waren. Aber vielleicht war sie noch nicht wieder am Auto, vielleicht war irgendetwas dazwischengekommen, denn der Punkt hatte sich immer noch nicht bewegt.

Er stieg aus und ging ein Stück den unbefestigten Weg ins Dunkel, an größeren Villen und Häusern auf relativ großen Grundstücken vorbei. In einigen dieser Häuser brannte vereinzelt schon Licht, und in seiner Vorstellung sah er dann immer alte Männer in Frotteebademänteln vor sich, die schlaftrunken pinkeln mussten.

Als er das Grundstück fast erreicht hatte, sah er auf dem Display, dass der Punkt begann, sich fortzubewegen, und er hatte den Eindruck, im leichten Morgenwind, der eingesetzt hatte, jenseits der Grundstücke ein Auto wegfahren zu hören.

Noch einmal versuchte er, Jana anzurufen. Als wieder nur die Mailbox ansprang, war er sich sicher, dass sie schon irgendwohin unterwegs waren und sie einfach vergessen hatte, ihn anzurufen. Vielleicht war es in der Situation auch nicht möglich gewesen, weil es schnell gehen musste. Der Umstand, dass sie sich jetzt bewegte, beruhigte ihn, und er überlegte, ob er dabei was übersehen hatte.

Für den kurzen Weg zurück steckte er sich einen Zigarillo an.

Das konnte nur Steiger gewesen sein, der ständig versucht hatte, sie anzurufen. Jana hatte die Vibration ihres Handys im Schuh gespürt, das die Männer zum Glück nicht entdeckt hatten. Wahrscheinlich hatten sie nicht damit gerechnet, dass jemand zwei Telefone bei sich trug.

243

Sie hatten ihr die Hände mit Panzertape hinter dem Rücken verklebt, und auch die Beine konnte sie nicht bewegen. Außerdem pappte jeweils ein Streifen quer über Mund und Augen. Der über den Augen begann sich aber an der Seite zu lösen. Sie hatte versucht, irgendetwas von dem zu verstehen, was die Männer sprachen, aber sie unterhielten sich nur auf Arabisch. Ihre türkischen Dealer sprachen am Telefon wenigstens zwischendurch deutsch, aber hier hatte sie kein einziges Wort von alldem verstanden. Dennoch wäre jedem klar geworden, dass diese Männer völlig unter Dampf standen, weil alles hektisch und zu laut war, und sie sich auch ein paarmal angeschrien hatten.

In dieser Position war es völlig unmöglich, ans Telefon zu kommen, und sie hoffte mit allem, dass Steiger sich fragte, warum sie sich so lange nicht gemeldet hatte. Vielleicht war er auch schon auf dem Weg hierher und sah nach, wo sie war.

Als sie einen festen Griff an Beinen und Schulter spürte und getragen wurde, schüttete ihr die Angst, ihr Handy könnte entdeckt werden, eine Extraportion Adrenalin ins Blut, weil der Mann den Schuh genau an der Stelle fasste, an der es steckte, aber der Stress, der in der Unterhaltung der Männer den Raum erfüllt hatte, führte wahrscheinlich dazu, dass seine Wahrnehmung eingeschränkt war, denn sie wurde kurze Zeit später auf irgendetwas Hartes gelegt. Mit ein paar Bewegungen des Kopfs schob sie mithilfe der Unterlage das Klebeband über den Augen noch ein Stück zur Seite und sah, dass sie auf der Ladefläche eines Kastenwagens lag, dessen Holzboden so sehr nach Marihuana roch, als habe man das Zeug wie Kartoffeln offen auf der Ladefläche transportiert. Gegenüber stand ein Audi A7 Sportback mit geöffneter Heckklappe und getönten Scheiben, eine dieser aufgemotzten Karren, die man in diesen Kreisen fuhr. Sie nahm wahr, dass sie in einem Keller in einer Art Garage waren, wozu auch der Benzingeruch passte, und sie hörte, dass sich die Männer zwischendurch Dinge zuriefen, immer noch in großer Hektik. Durch das verschobene Klebeband sah sie, wie Fuada

244

in den Audi getragen wurde, der Fahrer die Klappe schloss und beide Träger sofort wieder aus dem Bild hetzten. Sie merkte sich das Kennzeichen und versuchte, es sich einzubrennen. Nach wenigen Augenblicken legten sie Vildana so dicht neben sie, dass die Körper sich berührten. Die Türen wurden geschlossen. Durch die blecherne Wand hörten sie draußen noch ein paar arabische Sätze, dann setzte sich der Wagen in Bewegung. Sie begann sofort mit dem Versuch, ihre Hände vor den Körper zu bekommen.

Rana hatte die gesamte Zeit am Türspalt gestanden und mitbekommen, was unten geschehen war. Jetzt herrschte Ruhe im Haus. Vorsichtig öffnete sie die Tür ganz, warf noch einen Blick auf ihre eigenen beiden Kinder und trat auf den Flur. Die anderen Frauen waren in ihren Räumen geblieben, eines der kleinen Kinder weinte hinter einer der Türen.

Sie ging zum Kopf der Treppe und sah in die Diele, wo alle Lichter wieder gelöscht waren und von draußen der Schein des heller werdenden Morgenhimmels durch die Fenster fiel. Sie drehte sich um, weil sie ein Geräusch gehört hatte. Huriye stand in der Tür des Zimmers, in dem sie nun schon ein paar Nächte geschlafen und das Fuada für sie zurechtgemacht hatte. Immer noch trug sie Mantel und Schuhe.

»Ich will zu meiner Mama.« Sie sagte es ganz leise, so, als wolle sie die Stille im Haus, die nach dem hellen Durcheinander von eben noch deutlicher war, nicht vertreiben, dachte Rana.

Sie war immer noch nicht in der Lage, das zuvor Gesehene innerlich an einen Ort zu legen, wo es ein wenig ruhen konnte, wo diese Bilder nicht immer wieder aufsprangen und sich nach vorn drängten, um nicht übersehen zu werden: Fuada und Huriye an der Tür zum Garten, die gefesselte Fuada auf dem Sofa, die gefesselten Frauen, die wie erlegte Tiere nach einer Jagd fortgetragen wurden.

Weil Gott nicht hier unten ist, schickt er uns Menschen, um

uns zu zeigen, was wir tun müssen. Das hatte ihr Vater immer gesagt, und an diese Worte hatte sie oft denken müssen. Vor allem, seit sie Fuada begegnet war, die so vollkommen in ihrer eigenen, dunklen, traurigen Welt lebte und von der dennoch so viel Kraft ausging. All die kurze Zeit, die sie diese Frau in ihrer Nähe haben durfte, hatte sie in jedem Moment ihre Besonderheit gespürt, die nicht nur ein Anderssein war, welches sich in einer anderen Form der Augen oder dem einen oder anderen Talent ausdrückte, sondern das sich darin zeigte, dass von diesem Menschen etwas auf einen selbst überging, eine Kraft, ein anderer Blick auf die Welt, eine Erkenntnis. Nach der Begegnung mit solchen Menschen war man selbst ein anderer.

»Ich will zu meiner Mama«, wiederholte Huriye.

Rana sah sich um und wusste, dass Ramsan kommen würde, bald. Aber noch war vorn auf dem Hof kein Auto zu sehen und kein Scheinwerfer angesprungen.

»Komm«, sagte sie zu Huriye und hielt ihr die Hand hin.

Das Kind kam ein wenig zögernd, sie ging mit ihm die Treppe nach unten, durch die Diele in die Küche.

»Wohin gehen wir?«, fragte sie, als Rana die Tür zum Garten öffnete.

»Zu deiner Mama.«

Sie gingen über die Rasenfläche und durch die Büsche zum Zaun. Dort kniete sich Rana vor das Kind und nahm dessen Gesicht in beide Hände.

»Ich kann dich leider nicht begleiten, Huriye. Du musst allein zu deiner Mama gehen, ja? Du musst jetzt über diesen Zaun steigen und läufst den Weg dorthin.« Sie war aufgestanden und zeigte in Richtung Straße, wo das Licht der Laternen langsam seine Bedeutung verlor.

»Aber ich habe Angst.«

»Du musst keine Angst haben, und du musst schnell laufen. Lauf zur Straße, und wenn du einen Erwachsenen siehst, sag ihm, dass du zu deiner Mama willst. Der bringt dich dorthin.«

Mit ernstem Gesicht sah Huriye sie an, dann kletterte sie über den Maschendrahtzaun und rannte in Richtung der Straße.

Rana hätte ihr gern noch nachgesehen, aber sie lief zurück, so schnell sie konnte. Die Tür zum Garten ließ sie offen stehen. Als sie aus der Küche in die Diele ging, sah sie, wie vor dem Haus das Licht des Bewegungsmelders ansprang, weil ein Auto gekommen war. Sie rannte die Treppe nach oben, öffnete die Tür zu Huriyes Zimmer noch ein weiteres Stück und ging in ihr Zimmer.

Sie hörte Ramsan rufen, nahm den kleineren ihrer Söhne aus dem Bett und setzte sich mit ihm in einen Stuhl.

Ramsan klopfte an, öffnete gleich danach die Tür und blickte durch den Spalt.

»Wo ist das Kind?«

»Was meinst du?«, fragte Rana.

Bis auf zwei Zentimeter hatte sie es jedes Mal geschafft, wenn eine Kurve wieder dafür sorgte, dass sie wie eine Flasche, die man auf dem Rücksitz vergessen hatte, hin und her rollte. Jana hatte mindestens zehn dieser Versuche hinter sich und war sicher, am ganzen Körper übersät zu sein mit blauen Flecken, jetzt fuhren sie schon eine Zeit lang geradeaus oder standen. Ihre Kraft ließ langsam nach, auch das spürte sie, und sie schwitzte furchtbar. Sie hatten so etwas in einem Training probiert, und sie war eine der wenigen gewesen, denen es gelungen war. Vielleicht waren all die Nachmittage, die sie als Kind in einer meist kalten Turnhalle verbracht hatte, doch nicht umsonst gewesen. Noch einmal zog sie die Beine an und versuchte, ihre Absätze über das Band an den Handgelenken zu bekommen, was schon ein paarmal gelungen war, aber weiter war sie nicht gekommen. Jetzt arbeitete sie sich mit kleinen, ruckartigen Bewegungen nach vorn und hatte dann den toten Punkt überschritten. Mit einem letzten Ruck drückte sie ihre gefesselten Beine nach hinten durch die Arme. Auch in dieser ausweglosen Situation auf der Ladefläche eines Autos, das von jemandem gesteuert wurde, dem sie zutraute, dass er sie töten wollte, durchfloss sie ein Triumphgefühl. Aber es war erst der erste Schritt, das war ihr klar. Den nächsten hatte sie noch nie gemacht, sondern nur davon gehört und es mal im Internet gesehen. Sie presste die Handgelenke nach außen, zog die Knie ein wenig an, hob ihre Arme über den Kopf und schlug mit aller Kraft, die ihr geblieben war, die Handgelenke auf ihre Oberschenkel. Okay, dachte sie, aller Anfang ist schwer, und hoffte, nicht auf irgendeinen blöden YouTube-Fake reingefallen zu sein. Dort hatte es ganz leicht ausgesehen und real gewirkt, aber was war die Realität schon wert im Internet? Noch einmal presste sie, hob die Arme in die Höhe und schlug mit aller Kraft die Handgelenke auf ihr Bein. Sie hätte es schon am Geräusch hören können, aber vielleicht traute sie der Sache noch nicht. Erst als sie ihre Hände tatsächlich auseinanderbewegen konnte, hätte sie schreien können. Sie zog sich das Band von den Augen und vom Mund und überlegte einen Moment, ob sie zuerst Steiger anrufen oder ihre Beine entfesseln sollte, dann wickelte sie das Klebeband ab, das um ihre Fußgelenke geklebt war und befreite Vildanas Gesicht von dem Zeug.

Sie holte ihr Telefon hervor und drückte Steigers Nummer.

»Jana, wo bist du, verdammt?«

»Das musst du doch wissen, du Witzbold.« Sie versuchte, leise genug zu sprechen, damit man es vorn nicht hörte.

»Was ist passiert?«

»Die Nummer ist total schiefgelaufen, wir sind in einen Hinterhalt geraten und liegen gefesselt in einem Sprinter oder so und fahren weiß Gott wohin.«

»Scheiße«, sagte er.

Der Wagen hielt, und es hörte sich so an, als ob ein Tor sich öffnete. Dann fuhr er wieder an.

»Wo bist du?«

»Ihr seid in der Nähe der Rheinischen Straße, ich bin fünf Minuten hinter euch. Wie viel sind es.«

»Nur Vildana ist bei mir und wahrscheinlich ein Fahrer, kann
ich aber nicht genau sehen, vielleicht auch zwei, mit Waffen.«
Der Wagen hielt wieder, und jetzt wurde auch der Motor ausgestellt.

»Wir halten, muss aufhören. Mach was, Steiger!«
Sie verstaute das Handy wieder im Schuh. Erst jetzt sah sie,
dass auf der Ladefläche zwei armlange Kanthölzer lagen. Eines
davon legte sie sich in Reichweite, vielleicht änderte das ihren
Plan.

Dann drapierte sie die abgewickelten und gesprengten Bänder
so, dass es aussah, als sei sie noch gefesselt. In das Tape für ihre
Augen riss sie sich ein kleines Guckloch und legte sich so neben
Vildana, dass ihre Hände auf dem Rücken vollkommen verborgen waren und sie die Tür im Blick hatte.

Ihr fiel ein, dass sie Vildanas Gesicht nicht wieder verklebt
hatte, aber dafür war es nun zu spät. Der Überraschungseffekt
war auf ihrer Seite, aber das war auch das Einzige. Sie wusste
nicht, wer von den beiden Gestalten gefahren war. Wenn es der
Schlankere war, hatte sie es mit neunzig Anabolika-Kilos zu tun,
war es der andere, sicher mit einhundertzehn.

Sie war während der Fahrt so sehr mit ihrer Befreiung beschäftigt gewesen, dass sie sich über deren Ende kaum Gedanken gemacht hatte. Jetzt dachte sie daran, dass mit diesen Leuten nicht
zu spaßen war, dass es andere Kaliber waren als ihre Dealer und
Einbrecher und Räuber, dass es Menschen waren, die töteten,
wenn es sein musste. Darum konnte sie nicht warten, bis Steiger
die Kavallerie alarmiert hatte. Aber sie musste sich konzentrieren.

Der Mann hatte sich vom Auto entfernt, denn sie hörte seine
Stimme nur leise aus einer anderen Richtung. Er schien zu telefonieren, wahrscheinlich war er in ein paar Minuten nicht mehr
allein. Sie versuchte, sich vorzustellen, was passieren würde.
Wenn er sich ihr näherte, musste die erste Aktion sitzen, dann
konnte sie das Kantholz benutzen. Einen Moment überlegte sie,
ob es besser sei, sich direkt mit dem Teil hinter die Tür zu stellen

und ihm eins überzuziehen, wenn er sie öffnete. Dann hörte sie, wie sich dem Auto Schritte näherten.

Steiger bog mit seinem Privatwagen bei Rot vom Krückenweg in die Palmweide ab und wählte nebenbei.

»Stumpe, Leitstelle Dortmund.«

»Hier ist Steiger. Hannes, ich brauche dringend Unterstützung am alten Union-Gelände an der Rheinischen Straße.«

»Welcher Wagen bist du denn, ich sehe von euch gar keinen auf dem Tableau?«

»Ich bin privat unterwegs, ich habe auf meinem Handy den Standort von einem Sprinter, in dem zwei Geiseln sitzen, eine davon ist Jana.«

»Langsam, langsam, Steiger, ist das dein Ernst jetzt, oder ...«

»Ja, Hannes, das ist total ernst, Hintergründe kann ich dir jetzt nicht erklären. Ich habe den Standort auf meinem Handy, sie stehen wahrscheinlich in einem der Gebäude dort und sind auch nicht mehr in Bewegung.«

»Ich verstehe echt nur Bahnhof, mach's mal der Reihe nach ...«

»Ausführlich geht jetzt nicht, mach einfach einen Einsatz oder 'ne BAO auf, weiß der Teufel, und schick Autos dahin. Ich habe keine Ahnung, was mich gleich da erwartet.«

»Okay, ich schicke Autos. Wo stehst du?«

»Ich warte an der Zufahrt von der Rheinischen Straße. Und sie sollen ohne Signal kommen, ich glaub, das ist wichtig.«

Er drückte das Gespräch weg, nahm beim Einbiegen in die Rheinische Straße noch eine Ampel bei Rot und sah, dass das Tor zum alten HSP-Gelände offen stand. Entweder die hatten einen Schlüssel und in der Hektik vergessen, das Tor nach der Einfahrt wieder zu schließen, oder jemand anders hatte gepennt.

Er fuhr auf das Gelände und stellte den Wagen so ab, dass er verdeckt einen Blick auf das Gebäude werfen konnte, in dem der Punkt auf seinem Handy leuchtete.

Es war eine alte, riesige Fertigungshalle mit Vorbau, in der an einer Ecke ein paar Firmen irgendwelche Räume hinter größeren Toren nutzten. Auf dem Platz davor lagerte allerhand Material aller möglichen Gewerke.

Im Hintergrund hörte er Autos ankommen und in einem Tempo aufs Gelände fahren, dass er auch ohne Martinshorn wusste, wer es war. Zwei Streifenwagen hielten neben seinem, ein dritter kam dazu.

Er winkte die Leute zu sich, und er erkannte Steffi, die auf ihn zugelaufen kam und ihm auch in dieser Situation die Hand reichte.

»Moin Thomas. Du bist echt mein Mann für die besonderen Einsätze, und das im Frühdienst, Mannomann.« Sie lächelte. »Was ist hier los?«

Er gab ihr eine längere Version als zuvor Hannes von der Leitstelle, sie hörte konzentriert zu und nickte zwischendurch.

»Also BAO Geiselnahme, na prima.« Sie sagte es mit einem Gesicht, das aussah, als habe sie das ernst gemeint, dann wandte sie sich an einen Jüngeren aus ihrer Truppe. »Sag das der Leitstelle, Marc, ich melde mich gleich sofort mit mehr.«

Wieder zu Steiger: »Und sie oder er sind sicher bewaffnet.«

»So die Info von Jana. Wie gesagt, sie musste das Gespräch abbrechen, weil sie dort angehalten haben.«

Er hielt ihr das Display seines Handys hin.

»Okay. Bin gleich wieder bei dir.«

Sie zückte ihr Handy, ging zwei Schritte zur Seite und brachte den Dienstgruppenleiter der Leitstelle auf den aktuellen Stand. Dann besprach sie sich kurz mit ihren Leuten, von denen drei weitere Teams eingetroffen waren, und kam zu Steiger zurück.

»Im Augenblick spricht nichts dafür, da jetzt sofort reinzugehen. SE ist schon informiert, und wir schauen mal, ob wir auf anderem Weg ins Gebäude kommen.«

Aus dem Gebäude ertönte das unverwechselbare, kurze, trockene Geräusch eines Schusses.

»Scheiße«, sagte Steffi, »das ändert alles!«

Die Tür wurde von außen entriegelt und geöffnet, und Jana sah durch ihr Guckloch, das mehr ein Riss war, dass sie es mit dem kräftigeren der beiden zu tun hatte. Okay, nicht ihre Gewichtsklasse, aber gab es nicht schon in der Bibel diese Geschichte mit dem Riesen, den ein Junge besiegte?

Er sah beiläufig in den Laderaum, als wolle er nur überprüfen, ob noch alles in Ordnung sei. Erst mit einem zweiten Blick fiel ihm auf, dass Vildanas Gesicht unverklebt war. Er sagte etwas Arabisches, das wie ein leiser Fluch klang, und verschwand aus Janas Blickfeld. Sekunden später stieg er mit einer schwarzen Rolle auf die Ladefläche. Weil sie Körper an Körper lagen, versuchte er, über sie hinweg zunächst Vildanas Mund zu verkleben, was nicht gelang. Er legte die Rolle beiseite, fasste Jana mit beiden Händen an der Hüfte, zog sie zu sich herüber und setzte dann sein linkes Bein über sie hinweg. Das war der Moment.

In einer einzigen Bewegung schob Jana sich mit den freien Händen ein kleines Stück nach oben, um in die richtige Distanz zu kommen, zog beide Beine an und trat dem Mann mit aller Kraft zwischen die Beine. Er brachte nur einen gurgelnden, gepressten Schmerzlaut hervor, bei dem sich seine Stimme überschlug, fasste sich dabei mit beiden Händen an die Stelle, torkelte rückwärts und fiel, ohne sich abstützen zu können, aus einem halben Meter Höhe so heftig auf den Rücken, dass sein Kopf mit einem hohl klingenden Ton auf dem Beton aufschlug.

Noch bevor ihr Gegner den Boden erreicht hatte, war Jana aufgesprungen und mit dem Kantholz in der Hand hinter ihm her. Anders als noch ein paar Sekunden davor, war nun sie über ihm, holte aus und stieß das Holz in Richtung seines Kopfs.

Aber der Mann war nicht so benommen, wie sie es nach dem üblen Laut beim Sturz vermutet hatte. Mit der behänden Bewegung eines Boxers wich er dem Schlag liegend aus und wischte mit seinen Unterschenkeln Janas Standbein weg. Sie versuchte, sich an der offen stehenden Tür festzuhalten, glitt aber ab und stürzte.

252

Kickboxer, dachte sie, verdammt, ich hätte es wissen müssen, die machen alle so was.

Auch die Schnelligkeit, mit der er aufstand, hatte Jana diesem Körper nicht zugetraut, und ihr wurde klar, dass zwei Fehleinschätzungen zu viel für eine so kurze Zeit waren. Er zog seine Waffe aus dem Holster unter der Jacke. Jana versuchte mit einem letzten Tritt im Liegen, ihm die Pistole aus der Hand zu treten, verfehlte ihr Ziel aber, dann war es vorbei, und nicht nur das. Beim Kick ins Leere war ihr Handy aus dem Schaft ihres Schuhs gefallen, das er mit dem Fuß zu sich heranzog und aufhob. Knock-out in der ersten Runde, dachte Jana, und in diesem Moment wurde ihr klar, wie viel verdammte, elende Angst sie hatte.

Mit schwerem Atem richtete er die Waffe auf sie, holte sich bei einem Griff an seinen Hinterkopf blutige Finger und trat einen Schritt zurück, um aus der Reichweite ihrer Beine zu kommen.

»Verdammte Bullenfotze, ich sollte dich sofort erschießen, aber das kommt noch.«

Er stand jetzt dicht mit dem Rücken zum Heck des Sprinters, dessen eine Tür bei der Aktion wieder zugefallen war, sodass er nicht sehen konnte, wie Vildana sich bis zum Rand der Ladefläche vorgearbeitet hatte. Jana zwang sich, nicht hinzusehen, aber in ihrem peripheren Sichtfeld nahm sie wahr, wie ihre Kampfgefährtin die Beine anzog und mit Wucht gegen die Tür trat.

Das Türblatt flog auf, und der waagerecht abstehende Griff traf den Mann direkt hinter dem Ohr. Dieses Mal schrie er auf, und diese Sekunde der Unaufmerksamkeit reichte. Jana trat ein zweites Mal zu, traf sein Handgelenk und die Waffe schlitterte über den Boden. Ihr Gegner hielt sich den Kopf, sie stand auf, griff sich das Kantholz und rammte es ihm mit all ihrer Kraft gegen die Brust, dass er wieder nach hinten fiel und stöhnte. Mit zwei schnellen Schritten war sie über ihm, und er wirkte benommener als nach dem Sturz aus dem Auto, trotzdem schien er sie wahrzunehmen. Sie holte aus und zielte dieses Mal zwei Handbreit neben seinen Kopf. Wieder machte er die Ausweichbewegung, die sie erwartet hatte, das Holz traf ihn auf dem Jochbein und riss sofort eine klaffende Wunde. Nicht zweimal dieselbe Nummer, dachte sie. Er röchelte und stöhnte, aber auch das war nach dem Schwinger von rechts nach links, mit dem das Holz seine Schläfe traf, vorbei. Jana fiel auf die Knie. Das alles hatte nur Sekunden gedauert, aber sie atmete wie nach einem Marathonlauf. Sie blickte zur Seite, wo die immer noch gefesselte Vildana mit herabhängenden Beinen auf der Ladefläche des Sprinters saß.

»Gutes Mädchen«, sagte sie und versuchte zu lächeln.

Eine Sekunde lang konnte sie das Geräusch nicht einordnen, dann erkannte sie, dass es Schritte waren, hallende Schritte von jemandem, der lief – und der in ihre Richtung lief. Dritter Fehler, dachte sie. Der Mann hatte nicht telefoniert, er hatte sich unterhalten.

Erst jetzt sah sie, wie riesig das Gebäude war, wie hoch die Decken, und dass es in alle Richtungen Räume zu geben schien. Im nächsten Moment kam ein Mann durch eine der Türen gerannt, der sofort seine Waffe zog, als er die Kniende vor dem Liegenden sah. Jana krabbelte wie ein Kleinkind zu der Waffe, hörte zwei Schüsse und sah, wie vor ihr der Beton aufspritzte. Als sie sich mit der Waffe in der Hand umdrehte, war der Läufer so nah, dass er nur hinter dem Auto Deckung finden konnte.

Ich bin nicht die Einzige, die heute Fehler macht, dachte Jana, und ließ sich zur Seite fallen. Unter dem Wagen hindurch war der Mann von den Füßen abwärts zu sehen, sie zielte und schoss schnell.

Als er aufschrie, fiel ihr wieder auf, wie sehr alles in diesem Raum hallte. Er sackte auf die Knie, sie schoss ein zweites Mal und traf ihn auch dort. Nach dem ersten Schreien hätte sie eine Steigerung in Tonhöhe und Lautstärke für kaum möglich gehalten, aber wieder hatte sie sich geirrt. Er fiel so auf die Seite, dass er sie unter dem Auto hindurchsehen konnte.

»Schmeiß deine Waffe weg, sofort, schmeiß sie weg, oder du kannst das gleich nicht mehr!«

Sie befürchtete, ihr Rufen könne in seinem Gebrüll untergehen, aber mit einer schnellen Bewegung stieß er die Pistole von sich, die unter dem Auto hindurchrutschte und neben einem Rad liegen blieb.

Jana stand auf, nahm die Waffe an sich und dachte an die Worte ihres Großvaters. Wenn es schnell gehen muss, nimm dir am Anfang Zeit. Sie versuchte, ihre rasenden Gedanken anzuhalten und zu betrachten. Wenn es noch andere in diesen Katakomben gab, wären sie nach dem Spektakel schon hier. Aber man konnte nicht wissen. Die Situation war unter Kontrolle, auch wenn sie das Gefühl hatte, als entstünde in ihrem Innern gerade eine neue Galaxis. Sie könnte hierbleiben, beide kontrollieren und die Kollegen rufen, die hoffentlich schon draußen angekommen waren. Das Handy musste da vorn sein. Aber was, wenn etwas schiefgelaufen war und da draußen gleich drei schwarze SUVs vorfuhren? Darum musste sie mit Vildana raus hier, so schnell wie möglich.

Sie überließ den Schreier sich selbst, der war außer Gefecht, entfesselte Vildana, holte das Klebeband aus dem Auto und fixierte ihren bewusstlosen Erstrundengegner. Weil Vildana die Beine eingeschlafen waren, legte sie sich deren Arm über die Schulter und ging Richtung Ausgang.

Irgendwann hatte das Geschrei eingesetzt, ob nach dem ersten Schuss oder später, konnte Steiger nicht sagen. Dass es das Geschrei eines Mannes war, löste etwas in ihm aus, was in all der kalten Angst eine kleine Hoffnung fütterte.

Steffi nahm das Funkgerät, um die Leitstelle zu informieren, kam sofort wieder zu ihm zurück.

»Wir müssen da rein jetzt«, sagte Steffi, und in ihrem Gesicht war die Einsatzeuphorie vom Anfang von einer sorgenschweren Ernsthaftigkeit abgelöst worden. »Ist immer 'ne Entscheidung, bei der man erst hinterher genau weiß, ob sie richtig war.«

Sie besprach sich mit ihrer Truppe, und Steiger fiel auf, dass dabei eine Ruhe von ihr ausging, die bei den jungen Leuten Gutes bewirkte.

»Ich geh mit rein«, sagte Steiger.

Sie sah ihn an, als habe er ihr ein unsittliches Angebot gemacht.

»Versteh das nicht falsch, aber wir sind durch unsere Anschlags-Trainings ziemlich gut eingespielt.«

»Jana ist da drin ...«

Steffi sah ihn wortlos an.

»Da!«, sagte einer der Jungen und zeigte auf das Gebäude. Eine Tür öffnete sich, und zuerst erschien Jana. Sie hatte den Arm von Vildana Demirovic über der Schulter, zog sie fast hinter sich her, und trug in der anderen Hand eine Waffe.

»Vorsicht«, sagte Steffi, »dass das nicht irgendwie ein Fake ist. Wir wissen noch nichts.«

Alle gingen in eine Position, in der es leichter war, auf böse Überraschungen zu reagieren. Aber es sah nicht danach aus.

Jana kam bei ihnen an, reichte dem ersten Kollegen die Waffe und zog aus dem Hosenbund die zweite.

»Zwei männliche Personen, in der Halle hinter dem Vorraum. Zu fünfundneunzig Prozent kein anderer mehr, das sind ihre Waffen, andere haben sie, glaub ich, nicht mehr. Einer ist bewusstlos und gefesselt, der andere ist zu hören, der ist leicht zu finden.«

Vildana hatte sich auf einen Stein gesetzt, und ihr flossen die Tränen.

»Lässt man dich einmal alleine«, sagte Steiger und tätschelte ihre Schulter.

»Mach doch mal 'nen Spruch«, sagte sie und nahm einen Schluck Wasser aus einer Flasche, die ihr ein Kollege reichte.

»Wo ist das Kind?«

»Das ist die Scheiße«, sagte sie und trank erneut. »Ich habe keine Ahnung, wir haben es gar nicht gesehen. Und ich weiß auch nicht, wo Fuada ist. Aber ich kenne das Auto, in dem sie liegen könnte.«

41

Der Kofferraum war klein, eng und stickig, und Fuada hatte sich
an unzähligen Stellen wehgetan, weil der Wagen schnell gefahren war und sie sich mit den gefesselten Händen nicht festhalten konnte. Ihr Knie brannte, und es fühlte sich an, als blute sie
auch, weil sie heftig gegen etwas Vorstehendes geschlagen war,
als der Wagen stark bremste.

Aber all die körperlichen Schmerzen waren etwas, was heil
wurde, was Gott so gemacht hat, wie ihre Mutter immer gesagt
hatte, dass wir ihm bei der Arbeit zusehen können. Schlimmer
war die Angst in ihr, denn sie wusste, dass sie etwas wahrhaft
Unverzeihliches getan hatte, und sie kannte die Folgen. Wenn
es etwas gab, das diese Angst auch in dieser Lage in den Hintergrund drängte, dann war es die Gewissheit, Vildana und diese
andere Frau in Gefahr gebracht zu haben. Durch sie würden vielleicht Menschen sterben. Und sie hatte dabei versagt, Huriye zu
retten, diesen kleinen, besonderen Menschen, der so anders war
als ihr Sohn in dem Alter, zu dessen Seele sie aber von Anfang an
eine Verbindung fühlte. Und Schuld und Angst sowie das Gefühl,
versagt zu haben, die wie drei dunkle Ungeheuer um sie herum-
standen, obwohl sie in einem Kofferraum lag und kaum atmen
konnte, waren einfach zu viel, und sie begann zu weinen – es war
das erste Mal seit langer Zeit.

Der Wagen hielt, und sie hörte Männerstimmen, die arabisch
miteinander sprachen.

Im Foyer des Präsidiums saßen die ersten Kunden schon auf
den Bänken und warteten darauf, vernommen zu werden, sich

irgendwelche Bilder von Straftätern anzusehen oder den Diebstahl ihrer Handtasche anzuzeigen.

Durch den Riesenaufreger am Morgen wurde die Entführungsgeschichte gerade wieder hochgefahren, dieses Mal aber mit zwei möglichen Opfern, was bei der Führung nicht gerade zur Entspannung beitrug. Jana hatte ihnen die Adresse genannt, an der sie das Kind abholen sollten, und die Vorbereitungen liefen, mit Spezialeinheiten reinzugehen, auch wenn sie nach alldem dort nichts mehr erwarteten.

Ansonsten hatte Jana mehrere Angebote, sich im Krankenhaus durchchecken und sich psychologisch betreuen zu lassen, vehement abgelehnt, und man ließ sie nur deshalb bei der Ermittlertruppe, weil sie Augenzeugin der Entführung von Fuada Ahmad geworden war.

Steiger hatte auf diesen Morgen in der Raucherecke etwas Entspannungsnikotin zu sich genommen, und im Ermittlerraum der BAO trudelten nach und nach die Leute ein, als er zurückkam. Auch der Kommandoführer der Spezialeinheiten holte sich noch einen Kaffee, bevor es losging – und weil der Kaffee hier unten besser war als im Raumschiff.

Strelzow sprach mit Hajo Steinhoff, einem Kollegen, der Kfz-Diebstähle bearbeitete. Jana stand daneben und hörte auffallend aufmerksam zu.

»Sobald ich meinen Ansprechpartner bei Audi erreiche, geht es schnell.« Er sah auf die Uhr. »Ich weiß allerdings nicht, ob das jetzt schon möglich ist.«

Er ging.

»Was war los?«, fragte Steiger.

»Der Wagen, in den Fuada eingeladen worden ist, war ein Audi A7, und wenn der das nicht ausgebaut oder anderweitig deaktiviert hat, kann man diese Luxuskarren sehr genau orten. Und Hajo hat da den kürzesten Draht, weil er ständig mit denen zu tun hat.«

»Das war ein A7?« Seine Stimme überschlug sich fast.

»Ja.« Mit Verwunderung. »Was ist damit?«

»Welches Kennzeichen hatte der?«

Sie sagte es ihm, und Steiger ärgerte sich, nicht früher danach gefragt zu haben. Aber dieses Kennzeichen war völlig an ihm vorbeigegangen. Einen Moment lang überlegte er, dass Zada Yassin diesen Mann privat kennen konnte, auch das war eine Möglichkeit. Beide hatten dieselbe Herkunft, sprachen eine Sprache. Er mochte die Dolmetscherin und wollte nichts kaputt machen, wenn das nicht nötig war. Aber hier ging es um mehr.

»Steiger, was ist los?«

Er nahm sein Handy aus der Tasche und rief in der Galerie die unterbelichteten, etwas unscharfen Bilder auf, die er auf dem Parkplatz des Spielcasinos gemacht hatte.

»Ist das der Mann von heute Nacht?«

Jana nahm ihm das Handy aus der Hand, zog sich auf dem Display das Foto größer und nickte.

»Ja, ziemlich sicher.«

»Darf ich Sie mal unter vier Augen sprechen?«, fragte er Strelzow, der irgendwann dem Gespräch zugehört hatte. »Kommst du auch mit.«

Er ging mit Jana und dem jungen Rat auf den Flur und erzählte ihm die Beobachtung vom Dienstag und dass es darüber schon einen dienstlichen Vermerk gab.

»Und Sie glauben, die Dolmetscherin könnte eine Informantin dieser Leute sein?«

»Es ist zumindest möglich. Sie wusste zum Beispiel von der Durchsuchungsaktion erst spät am Abend, als sie das Telefonat übersetzt hat.«

»Dann kann sie in dem Fall, wenn es denn so ist, erst spät gewarnt haben. Vielleicht erklärt das auch, dass trotzdem noch ein paar Dinge gefunden wurden, weil sie keine Zeit mehr hatten, alles zu beseitigen. Aber eben nicht die Mengen, die wir erwarten konnten«, sagte Strelzow.

»Wir könnten es ihr gegenüber aufmachen«, sagte Steiger,

»und sie dazu bewegen, den Mann für uns anzurufen und zu warnen, und wir könnten das für uns nutzen. Außerdem hätten wir dann auch seine Handynummer und könnten eine TÜ schalten.«

Strelzow spitzte den Mund und musste einen Moment überlegen.

»Dann kann sie es aber abstreiten, und beweisen können wir es ihr nicht«, sagte Jana. »Und dann weiß sie, dass wir das wissen. Wenn sie deshalb annimmt, dass wir sein Telefon überwachen, macht die gar nichts. Denn sie hat ja nichts zu verlieren. Dann nützt uns das alles nichts. Warum geben wir ihr nicht eine getürkte Info, die aussieht, als wüssten wir nichts, und hoffen, dass sie ihn anruft? Nützt uns das nicht mehr?«

Steiger sah Jana an und fragte sich, warum er selbst nicht darauf gekommen war.

»Kluges Mädchen«, sagte er und registrierte, dass Strelzow das mitbekam.

»Ich bespreche das mit der Führung.«

Er verschwand mit schnellen Schritten Richtung Raumschiff.

Nach zwanzig Minuten, die Steiger für ein Käsebrötchen und einen Kaffee genutzt hatte, kam Strelzow gleichzeitig mit Hajo Steinhoff in den Ermittlerraum zurück. Der Kfz-Mann hatte ein paar Blätter Papier in der Hand.

Bevor er etwas sagen konnte, öffnete sich die Tür erneut, und einer der jungen Kollegen, die Steiger nicht kannte, kam zu Strelzow.

»Kann ich Sie kurz sprechen.«

»Ist jetzt grad schlecht«, sagte er.

»Ich glaube, es ist wichtig.« Er blieb hartnäckig.

»Okay, dann ganz schnell.« Leicht genervt.

»Heute am ganz frühen Morgen haben Leute ein siebenjähriges Kind aufgegriffen, ein Mädchen, und haben die Polizei angerufen. Das Mädchen wirkte verstört und wollte nach Hause.«

»Hat das was mit dieser Sache zu tun?« Strelzow wurde ungeduldig, und Steiger wurde zum ersten Mal klar, dass der Mann wahrscheinlich auch anders konnte.

»Vielleicht ja. Erstens: Das Kind ist in Wellinghofen aufgegriffen worden, unweit des Hauses.«

»Wie weit?«

»Einen knappen Kilometer.«

»Okay, das muss nichts heißen.« Schon weniger angriffslustig.

»Zweitens: Sein Zuhause liegt dreizehn Kilometer entfernt. Wie es also dorthin gekommen ist, weiß keiner?«

Schweigen.

»Drittens, und das ist das Wichtigste: Das Kind ist Huriye Khoury, die Tochter von Cem Khoury, und der ist bekanntlich einer der führenden Leute dieser Großfamilie.«

»Donnerwetter«, sagte Strelzow, »das ist wirklich wichtig.« Jetzt wieder mit warmer kollegialer Anerkennung. Ging ziemlich schnell, dachte Steiger.

»Und wir wissen, wo das Auto steht«, ging Hajo Steinhoff dazwischen. »Und zwar hier.« Er zeigte auf eine Google-Maps-Aufnahme. »In einem Appartement-Komplex in Wanne-Eickel mit siebenundzwanzig Wohnungen. Gemeldet sind da in Wanne-Eickel diese Personen.«

Er legte einen Stapel Ausdrucke der Einwohnermeldedatei auf den Tisch, aber alle schwiegen einen Moment.

Etwas zu viel Information auf einmal, dachte Steiger.

»Wo ist das Kind jetzt?«, fragte Strelzow.

»Bei seinen Eltern natürlich.«

»Und was sagen die zu der ganzen Geschichte, dass ihr Kind mitten in der Nacht weit weg von Zuhause aufgegriffen wird?«, fragte Steiger.

»Das müsstest du die Kollegen von der Wache fragen, aber ich glaube, nicht viel. Du weißt doch, diese Leute sprechen nicht mit uns. Das Jugendamt ist allerdings auch informiert und in Gang gesetzt.«

»Wenn das wirklich das Kind war, um das es geht«, sagte Steiger,»dann habe ich dafür null Erklärung.«

»Und es ändert an der anderen Sache gar nichts«, sagte Strelzow.»Wenn wir jetzt wissen, wo dieser Wagen steht, und es ist ein so großes Objekt, nutzen wir das aus und machen es so, wie Frau Goll es vorgeschlagen hat.«

Steiger war allein auf dem Weg zu Zada Yassin. Im Gepäck hatte er ein Papier, das aussah wie irgendein amtlich sichergestellter Notizzettel, der bei einer Durchsuchung gefunden worden sein könnte. Darauf hatten sie Omar Sharif in Arabisch ein paar kriminell klingende Infos schreiben lassen, in denen es um Kokain, Lieferungen und säumige Zahler ging. Und natürlich stand dort in dieser wundervollen Schrift, die aussah wie ein Ornament, fand Steiger, der Name Said Suleymani und die Stadt Wanne-Eickel.

Jana war mit den Spezialeinheiten zum Objekt nach Herne gejagt, weil sie diejenige war, die den Mann identifizieren konnte.

Steiger parkte den Wagen, ging zur Tür und klingelte. Er hatte sich telefonisch angemeldet.

»Morgen, Thomas, na, das ist ja ungewohnter Besuch am Morgen, komm rein.«

Sie hatte ein langes Gewand an, das arabisch und ungewohnt an ihr aussah, weil Steiger sie sonst ausschließlich in Klamotten kannte, die auf dem Westenhellweg in den Schaufenstern hingen. Ihr Mann und ihre Kinder schienen schon aus dem Haus zu sein, und es roch nach Kaffee und etwas warmem Gebackenem.

»Was ist so eilig?«

Er holte die Klarsichthülle hervor, in der der Zettel steckte.

»Wir haben das hier bei einer Durchsuchung gestern gefunden und hoffen, dass dort ein Hinweis drauf ist, wo wir heute Morgen jemanden finden, den wir dringend festnehmen wollen. Er müsste dort jetzt sein.«

Sie nahm den Zettel und las.

»Keine schöne Handschrift«, sagte sie und lächelte Steiger kurz an. Er stand neben ihr mit Block und Stift in der Hand.

»Hier steht. Geld am Freitag.«

»Also heute«, sagte Steiger.

»Ja. Geld für Ware am Freitag. Komm nach Wanne-Eickel Wohnung, also komm in die Wohnung nach Wanne. Said ist Mittag da.«

»Said? Da steht Said?«

»Ja.«

»Super, hatten wir gehofft, das ist unser Mann«, sagte er. »Said Suleymani. Wenn wir den da kriegen, fährt der für ein paar Jahre ein, und der wird einiges dabeihaben. Steht da nur Wanne, keine Adresse?«

»Nein, mehr nicht, nur Wanne.«

Sie hatten keine genaue Adresse notiert, um ihr das Gefühl zu geben, es sei noch genügend Zeit zu fliehen, damit sich ein Anruf überhaupt lohnte.

»Okay«, sagte Steiger, »in spätestens einer Stunde wissen wir, wo der ist. Danke, Zada. Warst wie immer eine große Hilfe. Ich muss jetzt aber.«

Er verabschiedete sich, nahm sein Handy und mimte den Eiligen.

»Ach, Steiger«, sagte sie mit dem Türgriff in der Hand, als er schon draußen war, »warum bist du vorbeigekommen, du hättest es mir auch schicken können, wäre schneller gewesen.«

Einen Augenblick musste Steiger überlegen. Sie hatten sich für diese Variante entschieden, damit es bei ihr ankam, wie es der Plan vorsah, und um besser reagieren zu können, wenn sie Fragen gehabt hätte.

»Weil es wichtig war, und ich war auch grad in der Gegend.«

Er hoffte, dass sie sich mit der dünnen Erklärung zufriedengab.

»Außerdem ist es doch immer schön, dich mal persönlich zu sehen.«

263

Das Letzte mit Verführerlächeln, er wusste aber, dass das nicht seine Stärke war.

»Ja, das stimmt«, sagte sie und musste lächeln.

Steiger stieg ein, wählte Strelzows Nummer und fuhr los.

Die Spezialeinheiten hatten den Komplex so abgesichert, dass keine streunende Katze die Gegend verließ, bei der sie das nicht wollten. Der Wagen stand in der Tiefgarage, und sie hatten sich aus verschiedenen Gründen dafür entschieden, die Aktion außerhalb zu starten, sobald er den Keller verließ.

Jana saß mit Oliver Kuhlmann, den sie auch für den Abschnitt Ermittlungen hinzugezogen hatten, im Wagen des Kommandoführers, den sie so platziert hatten, dass sie den Mann nach Möglichkeit identifizieren konnte, wo immer er den Komplex verließ. Sie hatte sich ein Fernglas besorgt, weil ihr Wagen in einer Reihe parkender Autos stand und sie nur einen kurzen Blick hatte, wenn Said Suleymani nach Verlassen der Tiefgarage in die andere Richtung abbiegen sollte. Außerdem lag der Eingang des Hauses etwas weiter weg, denn es war ja nicht gesagt, dass ihr Mann mit dem Auto floh.

Bernd, der Kommandoführer, nahm einen Anruf auf seinem Handy an, bestätigte kurz und drückte das Gespräch weg. Dann gab er die Info per Funk an die Kräfte weiter.

»Schauen wir mal, was passiert.« Er lächelte. »Guter Trick, das mit dem Telefonat. Aber wie sagte schon der LI in *Das Boot*? Nur klappen muss er.«

Man hätte ihn auch für einen sportlichen Mathelehrer halten können, dachte Jana, nur die etwas dickeren Arme verrieten ihn.

Der erste Wagen, der nach dem Startschuss erschien, war ein Opel Adam mit einem blonden Posaunenengel, und aus dem Hauseingang machte sich gleichzeitig ein Pärchen auf den Weg. Dann tat sich eine Zeit lang nichts.

Ein Zopfträger kam aus dem Eingang und schwang sich auf sein Rennrad, kurz danach eine ältere Frau.

Als Nächstes kam ein Audi A1 die Einfahrt hochgefahren, der getunt war und von einem jüngeren Typen gesteuert wurde.

Sie spürte, wie ihre Hände schwitzten, denn wenn Said die Information erhalten hatte und noch rechtzeitig wegwollte, musste es bald geschehen.

Bei dem schwarzen Audi Kombi nahm Jana das Fernglas hoch. Der Fahrer war im richtigen Alter und auch dunkelhaarig, aber nicht ihr Mann.

Dann verließen zwei Männer den Hauseingang, die auch dunkelhaarig waren und bei denen sie zweimal hinsehen musste.

»Auch negativ.«

Fast hätte sie den schwarzen SUV verpasst, der zügig aus der Auffahrt kam und in die andere Richtung ebenso sportlich davonfuhr.

»Das ist er«, sagte sie hektisch, »der Beifahrer.«

»Der schwarze Daimler. Beifahrer«, wiederholte Bernd ins Mikro, und Jana sah, wie vor ihnen zwei Zivilwagen aus der Reihe der geparkten Autos losfuhren.

»Hat man das Fahrzeug gewechselt, sieh an.« Er startete den Motor und gab Gas. Sie fuhren die enge Siedlungsstraße zweihundert Meter, bogen ab, und bereits nach der ersten Biegung bot sich ihnen das Bild, das Jana erhofft hatte.

»Bingo«, sagte Oliver Kuhlmann von hinten und stieg auch aus.

Der schwarze SUV stand mit geöffneten Türen eingekeilt von drei Zivilwagen mitten auf der Straße, rechts und links daneben lag jeweils ein Mann auf dem Asphalt, von denen der eine schon gefesselt war und dem anderen soeben die dicken Kabelbinder angelegt wurden. Das war Said Suleymani.

Jana sah ihn sich noch einmal aus der Nähe an und bestätigte es Bernd, dem einer seiner Leute den Schlüssel reichte. Er drückte auf den Button für den Kofferraum, langsam öffnete sich die Klappe und gab den Blick frei auf einen makellosen Innenraum, in dem nicht einmal ein Stäubchen lag.

»Ist noch nicht zu Ende«, sagte Bernd. »Hatte er sonst noch was dabei.«

»Der Linke hatte eine Waffe und ziemlich viel Kohle.«

»Gibt es ein Schlüsselbund?«

Wieder reichte ihm einer das Schlüsselbund von Said Suleymani. Nach kurzer Suche hielt er einen schwarzen Audi-Schlüssel in die Höhe.

»Schauen wir mal, ob wir da mehr Glück haben.«

Sie fanden den A7 nach kurzer Zeit in einer der Boxen der Tiefgarage. Das erste Öffnen und Schließen der Verriegelung fand aus sicherer Entfernung statt. Alles blieb ruhig.

»Sie werden dafür kaum Zeit gehabt haben, aber wir wollen ja nicht, dass wir von einer kleinen Sauerei überrascht werden.«

Dann ging Bernd mit drei seiner Leute so nah heran, dass er den Kofferraum fast einsehen konnte, Jana folgte, auch Kuhlmann war dabei. Die anderen Ermittler standen bei den restlichen SE-Kräften auf der Auffahrt.

Sie suchten sich einen Platz, bei dem eine Säule Schutz bot, und öffneten aus der Entfernung den Kofferraum.

»Sag doch mal einer, dass die neue Technik keine Vorteile hat.« Er lächelte.

Die Klappe hob sich langsam, und wieder war darunter nur ein großer leerer Raum, der auch dann leer blieb, als sie langsam auf das Auto zugingen und nach und nach bis zum Boden sehen konnten.

Jana leuchtete hinein.

»Was ist das hier?« Sie zeigte auf einen Fleck in der Nähe des Schlosses, der das dunkle Flies noch dunkler machte.

»Könnte das Blut sein?« Oliver Kuhlmann hatte ebenfalls seine Lampe in der Hand und kniete drei Meter abseits. Sein Lichtkegel fiel auf einen kleinen rotbraunen Fleck.

»Das ist Blut. Hier hat einer geblutet.« Er stand auf und ging in Richtung des Fahrstuhls.

»Oder eine«, sagte Jana. »Vielleicht finden wir die Wohnung ja raus. Den Schlüssel müssten wir doch haben, oder?«
»Ich weiß nicht genau, welcher, aber einer von denen müsste es sein.« Wie einen kleinen Fächer hielt Bernd vier Schlüssel hoch. »Trotzdem wissen wir nicht, was und wer uns da erwartet.«
»Können wir nicht erst mal schauen.« Jana blieb hartnäckig. »Wenn wir sie finden, können wir doch immer noch entscheiden, ob und wie wir reingehen.«
»Die hatten doch keine Zeit. Und da blutet doch offensichtlich jemand«, sagte Oliver Kuhlmann.
»Auch meine Meinung. Aber Moment.« Mit Handy am Ohr ging Bernd ein paar Schritte zur Seite, kam nach kurzer Zeit zurück und sprach über das Headset mit einem seiner Leute. Schließlich nickte er. »Und wir gehen vor.«

Er schickte seine fünf Leute vor. In der ersten Etage klingelte Jana bei der ersten Wohnung, an der die Blutspur vorbeilief. Eine ältere Frau zeigte ihnen, welcher der Schlüssel an Saids Schlüsselbund von der Form her der Wohnungsschlüssel war, nachdem sie sich vom Anblick der SE-Leute, die mit gezogener Waffe hinter Jana standen, erholt hatte.

Die Blutstropfen waren tatsächlich über das Treppenhaus bis in die zweite Etage zu verfolgen, weil etwa alle fünf Meter ein Punkt sichtbar war. Das sprach zunächst nicht für eine große Verletzung, aber vielleicht tropfte es auch durch einen Verband oder aus irgendeinem Behältnis.

Im zweiten Stock verlief die Spur den Flur entlang und war auf den grauen glänzenden Fliesen gut zu sehen. Einer der Tropfen war verwischt, und auf der Mitte des Flurs erkannten sie zuerst, dass die Spur zu Ende war, dann zeigte einer der SE-Leute an einer Tür auf einen kurzen, dünnen Wischer Blut, der am weißen Rahmen einer Wohnungstür in Kniehöhe gezeichnet war.

»Okay«, sagte Bernd und wandte sich an Jana und die beiden anderen Kripoleute, die mitgekommen waren, »ihr verpisst euch jetzt ins Treppenhaus.«

Sie gingen zurück, und Sekunden, nachdem die Tür ins Schloss gefallen war, hörten sie ein kurzes Geschrei, dann war wieder Ruhe.

Eine ganze Weile tat sich nichts, dann vernahm Jana durch die Glastür das Geräusch von Schritten. Die Tür öffnete sich, und Bernds Gesicht erschien.

»Wohnung ist safe. Eine Person, weiblich, leicht verletzt, soweit ich das sehe. Aber wir waren es diesmal nicht.« Jungenhaftes Grinsen.

Sie folgten ihm in die Wohnung, und Jana fand die Frau auf dem Bett. Die Kollegen hatten sie schon von ihrer Fesselung befreit, und unter dem hochgeschobenen Gewand war das Knie zu sehen, an dem eine Schnittwunde zwei Zentimeter auseinanderklaffte, jetzt aber nicht mehr blutete.

Sie waren verweint, trotzdem hatten ihre dunklen Augen eine Wirkung, mit der sie in jeder Fotoagentur einen Werbevertrag bekommen hätte, dachte Jana. Auch die roten Ränder, die anzeigten, wo in ihrem Gesicht die Klebebänder gesessen hatten, verhinderten nicht, dass jeder erkennen konnte, welch eine Schönheit sie war.

Jana ging zu ihr und reichte ihr die Hand.

»Du bist Fuada, nehme ich an? Ich freu mich sehr, dich kennenzulernen.«

42

Ganz langsam verzog sich der Pulverdampf im Präsidium, und die Adrenalinfontänen hatten allmählich wieder das Ausmaß einer solarbetriebenen Zierpumpe auf einem Gartenteich. Auf den ersten Blick hätte es schlimmer laufen können, dachte Steiger. Keine Toten, keine Schwerverletzten, jedenfalls keine im eigenen Kader, danach hatte es am Anfang nicht ausgesehen, schon gar nicht, wenn diese Leute auf der anderen Seite standen. Dafür gab es noch einen Riesenhaufen an Unklarheiten, und es sah nicht so aus, als ob sich alles davon auflösen würde.

Fuada hatten sie ärztlich versorgt und danach in die Obhut der Zeugenschützer gegeben, aber auch da wusste niemand, wie das alles weitergehen würde. Denn die Eltern von Huriye Khoury hatten sich nicht damit einverstanden erklärt, dass ihre Tochter bei der Polizei vernommen wurde. Und auch sie selbst waren nicht bereit, etwas dazu zu sagen, und hatten ihren Anwalt auf den Plan gerufen. Aber Paul Müller wollte noch einen Versuch machen. Damit war unsicher, ob es strafrechtlich überhaupt zu einer Kindesentführung gekommen war. Wenn sie dabei blieben, und auch niemand anderes eine Aussage machte, konnte das alles ausgehen wie das Hornberger Schießen, dachte er, und ihm fiel ein, immer schon mal nachsehen zu wollen, wo dieses verdammte Hornberg lag und wer da umsonst geschossen haben sollte.

Nach dem Mittag hatte Gisa darum gebeten, dass Steiger und Jana sie endlich ins Bild setzten, weil auch auf sie einiges zukommen konnte, wenn zwei Beamte aus ihrer Truppe einen Privatkrieg mit Leuten führten, die schon offiziell eine Menge Ärger machten.

»Seit wann wusstet ihr davon, dass Vildana Demirovic immer noch Kontakt zu der Frau hatte.«

»Ich wusste es erst seit heute Nacht, ehrlich. Sie hat mich angerufen, weil sie Bammel gekriegt hat, da nachts allein irgendwo hinzugehen. Und ich habe Steiger informiert, als ich schon bei ihr war, weil mir das natürlich auch alles klar war.«

»Spätestens da hätte ich auch anrufen können«, sagte Steiger.

»Ja, aber du wusstest es doch auch nicht besser. Und ich habe es dieses Mal so gemacht, weil die Nummer doch schon einmal völlig schiefgelaufen ist. Bei der BAO haben wir Riesenglück gehabt, dass wir uns hinter der Geschichte mit dem Zoll verstecken konnten. Hätten die rausgekriegt, dass schon damals eine aus ihrer Familie dahintersteckte, würde sie jetzt nicht mehr leben. Ihr kennt doch diese Fälle.«

Einen Moment schwiegen alle.

»Ich weiß, dass es blöd war, und es hätte ziemlich schiefgehen können, ja. Aber ich dachte wirklich, es klappt.« Jana sah auf die Uhr. »Ich hab gleich einen Termin mit zwei Kollegen aus Recklinghausen, die bearbeiten den Schusswaffengebrauch und wollen mich vernehmen.«

»Okay«, sagte Gisa, »danke für die Infos.«

Jana erhob sich und ging, Steiger blieb sitzen und wartete, bis sie den Raum verlassen hatte. Er stand auf, schloss die Tür und setzte sich wieder.

»Da ist noch was?«, fragte Gisa und sah ihn an.

»Könnte das böse für sie ausgehen? Du kennst ihre Pläne und hast sie bisher unterstützt.«

»Wenn ihr jemand was Böses will, können sie nicht nur ihr, sondern auch dir einen daraus drehen, klar.«

»Um mich geht es dabei nicht …«

»Komm, mach nicht den Märtyrer.«

»Mach ich kein bisschen. Mein Ding in diesem Verein ist vorbei, hat wahrscheinlich nie richtig angefangen. Aber Jana hat noch was vor, und wenn man es mal anders betrachtet, war das eine Supernummer. Sie hat zwei hochkriminelle Riesenarschlöcher so ans Messer geliefert, dass auch deren genauso kriminelle Anwälte sie da nicht mehr rauskriegen, und das alles, ohne dass etwas wirklich schiefgelaufen wäre.«

»Und was willst du dann von mir?«

»Du hast als Führungskraft viel eher die Nase dran. Wenn da was läuft, würde ich es gern so drehen, dass es mein Ding war.«

Sie überlegte einen Moment, dann sagte sie: »Pass auf, Steiger. Meinetwegen mach, was du meinst. Wenn dir das dabei hilft, habe ich all die Infos von eben nicht bekommen. Aber aktiv darfst du da von mir nichts erwarten. Nicht, weil ich irgendwie Schiss hätte, aber es ist nicht mein Stil. Wahrheit ist nicht teilbar, das war immer mein Credo.«

»Okay.«

»Aber was du mit Jana absprichst, ist eure Sache. Und ich funke euch nicht dazwischen. Nur, ich kenne Jana und unterstütze sie, das weißt du. Wenn ich sie richtig einschätze, würde sie sich niemals darauf einlassen.«

»Schon möglich«, sagte er. »Ich wollte es nur zwischen uns klarstellen.«

Er stand auf und ging.

An seinem Platz fuhr er den Rechner hoch und schrieb weiter an seiner Version dieses Morgens. Nach einer Stunde, zwei Kaffee und einem Zigarillo druckte er den Bericht aus und brachte ihn in den Ermittlerraum der BAO.

Als er zurückkam, war Janas Vernehmung beendet, und sie packte ihre Sachen.

»Wollen wir zusammen gehen, ich bin für heute auch durch? Kann dich bringen.«

»Klar, sehr schön.«

Sie wartete auf ihn, und beide verließen die Dienststelle. Bevor sie den Fahrstuhl erreichten, kam von links Paul Müller in Begleitung eines Paares, das arabisch aussah. Steiger kannte das Gesicht des Mannes von einem Foto und aus dem Keller der

271

brennenden Shisha-Bar, war sich dennoch nicht sicher, ob das Cem Khoury war.

Müller sah angefressen aus. Als er die beiden entdeckte, blieb er stehen.

»Das, Herr Khoury, sind übrigens Herr Adam und Frau Goll, Kollegen von mir. Frau Goll hat großen persönlichen Anteil daran, dass Ihre Tochter wohlbehalten aus dieser Situation herausgekommen ist.«

Einen Moment lang herrschte eine Stille wie nach einer Explosion. Cem Khoury sah beide an, und seine Verachtung und Herablassung hätten nicht in den oft zitierten Güterzug bis zum Mond gepasst.

Der Blick seiner Frau war ausschließlich bei Jana, und hätte sie das, was er transportierte in Worte fassen müssen, wäre es eine längere Veranstaltung geworden, dachte Steiger.

»Herr Müller, es gab keine Situation, habe ich Ihnen eben schon gesagt. Und alles andere sagen unsere Anwälte. Können wir jetzt gehen?«

Sie gingen vor, und nach wenigen Schritten sagte die Frau etwas zu ihrem Mann, der stehen blieb.

»Gibt es hier eine Toilette?«

»Natürlich.« Müller ging vor und führte die Frau zur Damentoilette, die auf dem Weg lag.

Steiger und Jana liefen zum Aufzug und drückten die Taste. Von irgendwoher war Gepolter im Fahrstuhlschacht zu hören, und nach einer Minute war immer noch nichts passiert.

»Sind wahrscheinlich wieder Handwerker im Haus und blockieren alles«, sagte Steiger und drückte noch einmal den Knopf, obwohl er wusste, dass das nichts half.

Müller war mit Ehepaar Khoury mittlerweile auch am Fahrstuhl angekommen.

»Jetzt muss ich auch mal, sonst überstehe ich die Fahrt nicht, sorry«, sagte Jana und lief Richtung Toilette. In dem Augenblick öffnete sich die Fahrstuhltür.

272

»Frauen«, sagte Steiger und ließ Müller mit dem Paar allein nach unten fahren. Er ging zum Fenster und überlegte, ob er Batto anrufen sollte. Er hatte erwartet, dass der Freund sich meldet, irgendwann, Batto war auch in solchen Sachen anders als andere Menschen. Wenn er es nicht getan hatte, zeigte das, dass auch in ihm mehr kaputtgegangen war als bisher in all den Jahren ihrer Freundschaft.

»Steiger!« Jana stand in der Tür der Damentoilette und winkte ihn zu sich. Sie zeigte auf den Spiegel. Mit der Seife aus dem Spender hatte jemand etwas auf das Glas geschrieben, das eindeutig etwas Arabisches war und schon langsam zu zerlaufen begann.

Jana nahm ihr Handy und machte ein Foto.

»Wir können es morgen dem neuen Dolmetscher zeigen.«

»Das will ich jetzt wissen«, sagte Jana, und weil keiner von beiden die Telefonnummer des Mannes hatte, gingen sie noch einmal zum ET und ließen sich von Gisa aus der Datei die Nummer geben.

Steiger wählte, stellte das Handy auf Lautsprecher und hätte ihn fast mit Herr Sharif angesprochen, aber der Mann meldete sich mit seinem wirklichen Namen.

»Können wir Sie um einen kleinen Gefallen bitten, Herr Khalil?«

Er erklärte ihm die Situation, und Jana schickte ihm das Foto aufs Handy. Im Hintergrund hörte man, wie das Bild bei ihm ankam.

»Ist das Arabisch, Herr Khalil?«

»Ja, das ist es. Das Wort heißt ›Schukren‹.«

»Und was bedeutet es?«

»Es bedeutet: ›Danke‹.«

»Okay, dann schukren, Herr Khalil«, sagte Steiger und drückte das Gespräch weg.

Gisa war dazugekommen, und auch Oliver Kuhlmann hatte zugehört. Einen Moment lang sagte niemand etwas.

Nach drei Halben Dortmunder Union war Steiger beim Fernsehen eingeschlafen. Er hatte das Ding eingeschaltet, um nicht in jeder Minute an Eva zu denken und daran, dass sie jetzt wahrscheinlich etwas tat, bei dem sie lieber allein war und nichts von der Sehnsucht spürte, die in ihm war und die er auch bei ihr immer angenommen hatte. Aber bei ihr war offensichtlich keine Sehnsucht.

Es lief das Freitagsspiel der Bundesliga, und wenn die Blauen morgen ihr Heimspiel verloren, standen sie auf einem Abstiegsplatz.

Nach dem Spiel schaltete er ab und legte sich aufs Bett. Wie immer, wenn er nach kurzem Fernsehschlaf erwachte, fühlte sich sein Körper an, als befände er sich auf einem Planeten mit einer viel größeren Anziehungskraft. Wieder dachte er an die fehlende Eva, an Batto, der aus seinem Leben verschwunden war, er dachte an Abstiegsplätze und daran, dass Menschen ihn mit Verachtung überschütteten, für deren Kind er und seine Kollegen etwas – ja, vielleicht das Leben riskiert hatten. All das war mal anders gewesen und wirbelte jetzt in seinem Kopf wie ein Strudel, der ihn zusätzlich mit einer Kraft, der nichts entgegenzusetzen war, nach unten zog. Das Letzte, was er dachte, war »Schukren«, ein mit Seife auf einen Spiegel geschriebenes Wort, und es war wie eine Hand, die von oben kam, um ihn wieder an die Oberfläche zu ziehen. Aber die Hand erreichte ihn nicht mehr.

43

Es würde Steiger immer ein Rätsel bleiben, warum man nur kurz schlief, wenn man vorher und nachher sehr müde war. Sagte man der Natur nicht nach, dass sie nichts Sinnloses veranstaltete? Warum ließ sie einen dann nur wenige Stunden schlafen, auch wenn man sich danach fühlte wie nach einem Kampf mit einem dieser drei Zentner schweren Wrestling-Monster, die manchmal im Fernsehen ihre Gegner wie ein nasses Handtuch auf den Ringboden droschen? Wenigstens der Verkehr war samstäglich entspannt.

Den Weg zum Ermittlerraum der BAO machte er über den ET, um zu schauen, ob etwas in seinem Fach lag, was wichtig sein könnte, aber da war nur das Alltägliche und nichts, was nicht bis Montag warten könnte.

Jana konnte er nicht erwarten. Sie war von Gisa gestern moralisch verpflichtet worden, den Tag zu nutzen, um mit einem Kollegen zu sprechen, der für solche Fälle nach schwerwiegenden Ereignissen ausgebildet war.

Zwei Etagen weiter oben waren bereits ein paar Kollegen aus der BAO bei der Arbeit, auch Strelzow war schon im Gespräch mit Paul Müller. Steiger hatte gestern noch mitbekommen, dass sie prüften, ob der Brandanschlag auf die Shisha-Bar und die Entführungsgeschichte von Fuada Ahmad etwas miteinander zu tun hatten.

»Moin Steiger, gut, dass ich dich sehe«, sagte Paul Müller. »Ich wollte mich noch erklären wegen gestern. Wenn's blöd war, entschuldige, aber ich war derartig sauer. Du hättest den vorher erleben müssen. Wir bringen dem das Kind zurück, irgendwie, und das geht dem völlig am Arsch vorbei. Ich wollte den mit der Nummer einfach ein wenig aus der Reserve locken. Hat nicht geklappt.«

»Bei ihm nicht, aber sonst schon«, sagte Steiger und erzählte die Geschichte mit dem Spiegel und der Seife. Auch Müller und Strelzow waren einen Moment sprachlos.

»Wir halten für möglich, Herr Adam«, Strelzow fand seine Sprache als Erster wieder, »dass beide Fälle zusammenhängen könnten.«

»Das habe ich gestern noch mitbekommen.«

»Dafür spricht einiges. Einmal, weil die Familien Khoury und Ahmad eigentlich als überaus verfeindet gelten und nur in Ausnahmefällen gemeinsam anzutreffen sind, und dann, weil mit Danyal Yassir Adil ein Mann dabei war, der in den Kreisen als international bekannter Friedensrichter gilt. Der wird nichts sagen, aber wir müssten ihn zumindest anhören. Und wir dachten, Sie machen das, weil Sie schon mal mit ihm zu tun hatten.«

»Kein Problem«, sagte Steiger und war sich nicht sicher, ob er das an diesem Morgen und bei diesem Mann wirklich ehrlich meinte.

»Der ist immer noch im Krankenhaus, wurde dort gestern aber noch untersucht, darum mussten wir das auf heute verschieben.«

»Okay«, sagte Steiger.

Er trank noch einen Kaffee, steckte das Diktiergerät ein und die Einverständniserklärung für Vernehmungen auf Tonträger, falls der Mann doch etwas sagen wollte.

Danyal Yassir Adil erwartete ihn auf einem Stuhl in seinem Zimmer. Das letzte Bild, das Steiger von ihm hatte, war die Situation im Keller gewesen, als er mit elendem Gesichtsausdruck von zwei Leuten gestützt werden musste. Jetzt trug er einen grauen Bademantel und lederne Hausschuhe und hatte selbst in dieser Aufmachung wieder eine Wirkung, als könne er darin an einer geschäftlichen Besprechung teilnehmen, ohne dass jemand Anstoß daran nähme.

»Guten Morgen, Herr Adam.« Er stand auf und reichte Steiger die Hand.

»Guten Morgen, Herr Adil. Geht es Ihnen wieder besser?«

»Ja. Aber das Herz, ich muss da sehr aufpassen. Ein Familienerbe.«

Sie blieben in dem Zimmer, weil das andere Bett nicht benutzt war. Steiger äußerte sein Anliegen, holte das Aufnahmegerät heraus und legte den Bogen für das Einverständnis auf den kleinen Tisch. Er belehrte ihn als Zeugen in einem Strafverfahren, ermahnte ihn zur Wahrheit und fragte, was er dazu sagen könne.

»Ach, wissen Sie, Herr Adam, ich kann dazu eigentlich gar nichts sagen. Und was würde das auch bringen?«

»Es geht um eine Straftat, sogar eine gravierende, und es geht uns darum, die Wahrheit zu erfahren. Und einen Schuldigen zu finden.«

»Wahrheitsfindung, ach, Herr Adam, wir wissen doch beide, und Sie als Polizist ganz besonders, dass es nie nur eine Wahrheit gibt. Was sollten wir da finden? Finden Sie immer die Wahrheit?«

»Ich versuche es zumindest.«

»Und? Wie oft ist Ihnen das gelungen?«

»Häufig.«

»Und woran haben Sie das festgestellt?«

»Daran, dass Menschen von einem Gericht verurteilt worden sind für Dinge, die sie meist anderen Menschen angetan haben.«

Er sah einen Moment aus dem Fenster.

»Haben Sie schon einmal darüber nachgedacht, dass es Ihnen in solchen Fällen nur besser gelungen ist, den Richter von Ihrer Wahrheit zu überzeugen?«

Steiger atmete einmal tief durch.

»Das ist eine interessante Unterhaltung, Herr Adil, aber ich würde gern zu dem Vorfall in der Shisha-Bar zurückkehren. Da liegt mein Interesse.«

»Ich befürchte, Herr Adam, eine andere Unterhaltung werden wir nicht führen, denn ich sagte Ihnen doch, zu dem Vorfall in der Shisha-Bar sehe ich mich außerstande, etwas zu sagen.«

Sein Habitus war eine perfekte Darstellung von Höflichkeit, die man für Wertschätzung halten konnte, durch die beim zweiten Fühlen aber etwas hindurchschimmerte, was vielleicht das Gegenteil war.

»Darum beantworten Sie mir doch meine Frage: Waren Sie vor Gericht vielleicht nur überzeugender als der Mann auf der Anklagebank?«

»Vielleicht war ich deshalb überzeugender, weil ich beweisen konnte, dass die Wahrheit auf meiner Seite war.«

Er stand auf, ging ans Fenster und zeigte nach einer Weile nach draußen, wo die Herbstsonne von einem klaren Himmel auf Dortmunds Dächer schien.

»Sehen Sie, ein wunderbares Bild, oder? Wie ein Gemälde. Aber was für eine verstörende Erkenntnis, dass keine dieser Farben dort draußen existiert, keine. Ich erzähle Ihnen da sicher nichts Neues, aber es sind nur Oberflächen, die verschiedene Lichtwellen reflektieren. Erst in unserem Kopf entsteht die Wahrheit, dass diese Dächer rot sind. Für einen Vogel sind sie das nicht. Und in Ihrem Kopf ist wahrscheinlich ein ganz anderes Rot wahrhaftig als in meinem.«

»Wissen wir das?«

Steiger war klar, dass das ein Verteidigungssatz war.

»Ja, bei einigen Lebewesen konnte das wissenschaftlich nachgewiesen werden.«

»Aber ist Wissenschaft dann nicht auch nichts, was wahrhaftig wäre.«

»Guter Einwand. Ja, Sie haben recht. Ich will damit sagen, Herr Adam, es gibt keine objektive Wahrheit.«

»Es geht darum, Herr Adil, diese Welt zu einem besseren Ort zu machen und Menschen zur Verantwortung zu ziehen, die schuldhaft anderen etwas angetan haben.«

»Welch ein überirdischer Anspruch, Herr Adam. Kann man da nicht nur scheitern?«

Steiger überlegte einen Moment, ob er ihn damit konfrontieren könnte, dass sie wussten, wer er war, aber dieses Gespräch wurde eh nicht mehr zu einer brauchbaren Vernehmung.

»Es ist allgemein bekannt, Herr Adil, dass Sie ... Wie würden Sie sich nennen? Friedensrichter? Streitschlichter? Mediator?«

»Ist Friedensrichter nicht ein wunderbarer Titel?«

»Gut, Friedensrichter dann. Nach allem, was man darüber liest, interessieren Sie dabei keine Beweise, euch interessiert die Wahrheit nicht, euch interessiert Schuld nicht. Ich halte das jedoch für unerlässlich, weil es mit Verantwortung zu tun hat.«

»Ihnen geht es immer nur um Schuld. Mir geht es in meiner Arbeit um Ausgleich. Wenn zwei Parteien oder Personen meine Verfahren verlassen, haben sie sich einverstanden erklärt, wieder miteinander auszukommen, und tun das auch häufig, völlig egal, was sie sich vorher angetan haben. Sie sind bei Ihrer, tja, Rechtsprechung«, mit amüsierter Verachtung, »nach hinten gerichtet, wir, wenn ich das mal so sagen darf, nach vorn.«

»Sie finden es also richtig, Verbrechen oder überhaupt Dinge, die Menschen anderen Menschen schuldhaft antun, ungesühnt zu lassen.«

»Ach, Herr Adam ... Schuld, ich höre immer nur Schuld. Aber es ist sicher nichts anderes zu erwarten in einer Kultur, die sich zweitausend Jahre auch namentlich auf eine Religion stützt, in deren Zentrum ein Gott steht, der nach einer irrwitzigen Idee dadurch, dass er gefoltert wird und sich töten lässt, die Schuld der gesamten Welt tilgt.«

»Und Sie irren sich. Den Ausgleich gibt es auch bei uns, auch neben dem Strafrecht, aber er steht auf einem anderen Blatt.«

»Aber zuerst geht es um den Strafanspruch des Staates. Und Sie kennen doch auch all die Untersuchungen, die sämtlich belegen, dass Strafe keine Wirkung hat. Niemand wird dadurch ein anderer, ein besserer Mensch.« Er lächelte überlegen. »Aber ich verstehe Sie, Herr Adam. Wenn man wie Sie dreißig Jahre dafür gearbeitet hat und – wie sagt man im Deutschen so schön? – seine Haut zu Markte getragen hat dafür, dass der Staat seinen Sühneanspruch erfüllt, wenn man so viele Menschen eingesperrt hat, dann kann man das nicht auf einmal falsch finden. Denn dann müssten Sie ja auf einmal Ihr ganzes Leben für falsch halten. Und das wäre sicherlich unerträglich. Ich verstehe Sie.«

Für Steiger leuchtete dieses Verständnis so rotwangig wie der Schneewittchenapfel.

»Machen Sie sich um mein Leben mal keine Sorgen, Herr Adil, ich weiß schon, wofür ich meine Haut zu Markte trage.«

Er steigerte den Giftanteil in seinem Lächeln noch ein wenig.

»Wirklich?«

»Ja, wirklich«, sagte Steiger und hoffte, dass es überzeugend klang. »Aber zurück zu meinem Anliegen, weshalb ich überhaupt hier bin: Sie wollen nichts dazu sagen, okay. Würden Sie mir wenigstens das unterzeichnen?«

»Ich denke, Herr Adam, auch das würde nichts bringen.«

»Okay.« Steiger packte Diktiergerät und Formular wieder ein und stand auf.

»Gute Besserung.«

»Danke«, sagte Danyal Yassir Adil.

Steiger ging zur Tür und drückte die Klinke nach unten.

»Ach, Herr Adam, noch ein Gedanke. Stellen Sie sich vor, all die Fälle, die Sie gelöst haben, hätten nicht dazu geführt, dass jemand viele Jahre in einer Zelle verbringt, sondern dass die Menschen, die sich das einst angetan haben, in Frieden miteinander leben. Ist das nicht ein verstörender, aber sehr verlockender, ja, befriedigender Gedanke?«

Steiger schloss die Tür hinter sich und ging.

Als er die Klinik durch den Haupteingang verließ, fühlte er eine Unruhe in sich, die er sich nicht erklären konnte.

Auf dem Parkplatz fiel ihm ein, dass es islamische Länder

gab, in denen Menschen nach der Scharia Hände abgehackt, wo Frauen gesteinigt wurden.

Hah, dachte er, Ausgleich, keine Sühne, von wegen. Aber zu spät, damit hätte er ihn gehabt. Und er stellte sich vor, es Danyal Yassir Adil gesagt zu haben und dass er darauf verstummte. Aber die Unruhe in ihm blieb.

44

Der Schiedsrichter pfiff ab, die Grünen rissen die Arme hoch, und die Blauen sanken auf den Rasen. Das Echo im »Totenschädel« war entsprechend, die meisten jubelten. Damit war klar, dass der katastrophale Saisonstart kein Versehen gewesen war, sondern sich fortsetzte. Sechs Punkte aus acht Spielen waren lächerlich.

Sie blendeten die Tabelle ein, die für die meisten in einer Kneipe im Dortmunder Norden schlicht eine Offenbarung war. Die Gelben ungeschlagen an der Spitze und die Blauen als Vizemeister auf dem Relegationsplatz, Halleluja.

Steiger bestellte sich noch ein Bier, auch wenn damit klar war, dass es ihm spätestens nach diesem am Sonntag nicht gut gehen würde.

Die Unruhe in seinem Innern nach dem Gespräch am Morgen hatte sich ein wenig gelegt, war aber noch spürbar, und er fragte sich, warum. Weil das Gespräch eine Niederlage gewesen war. Ach, mit Niederlagen kannte er sich aus, auch wenn es ihn immer noch ärgerte, zu spät auf die Geschichte mit den abgehackten Händen gekommen zu sein. Das wär's gewesen.

Jana hatte recht gehabt. Dem Mann floss die Geringschätzung aus jedem Knopfloch, aber irgendetwas verhinderte, dass man es sofort wahrnahm. Das Gehabe? Die Mann-von-Welt-Nummer? Die Stimme?

Ein Leben, das umsonst war, ts ... Er hatte davon gelesen, irgendwann vor langer Zeit, dass die Nummer mit den Strafen keine Erfolgsstory war, wenn es darum ging, diejenigen wieder in die richtige Richtung zu bringen, die man Tag für Tag einpottete.

Jeder, der länger in diesem Job arbeitete, hatte davon zumindest eine Ahnung. Trotzdem gingen die meisten abends mit einem guten Gefühl nach Hause. Was lief denn da schief?

»Na, schwerer Abend heute nach dem Ergebnis.«

Steiger hatte die Auswechslung auf dem Nachbarhocker nicht bemerkt.

»Ah, Herr Weiß, tja, ist ja nichts Ungewohntes …«

»Waren wir nicht schon beim ›Josef‹?«

Er stieß an.

»Ach, ja, sorry. Macht wohl die Amtsautorität, auch ohne Talar.«

Sie redeten eine Weile über Fußball, was bei beiden kein Stimmungsaufheller war, weil die Zebras des Pfarrers in der zweiten Liga die rote Laterne schwenkten.

»Sag, mal, Josef«, sagte Steiger, als beide eine Zeit still getrunken hatten, »diese Nummer da mit dem Kreuz und der Schuld der Welt … Ist es nicht frustrierend, sich sein Leben lang mit Schuld zu beschäftigen?«

»Mein lieber Mann, das ist jetzt aber ein harter Schnitt.«

Steiger lächelte müde. »Ach, hatte da heute ein Gespräch mit so 'nem Kerl über islamisches Recht, hat mich beschäftigt. Da kam so ein Spruch mit Religion, in deren Zentrum die Geschichte mit dem Kreuz steht, wo einer stirbt, damit allen überall vergeben wird. Ist ja auch schon ein bisschen strange. Und dass das nichts Gutes bringt, wenn es immer nur um diese verdammte Schuld geht.«

»So hat er das gesagt?«

»So ungefähr.«

Josef Weiß zog die Stirn kraus.

»Hat er nicht richtig verstanden die Geschichte, der gute Mann, wie viele andere auch, oder nicht bis zum Ende verstanden. Es geht mehr um Vergebung, das ist die Idee dahinter. Uns wird vergeben, einfach so, damit wir auch vergeben können, erst mal uns selbst.«

»Uns selbst?«

»Ja, uns selbst. Ist für viele das Schwerste.« Er sah Steiger von der Seite an und nickte. »Und eigentlich geht's immer um Liebe.«

»Liebe?« Als habe jemand einen gigantischen Beamer eingeschaltet, erschien ein Bild vor ihm, und in seinem Innern geschahen Dinge, die die Unruhe für einen Moment zur Seite schoben.

»Ach, ich glaube, ich kriege das alles heute Abend nicht mehr auf die Reihe.«

»Dafür, wie dein Deckel aussieht, geht's noch, finde ich.«

Steiger stand auf, zahlte und verabschiedete sich.

Als er durch den Filzvorhang war, erwartete ihn draußen ein stiller Herbstregen. Die falsche Jacke, dachte er, schlug sich den Kragen hoch, ging trotzdem los und genoss das klare Gefühl der kalten Nässe auf seinem Gesicht.

Sich selbst was vergeben… Den gesamten Heimweg überlegte er, hatte aber keine Ahnung, was das sein könnte.

45

Es war wie erwartet ein gebrauchter Sonntag gewesen. Steiger hatte sich treiben lassen, nahezu den gesamten Morgen, wobei der Kater nur ein Teil des Problems gewesen war. Die Tage fühlten sich schon eine ganze Weile anders an, aber er wusste nicht, ob es damit zu tun hatte, dass er auf etwas zutrieb oder dass er etwas verließ.

Am Nachmittag war er durch die Stadt gegangen, einfach so, etwas, was er schon immer gern getan hatte. Vielleicht war es die gelebte Ziellosigkeit, die er an diesen Gängen mochte. Und er war auch losgegangen, weil er nicht damit rechnete, dass Eva noch kommen würde.

Jana hatte ihn benachrichtigt, dass sie einen weiteren Tag brauchte, was er verstand. So eine Geschichte legte niemand einfach so zu den Akten, und sie wäre nicht die Erste, die es am Anfang unterschätzte.

Obwohl er am Montag nicht sonderlich früh begann, war beim ET noch niemand da, auch Gisa nicht. Er startete den Rechner und widmete sich zuerst den E-Mails, die er nur überfliegen musste, um die größten Unwichtigkeiten zu löschen. Die Nachricht von Friedhelm Schröder hätte er fast übersehen. Dumitru, den gab es ja auch noch.

Moin Thomas,
  hab dem Rumänen den Fetzen vorgelegt. Er sagt, das ist eindeutig vom Shirt seines Mittäters. Das Gelbe war Teil eines Smileys.
  Gruß F.

Dann waren sie über dieses Grundstück geflohen, was von der Richtung naheliegend war. Er überlegte einen Augenblick, was das bedeuten könnte und wie unwahrscheinlich es war, dass jemand in einer ganz anderen Richtung etwas gesehen hatte. Und er dachte an ihre Abmachung. Der Junge hatte seinen Teil eingehalten. Mit zwei Klicks rief er das Telefonverzeichnis auf und wählte die Nummer der Diensthund-Führer.

»Moin, Thomas, was kann ich für dich tun am frühen Montagmorgen?«

»Moin Ulli. Habt ihr heute Morgen einen Hund im Dienst, der Zeit hat?«

»Haben wir, wie lange brauchst du den denn?«

»Vielleicht 'ne Stunde.«

»Okay.«

Steiger nannte ihm den Treffpunkt und wollte auflegen.

»Ach, ja, Thomas: Hast du dich schon vom Samstagsspiel erholt?«

Warum sprach ihn eigentlich niemand an, wenn die Blauen mal gewannen?

Bruno Kowalskis Briefkasten lief noch nicht über, war aber offensichtlich länger nicht mehr geleert worden.

Uli, der Chef der Hundeführer, war persönlich gekommen, weil seine Truppe wie der ET meist abends und nachts arbeitete und er an diesem Morgen der Einzige gewesen war. Sie klingelten, und erwartungsgemäß öffnete niemand.

»Und nun?«, fragte er. »Schlüsseldienst?«

»Dafür habe ich bis jetzt einfach zu wenig Konkretes. Ist für den Hund ein Zaun ein Problem.«

»Eigentlich kriegen wir das hin.«

Sie hatten Glück, dass Hartmut Kasper nicht nur zu Hause war und sie noch einmal über seinen Garten an die rückwärtige Grenze des Kowalski-Grundstücks ließ, sondern so ziemlich alles besaß, was man für Haus und Grundstück brauchte, auch

286

eine Leiter, die man zu einer Arbeitsbühne klappen konnte. Oder einer Art Brücke.

Steiger zeigte dem Hundeführer die Stelle, an der er den Fetzen gefunden hatte.

»Ist ja schon eine Weile her. Meinst du, da ist noch was?« Uli sah nach oben.

»Hat ja ein paarmal geregnet, aber das Blätterdach ist einigermaßen dicht, das schützt mehr, als man meint.«

Er gab Enno das Kommando. Mit großem Tempo legte der Hund los und ging zuerst den Bereich bis zum Zaun ab. Dann schickte Herrchen ihn Richtung Haus. Nach wenigen Sekunden legte das Tier sich hin und suchte Blickkontakt zum Chef.

»Was ist jetzt?«, fragte Steiger.

»Er hat irgendwas. Enno ist ein Sprengstoffhund, die bellen nicht.«

Uli wühlte neben den Vorderpfoten ein wenig im feuchten Laub und zog ein altes Handy hervor, auf dem eine kleine Spinne die Flucht ergriff.

»Bingo«, sagte er. »Hast du so was hier erwartet?«

»Ich weiß nicht, was ich erwartet habe«, sagte Steiger, »aber hier ein Handy zu finden entspannt die Sache nicht unbedingt.«

Aus seiner Tasche holte er die Tüte mit dem Fetzen, den Schröder ihm wieder ins Fach gelegt hatte.

»Ach ja, hab ich ganz vergessen: Das hier ist von der Kleidung des Jungen, den wir suchen. Ist das hilfreich?«

»Enno ist zwar kein Mantrailer, aber es hilft schon, klar.«

Zuerst bekam der Hund seine Belohnungseinheit für das Handy, dann ließ Uli ihn einen tiefen Atemzug aus der Tüte mit dem Stoff nehmen. Wieder schoss das Tier los und wieder legte es sich nach wenigen Metern ins Laub und suchte Blickkontakt.

Sie folgten dem Hund, aber auf den ersten Blick war nichts Auffallendes in seiner Nähe erkennbar. Dann hob Uli einen etwa armdicken Stock auf und sah ihn sich genau an.

»Hier!«, sagte er und zeigte auf die Bruchstelle an einem der

Enden. An der rauen Fläche hatten sich an einer Art kleinem Haken Haare verfangen, dunkle Haare.

»Und was ist das hier?« Steiger deutete auf eine dunkle Stelle auf dem helleren Innenholz. »Ist das Blut?«

»Könnte alles Mögliche sein«, sagte Ulli. »Das können sie dir aber bei der KTU sofort sagen.«

»Wenn das tatsächlich Blut ist …«

Sie ließen den Hund noch ein paar Runden drehen, aber auch in Richtung Haus fand das Tier nichts mehr.

Steiger hatte sich entschieden, erst alles zu klären, was zu klären war, bevor er Gisa informierte. Und als Erstes musste er wissen, wem dieses Telefon gehören konnte.

Wie immer, wenn man sich im Knast nicht am Tag vorher anmeldete, musste man elend lange warten, bevor sie den Besuchten aus seiner Zelle brachten.

»Tag, Dumitru«, sagte er, und der Junge antwortete artig. »Ist das das Telefon von Sorin?«

Dumitru nahm es in die Hand und nickte sofort.

»Ja, so eins ist ihm.«

»Okay, das war's schon. Mehr wollte ich nicht, du hast mir sehr geholfen.«

Er fasste ihn zum Abschied am Oberarm und wollte gehen.

»Aber wo ist Sorin? Du hast Handy.«

Erst als er es sagte, erkannte Steiger, wie es den Jungen verwirrt hatte, das Telefon seines Freundes in Händen zu halten.

»Ich weiß noch nicht, wo er ist«, sagte Steiger und fasste ihn noch einmal an. »Vielleicht weiß ich es bald. Dann sag ich es dir sofort.«

Mit einer Pinzette zupfte Doris von der KTU zuerst die Haare aus der kleinen Verklemmung und legte sie auf ein weißes Papier.

»Sieht schon aus wie menschliches Haar. Vor allem hier an den Wurzeln.«

Dann präparierte sie mit einem Wattestäbchen etwas von der dunklen Substanz ab und testete es.

»Ja, das ist eindeutig Blut«, sagte sie nach kurzer Zeit.

»Danke«, sagte Steiger, packte seine Sachen ein und ging in sein Büro.

Natürlich war es auch möglich, dass Kowalski tot in seiner Wohnung lag, vom Alter her wäre das keine Sensation gewesen, auch wenn er nicht danach ausgesehen hatte. Aber dass in seinem Garten etwas lag, an dem Haare und menschliches Blut klebten, ließ Steiger diese Möglichkeit immer weniger annehmen. Einen letzten Versuch, den Mann vielleicht zu finden, wollte er noch unternehmen.

Er wählte die Nummer von Kowalskis alter Dienststelle in Bottrop, wurde einmal verbunden und landete dann beim Kollegen Althoff, der mit ihm jahrelang das Büro geteilt hatte. Althoff sprach Spuren eines Dialekts, den Steiger nicht einordnen konnte.

»Es geht um Bruno? Was ist denn mit dem?«

»Das würde ich gern rausfinden. Er ist hier irgendwie schon länger von der Bildfläche verschwunden, auch seine Post stapelt sich. Hat damit angefangen, dass sie bei einem Nachbarn von ihm eingebrochen haben und… klingt jetzt eigenartig, aber wir suchen einen der beiden Einbrecher. Einen haben wir festgenommen, der andere ist auf eigenartige Weise verschwunden.«

»Aha«, sagte der Kollege, und es klang so, als ob er etwas daran nicht verstand. »Bruno war schon ein eigenartiger Typ, und das ist zuletzt immer schlimmer geworden.«

»Was heißt ›eigenartiger Typ‹?«

»Na ja, der hat halt zwanzig Jahre Einbruch bearbeitet, und du kennst das ja. Du kriegst die Leute auch nach dem zehnten Einbruch nicht eingesperrt, und wenn doch mal, kommen sie dir zwei Tage später wieder in der Stadt entgegen. Wenn ich was zu sagen hätte, hätte ich den schon viel früher da rausgenommen, dann wär das wahrscheinlich so nicht passiert.«

»Was ist denn passiert?«

»Na, man hat ihm zum Schluss nahegelegt, ein Jahr früher zu gehen, weil er im Gewahrsam einen Einbrecher verdroschen hat, ziemlich heftig sogar. Und man hat ihm dann eine goldene Brücke gebaut, wenn er von allein geht.«

»Klingt heftig.«

»Ja, war es auch. Wie gesagt, zum Schluss war er schon eigenartig. Dabei hatte der auch andere Seiten, war eigentlich kein Schlechter. Tierischer Musikfan, Heavy Metal, und der hat sogar mal mit ein paar Kollegen eine Band gehabt. Ich hab die mal bei einer Probe besucht in seinem Haus in Dortmund, ist Jahre her.«

»Da haben die geprobt, in dieser ehemaligen Firma?«

»Ja, da gab es so einen doppelten Keller, da konnten sie die Regler bis zum Anschlag aufdrehen, ohne dass sich einer beschwerte. Meine Fresse, da flog dir echt die Schädeldecke weg.« Er machte eine Pause. »Aber die letzten Jahre ist der echt etwas abgedreht.«

»Hast du noch 'ne Idee, wo der sein könnte. Verwandtschaft oder so?«

»Ne, keine Ahnung. Angehörige hatte der, glaub ich, nicht mehr, hat er jedenfalls nie erzählt. Fuhr öfter nach Holland zum Einkaufen, aber mehr kann ich dir auch nicht sagen.«

»Danke, Kollege«, sagte Steiger, »war mir eine Hilfe.«

Zehn Minuten später war Gisa über alles informiert, was er rausgefunden hatte und was er zumindest nicht für unmöglich hielt.

»Du willst da reingehen?«

»Ja. Und ich nehme es auf meine Kappe. Und außerdem könnte der Mann selbst ja auch noch irgendwo liegen. Begründet kriegt man das also.«

»Okay«, sagte sie, und Steiger ging zu seinem Schreibtisch, um zu telefonieren.

Der Schlüsseldienst konnte erst in einer Stunde, außerdem fragte er Oliver Kuhlmann, ob er ihn begleiten könne. Und weil es ein riesiges Haus war, fragte er auf der Wache, ob sie ein Streifenwagen unterstützen konnte.

Schon für das Tor brauchte der Schlüsselmann länger als gewöhnlich. »Hochwertiges Ding«, sagte er schnaubend. »Was sagten Sie? War 'n Kollege von Ihnen und hat Einbrüche bearbeitet? Merkt man.«

Die Eingangstür des Hauses war noch einmal extra gesichert, und der Schlüsseldienst fuhr ziemliche Geschütze auf. Die beiden Schlösser würden die Behörde einiges kosten, wenn das alles zu nichts führte, dachte Steiger. Nach zehn Minuten hatte der Mann die Tür geöffnet.

»Hallo! Ist jemand im Hause? Hier ist die Polizei!«

Es kam keine Reaktion, auch dann nicht, als Steiger dasselbe noch einmal lauter wiederholte. Carsten, einer der Kollegen vom Streifenwagen, sog zweimal die Luft durch die Nase ein.

»Leiche rieche ich noch nicht«, sagte er. »Sollen wir uns aufteilen?«

Steiger hielt das für einen guten Vorschlag, sie blieben aber zu Pärchen zusammen.

Zuerst sahen sie alle gemeinsam im Erdgeschoss in den Zimmern nach, auch in einem Raum, in dem ein Klavier und mehrere Gitarren standen. Das war dem Alten nicht anzusehen gewesen, dachte er. Dann trennten sie sich, und Oliver Kuhlmann folgte Steiger in den Keller.

Dass das Haus mal eine Firma gewesen war, sah man auch an dem weitläufigen Keller mit reichlich Räumen. Zum Glück war Kowalski kein Messi, denn einige der Räume waren fast leer.

»Sieh an, da hatte der Kollege aus Bottrop ja recht.«

Die Tür, hinter der kein Raum lag, sondern eine weitere Treppe, die nach unten führte, hätte Steiger fast übersehen.

»War da ein Geräusch?«, fragte Oliver Kuhlmann und ging noch einmal zu einem der Räume zurück, in dem sie schon waren.

Steiger stieg weiter nach unten, und der zweite Keller war nicht ganz so weitläufig wie der erste. Zum Glück waren überall ausreichend Lampen angebracht. Er wusste nicht, was für eine Firma das einmal gewesen war, aber für irgendetwas hatten sie hier unten große, gemauerte Tröge gebraucht.

Die leise Aufregung, die Steiger auch nach all den Jahren immer spürte, wenn er in dieser Weise unbekannte Räume betrat, war mittlerweile verflogen. Als er einer Biegung des Gangs folgte, überzog ihn beim zweiten Blick ein so heftiger Schauer, dass er einige Sekunden nicht atmen konnte. Obwohl er den Sinn des Gegenstands, der vor ihm stand, nicht vollkommen erkannte, wusste er sofort, dass es nichts Gutes bedeutete.

Es sah aus wie ein Rollwagen, mit dem man Möbel beim Umzug transportierte, nur etwas größer. Auf der rechteckigen Fläche lagen aber ein verschmutzter Teller und Besteck, daneben eine leere Wasserflasche und die Schale einer Apfelsine. Den großen Gegenstand auf diesem Gefährt hätte Steiger fast für einen Papierkorb gehalten, bis ihm klar wurde, dass es eine Toilette war, und in diesem Moment breitete sich eine eisige Angst in ihm aus.

Weil ihm allmählich klar wurde, dass das alles hier vielleicht ein Tatort sein konnte, zog er sich Latexhandschuhe an und rief nach Oliver Kuhlmann, der ihn eine Etage höher offenbar nicht hörte.

Obwohl er allein war und alle Eigensicherungsregeln dagegensprachen, schob Steiger den oberen der beiden einfachen Riegel auf, welche die Tür verschlossen hielten. Er fasste den unteren an und zog auch dessen Zunge aus der Lasche, sodass die Tür von allein einen halben Zentimeter aufsprang. Fast aus Gewohnheit roch er an dem entstandenen Spalt, und es roch nach verbrauchter Luft und vielem anderen, aber der unverwechselbare Geruch des Todes war nicht dabei.

Ein leises Klacken unterbrach seine Anspannung für einen Moment, und er sah, dass eine Lampe angesprungen war, die in einem kleinen verglasten Durchbruch unter der Decke angebracht war.

292

Langsam zog er das Türblatt weiter zu sich, und es sah zunächst im sich vergrößernden Spalt nach einem weiteren, fast leeren Raum aus. Nur die dunklen Flecke auf dem Boden direkt hinter der Tür, die er von vielen Tatorten als Blutstropfen erkannte, fütterten weiter die Befürchtungen, die er seit Kurzem hatte. Mit letzter professioneller Vorsicht ließ er seinen Blick weiter um die Ecke tasten und sah auf der Liege, die sich nach und nach in seinen Blick schob, zuerst die dunklen Haare, dann das Gesicht, die Arme, die blutige Stelle an den Beinen, und als die Szene gänzlich vor ihm lag, blitzten in ihm abstruse Erinnerungen auf aus Filmen, in denen Menschen in zerlumpten Kleidern in Kerkern angekettet waren. Mit einer letzten Hoffnung, die in ihm zuckte, machte er vier schnelle Schritte und fasste den Jungen am Arm, aber genauso schnell, wie diese verzweifelte Energie gekommen war, verließ sie ihn wieder. Drei sichere Zeichen des Todes, hatte er vor über dreißig Jahren auf der Polizeischule bei KHK Schneider gelernt: Totenflecke, Totenstarre, Verletzungen, die nicht mit dem Leben vereinbar waren. Sichere Zeichen des Todes... Dieser Junge war starr, und das Leben hatte ihn verlassen, und auf seinem Gesicht war nicht dieser Friede eingekehrt, den man Gestorbenen in Nachrufen so oft wünschte.

Steiger ging langsam rückwärts, stieß mit dem Rücken an die Wand und glitt daran langsam nach unten, bis er auf dem Boden saß. Er hätte nicht sagen können, wie viele Leichen es in all den Jahren gewesen waren, und die meisten hatte die Zeit aus seiner Erinnerung gespült. Diese hier, das wusste er in diesem Augenblick, würde auch in ihm für immer angekettet bleiben.

Wenn er noch steif war, bedeutete das, dass sie nur wenige Stunden zu spät gekommen waren. Wenige Stunden, vielleicht einen Tag. Hätte er am Samstag die Nachricht gelesen, würde dieser Mensch vielleicht noch leben.

»Thomas?«

Er hatte im Dienst noch nie weinen müssen, war irgendwie nie seine Sache gewesen. Oliver Kuhlmanns Rufen verhinderte, dass es jetzt dazu kam.

Er fand den Raum, auch ohne dass Steiger geantwortet hatte.

»Scheiße«, sagte Kuhlmann und zückte sein Handy, aber in diesem Keller, der viel tiefer unter der Erde lag als jedes Grab, gab es keine Verbindung nach oben.

Mit schnellen Schritten verließ er den Raum wieder, kam nach wenigen Metern zurück.

»Das hier ist ein Tatort, wir sollten uns ein bisschen in Acht nehmen«, sagte er, und die Art, wie er es sagte, machte Steiger klar, dass es mit ihnen beiden wohl nichts mehr werden würde.

»Ich weiß«, sagte Steiger, ohne ihn anzusehen, und blieb sitzen.

Dann ging er, und Steiger hörte seine schnellen Schritte auf der Treppe.

Er würde es Dumitru sagen müssen, aber er hatte keine Ahnung, wie.

46

Sie hatten die Ankunft der Spurensicherer und der Mordkommissionsbereitschaft abgewartet und waren dann reingefahren, ohne ein Wort zu wechseln.

Nach einem Zigarillo in der Raucherecke wartete Steiger vor dem Fahrstuhl. Die Tür öffnete sich, und er stand Zada Yassin gegenüber. Sie blieben ein endlos scheinendes Schweigen lang voreinander stehen, und aus dem Gesicht der Dolmetscherin war all die kollegiale Freude, die sie sonst in diesem Gebäude ausstrahlte, verschwunden. Steiger wusste nicht, ob sie ihr wegen Beihilfe ein Verfahren strickten oder ob sie ihr nur für immer die Zusammenarbeit aufgekündigt hatten. Was es auch war, es hatte dazu geführt, dass sie weinte.

Sie schob sich an ihm vorbei, blieb nach wenigen Metern stehen und drehte sich zu ihm um.

»Ich weiß, Steiger, ihr verachtet mich. Der Verräter ist von allen der Schlimmste, ich weiß«, sie senkte den Blick und nickte in sich hinein. Dann sah sie ihn wieder an. »Aber ihr habt keine Ahnung… Wirklich keine Ahnung.«

Dann ging sie.

Er wollte ihr noch etwas sagen, irgendetwas, das die Situation rettete, das nicht all die Jahre guter Zusammenarbeit forttreiben ließ, einfach so, aber er sagte nichts und stieg in den Fahrtstuhl, bevor sich die Tür schloss.

»Ach, Steiger.« Gisa saß in ihrem Büro und stand auf, als sie ihn sah. »Ich habe es Oliver schon gesagt, wird dich interessieren. Wir wissen, wo Bruno Kowalski ist.«

»Echt? Lebt er noch?«

»Ja, knapp. Und wir hätten es schon viel eher wissen können.«

»Und warum haben wir es dann nicht gewusst?«

»Tja, warum. Es gab schon vor zehn Tagen ein Ersuchen der holländischen Polizei, nach Möglichkeit eine Benachrichtigung durchzuführen. Das Ganze ist nur bei der Schutzpolizei hängen geblieben. So ist das, wenn die rechte Hand nicht weiß, was die linke tut.«

»Was ist denn nun passiert, meine Chefin?«

»Der hatte einen schweren Autounfall in Holland, genauer gesagt in Enschede, liegt da in einer Klinik und war mehrere Tage bewusstlos.«

»Holland? Hatte mir der Kollege aus Bottrop auch gesagt, dass der häufiger nach Holland fährt.«

»Und wenn er derjenige ist, der den Jungen da unten eingesperrt hat, und es spricht alles dafür, dann werden sie ihm dort heute noch den U-Haftbefehl verkünden.«

»Müsste er dann nicht auch bewacht werden?« Oliver Kuhlmann aus dem Hintergrund.

»Eigentlich ja«, sagte Gisa, »aber der hat wohl unter anderem einen Oberschenkelbruch, der läuft im Augenblick nirgendwohin. Kann aber trotzdem gut sein, dass sie ihn darum bald loswerden wollen und in die Klinik nach Fröndenberg bringen, sobald das geht.«

»Danke für die Info«, sagte er und ging.

»Und Steiger.«

Er drehte sich um, und sie lächelte.

»Nicht schlecht. Hat dich ja dein alter Ermittlerinstinkt nicht getrogen.«

»Aber zu spät«, sagte er, »einfach zu spät. Ich hatte die Mail, die mich veranlasst hat, noch mal da hinzugehen, schon Samstag im Postfach. Ob ich dann die Geschichte mit dem Hund gemacht hätte, wenn ich sie da gelesen hätte … Weiß der Teufel. Aber sehr wahrscheinlich hätte er da noch gelebt.«

»Wir können einiges tun«, sagte Gisa, »aber wir können nicht die Welt retten, das weißt du.«

»Im Moment habe ich das Gefühl, wir retten gar nichts«, sagte er, verließ ihr Büro und machte sich mit einen Kaffee daran, seinen Kram zu schreiben.

47

Steiger hatte bei der Mordkommission darum gebeten, dass er Dumitru die Nachricht überbringen konnte, weil er es einfach für Teil ihrer Abmachung hielt, hatte das Gespräch aber einen ganzen Tag lang vor sich hergeschoben, was leichtgefallen war, weil an den beiden Aufregern der letzten Tage wie immer noch ein paar Pflichtübungen hingen, die zu Ende gebracht werden mussten.

In der Raucherecke erfuhr er von einem Kollegen aus der Mordkommission, dass gegen Bruno Kowalski gestern tatsächlich ein Untersuchungshaftbefehl erlassen worden war und der Mann jetzt im Justizkrankenhaus in Fröndenberg lag.

Jana war zwei Tage nicht im Dienst gewesen, einmal, um sich darum zu kümmern, dass dieses Erlebnis nicht mehr Spuren bei ihr hinterließ als nötig, und dann, um ihrem Bruder einen Spitzenanwalt zu besorgen.

»Schön, dich zu sehen, Küken. Wie geht's dir?«

»Geht so.« Sie lächelte, und der Umstand, dass sie das »Küken« ohne Spruch hinnahm, zeigte ihm, dass es mehr auf keinen Fall war. »Was den Samstag angeht, ist es ganz okay. Ansonsten, na ja.«

»Was ist denn ansonsten?«, fragte er.

»Wir haben jetzt einen guten Anwalt, glaub ich, aber es hängt alles davon ab, ob sie ihm den Brandanschlag auch anhängen können. Wenn sie also an seiner Hose Benzin finden oder so, dann Gute Nacht.«

Steiger sah, dass ihre Augen wieder feucht wurden, aber zu mehr ließ sie es nicht kommen.

»Ansonsten die Zweite: Ich weiß nicht, ob du es schon gehört hast? Die Geschichte mit der entführten Frau ist ziemlich übel gelaufen.«

»Nein, ich hab nichts gehört. Ist sie tot?«

»Nein, sie ist frei, aber wohl psychisch völlig durch den Wind. Der Mann hat an uns vorbei über irgendwelche Leute fünf Millionen Lösegeld gezahlt, aber das hat die Polizei erst zwanzig Stunden später erfahren. Das heißt, dass du da wahrscheinlich auch einen Haken dran machen kannst.«

»Tja, irgendwie funktioniert das mit dem Freund und Helfer nicht mehr so, wie es aussieht.«

Das Telefon dudelte, Jana nahm ab, stimmte ein paarmal zu und legte wieder auf.

»Das war Thilo Berger von den Zeugenschützern. Fuada Ahmad möchte mich gern sprechen, und weil sie schon im Zeugenschutz ist, per Telefon. In einer Stunde.«

Weil sie richtig verstanden werden wollte, sich das im Deutschen aber nicht vollkommen zutraute, hatte Fuada Ahmad den Wunsch, einen Dolmetscher für Arabisch zu diesem Gespräch zu bitten, und Thilo Berger hatte sich darum gekümmert. So saßen eine Stunde später Steiger, Jana und der Sohn von Omar Sharif in Gisas Büro, die auch dabeiblieb. Thilo stellte mit seinem Handy die Verbindung her, schaltete auf Lautsprecher und legte das Gerät in die Tischmitte.

»Sie können jetzt reden, Frau Ahmad«, sagte er und suchte sich einen Platz etwas abseits.

»Guten Morgen«, sagte Fuada auf Deutsch.

Jana grüßte zurück.

Dann sprach sie arabisch.

»Sie sind die Frau, die mit Vildana zu mir gekommen… und zu dem Kind gekommen ist?«, übersetzte der Dolmetscher.

»Ja«, sagte Jana.

Wieder sagte sie etwas auf Arabisch.

»Sie haben Ihr Leben in große Gefahr gebracht, sich in Gefahr begeben«, der Übersetzer suchte nach dem richtigen Wort, »um mir zu helfen, ich wollte mich dafür bedanken.«

»Das ist meine Arbeit, ich habe nur meine Arbeit getan«, sagte Jana, der Steiger ansah, dass sie unsicher war.

»Ja, ich weiß, und das ist zweiter Grund, warum ich sprechen will, mit Ihnen sprechen will. Ich will sagen, ich habe die Familie verlassen, aber ich kann keine Aussage machen gegen meinen Mann und meinen Bruder.«

Jana sah Steiger an und zog eine Grimasse.

»Okay«, sagte sie, und Fuada Ahmad schwieg und schien auf mehr zu warten. Als nichts kam, sprach sie wieder.

»Ich möchte wissen, ob Sie verstehen. Ich will Ihre Arbeit nicht«, wieder suchte der Übersetzer nach einem Wort, »verachten, aber er ist mein Bruder, ich kann ihn nicht verraten, egal, was er getan hat. Sie verstehen das?«

»Ja«, sagte Jana und bekam es noch einigermaßen hin, fand Steiger.

»Verstehen Sie wirklich? Das ist mir wichtig.«

»Ja, verstehe ich«, sagte Jana, und jetzt liefen ihr die Tränen.

»Gut«, übersetzte Omar Sharif, »mehr wollte ich nicht sagen. Danke. Und Gott schütze Sie.«

Bei den letzten Worten des Übersetzers war Fuada Ahmad schon nicht mehr in der Leitung.

Ohne jemanden anzusehen, stand Jana auf und verließ den Raum.

»Könnte ein Problem im Verfahren werden«, sagte Thilo Berger und nahm sein Telefon wieder an sich, »aber schauen wir mal.«

Weil er den Eindruck hatte, dass Jana allein sein wollte, machte Steiger sich nicht auf die Suche nach ihr. Er ging zur Toilette und traf dort auf Paul Müller, der sich die Hände wusch.

»Moin, Paul, na, seid ihr schon weiter in der Geschichte?«, fragte er. »Was ist da eigentlich passiert?«

»Genau kriegen wir das wahrscheinlich nie raus, wenn von denen keiner quatscht. Dass die Rechten an dem Abend den Laden hochnehmen wollten, war wahrscheinlich wirklich Zufall. Und weil drinnen eben Top-Leute der Khoury- und der Ahmad-Familie waren, zwischen denen sonst echt Krieg herrscht, könnte es da um was gegangen sein. Und dann eben noch dieser Typ, Danyal Dingsbums, dieser Richter. Ich habe mit den Leuten vom LKA gesprochen, die schätzen das auch so ein.«

»Und das Kind?«

»Wir haben das Haus durchsucht, in dem Jana war. Den hatten wir bisher nicht auf dem Schirm, und wir müssen die DNA mal abwarten, aber so haben wir da nichts gefunden.«

»Und wie ist es freigekommen.«

»Ich habe keine Ahnung, Steiger. Und wenn da keiner was sagt, könnte die ganze Sache ausgehen wie das Hornberger Schießen. Wäre nicht das erste Mal.«

Da war es wieder, dieses Hornberg, dachte Steiger.

»Du hast den toten Einbrecher gefunden, hab ich gehört. Auch 'ne üble Sache.«

Dann ging er.

Ja, üble Sache, dachte Steiger, und als er sich beim Händewaschen lange im Spiegel ansah, sagte er irgendwann »Jetzt!« und ging zum KK 11.

Einen ganzen Tag lang hatte er überlegt und nach etwas gesucht, was ihm bei diesem Gang helfen konnte. Weil Sorin Ionescu noch nicht absolut sicher identifiziert war, kam ihm die Idee.

Bei der KTU erfuhr er, dass die Kette des Jungen schon auf Spuren untersucht war, und auch der Leiter der Mordkommission hatte nichts dagegen, dass er sie mitnahm.

Während der gesamten Fahrt zum Gefängnis dachte Steiger über einen Einstieg nach, über Worte, einen Satz, den man sagen konnte, um etwas mitzuteilen, das die Welt von jetzt an zu etwas anderem machte, zu einem schlechteren Ort. Er fand nichts, was daran lag, dass er kaum ein paar Sekunden mit seinen Gedanken bei Dumitru sein konnte, ohne dass sich andere Bilder dazwischendrängten. Bilder von dem toten Jungen, aber vor allem Bilder von den zerschundenen Gliedern, von diesem Raum, von dem Keller und Bilder von Bruno Kowalski. Er versuchte, sich an all die Gelegenheiten im Streifendienst und auf der Kriminalwache zu erinnern, wo so etwas öfter vorkam, auch wenn das alles ein halbes Leben zurücklag. Aber nach kurzer Zeit war immer das Gesicht dieses Mannes in seiner Vorstellung, und es war dabei nie freundlich.

Den üblichen Check-in im Gefängnis erledigte er wortlos, ging nach der Schleuse den gewohnten Weg über den großen, einsamen Hof und wartete schließlich wie immer im Raum mit den Siebzigerjahre-Möbeln.

Dumitru wurde hereingeführt, und Steiger konnte nur ahnen, ob es sein eigener Gesichtsausdruck war, die Art, wie er dasaß, oder was auch immer, dass der Junge sofort seine Bewegungen verlangsamte, als er ihn sah, wie in Zeitlupe einen letzten Schritt zum Tisch machte und sich gegenüber hinsetzte, als sei er ein alter Mann. Sie sahen sich an, Dumitru hob ein wenig das Kinn, legte den Kopf in den Nacken, und Steiger hatte das Gefühl, nichts mehr sagen zu müssen, was ihm in diesem Moment eigenartigerweise recht war.

Er griff in die Jackentasche, zog die Plastiktüte mit dem Kettchen hervor, ließ den Inhalt in seine Hand gleiten und legte die Kette mit dem kleinen Drahtschmetterling wie ein Geschenk auf die Tischplatte zwischen ihnen. Einen Augenblick lang herrschte Stillstand. Ganz vorsichtig, als sei es etwas Fremdes, von dem eine Gefahr ausging, berührte der Junge das silberne Knäuel, nickte dabei fortwährend, zog irgendwann die Hand wieder zurück und saß schließlich ganz still. Ohne jede Ankündigung schrie Dumitru los und drosch mit beiden Händen so heftig auf den Tisch, dass Steiger zurückwich. Der Junge stand auf, griff die

Rückenlehne, und bevor Steiger etwas machen konnte, zerschlug er den Stuhl auf dem Tisch. Mit sich überschlagender Stimme schrie er rumänische Worte, drückte die Stirn gegen die Wand und trommelte mit beiden Fäusten auf die Mauer ein, als sei es ein Sandsack.

Steiger war aufgesprungen und umfasste den Oberkörper des Jungen in dem Moment, als zwei Wachmänner durch die Tür kamen.

»Ist gut«, sagte Steiger zu den beiden, die sofort fest zugriffen, »ist gut, ist gut.« Dumitru ließ sich von der Wand zurückziehen, gab alle Gegenwehr auf und stand verkehrt herum in Steigers fester Umarmung. Die beiden Wachleute hatten von ihm abgelassen, und einer der beiden ging schon wieder. Dumitru weinte, dass sein Oberkörper zuckte, und Steiger erinnerte sich daran, manchmal als Kind auch so geweint zu haben.

»Ist gut, ist gut«, sagte er wieder.

Aber es war gar nichts gut.

48

Jetzt wäre ein Moment gewesen.

Auf der Rückfahrt dachte Steiger darüber nach, dass ihm im Dienst noch nie die Tränen gekommen waren in all den Jahren. Bei manchen war das eben so, dachte er, und bei anderen eben nicht, und weder das eine noch das andere war eine große Sache. Wenn ihm jetzt so sehr wie noch nie zum Heulen war, dann hatte das weniger mit der Verzweiflung des Jungen zu tun, den er grad für eine Ewigkeit festgehalten hatte, damit er sich nicht die Hände zu Stümpfen schlug. Es hatte auch nichts zu tun mit der Vorstellung der unbeschreiblichen Erbärmlichkeit, den Tod als ein Monster am Ende eines langen Angsttunnels angekettet in einem Kellerloch unausweichlich und ohne jede Hoffnung kommen zu sehen. Wenn ihm jetzt in diesem Augenblick zum Heulen war, dann deshalb, weil er es nicht verstand. Warum musste dieser junge Mensch sterben? Wer hatte das entschieden? Warum sah das alles jetzt aus, als sei das Ende dieses jungen Lebens ein verdammtes Versehen gewesen? Warum?

Er wendete den Wagen bei der nächsten Gelegenheit und brauchte bis zum Justizvollzugskrankenhaus keine zwanzig Minuten.

»Adam, Polizei Dortmund«, sagte er am Eingang und legte seinen Dienstausweis vor. »Nein, ich bin nicht angemeldet, der Mann ist erst gestern hier aufgenommen worden.«

Nach einer Zeit holte ihn einer der Justizwachtmeister ab. Er wurde durchgeschleust und hatte kaum eine Wahrnehmung für die Ambivalenz in diesem Gebäude, in dem es wie in einem

Krankenhaus roch, man aber alle paar Meter vor einer Gittertür stand.

Kowalski lag allein in einem Zweibettzimmer, und der Pfleger verließ den Raum sofort wieder. Er war wach, sein Bein lag in einer Vorrichtung, und von der Bewusstlosigkeit zeugte nur noch ein Pflaster auf der Stirn.

Steiger stellte sich vor das Fußende des Betts und sah ihn an.

»Was wollen Sie?«, fragte er.

»Damit eines klar ist: Ich weiß, du machst keine Aussage, und ich bin auch nicht dienstlich hier, und nichts, was hier gesprochen wird, verlässt diesen Raum, und ich schreibe auch nichts auf. Aber ich will wissen, warum das passiert ist?«

»Ich weiß nicht, wovon Sie reden?«

»Tu nicht so bescheuert. Warum?«

»Ich habe dazu nichts zu sagen.«

»Doch, du hast was dazu zu sagen.« Steiger blieb mit Mühe leise. »In deinem Scheißkeller ist ein siebzehnjähriger Junge verreckt.«

»Ich habe dazu nichts zu sagen.«

»Noch mal: In deinem Scheißkeller ist ein siebzehnjähriger Junge verreckt, wie es beschissener nicht geht, weil du ihn angekettet hast. Warum?«

»Ich sage dazu nichts.«

»Doch tust du.« Lauter jetzt. Steiger rüttelte so heftig am verchromten Bügel des Betts, dass sein Bein sich bewegte und Kowalskis Gesicht noch eine Spur ernster wurde.

»Ich habe dazu nichts zu sagen.« Auch er wurde lauter. »Und wenn Sie nicht gehen, hole ich den Pfleger.«

Er wollte nach der Klingel greifen, die an einem Kabel über dem Bett hing, Steiger kam ihm zuvor und verknotete das Teil außerhalb seiner Reichweite.

»Was war in deinem Kopf, ich will es wissen? Ich habe diesen Jungen gefunden.«

»Was in meinem Kopf ist, geht Sie einen Scheiß an.«

305

Sieh an, man antwortet doch, dachte Steiger.

»Du warst mal einer von uns.«

Kowalski ließ nur ein verächtliches Zischen hören.

»Wir sind die Guten, hast du das vergessen?« Er nahm selbst wahr, dass er für dieses Zimmer zu laut war.

»Wie lächerlich.«

»Wir sind nicht die, die Menschen verrecken lassen, wir sperren die ein, die das tun.«

Wieder machte er dieses Geräusch und schüttelte den Kopf.

»Man kann einiges scheiße finden in unserem Laden, aber man muss immer noch wissen, was falsch und was richtig ist.«

»Mach dich doch nicht lächerlich, mit deiner Wir-sind-die-Guten-Scheiße.«

»Das ist lächerlich? Das findest du lächerlich.«

»Lächerlicher geht es kaum.«

»Wir sind auf der anderen Seite. Oder warst du da nie?«

»Auf der anderen Seite?« Er lachte höhnisch. »Dann guck dich mal um, wer da noch ist außer dir. Na, siehst du jemanden?«

»Ja, verflucht, ich sehe eine ganze Menge.«

»Vielleicht ein paar Verirrte wie dich, aber wie viele Richter siehst du denn da, wie viele Staatsanwälte und wie viele Politiker. Denen ist unsere Arbeit doch scheißegal.«

»Sag nicht uns!«

»Wer hat denn damit angefangen.«

»Was berechtigt dich, einen Menschen zu töten?«

»Das war ein Versehen.«

»Ein Versehen?« Steigers Stimme überschlug sich leicht, und sein erster Reflex war, ihn zu schlagen, aber er hielt sich mit Mühe zurück. »Dass der Junge da verreckt ist, war ein Versehen?«

»Ja, ein Versehen. Er sollte nur mal spüren, dass man anderen Menschen nichts wegnimmt. Dass man nicht in Häuser einsteigt und stiehlt. Das war nämlich kein Junge, du da auf der guten Seite, das war ein Straftäter.« Das letzte Wort zog er in die Länge.

»Aber es ist nicht deine Sache, diese Menschen einzusperren.«
Er drückte sich mit beiden Armen etwas höher.
»Doch, es ist meine Sache, weil es niemand anderes tut.«
»Wer sagt das?«
»Ich sage das. Jahrelang habe ich diese Leute eingesperrt, und am nächsten Tag haben sie vor mir auf der Straße ausgespuckt.«
»Da ist ein Mensch verreckt, kapierst du eigentlich, was ich sage. Ein Mensch, der kaum angefangen hatte zu leben.«
»Kollateralschaden. In Indien verrecken pro Tag so viele Kinder, dass du es dir gar nicht vorstellen kannst, und du machst hier wegen eines elenden Straftäters, der die Gesellschaft sein ganzes Leben lang schädigen wird, ein Fass auf.«
»Das war verdammt noch mal ein Mensch.«
»Ja, aber es gibt Menschen, um die ist es mehr, und es gibt eben welche, um die ist es weniger schade.«
Steiger trat einen Schritt näher heran, holte aus, und weil ihm im letzten Moment einfiel, dass der Mann ein paar Tage bewusstlos war, schlug er ihn nur mit der flachen Hand, aber so heftig, dass ihm sofort das Blut aus der Nase schoss.
»Du bist der letzte Dreck.«
Dann ging er.
Der Pfleger war in einem anderen Zimmer beschäftigt und begleitete ihn bis zur vergitterten Tür, wo ihm aufgeschlossen wurde.
»Der Mann hat eine Verletzung im Gesicht«, sagte Steiger ihm dort, »müssen Sie übersehen haben.«
Er ging, ließ sich den umgekehrten Weg durch alle vergitterten Türen schleusen und empfing am Eingang wieder sein Handy. Im Auto blieb er noch eine ganze Weile sitzen und versuchte, seiner Erregung Zügel anzulegen, aber es gelang ihm nicht. Irgendwann fuhr er los.
Er hätte es für möglich gehalten, dass er sich wegen des Schlags besser fühlen würde. Aber er fühlte sich elend und leer.

49

Er trug den Wagen aus und war froh, dass er beim ET niemanden antraf und auch auf dem Weg zum Auto nicht mehr reden musste. »Doch bist du nur fünf Minuten mal weg, ist das wie zehn Jahre Knast für mich«, sang der Typ im Radio während der Fahrt, und irgendwann schaltete Steiger aus.

Als er seine Wohnungstür aufschloss, erwartete ihn die Stille, die sich seit Evas Auszug manchmal wie etwas Feindseliges anzufühlen begann. Er legte sich aufs Bett und dachte darüber nach, ob es noch einmal möglich war, dass einem das alles wieder gefiel, dass er nicht nur nach unruhigen Tagen die Rückkehr an diesen menschenleeren, stillen Ort als etwas empfand, mit dem ihm das Schicksal etwas Gutes tat.

Er wusste nicht, wie lange er die Decke angestarrt hatte, bis er hörte, dass sich ein Schlüssel im Schloss drehte. Im nächsten Moment stand Eva in der Tür, lächelnd und wie lichtdurchlässig, zog sich die Schuhe aus und legte sich zu ihm.

Sie küsste ihn, berührte ihn, und jede dieser Berührungen war wie ein sehr eindringliches Argument dagegen, es je wieder anders zu wollen.

In dem Popsong im Radio hatte es in einer Textzeile geheißen: »Wenn du da bist, gehen alle Lichter an«, oder so ähnlich. Ja, dachte Steiger, damit hat es zu tun, wenn sie da ist, mit Helligkeit, mit Wärme, mit Licht.

»Ich hab dich sehr vermisst«, sagte sie, als sie nach einer halben Stunde immer noch in Klamotten dalagen, und es waren die ersten Worte, die sie seit ihrem Kommen gesprochen hatte.

Es läutete an der Tür.

»Nicht jetzt«, sagte Steiger und lächelte, »ganz schlechter Zeitpunkt.«

Es klopfte.

»Steiger, bist du da? Ich bin's.«

»Das ist Batto«, sagte Eva. »Da wirst du wohl öffnen müssen.«

»Nein, nicht heute. Ich habe dich Jahre nicht gesehen.«

Sie lächelte und küsste ihn.

»Los, mach auf! Ich wollte sowieso die Nacht bleiben.«

Er überlegte einen Moment, dann stand er auf und öffnete die Tür.

»Hallo«, sagte Batto und hielt zwei Dosen Dortmunder Union hoch, von denen Kondenswasser tropfte. »Können wir reden?«

Er blickte an Steiger vorbei und grüßte Eva freundlich. »Nur 'ne Stunde.«

Steiger drehte sich zu Eva um.

»Ich warte«, sagte sie. »Hab ich doch gesagt.«

Während der langen Fahrt hoch zu ihrem Platz in Dortmund-Schnee redeten sie nicht. Batto steuerte schließlich seinen Wagen in den kleinen Weg und hielt an dem Platz, an dem Dortmund vor ihnen lag wie die Städte in Hollywoodstreifen, wenn Menschen sich in Autos unterhielten und durch die Windschutzscheibe sich vor ihnen bis zum Horizont eine urbane Struktur erstreckte. Sie stiegen beide aus, setzten sich auf die Haube und öffneten ihre Bierdosen.

»Am Anfang ging das nicht«, sagte Batto irgendwann, »weil ich dich zum Teufel gewünscht habe und dachte, das kann nicht sein, dass der so was denkt. Aber nach einer Zeit konnte ich über das nachdenken, was du mir gesagt hast. All die Tage und die halben Nächte habe ich darüber nachgedacht. Du hast mir gesagt, dass ich mich für mein kleines bisschen Karriere aufgebe.«

»So habe ich es nicht gesagt.«

»Doch, es hörte sich sehr so an, und du hast es so gemeint. Und weißt du, ja, es gab Situationen, da hätte ich etwas sagen müssen und habe es nicht getan, um kein schlechtes Bild abzugeben. Und ich hab Berichte geschrieben, die waren überflüssig und sollten nur Eindruck machen. Und bei manchen Entscheidungen habe ich nur taktisch für mich gedacht, sonst nichts.«

»Das hast du mir noch nie gesagt.«

»Kann sein. Du weißt, wir sind ein hierarchischer Verein, und da muss man Zugeständnisse machen, wenn man was werden will, und das wollte ich immer. Und entweder ist man dann einer von den Arschgeigen, die das alles ganz legitim finden, oder uns ist klar, dass wir da was hergeben von uns, und tun es mit schlechtem Gefühl. Such dir aus, zu welcher Gruppe du gehören willst.« Er nahm einen Schluck Bier. »Aber eins kann ich sagen. Ich hab's nie auf Kosten anderer gemacht, wirklich nicht, und mich nie mit fremden Federn geschmückt.«

»Wo ist dann das Problem?«

»Dass es Menschen gibt, die uns sehr wichtig sind und die das anders sehen.«

»Ich halte dich nicht für einen Arsch, das weißt du.«

»Das klang anders.«

»Gibt es da nicht immer den Spruch mit dem Blick in den Spiegel am Morgen?«

»Ach, völliger Blödsinn. Das können wir alle, selbst die größten Wichser lächeln sich morgens aus voller Überzeugung und mit Begeisterung an, da funktioniert unsere Selbsttäuschung ganz problemlos.«

»Und ist doch okay«, sagte Steiger. »Wenn du da mit dir selbst klarkommst.«

»Ja, komme ich. Ich glaube, mir geht es besser damit als dir mit deinem.«

»Wie geht's mir denn?«

Steiger sah ihn an.

»Beschissen, sonst hättest du mich nicht so verletzt.«

Einen Moment fühlte Steiger sich wie ein Kind, das bei etwas erwischt worden war.

»Wollte ich nicht, tut mir leid.« Er trank einen Schluck. »Ich hab mich in der Situation so, so … so verraten gefühlt.«

»Ja, ich weiß«, sagte Batto.

Eine Zeit lang schwiegen sie und tranken.

»Bleibt davon was übrig zwischen uns?«, fragte Steiger.

»Ganz sicher, so etwas bleibt nicht folgenlos.«

»Kriegen wir es auch damit hin.«

»Ganz sicher«, wiederholte Batto sich, »weil ich das will.«

Er lächelte ernst, hielt ihm die Dose hin. Sie stießen an und schwiegen wieder eine Zeit.

»Und sonst?«, fragte Batto.

»Klimawandel«, sagte Steiger.

»Klimawandel?« Er zog die Augenbrauen zusammen.

»Ja. Ich habe das Gefühl, die Eisschollen, auf denen ich noch sitzen kann, schmelzen mir langsam unterm Arsch weg.«

Steiger erzählte dem Freund das, was er ihm sonst längst erzählt hätte, vielleicht bei dem ein oder anderen Bier im »Totenschädel« oder beim Kaffee auf der Dienststelle oder sonst wo. Er erzählte die Geschichte mit Dumitru und Sorin, mit Jana und Fuada, und er erzählte ihm von dem Gespräch mit Danyal Yassir Adil und was er ihm an dessen Ende mit auf den Weg gegeben hatte.

»Wenn er recht hat, ist das dann alles umsonst, womit wir seit Jahrzehnten unsere Tage verbringen?«

»Das entscheidest doch du«, sagte Batto, »und denk doch mal daran, was euch die Frau auf den Spiegel geschrieben hat. Vielleicht arbeiten wir für diese Momente. Oder für das, woraus sie entstehen.«

»Bisschen wenig, oder?«, sagte Steiger. »So 'n verlaufender Spruch auf 'nem Spiegel.«

Batto sah ihn an. »Findest du?«

Für eine längere Zeit war alles gesagt. Sie saßen schweigend nebeneinander, und es fühlte sich gut an.

311

Dortmund lag in der letzten Sonne des Tages vor ihnen, und von hier oben sah es aus, als sei dort unten alles wie immer. Steiger wusste, dass das eine Täuschung war.

Nachbemerkung des Autors

Die Schauplätze der Geschichte in diesem Buch sind real, die auftretenden Personen und die Handlung dagegen reine Fiktion. Das gilt insbesondere für die im Buch genannten Angehörigen der verschiedenen Polizei- und Strafverfolgungsbehörden, die ausnahmslos erfunden und niemandem nachempfunden sind. Sollte es dennoch Parallelen oder Ähnlichkeiten geben, sind diese zufällig und ausdrücklich nicht beabsichtigt.

Dank

Ich weiß nicht, ob es überhaupt möglich ist, ein Buch zu schreiben ohne Unterstützung, die viele Gesichter haben kann, viele Formen. Wenn man so schreibt wie ich, ist es nicht möglich. Darum möchte ich mich von ganzem Herzen bei einigen Menschen bedanken.

Bei den Kolleginnen und Kollegen meiner Truppe, bei Ingo Aussieker, Peter Bartelheimer, Thomas Böckler, Astrid Grahl, Anja Krumsiek, Jens Mertinkant, Markus Mertens, Steffen Ruschhaupt, Tom Tittes, Frank Vierke, Maik Wenke und Katharina Wollenberg für die tägliche wunderbare mentale Unterstützung und so manche konkrete Idee (hallo Thomas, hallo Astrid, hallo Frank).

Ich danke meinem Kollegen Mustafa Aydemir für sein Engagement, mich in letzter Minute vor einem Irrtum bewahrt zu haben, ebenso wie meiner Kollegin Christine Schmitt für die heilsame Kritik in Einsatz- und anderen Fragen und für die vielen Anregungen. Ich hoffe, so stimmt es jetzt einigermaßen.

Ich danke meinem Kollegen Hendrik Krause für seine Kenntnisse in Sachen Handy-Ortung.

Ich danke Isra Celik für ihre Hilfe beim Übersetzen, oder sollte ich besser »Schukren« sagen.

Ich danke Gerhard »Hardy« Kleinert von der Dortmunder Polizei für spezielle Dortmunder Einblicke.

Ich danke Joachim Jessen von der Agentur Thomas Schlück für seinen besonderen Einsatz für dieses Buch.

Mein Dank natürlich an Barbara Heinzius vom Goldmann Verlag für ihr wie immer großes Vertrauen in meine Texte, was bei diesem Buch in besonderer Weise deutlich wurde. Und Dank auch meinem Lektor Gerhard Seidl für die wundervoll leichte und so fruchtbare und freundschaftliche Zusammenarbeit.

Dank wie immer an meine Familie, und hier zunächst an unsere Kinder Julia und Lukas, dass sie meine Schreibphasen auch nach all der Zeit so begeisternd und motivierend begleiten.

Und ich danke meiner Frau Elke für die stetige schriftstellerische und mentale Hilfe und Unterstützung, dieses Mal vor allem aber dafür, mir nachzusehen, dass ich Versprechen (manchmal) nicht einhalte.

Autor

Norbert Horst ist im Hauptberuf Kriminalhauptkommissar und hat in zahlreichen Mordkommissionen ermittelt. Der Autor ist verheiratet und hat zwei Kinder. Für seinen ersten Roman, »Leichensache«, erhielt er den Friedrich Glauser Preis für das beste Krimidebüt; »Todesmuster« wurde mit dem Deutschen Krimipreis ausgezeichnet. »Splitter im Auge«, den ersten Roman aus der Serie um Kommissar Steiger, zählte die KrimiZEIT-Bestenliste zu den zehn besten Spannungsromanen des Jahres 2012.

Norbert Horst im Goldmann Verlag:

Die Kriminalromane mit Kommissar Kirchenberg
Leichensache
Todesmuster
Blutskizzen (📖 nur als E-Book erhältlich)
Sterbezeit
(📖 alle auch als E-Book erhältlich)

Die Kriminalromane mit Kommissar Adam, genannt Steiger:
Splitter im Auge
Mädchenware
Kaltes Land
Bitterer Zorn
(📖 alle auch als E-Book erhältlich)

Unsere Leseempfehlung

416 Seiten
Auch als E-Book erhältlich

512 Seiten
Auch als E-Book erhältlich

512 Seiten
Auch als E-Book erhältlich

Anwältin Evelyn Meyers aus Wien und Kommissar Pulaski aus Leipzig – ein eher ungewöhnliches Team, das doch der Zufall immer wieder zusammenführt. Gemeinsam ermitteln sie in drei ungewöhnlichen Fällen und folgen den Spuren perfider Serienmörder quer durch Europa ...

www.goldmann-verlag.de
www.facebook.com/goldmannverlag

GOLDMANN
Lesen erleben

Um die ganze Welt des
GOLDMANN Verlages
kennenzulernen, besuchen Sie uns doch
im Internet unter:

www.goldmann-verlag.de

Dort können Sie
nach weiteren interessanten Büchern **stöbern**,
Näheres über unsere **Autoren** erfahren,
in **Leseproben** blättern, alle **Termine** zu Lesungen und
Events finden und den **Newsletter** mit interessanten
Neuigkeiten, Gewinnspielen etc. abonnieren.

Ein *Gesamtverzeichnis* aller Goldmann Bücher finden
Sie dort ebenfalls.

Sehen Sie sich auch unsere *Videos* auf YouTube an und
werden Sie ein *Facebook*-Fan des Goldmann Verlags!

www.goldmann-verlag.de
www.facebook.com/goldmannverlag